Morir lo necesario

ALEJANDRO G. ROEMMERS

Morir lo necesario

Grijalbo

Morir lo necesario

Primera edición en Argentina: mayo, 2022
Primera edición en México: agosto, 2022

D. R. © 2022, Alejandro G. Roemmers

D. R. © 2022, Penguin Random House Grupo Editorial, S.A.
Humberto I 555, Buenos Aires

D. R. © 2022, derechos de edición mundiales en lengua castellana:
Penguin Random House Grupo Editorial, S. A. de C. V.
Blvd. Miguel de Cervantes Saavedra núm. 301, 1er piso,
colonia Granada, alcaldía Miguel Hidalgo, C. P. 11520,
Ciudad de México

penguinlibros.com

ISBN: 978-607-381-704-2

Impreso en México – *Printed in Mexico*

Este relato está basado en hechos reales. En ciertos casos, los incidentes, personajes y lugares se han modificado con fines dramáticos y para proteger las identidades de los involucrados.

Un trocito de mí será lo que se muera.
¡Y tanta, la vida que me lleve!

PRÓLOGO

El hallazgo significaba una pésima publicidad. Después de años de especulación, no hacía ni dos semanas que por fin la constructora Arcadia Building había dado comienzo a las obras. La urbanización se levantaría en un enorme baldío, ubicado en el medio de San Fernando. Durante décadas funcionó como basural, pero ahora estaba rodeado por carteles que anunciaban un futuro de viviendas de alto rango, con servicios de todo tipo, instalaciones deportivas, *amenities* y la firme promesa de una calidad de vida inigualable. Pero ese futuro soñado, merecedor de una buena cantidad de inversores, acababa de recibir un mal augurio.

El cadáver yacía en el fondo de un enorme espacio cavado por debajo del nivel de la calle. Los policías habían reemplazado a los albañiles; los patrulleros, a las excavadoras, ahora ociosas. La camioneta del equipo forense llamaba la atención. Al curioso transeúnte que se asomara se le ofrecería un escenario animado de manera inusual: el enorme cráter con las máquinas detenidas y las pequeñas siluetas azules de los uniformados analizando la escena ¿del crimen? Aunque no todos iban de uniforme: también estaban allí los trabajadores que habían encontrado el cuerpo, los detectives encargados de la investigación y el encargado de la obra, cuyos patrones no dejaban de llamarlo al móvil para recordarle que evitara difundir el caso a los medios.

Lo que sí todos compartían, sin importar rangos u ocupaciones, eran los tapabocas que desde abril se habían convertido en un accesorio más de la vestimenta cotidiana. El detective Luis G. Fernández ya no lo toleraba, en cuanto encontraba un momento a solas aprovechaba para bajárselo hacia la papada.

—Es normal, jefe —explicaba a su interlocutor después de cortar—. ¿Sabe el dinero que hay invertido aquí?

El detective no había dormido bien ni ganaba tanto como para sentir mayor empatía por los inversores de Arcadia Building. Solo sentía asco. Le bastó una ojeada al muerto para sospechar un crimen violento.

—Lindo regalito para el forense —observó—. Nosotros somos discretos, pero, con semejante obra y el bombo que le dieron, no sé cómo van a manejar a los medios. ¿Dónde están los que encontraron el cuerpo?

Un vistazo le había bastado para advertir que el nivel socioeconómico del occiso no coincidía con aquel que se esperaba de los futuros habitantes de "Paradiso", como habían bautizado al barrio privado en ciernes.

—Con su compañera, jefe —señaló el encargado—. Allá.

A unos veinte o treinta metros, la oficial Romina Lacase dialogaba con una cuadrilla de obreros. Fernández se acercó.

—Buenos días, oficial. Buenos días —repitió, dirigiéndose a la media docena de individuos aglomerados.

—Buenos días —murmuraron a coro los reunidos.

—¿Algo interesante, oficial?

—No sé si *interesante*… —le respondió Romina, con ironía.

—¿Pero?

—Los muchachos encontraron el cuerpo a las dos horas de estar cavando. Se llevaron un buen susto.

Fernández recordó su propia impresión.

—O dos, cuando vieron cómo estaba, ¿no? ¿Quién lo encontró?

Romina se subió el barbijo para ocultar la mala cara. ¿Por qué era desagradable?

Uno asumió el rol de portavoz:

—Todos —dijo—. Con la excavadora, ¿ve?

Señaló la máquina estacionada cerca de donde aún yacía el cuerpo. Fernández no necesitaba corroborarlo.

—Continúe.

—Se trabó con algo, pensamos que era una piedra, un ducto o algo así. Le dimos más fuerte y...

—Apareció el brazo de entre la tierra —interrumpió otro inesperadamente, persignándose—. Casi lo levanto en el aire, del susto solté la palanca.

—Manejaba él —explicó un tercero.

—Entiendo —dijo Fernández, procurando mostrarse amable—. Romina, por favor, tómeles declaración, nos vemos después en la comisaría. Buenos días —se despidió.

Mientras se alejaba, podía sentir la mirada de reprobación de Lacase sobre sus espaldas, aunque sabía que no duraría mucho: tenía órdenes que cumplir, incluso sabía perfectamente cuál era su papel. Sin embargo, algo acrecentaba su malhumor. La visión de la cara desfigurada de la víctima volvió a su mente con ímpetu morboso: lo que quedaba, ya avanzado el proceso de descomposición, de una cara apenas reconocible como tal, deshecha de manera natural por los elementos desde el apresurado entierro.

Quiso creer que se trataba de otro mal recuerdo típico de su profesión, una imagen que cuanto antes se borrara de su mente, mejor. Pero ya alguien había intentado enviar ese cuerpo al olvido y allí estaba de regreso, inoportuno, reclamando una verdad con la que seguramente nadie saldría beneficiado, cuyos perjuicios, por lo menos para los socios de Arcadia Building, ya se empezaban a notar.

A medida que se acercaba, el olor se acentuaba. Volvió a inspeccionar los alrededores. Junto a los policías estaba la excavadora, impertérrita como un testigo inútil.

Apartó la mirada de la máquina y se orientó, decidido, hacia el cadáver, abriéndose paso entre sus atareados compañeros.

Quería analizar la escena una última vez, antes de que su cerebro la convirtiera en los datos de una ecuación. Sabía, por experiencia, que trabajaba mejor cuando la realidad lo acosaba, cuando la incógnita devenía una obsesión hasta resolverla.

Habían cubierto ya el cuerpo, sin retirarlo. Mejor. Le bastaba con saber, con sentir que estaba ahí abajo. El primero en dormir en Paradiso, donde alguien había querido darle su última morada.

¿Habría otros en ese inmenso baldío de tierras removidas perfecto para hacer desaparecer cadáveres? No le sorprendería demasiado.

Ahora, la constructora levantaría allí un Paradiso, por más muertos que encontrara. Solo se trataba de un intruso que desalojarían muy pronto. Pero… ¿cómo había llegado allí?

CAPÍTULO UNO

—Si pudieras elegir dónde vivir, cualquier ciudad del mundo, ¿dónde sería?

Nervioso en cuanto detuvo el coche, había dicho lo primero que le vino a la mente. Lo que fuera con tal de recuperar ese aire dichoso que habían compartido toda la noche. En el oscuro silencio, el semáforo rojo también parecía esperar respuesta.

Leticia frunció el ceño, curiosa.

—¿Y esa pregunta a qué viene?

—Qué sé yo —Miguel forzó una sonrisa—. Pregunto por preguntar.

Leticia se quedó pensando. Al cabo de unos segundos, se cruzó de brazos y dijo:

—París o Nueva York. No me puedo decidir.

—Tenés que elegir. Dos es trampa.

—Uh… Bueno. *Okey*. Dejame pensar… —decidió pronto—: creo que Nueva York.

—¿Creo? —preguntó Miguel.

—Estoy segura —confirmó—. Manhattan, para ser más específica. Un departamento con vista al Central Park. —Leticia hizo un ademán hollywoodense, como imaginando esa vida de ensueño—. Ahora te toca a vos.

El semáforo volvió a tornarse verde.

—Buenos Aires me alcanza y sobra —dijo, pisando el acelerador por la avenida.

No podía creer su suerte. Había pasado toda la noche temiendo cometer un error, el más mínimo, que rompiese esa escena onírica.

Contra todo pronóstico, lo había logrado.

Además, jamás había pensado poder ver un BMW M5 lo suficientemente de cerca como para poder tocarlo. Ahora maniobraba el volante de uno, como si fuera suyo. Y Leticia… ¿Cuánto había sufrido al intentar hacerse de suficiente valor como para invitarla a salir? De hecho, nunca pudo. Fue ella quien propuso la cita. Una invitación casual, a la salida de un examen, cuando sus compañeros ya habían dejado el aula atrás, y se encontraron repentinamente solos. Una sonrisa fácil, un *¿hacés algo el viernes a la noche?,* que culminó en el restaurante Kasoa y en una velada larga, de conversación repleta de risas, como si ambos se conocieran de toda la vida.

—No seas tan aburrido —se burló Leticia.

—¿Aburrido? —soltó Miguel, fingiendo indignación.

—De todas las ciudades del mundo, ¿elegís Buenos Aires? Esa es la respuesta de una persona aburrida. Todo un planeta por conocer, y elegís la ciudad donde naciste…

Miguel se rio. Estuvo a punto de decir algo, pero ella se le adelantó:

—¿Sabés qué? No te creo.

—¿No me creés?

—Ni un poquito —le ofreció una sonrisa pícara, que lo desarmó.

Miguel dio un resoplido.

—No sé a dónde me iría.

—¿Entonces te quedarías en Buenos Aires?

—No —murmuró—. Buenos Aires, no. La verdad es que detesto Buenos Aires.

Ella alzó una ceja, curiosa.

—*Detesto* es una palabra bastante fuerte.

—Sí. Ya sé.

—¿Y por qué no te vas?

—No puedo… mis viejos… —empezó, pero en lugar de terminar la frase aceleró para adelantar a otro auto.

Leticia no insistió. Había escapado, pero de nuevo sentía la amenaza del silencio. Se concentró en el coche, en la sensación de dominio que le daba conducirlo. Y recordó lo que sentía cuando tocaba la guitarra: la misma confianza, el mismo control sobre un instrumento que respondía a cada toque de sus dedos. Como la palanca de cambios del M5.

Atravesaban juntos las calles de una Buenos Aires curiosamente silenciosa esa noche. Al otro lado del parabrisas, se sucedía una seguidilla de autos bañados en la luz amarillenta de los faroles que bordeaban la Avenida del Libertador. Tenía a Leticia a su lado, sentada en el asiento del acompañante. Sin embargo, el apoyabrazos de cuero parecía una frontera infranqueable. La miraba de reojo mientras ella escribía en su teléfono celular. Todo había ido tan bien, aunque…

Leticia soltó un gruñido, como frustrada. Dejó el celular de lado, se corrió un mechón rubio de la frente y se puso a mirar por su ventanilla.

—¿Todo bien? —preguntó Miguel.

—Sí.

Él se estremeció. ¿Acaso había hecho algo para hacerla enojar?

—¿Segura?

—Sí, segura. Mi mamá se puso un poco pesada, nada más.

—Ya casi llegamos. Digo, por si tu mamá está preocupada porque es tarde o algo así.

Leticia se encogió de hombros, su vista todavía perdida en el paisaje afuera. Miguel suspiró con alivio. "Menos mal", pensó. El problema no era con él. Dobló la esquina para dejar Avenida del Libertador atrás y adentrarse en la zona de Palermo Chico.

—No es eso… Nada, nada. No importa —masculló, y giró para mirarlo—. La pasé espectacular. No quiero que se termine la noche.

Miguel se sonrojó, y escondió una sonrisa. Asintió con la cabeza, lentamente. Confiado, redujo la velocidad antes de tomar la calle a su derecha hasta adentrarse en la calle Juez Tedín. Una vez estacionado, puso el auto en neutral y se acercó a Leticia.

—Llegamos.

La joven levantó la mirada en dirección a la casa del otro lado de la vereda, pero se mantuvo inmóvil. Pasaron unos segundos en silencio. "¿Y ahora?", se preguntó. De nuevo nervioso, bajó la cabeza. Se aclaró la garganta y volvió a mirarla.

—¿Te acompaño hasta la puerta? —preguntó inseguro.

—No hace falta.

Se quedaron inmóviles, sentados el uno frente al otro, los faroles de la calle salpicando sus mejillas con luz. Un silencio incómodo inundó el espacio que los separaba.

—¿No me vas a dar un beso? —se impacientó.

Miguel bajó la mirada, sonrojado. Antes de que pudiese responder, Leticia cruzó la corta distancia que los separaba y lo besó. La respiración de Miguel se aceleró de repente. Se quedó inmóvil por un momento, intentando ignorar sus palmas húmedas, el calor de la boca de Leticia junto a la suya, la fragancia de su cabello cobrizo. Respiró hondo y devolvió el beso. Leticia se mordió los labios.

Así, en silencio, sin decir nada, la muchacha rompió el beso y abrió la puerta del coche. Miguel, atónito, la observó cruzar la vereda a paso ligero, casi flotando, abrir las puertas de roble macizo y desaparecer dentro de esa casa de tres pisos sin mirar atrás.

Al rato, cuando dejó atrás Palermo, de camino a su casa, conducía con una sonrisa de oreja a oreja, de esas que no se dibujaban en su rostro desde que era chico. Le temblaban las manos, las piernas, los brazos, y sus dientes castañeteaban levemente.

La felicidad lo devolvió a la noche de su primer concierto. ¿Cuántos años tenía?

¿Nueve? ¿Diez? Recordaba los vítores, los aplausos, como si estuviese allí. Su familia, sus compañeros de la academia de guitarra, su profesor... Todos se habían reunido para escucharlo lucirse sobre el escenario.

Recordó, también, su primer beso. Un beso tardío. Ya había cumplido los dieciséis años. Había sido el último de sus compañeros de colegio en darse un beso con una chica —uno de adulto, "con lengua" como le indicaban sus compañeros—. Cuando sucedió, sintió como si alguien le hubiese sacado una mochila llena de piedras. Tanto tiempo a la espera, tanta presión. El beso en sí mismo había sido una desilusión. Mojado, incómodo, un beso borracho, con una chica de la cual ni recordaba el nombre. Con Leticia fue distinto. No del todo lo que se había esperado —todavía algo le sabía mal—, pero *mucho* mejor que el de ese entonces en esa fiesta adolescente.

Bajó las cuatro ventanillas y pisó el acelerador a fondo. El coche le dio un sacudón, como una montaña rusa. En un pestañeo alcanzó la velocidad de ciento cincuenta kilómetros por hora. Las casas, los árboles, las luces de los edificios, los otros coches se convirtieron en un simple borrón luminiscente. El viento comenzó a azotarle el rostro. Se aferró del volante, riendo con fuerza. "Esto es vida".

Otro recuerdo le vino a la mente: luz cegadora y caleidoscópica, música ensordecedora. Otra boca tan cerca de la suya, esa mirada intensa...

Sacudió la cabeza para apartar el recuerdo de su mente. Hizo una mueca involuntaria; su lengua sabía a cobre y ceniza. Una vez salido de la autopista atrás, aminoró la marcha. Vicente López dio lugar a Martínez, Martínez a San Isidro. Al poco tiempo, el pavimento perdió su lisura y se tornó áspero, como corrugado. Miguel redujo la velocidad aún más y se concentró para evitar uno, dos, tres baches en el camino. Lo último que quería era dañar las cubiertas del BMW y tener que terminar la noche en un mecánico.

El sabor amargo de ese recuerdo no deseado se desvaneció

de su boca. Las calles de su infancia, de toda su vida, lo rodeaban. San Fernando. Reconocía cada esquina, cada detalle —el
bar de Ramiro, la mercería de doña Ruival—, a pesar de la
oscuridad asfixiante de esa noche sin luna.

Transitó las últimas cuadras con calma y estacionó frente
a su casa. Antes de cruzar las rejas que la protegían, se aseguró
de que el BMW estuviera bien cerrado. Echó un último vistazo al coche, rezando por lo bajo para hallarlo intacto al día
siguiente.

Cuando llegó a la cocina, encontró a su madre sentada en la
pequeña mesa de fórmica, con sus gafas de alambre fino puestas
y un cuaderno en la mano, preparando su próxima clase. Una
copa de vino a medio terminar esperaba inquieta a un costado.

—*Hey, mom* —dijo Miguel, con ese acento perfecto producto de haber crecido con una profesora de Inglés como madre. La mujer alzó la vista del cuaderno y sonrió.

—¿Cómo te fue? —le preguntó después de que él le diese
un beso en la mejilla—. *Did you kiss her?*

Miguel se sonrojó y bajó la mirada sin responder. Asintió
con la cabeza y se acercó hasta la heladera. Su madre siguió
observándolo en silencio.

¿Esperaba una respuesta? Buscaba una jarra de agua cuando
escuchó un estallido.

—*Shit!* —gritó una voz seca, como el reverso de la anterior.

Se volvió hacia ella. Su madre intentaba levantar las astillas
del suelo, entre el charco de vino sanguinolento.

—Soy una bruta…

Miguel se acercó a su madre y con delicadeza le tomó la
mano derecha. No, no se había cortado.

—Dejá, dejá, lo limpio yo —dijo Natalia.

Fue al lavadero en busca de una toalla. Cuando volvió a
la cocina, su madre todavía estaba allí, fregando las baldosas,
enojada.

—No puedo ser tan pelotuda. Esa copa costó una fortuna…

—Ya está, ma, ya está —la reconfortó Miguel. Se puso de

rodillas—. ¿Papá? —preguntó, mientras alzaba los pedazos de cristal más grandes con cuidado.

—*At the hospital.*

Echó un vistazo al reloj encima del microondas y frunció el ceño. Era casi medianoche.

—¿A esta hora? —preguntó.

Se puso de pie para enjuagar la toalla en la bacha.

—Lo llamaron de la guardia justo después de cenar. No creo que vuelva hasta la madrugada. ¿Qué necesitás?

Miguel se encogió de hombros.

—Nada, nada. Lo quería ver, nomás —bostezó. Echó un último vistazo al espacio donde la copa de vino había caído. Sin rastros del crimen. Sonrió satisfecho, y anunció—: Me voy a la cama.

—*Good night, sweetheart* —lo saludó con calidez y retornó la atención al cuaderno.

Miguel se dio vuelta y dejó la cocina atrás. La casa era muy distinta de la de Leticia. Un sola planta, típica con ladrillos a la vista y tejas, dos habitaciones y un solo baño para los tres, motivo de disputas todos los santos días. Los muebles estaban en buen estado, pero no los habían cambiado desde los años 90, el suelo siempre limpio, pero todo tenía ese lustre opaco propio de años de desgaste. Miguel soñaba con una vida sin preocupaciones monetarias. Con el paso de los años había tomado la costumbre de guardarse esos sueños para no incomodar a sus padres, que parecían avergonzarse cuando les preguntaba por qué no podía tener el robot superpoderoso con luces que quería, o unos botines de marca, o un televisor de pantalla plana, o una moto como la de su amigo Facundo.

"Tiene el tamaño perfecto", solía decir Natalia cuando, de niño, le preguntaba por qué no se mudaban a una de esas casas en los nuevos barrios privados de San Isidro, con jardín y pileta, como las de algunos de sus compañeros de colegio. "No necesitamos más que esto. Una casa más grande daría demasiado trabajo, ¿quién la va a limpiar?, ¿vos?", siempre la misma frasecita.

Miguel cruzó el estrecho *living*-comedor y entró en el pasillo, derecho hasta su habitación. Lo acompañaron las fotos inmovilizadas en las paredes. "Miguelito en su bici, 2003", "Tarde con helado de frutilla en Olivos, 2005", "Ostende, verano 2009". La madre solía titular las fotos como sus clases. "¿Cuántos veranos habremos pasado en Ostende, sin poder alquilar nunca una casa en Pinamar?", se preguntó.

La cama de una plaza lo esperaba contra la pared a su derecha. Dejó el celular en la primera repisa, en el único hueco que quedaba entre cómics, trofeos de fútbol y tenis. Le faltaba altura para un buen saque, pero tenía un buen *drive*. Su profesor siempre le decía lo mismo: "Altura, tigre, falta altura". En fútbol, en cambio, ser bajo ayudaba para el medio campo.

"Tan bueno en tantas cosas, pero no me animo ni a darle un beso a una chica cuando la tengo pegada al lado", pensó con desgana. No importaba. Leticia se había encargado ella misma de que el beso sucediera.

Miguel no pudo evitar un bostezo, esa noche le había drenado hasta la última gota de energía. Se sacó la campera de *jean*, la arrojó sobre la silla y se acercó hasta el escritorio contra la ventana. Del bolsillo de su pantalón sacó la llave del BMW y la apoyó con cuidado sobre la computadora. Hizo a un lado los libros de *marketing* digital —sin cerrarlos, los necesitaría a la mañana siguiente para estudiar— y el resumen de la facultad.

Descalzo, casi desnudo, caminó hasta la ducha. Cuando volvió a su habitación, con el pelo negro mojado y una toalla enrollada a su cintura, lo hizo con una extraña sensación de calma. Su madre seguía en la cocina, podía escuchar el rasgar de la lapicera sobre el papel.

Miguel cerró la puerta y caminó hasta el espejo. Dejó caer la toalla al piso y estudió su cuerpo desnudo por un momento. En comparación con la mayor fortaleza de sus piernas, gracias a los años de fútbol, bicicleta, tenis y otros deportes, su torso era delgado, encima lampiño. Veintitrés años, casi veinticuatro, y poco había cambiado desde que pegó el último estirón durante su adolescencia. La cicatriz de la operación de apendicitis se burlaba siempre de él. Suspiró insatisfecho. Aún parecía un niño.

"No entiendo cómo a Leticia puede gustarle esto", pensó palmeándose la piel lechosa. Se alejó del espejo. Sacó del ropero una remera desteñida y *boxers* negros. Se acercó al rincón donde esperaba, siempre, su guitarra: una hermosa Seagull electroacústica que su padre le había regalado al egresar de la secundaria. "Miguelito, egresadito", ironizó.

Estudió con cuidado la madera rojiza, esas cuerdas de acero resplandeciente, pero decidió no sacarla de su pie. Tenía un largo día de estudio por delante mañana, "las tiendas *online* captan en mayor flujo de clientes", repitió obediente el power point que había presentado el profesor. Mejor irse a dormir. Apagó el velador, saludó al superhéroe que lo protegía desde su mesa de luz, como hacía siempre desde que tenía memoria, y se metió en la cama. Estaba a punto de cerrar los párpados cuando escuchó su teléfono celular vibrar sobre la mesa de luz. Un mensaje de WhatsApp de Leticia:

«Cuándo nos vemos de vuelta?», decía.

Miguel sonrió por lo bajo y se apresuró a responder.

CAPÍTULO DOS

Otra vez me cortó. "Esta es su manera de terminar las discusiones —pensó Fernández—. En el mismo punto en que las empieza: gritando y sin querer escuchar". Su ex era terca, pero él mantenía sus convicciones inamovibles.

Aunque de poco le servían todos estos análisis, repetidos. Otra vez se encontraba frente a un muro, o —mejor dicho— frente a una puerta cerrada con la cerradura cambiada.

Manejaba su coche por las castigadas calles de San Fernando, donde prestaba sus servicios desde hacía tantos años, "toda la vida".

Fernández de San Fernando, insistían los compañeros… los testigos, los sospechosos y otros policías, parecía el chiste obligado. Pero a él, más bien, en sus raros ataques de superstición, le parecía un destino: había crecido allí, se había casado con una chica de allí y había vivido al servicio de esa comunidad.

Podría haber tenido otros horizontes y sin embargo se limitaba a esos, resignado pero convencido.

★ ★ ★

Luis podía escuchar el débil chasis forcejear contra las calles empedradas del barrio y el motor próximo a fallar. Pero ambos ruidos, pertinaces, le resultaban tan reconocibles que le permitían conducir con confianza. El pequeño Hyundai siempre había sido así, desde que lo había comprado en esa casa de usados chapada a la antigua. Igual que él, según algunos de sus detractores. Pero sabía que su coche, contrariamente a ciertos individuos, jamás lo dejaría en la estacada aunque diera la impresión de estar en las últimas.

No podía decir lo mismo de Laura. Le había cortado la llamada en plena discusión, otra vez. ¿Cómo se suponía que podría arreglar su matrimonio si, cada vez que intentaba hablarle, Laura le gritaba y luego cortaba el teléfono?

Dobló la esquina y volvió a marcar el número. Sonó una y otra vez, luego escuchó el contestador. El detective lanzó el teléfono celular al asiento del acompañante, frustrado. ¿En qué momento, su vida se había desmoronado de esa manera? "No sos un buen padre, nunca lo fuiste", lo había acusado Laura con una voz helada: "Cuando pidas disculpas por lo que hiciste, ese día vamos a poder hablar". Ya le había pedido disculpas cientos de veces: "No es a mí a quien le tenés que pedir disculpas".

—Ese pendejo de mierda —murmuró, apretando los dientes. No hacía falta ser detective para darse cuenta de que el derrumbe repentino de su matrimonio coincidía con el tiempo transcurrido desde ese día en que no pudo ignorar lo evidente.

Buscó la pastilla para la hipertensión, siempre se olvidaba la hora para tomarla. "Tiene que reducir 13 cm la circunferencia abdominal, Fernández", había sentenciado su cardiólogo.

Antes de meterse en su oficina, pasó por el bar en la esquina, donde lo conocían bien. Bastaba un gesto distraído para saludar al mozo. Ni siquiera tenía que pedir el primer café: les bastaba verlo llegar para prepararlo.

—¿De grasa o manteca, oficial?

—Hoy nada, Mario —masculló tocándose los 13 cm de circunferencia.

Agradeció con un gesto de la cabeza cuando le trajeron el expreso, sintió el aroma incomparable con los del café de máquina: luego de quince años ya no tenía tolerancia para esa agua terrosa, que sabía a óxido a partir del tercer sorbo.

Sentado a la barra —un claro indicador de que no se quedaría mucho tiempo—, revisó mentalmente el caso. Cuando acabó, pidió otro. Superaba incluso mejor el de su propia máquina exprés.

—Gracias, oficial.

Dejó unas monedas sobre la barra, salió a la vereda y caminó bajo el sol los metros que lo separaban de la oficina.

El momentáneo bienestar desapareció en cuanto entró al edificio. La central, un antro de contradicciones: enorme pero estrecha; piso de granito del principio del siglo XX, atravesada de tubos fluorescentes, aun así lúgubre, poblada por sillas de caño y escritorios de fórmica. Los expedientes aguardaban cubiertos de moho en las estanterías de metal. Ningún cajón cerraba bien. Todavía estaba la foto del intendente del 87.

Pero, a la vez, bullía de movimiento, repleta de oficiales y secretarias luchando con los teclados sin letras que se gritaban de una punta a otra reclamándose expedientes o formularios. Los teléfonos sonaban sin dar respiro, solo destacaban eventuales palabras flotando casi a los gritos para hacerse entender.

Para Fernández, apenas era un ruido de fondo. Después de todo, en el océano de voces desembocaban ríos de sangre y los riachuelos de las pequeñas contrariedades habituales, desde trámites hasta delitos menores. Lo más grave convivía con lo más burocrático.

"El zoológico de San Fernando": así había bautizado Romina a la central en su primer día. La mujer más inteligente que había conocido tenía tan solo veintidós años entonces. Habían pasado ocho años desde aquella mañana. Ocho años que ahora le parecían una vida entera.

Romina era una chica recién salida de la academia, lo bastante lúcida como para saber que no bastarían todos sus esfuerzos para asegurar cada vez el triunfo de la ley sobre el delito, pero lo bastante joven también para creer, cada vez, que lograrían hacer justicia. Con los años había tenido que encajar, como él, más de un golpe en esa fe inicial. Pero no había perdido entereza ni capacidad de lucha, por eso se había convertido en su mano derecha. No hacía falta explicarle cada cosa para que entendiera.

Cada vez que necesitaba apoyo, Romina acudía a su mente. ¿Por qué no la trataba mejor?, pensó, con un atisbo de remordimiento, mientras ocupaba su lugar detrás del escritorio. En realidad, no siempre había sido así. Afortunadamente, ella sabía por qué se le había estropeado el humor con los años.

Inspeccionó los papeles sobre su escritorio. Lo más urgente era el caso del "cadáver del Paradiso".

Ni siquiera se había presentado nadie a reclamar al muerto, que ya era noticia pasada en los diarios, pero desde el punto de vista policial aún era un cadáver "fresco" sin identificar. Tal como se encontraba, no podía haber pasado demasiado tiempo desde que lo enterraron, sin duda convencidos de que nadie iría a encontrarlo dos metros bajo tierra en ese páramo olvidado de la mano de Dios, aunque no de la de los inversores.

"Primera pista", se dijo, riéndose un poco de semejante indicio, que no descartaba a mucha gente. "El o los que lo hayan enterrado ahí no tenían idea de los planes de desarrollo de los constructores o de la municipalidad. Yo mismo podría haberlo hecho", bromeó consigo mismo, lo que, al fin y al cabo, no dejaba de sentarle bien.

Sonó el teléfono. No el suyo, sino el de su oficina. "Afortunadamente", pensó por un instante y atendió de inmediato.

—Fernández —dijo.

—Fernández *de San Fernando* —corrigió una voz que no le molestó, porque se conocían desde hacía años—. Aquí Ferraro. Tengo noticias para vos, pibe.

Ferraro era el forense.

—¿Algo interesante?

—Creo que sí. ¿Podés acercarte un momento?

CAPÍTULO TRES

Miguel esperaba frente a una puerta de madera reforzada con vigas de acero, el dedo aún apoyado en el timbre que acababa de tocar. Canturreaba una canción de las de antes: *"There's a town in north Ontario…"*. En la otra mano llevaba el teléfono celular, las burbujas blancas de mensajes habían quedado intactas desde la noche anterior.

Leticia, increíblemente, todavía le hablaba. Podrían haberse quedado chateando hasta el amanecer si no fuese porque se quedó dormido con el celular en la mano y una mueca de enamorado en los labios.

Hubo un fuerte crujido. Miguel levantó la vista del celular para encontrarse con el metro noventa de Facundo.

—Qué hacés, Miguelito.

Apoyado contra el marco de la puerta, le ofreció el puño. Vestía una remera blanca, lisa y apretada, que le marcaba los músculos y un *jean* del color de sus ojos oscuros. Su cabeza llegaba casi al marco de la puerta.

Miguel guardó el celular en el bolsillo y chocó el puño de Facundo con el suyo.

—¿Cómo va?

—Igual que siempre —respondió y alzó la mirada por sobre el hombro de Miguel, en dirección a la calle—. ¿Sano y salvo?

Miguel se volvió, siguiendo la dirección de su mirada. El

29

BMW esperaba estacionado del otro lado de la calle, inmaculado.

—Sano y salvo —dijo—. Gracias, capo. Mil gracias —insistió, entregándole las llaves.

—Olvidate… —respondió, haciendo girar el llavero en su dedo índice

—No, en serio. Un lujo manejar un coche así…

—Tranquilo. Para algo están los amigos. La próxima vez que lo necesites, avisame con más tiempo, ¿puede ser? Normalmente los viernes salgo y me lo llevo.

Miguel asintió obediente.

—¿Cómo estuvo la noche? ¿Bien? —preguntó Facundo.

—Bien.

—¿Muy bien?

—*Increíble.*

Facundo sonrió de oreja a oreja y dio un paso hacia adelante, saliendo a la vereda. Sacó un paquete de cigarrillos de su bolsillo derecho, mientras Miguel sentía vibrar el celular. Leticia le escribía y le escribía y le escribía. El último mensaje: «Podríamos ir al Temple Bar, ¿no? Tiene un Instagram que estalla. Hace mucho que me lo recomiendan y nunca fui».

Miguel sonrió por lo bajo. "¿Qué hice yo para merecerme esto?". Facundo lo observaba divertido. Abrió la boca como para decir algo, pero la cerró segundos después. Sacó otro cigarrillo del paquete y se lo ofreció.

—No, no, gracias. Dejé hace un par de meses.

Facundo alzó una ceja, sorprendido.

—Qué bien que hacés… —volvió a guardar el cigarrillo en el paquete. Comenzó a caminar lentamente en dirección al BMW, seguido por Miguel.

—Impecable —dijo Facundo, inspeccionando el auto—. Todo parece estar *okey.*

—Te llené el tanque, también —señaló. Facundo le lanzó una mirada un tanto burlona. Le dio otra pitada a su cigarrillo, y se dio vuelta, apoyándose en el capó.

—Siempre tan correcto... Nos tenemos que ver más seguido.

—Sí, de una.

—¿Almorzamos? Hay una parrilla copada acá cerca.

—Hoy no puedo. ¿Mañana? —Facundo dejó escapar un suspiro, como decepcionado.

—¿Tenés que estudiar?

—Mañana rindo un final *heavy*. Corté para traerte el auto, nada más. Tengo que meterle hasta la noche.

—Seguro ya sabés todo.

—No, ni ahí —murmuró con timidez.

—Dale, almorzamos y después seguís. ¿Hace cuánto que no nos comemos una buena provoleta juntos? ¿Qué sentido tiene pasarse la vida estudiando?

Miguel pensó por un momento. Luego, sacudió la cabeza y levantó las manos a modo de disculpa.

—No, hoy no —trató de sonar decidido—. Tengo que estudiar.

Facundo hizo una mueca, pero no dijo nada. Se alejó del auto y caminó hasta la puerta de su casa. Miguel trotó hacia él, y dijo:

—Perdón, Facu, en serio. —Lo tomó de la mano para detenerlo; sin embargo, su amigo se apresuró a rechazar el contacto.

—Todo bien —le sacó la mano con un gesto brusco. Miguel dio otro paso hacia adelante, intentando interceptar a su amigo. Quiso decirle algo, pero Facundo ya le había cerrado la puerta en la cara.

★ ★ ★

Horas más tarde, Miguel cenaba en su casa, con desgana. Sus padres hablaban entre ellos, pero no les prestaba atención. Su boca sabía amarga, como todo el día desde que había partido de lo de Facundo. "Soy muy pelotudo…", pensó mientras bebía agua. Había hecho lo correcto negándose al almuerzo.

¿Por qué le preocupaba tanto la desilusión de su amigo? Habría sido mucho más divertido pasar el día tomando cerveza con él, no estudiando. Sí, Facundo había sido muy generoso con él al prestarle el auto, pero aun así... Miguel soltó un insulto por lo bajo, y empujó su plato, casi lleno, hacia adelante. Se levantó de la silla.

—¿Pasa algo, Migue? —preguntó su padre.

—Cansado, nomás —forzó un bostezo.

—¿Mucho estudio? —se sumó su mamá.

—Demasiado.

—Dará sus frutos —vaticinó Julio—. Ya casi estás. ¿Cuántas materias te quedan? ¿Cuatro? ¿Cinco?

—Siete —murmuró por lo bajo, levantando su plato de la mesa—, dos este año y todas las del año que viene—. Hizo una pausa y luego continuó, como intentando convencerse a sí mismo—. Pero la de mañana es muy importante. Si no apruebo, no voy a poder cursar dos de cuarto que son correlativas.

—Con más razón, entonces —continuó Julio—. Seguí estudiando. Mucho mejor sufrir ahora un poco y no retrasarse como esos pibes que se demoran siete u ocho años en terminar la carrera.

"¿Por qué no se va bien a la mierda?". El pensamiento lo sorprendió. Por un momento, temió haber pronunciado esas palabras. Pero se limitó a asentir. Se acercó a la cocina y puso su plato sucio en remojo dentro de la bacha de acero inoxidable. De inmediato, una oleada de vergüenza le recorrió el cuerpo. Sus padres habían sacrificado tanto por él ¿y era eso lo que se le venía a la mente? "Sos un desagradecido".

Apretó sus dientes. Necesitaba terminar la carrera lo antes posible. La Universidad de San Andrés ofrecía una cartera de trabajos a los graduados. Era su única escapatoria, su boleto a un futuro de lujos y tranquilidad económica. La vida era así, ¿no? Al menos una bien vivida. Sacrificar el presente a cambio de un futuro mejor. Ese era el mantra de su padre, ¿qué otra opción tenía?

¿Qué sentido tiene pasarse la vida estudiando? La voz de Facundo resonaba en su cabeza, inesperada.

En cuanto entró a su habitación fue derecho a la silla, decidido a retomar los sistemas de métricas en plataformas digitales. Pero, al abrir el primer libro, recibió un mensaje de Leticia. Se forzó a ignorarlo. Se calzó los lentes que usaba solo para estudiar. Pasaron una, dos horas, y su determinación comenzó a flaquear. Centró la vista en el apunte, sin éxito. "El ROAS es el retorno de la inversión publicitaria, si invertiste 30 mil, pero facturaste 450 mil, entonces…". Las letras y los números se habían vuelto un borrón incomprensible. ¿Esto era lo que quería hacer de su vida?

"No tengo opción", se dijo. La última vez que había intentado hablar con su padre sobre abandonar la carrera… Dejó escapar un suspiro hacia la ventana entreabierta. La luna se filtraba, empalideciendo las estrellas a su alrededor. Saltó de la silla. "Un recreo corto, después sigo". Levantó la guitarra de su pie con solemnidad y comenzó a tocar. Era tarde, pero sus padres nunca se habían quejado por el ruido. Les gustaba oírlo, aunque no seguía los lineamientos del conservatorio. "Un poco de rock, ma", quiso explicarle cuando le pedían *El concierto de Aranjuez*. "No soy Paco de Lucía".

Abandonado a lo que le saliera, la melodía brotó de él con fluidez. Sus dedos danzaban sobre las cuerdas. Cantaba en susurros, como siempre. Nadie sabía que cantaba, o que le hubiera gustado cantar, también. Dibujó una sonrisa involuntaria, vagamente melancólica. Imaginó un público invisible escuchándolo: le hubiera gustado cantar para ellos, aunque jamás se habría atrevido a enfrentarlos así.

Sin embargo, con la guitarra como escudo era otra cosa. Improvisaba sin dejar de asombrarse de la música que llevaba dentro. ¿Por qué no podía sentirse así más seguido?, pensó mientras enlazaba esa parte espontánea con el estribillo de *Time waits for no one*, que fue directamente a sus dedos sin pasar por su mente, con toda la agilidad y la destreza innata que le faltaban para otras cosas. ¿Por qué el resto de su vida no era tan simple, tan fácil, como su música?

Vibró su teléfono celular, escondido bajo una pila de apuntes, y Miguel dejó de tocar. *El tiempo no espera a nadie.* Dejó la guitarra, fue al escritorio y rescató el celular. La pantalla deletreaba el nombre de Facundo de Tomaso en letras blancas sobre un fondo negro.

—Ya estudiaste suficiente —lo saludó Facundo. No era una pregunta, sino una aserción.

—Facu, ¿qué pasa?

—Te estoy yendo a buscar —la voz sonaba un tanto extraña, pero resuelta, sin lugar para vacilaciones como las de esa mañana.

—¿Por?

—Hoy salimos.

Miguel soltó la guitarra de golpe.

—Loco, ya te dije que mañana tengo un fi…

—Ya te sabés todo, estoy seguro —interrumpió—. Tengo entradas VIP para Jet, toca un DJ de esos que te gustan a vos. Todo pago.

—Pero…

—Nada de "peros" —interrumpió enfáticamente—. En quince estoy ahí. Tenés hasta tiempo para bañarte. Te espero afuera —hizo una pausa—. Me debés una por haberte prestado el auto —agregó antes de cortar.

«Leti, pregunta», escribió Miguel minutos más tarde. Se mordió los labios, rogando que Leticia estuviese despierta.

Pasaron segundos y vibró el teléfono.

«¿Qué pasa?».

A toda prisa, con errores, lo escribió. Leticia no tardó en responder.

«Andá», decía el mensaje. «No rendís tipo 12? A las 2 tomate un taxi».

Pensó un largo rato antes de escribir:

«Sí, tenés razón. Como siempre. Gracias».

Una sensación de adrenalina, como una corriente eléctrica, le recorría el cuerpo. Sentía su mente como una olla a presión que acababa de ser destapada. Corrió hasta el baño, donde se duchó con rapidez. Luego eligió la camisa rosa, de cuello bajo. Se sintió sorpresivamente satisfecho con la imagen del espejo.

—Vuelvo en un rato —le dijo a su madre al pasar por la cocina—. ¿Dónde está papá?

—Se fue a dormir —respondió Natalia—. Tiene una cirugía a las cinco de la mañana. ¿Por?

—No le digas que me fui, ¿puede ser? Te prometo que no vuelvo tarde.

No quiso escuchar la respuesta. Salió a la vereda desierta. La adrenalina que había alimentado su cuerpo hasta ese momento se desvaneció de golpe. ¿Dónde estaba Facundo? De nuevo sintió miedo. ¿Qué pasaría si se presentaba a rendir, cansado, sabiendo que no había puesto el máximo de su esfuerzo para prepararse? ¿O si su papá descubría que había salido de noche, en vez de estudiar o dormir? Ya podía imaginarse la cara de desilusión. ¿Había hecho bien en pedirle a su mamá que no le dijera nada? Julio no se enojaría, ni siquiera le levantaría la voz, pero esa mirada de desazón superaba cualquier enojo. Tan solo pensarlo le produjo un escalofrío.

Estaba por mandar un mensaje para suspender el programa cuando un motor rugió a la distancia. Después de un momento, como una criatura siniestra, apareció un auto girando la esquina a toda velocidad. Miguel reculó involuntariamente, saliendo de la calle y volviendo a pisar la seguridad de la vereda. El BMW se detuvo a un solo paso. Facundo llevaba una campera de cuero a tono con los *jeans* y su auto. Obediente, Miguel subió a su lado. "Ya está —pensó mientras veía su casa alejarse a través del espejo retrovisor—. Ya te fuiste. Ahora, relajate y disfrutá".

Una hora más tarde, estaba sentado en los sillones de cuero negro en el sector VIP, su espalda contra la pared, elevado un metro por sobre el resto. Solo. Hacía ya más de quince minutos que Facundo había desaparecido en algún rincón oscuro con su última conquista. Una modelo, seguramente. Actriz, quizás.

Miguel apenas había compartido dos o tres palabras con ella. ¿Cómo había dicho que se llamaba? Vanesa.

Más allá, un mar de cuerpos empapados en luz roja y verde cubría la pista. Hombres y mujeres de distintas edades bailaban, solos o en pareja, moviendo los pies, los brazos y las cabezas al son de la música que parecía emanar de cada ángulo, cada centímetro del lugar. Miguel alternaba su atención entre ellos y la conversación por WhatsApp que mantenía con Leticia, que insistía en intentar librarlo de su culpa y su preocupación para que disfrutase de la noche con su amigo.

Siempre quería salir o, mejor dicho, siempre le gustaba la *idea* de ir a un boliche a bailar y emborracharse; pero cada vez que lo hacía, y aceptaba que Facundo lo pasase a buscar, se olvidaba del simple hecho de que, una vez en el boliche, jamás terminaba pasándola bien. No era un lugar para alguien como él. Demasiado tímido, demasiado introvertido, había diagnosticado la psicopedagoga del colegio. Pero a Facundo le gustaba salir. Si quería estar con él, tendría que salir, también.

Cuando le dio respiro al celular, advirtió que su amigo se acercaba a la entrada del VIP de la mano de Vanesa. Facundo hizo un gesto al patovica que protegía la entrada al sector, vestido todo de negro con un auricular en el oído; este escuchó con atención, asintió con la cabeza y le abrió paso entre la muchedumbre. Antes de cruzar, Facundo susurró algo al oído de Vanesa, que asintió tímidamente, se llevó la mano al bolsillo de su campera y sacó un fajo de billetes. La joven partió hacia la barra, seguida por la mirada de Facundo en su trasero. Entonces su amigo fue hacia él.

—Cómo te cuesta pasarla bien, ¿no? —Miguel abrió la boca, pero no alcanzó a responder—. Te conozco desde el jardín, Miguelito —dijo—. Estás pensando dos cosas: la primera, "Tengo que estudiar, qué hago acá, me van a bochar", etcétera...

Miguel permaneció en silencio.

—La segunda —continuó— es: "¿Cómo carajo hizo Facu para conseguirse una mina como esta?".

Miguel no pudo evitar soltar una carcajada suave.

Sacudió la cabeza.

—Le erraste —mintió, intentando sonar casual—. La estoy pasando bárbaro y también sé cómo hiciste para que la mina te diera bola.

—¿Sí? —alzó una ceja, divertido. Se sentó sobre la mesita redonda, a espaldas de la muchedumbre—. ¿Cómo hice?

—Igual que siempre. La chamuyaste hasta cansarla. Le quemaste la cabeza. No sé cómo, pero a vos siempre te funciona esa técnica. Bah, supongo que fue eso, porque está claro que no te la levantaste gracias a tu facha.

Facundo levantó ambas manos, como si rechazara un golpe y luego soltó una risotada larga.

—Ay… Miguelito, Miguelito —resopló—, cómo se nota que todavía no entendés nada. —Estiró el brazo, para alcanzar dos copas desde el otro extremo de la mesa y la botella de champán—. No importa, no importa. Ya vas a aprender. Mejor dicho: ya te voy a enseñar.

—¿Enseñar qué, loco? —preguntó, aflojándose.

—Todo.

Le ofreció una de las copas e hizo un ademán invitándolo a brindar.

Aceptó la copa, brindó con Facundo y bebió un sorbo. El líquido le produjo un cosquilleo en el interior de su boca, atravesó, helado, su garganta y sintió entonces como si el estómago se le llenase de luz. Abrió la boca para ponderar el Dom Pérignon, pero… su amigo giró de repente, como si una alarma sonara en su cabeza. Apoyó la copa en la mesa de un sobresalto.

—¿Facu? —preguntó, preocupado, pero él no le prestó atención. Lo vio alejarse hasta el límite entre el sector VIP y el resto del boliche, la baranda de metal pintada de negro alquitrán.

Allí lo esperaba un chico de no más de veinte años, alto y escuálido, vestido con una camisa búlgara multicolor y aros en cada oreja, haciendo señas con la mano. El joven sonrió ampliamente al verlo llegar, pero su amigo no compartía ni una pizca de esa alegría.

Mientras el joven lo invitaba a cruzar la baranda y unirse a él en la pista, Facundo mantenía estoicamente su distancia. Por fin se acercó y le dijo algo. Pero el chico, a diferencia de Vanesa, dio un paso atrás, como asustado, y enseguida empezó a hacer gestos de evidente disculpa con las manos.

Facundo, entonces, se acercó a él. Solo la baranda negra los separaba. De inmediato, se llevó la mano izquierda al interior de la campera y de allí sacó algo que le dio al chico. Después dio media vuelta y se alejó rápidamente de él, abriéndose paso entre el gentío ahora sin más ayuda que la de su propia y desigual potencia física. Tras un momento de desconcierto, el otro se guardó enseguida lo que fuera que Facundo le hubiera dado y no tardó en desaparecer.

—¿Quién era? —preguntó Miguel.

—Nadie.

—¿Seguro?

—Sí, sí, tranquilo —arrojó los lentes oscuros a la mesa—. Un pesado que quería que lo ayudara a entrar al VIP.

—Ah… —murmuró Miguel, sin atreverse a preguntar qué le había dado.

Facundo arrebató su copa de champán de la mesa y la bebió entera de un trago. "¿Dónde carajo está esa chica?", murmuró por lo bajo, disgustado frente a la botella vacía.

—¿Quién? ¿Vanesa? No sé, nunca volvió.

—Se suponía que tenía que traer otra botella… Primera lección, Miguelito. Si querés que algo se haga bien, tenés que hacerlo vos. Nada de dejarlo en manos de otros. Menos, de una hueca como Vanesa. Vamos.

Miguel vaciló.

—Arriba, dale —ordenó.

Revisó que no hubiera ningún mensaje nuevo de Leticia mientras seguía los pasos de Facundo hasta la salida del VIP. El guardia esta vez se precipitó a abrirles paso, con el beneplácito de

Facundo, que no se detuvo hasta llegar a la barra, donde con un gesto discreto pero imperioso llamó la atención de uno de los *bartenders* —una chica joven, tan bella como Vanesa, o más—, que enseguida se apartó del cliente con el que estaba. Facundo alzó cuatro dedos, la chica asintió y pronto tuvieron delante cuatro vasos del tamaño de un pulgar, llenos hasta el borde de un líquido dorado y resplandeciente.

—¿Cuatro? —preguntó Miguel.

—Dos para cada uno —explicó con una risita diabólica, y le entregó el primero de los vasos.

—¿Y el limón? ¿La sal?

—*Nadadeesasputadas* —chistó, acercando el vaso hasta la altura de sus labios—: Una, dos, y… ¡tres!

Miguel no tuvo otra opción que seguirlo. El tequila encendió su lengua y le quemó la garganta. Antes de que pudiera tomarse un respiro, Facundo comenzó la cuenta una vez más: "Uno, dos y…". Miguel bebió el segundo vaso e inmediatamente su entorno empezó a tambalearse. Se volvió hacia su amigo, como buscando un punto de apoyo. Lo encontró con la mirada perdida en la pista.

—Vanesa debe de estar en la mesa —gritó para hacerse oír sobre la música—. ¿Vamos para allá?

—No —respondió, sin elevar la voz—. Ahora vamos a bailar, vos y yo.

Miguel sintió que se ahogaba. El trago había sido demasiado fuerte.

—Facu, escuchá, ya es tarde y mañana tengo que…

Facundo lo agarró del brazo, con la misma autoridad con que se había dirigido antes a la *bartender*.

—Bueno, bueno. Un tema, y después en serio me tengo que ir. ¿*Okey*?

Facundo lo arrastró como un niño juguetón hasta el centro mismo de la pista de baile. Miguel sintió que perdía el aliento entre los innumerables cuerpos que se apretaban contra el suyo. Parecían bailar todos con todos. También su amigo bailaba frenético entre los demás, a su lado, sin contenerse. ¿Y él? Sacudió la cabeza, intentando despejarse y a la vez dejándose llevar por el ruido, las luces, el movimiento colectivo.

Sí, eso debía hacer, se dijo, comprobando la alegría de los poseídos, que se agitaban a su alrededor. Empezó a sacudirse también él con esa salvaje intensidad, más y más rápido, como cuando con la guitarra redoblaba el ritmo y se iba cada vez más alto, más alto, olvidando cuanto dejaba abajo en su aspiración de ascender.

CAPÍTULO CUATRO

Ferraro era así. Le gustaba hablar las cosas personalmente, no por teléfono, mucho menos por mensaje de texto. Quizás era una compensación por los aspectos desagradables de su oficio: que los otros vieran lo que él tenía que ver todos los benditos días. Algunas de sus charlas más interesantes habían tenido lugar en la morgue, junto a la camilla donde yacía frío quien fuera que sirviera de pretexto.

Como sus datos solían ser útiles, Fernández se plegaba a sus costumbres. A menudo, Ferraro ilustraba sus conclusiones señalando con un puntero las magulladuras del cuerpo. Pero esa mañana, atento quizás a la condición particular del cadáver en cuestión, lo había citado en su oficina.

—Ya imaginarás que plantaron al muerto.

—¿Cuánto hace que lo enterraron?

Porque así eran sus conversaciones, a pesar del aprecio que Fernández y Ferraro se tenían. Era como un juego en el que se ponían a prueba o, más bien, Ferraro lo ponía a prueba a él.

—Unos ocho o nueve meses —respondió Ferraro—. Al revés que un parto, contra natura —agregó con su humor macabro—. Se ve que no era gente muy informada.

—¿Sabías que ya estaban los pliegos para construir?

—Saber, saber, no. Pero que semejante terreno no iba a

seguir siendo siempre la jungla salvaje se podía sospechar. Parece que ya retomaron las obras, ¿no?

—Sí —confirmó Fernández—. Metieron una cautelar.

—Una gran contribución al partido de San Fernando, los muchachos de Arcadia Building —asintió Ferraro con burla—. *Queremos atraer a los vecinos al Paradiso* —ironizó repitiendo el eslogan.

—¿Qué más encontraste?

Le lanzó un sobre. Fotos, gráficos, lista de llamados, facturas, declaraciones testimoniales... Lo mismo de siempre. Prefería oír las impresiones del forense, sin tanto papelerío, pero a Ferraro le gustaba contar con material de apoyo.

—Fijate —señaló—. Un hematoma aquí —le indicó lo que parecía un punto en la cabeza, una mancha que él no acabó de ubicar— y otro aquí. Y varios más por todo el cuerpo —cambió de imagen—. En la espalda, en las piernas. Golpes y raspones. Como si hubiera rodado. Te lo dejo a vos, que sos el detective. Mirá —insistió—. Esto es decisivo. Traumatismo craneal. Grave —aclaró—. Daño axonal difuso de la materia blanca cerebral.

—En criollo.

—Esto viene de un golpe muy fuerte en la parte posterior del cráneo. Lo más probable es que sea lo que lo mató, o el tiro de gracia.

—¿Y lo demás?

—El cerebro presenta contusiones en un área difusa. Difícil de precisar. Todo el cuerpo está muy golpeado, pero me juego por la zona occipital.

—¿Una muerte instantánea?

—No necesariamente. Puede entrar en coma antes y durar así un tiempo. Nada seguro.

Fernández meditó un instante.

—¿Una paliza?

—No, no creo. Incluso son golpes demasiado fuertes, no como cuando a alguien lo golpean durante un rato y van subiendo la intensidad. Es un caso diferente.

—¿Hipótesis?

—Podría ser una caída desde altura.

—¿Sin testigos? Raro.

—Pero tiene golpes por todas partes. En una caída puede haber un rebote, pero en general las contusiones aparecen en el lado que haya recibido el golpe. Si alguien se tira de un balcón, por ejemplo.

—O lo tiran.

A Ferraro no le gustaba mezclar las evidencias con las hipótesis.

—De todos modos, no sucedió así el hecho —dijo, empezando a guardar el contenido del sobre otra vez en su sitio—. Después te mando el informe, pero ya estás al tanto.

Fernández asintió impaciente:

—¿Para esto me hiciste venir, che?

—Pensá, pibe —dijo Ferraro—. No le pegaron un tiro ni una cuchillada, ni los golpes coinciden con los de las peleas o las palizas. Es muy raro. Los golpes más brutales están localizados en la cabeza y la cadera, que te mostré primero. No tenemos autopsia por el grado de descomposición. Acá tenés en qué pensar. ¿Cómo se hizo todo eso? ¿Dónde? ¿Y de dónde salió él?

Por "interesante", Fernández entendía informaciones que lo acercaran a respuestas y no la multiplicación de preguntas. Pero no manifestó su decepción. Tenía un mal pálpito con este caso. Por el modo en que había aparecido el cuerpo, su estado y el origen todavía oscuro de los golpes recibidos.

En su experiencia, eran estos casos inconexos los que a la larga se enredaban más, resultaba muy difícil aplicarles cualquier lógica. Una vez que se encontraba la punta del hilo, nunca se sabía hasta dónde se podía seguir tirando, si es que no se hacía un nudo en el medio.

Se despidió del forense y emprendió el regreso a su oficina. Le faltaban los resultados del ADN, para identificar el cuerpo.

Un hombre desaparecido hacía ocho o nueve meses, sin

reclamo de paradero, un don nadie. Un pobre tipo, hundido en un páramo aguardando por el Paradiso donde edificar la felicidad de quienes pudieran pagársela.

CAPÍTULO CINCO

Miguel echó un vistazo apresurado al reloj colgado sobre el pizarrón. "La puta…", murmuró. Esto atrajo la atención de uno de sus compañeros de clase, sentado a un banco de distancia, sorprendido, pero luego le ofreció una mueca de comprensión.

Sus recuerdos de la noche anterior lo acosaban. Luego de esos dos *shots* de tequila, todo se había vuelto bastante confuso. ¿Cuánto tiempo había pasado desde que dejó a su amigo en el boliche y fue tropezando, por las calles hasta que logró encontrar un taxi que por una módica fortuna lo llevase a su casa? Su cama lo había recibido incómoda, molesta y, por más que había logrado conciliar casi seis horas de sueño, se despertó drenado de toda energía. Su boca sabía a restos de tabaco. Su piel destilaba alcohol.

Le estallaba la cabeza. No podía perder más tiempo. Volvió a concentrarse en las ecuaciones para recuperar la inversión del capital. Palideció al ojearlo. Las distintas páginas estaban casi completamente en blanco. Volvió a leer la respuesta: "Las campañas de tráfico y conversión en redes sociales es cuando sirven para potenciar las ventas en tiendas *online* de omnicanales reconvertidos de…". Una gota de sudor le corría por la mejilla. Su cabeza latía como si fuera golpeada por un martillo, una y otra vez. Alzó la lapicera de tinta negra una vez más. Ninguna respuesta tenía sentido. Respiró hondo, una, dos veces. Apoyó la punta de la lapicera sobre el papel. Comenzó a hilar una frase… "Cuando se vende *online* hay que aplicar una metodología a los segmentos de los clientes".

El profesor anunció el final del examen.

Leticia lo esperaba afuera del aula. Ella había entregado el examen primero que nadie, hacía más de veinte minutos.

—¿Cómo te fue, Migue? —preguntó, con disimulada alarma, pero él apenas podía dirigirle la mirada. Sacudía la cabeza para alejar sus demonios.

—Pésimo.

—¿Pésimo? —preguntó, incrédula.

—Pésimo —repitió—. No debería haber salido anoche. Soy un pelo…

—Bueno, che —lo interrumpió Leticia con firmeza—. Estoy segura de que no fue tan pésimo. Puede no haberte ido como para un diez, pero seguro que aprobás igual, siempre decís lo mismo…

—No, Leti, no me estás escuchando. Me fue *pésimo*. No me pude ni concentrar. Entregué más de la mitad de las preguntas sin contestar.

Leticia pareció quedarse en blanco.

—Tengo una idea —anunció de repente.

—¿Qué? —preguntó, sin mucho entusiasmo.

—O sea, no sé si puede funcionar, pero qué sé yo. Lo hice una vez y me salió re-bien. Uno nunca sabe… ¿Qué podés perder?

—Leti, ¿cuál es la idea?

—El profe —la chica señaló al hombre alto, de tez morena y pelo canoso que cruzaba el umbral del aula—. Hablá con él antes de que se vaya. Decile que tuviste una noche difícil, que tu abuela se descompuso, y que por favor te deje tomar el final de vuelta. Si vas ahora, antes de que te ponga la nota, hay una buena chance de que diga que sí.

Miguel pensó un momento. Lanzó un vistazo en dirección

al profesor, que ya había cerrado la puerta del aula con llave y ahora caminaba por el pasillo en dirección a su oficina.

—Bueno, pruebo —y se lanzó a trotar por el pasillo, decidido a interceptar al profesor.

—Alvarado, ¿qué pasa? —se sorprendió el hombre al verlo—. Qué pinta, señor. ¿Mala noche?

Se avergonzó de que su profesor pudiera imaginarlo bailando desenfrenado, totalmente borracho. Respiró hondo y forzó una sonrisa.

—Justo de eso le vengo a hablar, profe —dijo—. Sí, es que mi abuela…, digo, sí, tuve una noche difícil, no dormí casi nada y… bueno. Mi final no fue lo que podría haber sido. Me fue bastante mal, para ser honesto. Vengo a pedirle disculpas …

El profesor Morales ladeó la cabeza.

—¿Disculpas? —preguntó.

—Sí, profe. Prefiero ahora que después de que haya visto mi examen.

El hombre sopesó las palabras de aquel muchachito delgado con zapatillas de *skater* y remera de superhéroe. Luego de un silencio que pareció durar una eternidad, dijo:

—Gracias por su honestidad, Alvarado. —Sonaba complacido—. ¿Por qué no nos evitamos el disgusto, para mí, de leer su examen, y para usted, de tener que volver a disculparse? Venga a mi oficina a las cuatro de la tarde el jueves y se lo vuelvo a tomar, ¿le parece? Oral, obviamente. No me haga tener que armar un examen de cero solo para usted.

Miguel cerró la puerta de la oficina detrás de sí y corrió hasta donde lo esperaba Leticia. Todavía le temblaban las manos y los pies.

—Tenías razón —le calzó un beso en la boca—. ¡Tenías razón! El profe me dio otra oportunidad. No puedo creerlo…

No pensaba desaprovecharla. Esa misma tarde ya estaba encerrado en su cuarto, estudiando y decidido a no repetir su error.

Y así siguió durante días, analizando ROAS y ROI sin aire

acondicionado en pleno verano. Pero ese jueves a las cinco de la tarde en punto, cuando salió de la oficina del profesor O'Connor, una oleada de alivio le recorrió el cuerpo. Hasta se sintió mareado y tuvo que apoyarse contra la pared para no tambalear. Una vez recompuesto, le escribió a Leticia: «Aprobé!!!».

Vagó sin rumbo por el predio de la facultad mientras esperaba el inicio de la siguiente clase. Se acercó hasta la gran explanada de césped en medio del campus, parecía una cancha de golf colmada de estudiantes que reposaban allí sin preocupaciones. Llegó hasta el edificio administrativo, donde detuvo su marcha, de repente, sin aliento. El éxtasis desapareció de pronto. De repente, tuvo una especie de epifanía. Comprendió que sus padres le habían mentido todo el tiempo. No directamente, ni con malas intenciones, pero le habían mentido desde que era niño. Había sido criado con la noción de que la única manera de tener éxito en la vida era obsesionándose con sus estudios, sus proyectos, su trabajo, y de que todo debía lograrse con sacrificios.

Pero estas últimas semanas le habían demostrado que no tenía por qué ser así. Si no podía cumplir sus sueños de ser músico, ¿por qué, al menos, no disfrutar de la vida, como Facundo insistía? Salir de noche. Andar con Leticia. Recibirse. Tres opciones sobre la mesa. ¿Por qué elegir una u otra? Miguel escuchó una sirena a la distancia. Giró en esa dirección. Dejó escapar un suspiro. ¿Acaso no podía hacerlo todo?

Y así fue como tomó la decisión que sostuvo durante los meses que siguieron: *okey*, cumpliría con el mandato de sus padres: estudiaría y terminaría la carrera de Administración de Empresas. Lo haría para ser libre, pero dejaría de sacrificar placeres; tendría que soportar la desilusión de sus padres. Pero ya era un hombre. Ya era hora de que tomase las riendas de su propia vida.

Leticia pasó al estatus de novia. Meses de besos apasionados en las aulas vacías de la facultad y de tardes compartidas en los cafés de Palermo. Su relación con Facundo también se fortaleció. Volvieron a ser los amigos de aquellas épocas de la secundaria. Las salidas —juntarse con amigos (de Facundo), andar de gira por distintos boliches en la costanera hasta el amanecer— se volvieron parte de su rutina.

¿Por qué había dejado de verse con Facundo durante tantos años? Sus padres nunca habían querido que se juntara con él, ni siquiera cuando eran pequeños. "No me gusta ese chico, es una mala influencia", decían. Y algo de razón tenían: la nueva rutina de salir dos o tres veces por semana, sumada a las horas con Leticia, le costaron dos materias reprobadas. Pero no le importaba.

Si tardaba seis meses más en recibirse le daba igual. Curiosamente, sus padres tampoco protestaban. Quizás nunca lo habían visto tan feliz.

★ ★ ★

Pero llegó el invierno. Un día de esos como tantos otros, sentado en uno de los bancos de concreto próximos a la puerta de la oficina de uno de sus profesores, Miguel esperaba abriendo y cerrando aplicaciones en su celular. Miraba Instagram, abría el navegador, luego Twitter, pero no pasaba más de pocos segundos en ninguna. Más allá, los pibes de Finanzas salían de un evento corporativo; más acá, los chicos del secundario seguían en manada al guía de la "visita vocacional al campus". "Pobres", pensó.

Por fin escuchó su nombre. Leticia apareció entre la turba de estudiantes, a paso acelerado. Miguel se levantó para recibirla. Intercambiaron un beso, luego otro.

—¿Y, y? —preguntó ella sobre su boca—. ¿Ya te dieron la nota?

—No, no, todavía estoy esperando —respondió con desinterés—. Pero no importa mi nota. Importa la tuya. ¿Ya te la dieron?

Leticia se quedó en silencio. Bajó la mirada, su expresión sombría.

—Leti, escuchá, no es tan grave… —comenzó Miguel, pero luego se detuvo. Leticia alzó la mirada una vez más, pero esta vez sonreía de oreja a oreja, sus mejillas sonrojadas. Miguel abrió los ojos de par en par.

—¿Aprobaste? —preguntó—. ¿Ya está? —Leticia asintió una vez, luego otra.

—Ya está. ¡No puedo creer que ya está! Aprobado con nueve.

—Sos administradora de empresas.

—¡Soy administradora de empresas! —la joven daba saltitos.

Miguel le acomodó la cabellera ondulada detrás de las orejas para darle un beso largo, apasionado, en la boca. Acto seguido la abrazó y, mientras Leticia reía incrédula, él la alzó hasta que sus pies flotaron a medio metro del piso. Podía hacerlo, porque era bajita, como una muñeca con pecas. Entonces oyó un silbido burlón, seguido por risas. Venía del pasillo. Contento por su nueva falta de vergüenza, depositó a Leticia nuevamente en tierra.

—¿Y ahora? —preguntó—. ¿Cuál es el plan? ¿Qué vas a hacer de tu vida?

La joven dejó escapar una risita nerviosa.

—Ni idea.

—Primero, vacaciones —propuso—. Te las merecés. Prometeme que te vas a tomar por lo menos quince días.

Pero Leticia estaba mirando algo por sobre su hombro.

—Migue… —dijo.

—¿Qué?

—Me parece que ahí va el profe.

Se dio vuelta, alarmado, distinguió a su profesor entremezclado con los estudiantes, cerrando la puerta de su oficina con llave.

—Tranquilo… Seguro aprobaste.

—No creo, pero, bueno, gracias.

Miguel se acercó temblando a la oficina de su profesor. Cuando regresó al bar de estudiantes donde lo esperaba su novia, estaba un tanto pálido, pero sonriente.

—Aprobado con cinco —musitó, desplomándose en la silla—. Una menos.

Leticia lo besó para felicitarlo.

—¿Viste? Te dije que ibas a aprobar.

—¿Tomamos algo en algún lado? Acá no. Quiero rajar de este lugar.

Ya habían llegado al estacionamiento de la facultad, un verdadero *showroom* de autos de alta gama.

—No puedo —giró la cabeza al escuchar que alguien la llamaba. Miguel siguió la dirección de su mirada. Tres hileras más allá, paradas junto a una camioneta Mercedes, dos figuras agitaban sus manos saludando. Miguel reconoció la GLS al instante. Eran los padres de Leticia.

—Me tengo que ir, *sorry* —se disculpó ella, de pronto apresurada.

—¿A dónde te llevan?

—A un restaurante para celebrar.

—Ah, bueno… —dijo el muchacho. Dudó, pero no se contuvo—: ¿No estoy invitado?

Leticia bajó la mirada con la expresión de un cachorro mojado.

—Perdón, Migue. Vos sabés cómo son mis viejos… Prefieren que seamos solo nosotros tres.

Miguel asintió. Otro desplante más no le cambiaba la vida.

—No te preocupes.

—Gracias, sos demasiado bueno. ¿Te escribo más tarde?

Antes de que pudiese responder, la chica salió corriendo hacia donde esperaban sus padres. Una vez que la GLS se perdió en el horizonte, Miguel cruzó el estacionamiento a paso lento, las manos en los bolsillos, la mirada perdida en el suelo de tierra y asfalto. "Tengo que hablar con ella". No era la primera vez que sus padres no lo incluían en un evento, en realidad lo ninguneaban siempre. Seis meses de novios ya y Leticia seguía pidiendo disculpas en su nombre, fingiendo que sus padres lo querían como parte de su familia. ¡Qué familia! Seis meses…

Su Royal Enfield lo esperaba en el estacionamiento de motos, un sector separado, próximo a la rampa de discapacitados. Miguel la observó con cariño. Era bella, o lo había sido en su momento, allá en 2002, cuando su padre la compró gracias al desfase de precios que hubo después de la crisis.

Un regalo de egresado, "para un futuro universitario", había anunciado Julio el día que fue admitido en la San Andrés. Su época de gloria ya había pasado. Ahora el chasis tenía manchas de óxido. El cuero negro del asiento estaba rasgado, el manubrio izquierdo un tanto doblado. Miguel accionó la llave, "tengo que hablar con ella... Pero no hoy", pensó entonces, mientras cruzaba la guardia de salida de la universidad. "Hoy... que festeje. Se lo merece".

El trayecto desde Victoria, donde estaba el campus, hasta su casa en San Fernando era corto, apenas tres kilómetros de distancia. Pero ese día, a eso de las cinco de la tarde, la Avenida del Libertador parecía un hormiguero. La escena le recordó un cuento que había leído en la secundaria, "La autopista del sur", y lo hizo sonreír. Por más que siempre había soñado con tener un coche propio, las motos tenían sus ventajas. Comenzó a zigzaguear entre los vehículos ignorando las bocinas.

Ya en su casa, abrió la puerta de rejas y estacionó la moto junto al auto de su padre. Frunció el ceño al ver el coche allí a esa hora, jamás volvía tan temprano del hospital. Cuando entró a la cocina, no solo no había olor a comida, como siempre, sino que la casa estaba a oscuras. Cruzó el *living*-comedor a paso lento, intentando no hacer ruido. ¿Quizás estaban durmiendo? Se acercó hasta la habitación de sus padres. La puerta estaba cerrada. Pero detrás se oían voces, tensas como las raras veces en que no estaban de acuerdo. Afinó su oído.

—... la está pasando *pésimo* —escuchó a su madre—. ¿No te das cuenta que no quiere saber de nada con la carrera?

—A mí me pasó lo mismo cuando me faltaba poco para terminar. Y mirame ahora. Tan mal no me fue, ¿no? La estabilidad es importante. Mirá la casa que pudimos comprar con ese trabajo.

—¿Me estás cargando? Cada vez que tenés que ir al hospital te quejás. No me vengas con la misma cantinela de siempre, Julio. Veinte años hace que te aguanto ya.

—Esto es un traspié —ignoró los reclamos de su esposa—. Ya se le va a pasar. Vas a ver. Y no me pongas esa cara. Tengo razón. No sé qué carajo le agarró en estos últimos meses, cosa de pibes, siempre fue medio blando, pero ya se le va a pasar…

Miguel no pudo evitar el aguijón. A pesar de todo, su padre aún lo consideraba "un blando", "no seas blando", "eso es de blando". ¡Las veces que había escuchado esa frase en su infancia!

"Tal vez quiera que esté duro todo el día", se burló, pero volvió la atención a la conversación.

No llegó a escuchar. Esperó varios segundos, pero no oyó nada más. Se encerró en su habitación. Su padre tenía razón. Lo esperaba Cálculo Financiero II para demostrarles que sí podía.

A la hora de la cena encontró a sus padres sonrientes, hablando del partido de Roland Garros. Cuando les comentó sobre el 5 del final, procuraron inútilmente parecer despreocupados.

Cuando regresó a su habitación, consultó su teléfono celular. Durante las últimas horas, había estado mudo más de lo usual. Se fijó en sus notificaciones. No tenía mensajes, salvo un *e-mail* con una oferta de accesorios de guitarra. Casi las diez de la noche, nada de Leticia. «¿Qué tal el festejo?», escribió por WhatsApp. Durante un momento, esperó las tildes azules; luego, lo dejó a un lado para levantar la guitarra de su pie.

Primero, un arpegio simple, automático, seguido por una escala. Se abandonó a su versión instrumental de *Eleanor Rigby*, uno de sus caballitos de batalla secretos; desde que había terminado la academia, tocaba casi siempre solo. Enseguida, entre las cuerdas de su guitarra se filtró la vibración del teléfono celular. Advirtió que nunca le había tocado un tema a su novia. Claro que él no cantaba. Terminó el coro, punteado limpiamente en la guitarra, y miró el teléfono.

«Perdón!», decía el mensaje de Leticia. «Todavía seguimos, vinieron mis tíos y mi abuela a casa, ahora estamos comiendo. Nos vemos mañana, ¿todo bien?». Miguel dudó un momento. Sentía un enojo, como veneno, trepándole por la espina dorsal, pero… No, no, ¿por qué enojarse con Leticia? Ella lo hacía lo mejor que podía, lo defendía cuando sus padres lo despreciaban por vivir en San Fernando. Leticia lo seguía eligiendo, día tras día. Y si necesitaba un poco de espacio esa noche, celebrar con su familia y sin él… "Mejor así", pensó mientras respondía el mensaje «Todo bien, nos vemos mañana».

Y así fue. Al día siguiente, Miguel compartió toda la tarde con Leticia, a puerta cerrada en su habitación y luego en un bar a pocas cuadras, cerca del río.

Y así comenzó otra semana. Decidido, dedicado. Leticia ya tenía cuatro entrevistas de trabajo programadas para los próximos días. Día tras día se levantaba temprano e, inmediatamente después de desayunar sus dos tostadas con dulce, se zambullía en las ecuaciones, con una segunda taza de café humeante al costado.

Luego de tantos traspiés, por fin había encontrado una rutina que lo complacía. Cuatro días de largas horas de estudio a la mañana, luego sus clases en la facultad, luego más estudio, y quizás un poco de guitarra. Todo con tal de no perderse las salidas con Facundo los jueves y viernes, por supuesto, y las de los sábados y domingos con Leticia.

CAPÍTULO SEIS

Cuando la puerta de la oficina se abrió, Romina asomó la cabeza.

—Lo estaba buscando —dijo, resuelta.

—Pues ya me encontró —respondió Fernández, de mejor humor. El caso lo distraía de sus problemas personales, que últimamente lo desconcentraban del trabajo. Al revés de lo que le ocurría cuando estaba casado, según solían reprocharle.

Lo distraían y lo deprimían, sin duda. Pero trabajar con la oficial Lacase le mejoraba el ánimo a menudo. Parecía traer una buena noticia.

—Tengo una pista —depositó un papelito arrugado sobre su escritorio.

Fernández lo examinó: un recibo de compra sucio. En parte borrado, pero podía leerse. En la parte superior se distinguía el logotipo de una famosa marca de ropa interior femenina.

—¿Qué es esto? ¿Fue de compras, Lacase? —bromeó, pero Romina no estaba para bromas.

—Estaba en la fosa junto al cadáver. Lo único fuera de lugar entre la tierra…, además del desgraciado ese, claro.

El detective volvió estudiar el recibo. No sabía qué hacer con él, pero de pronto un dato pareció relevante: la fecha. Nueve meses atrás.

—Raro, ¿no? —admitió—. ¿Seguro que estaba con el cadáver? ¿No lo trajo el viento?

—En todo caso, el viento no llevó nada más. El recibo estaba enterrado al lado del cuerpo. En el mismo lugar.

—Y la fecha coincide —asintió Fernández—. Me dijo Ferraro que la data de muerte arrojó nueve meses. ¿Alguna idea? No coincide el tipo de compra con el perfil de la víctima…

—¿Y si las compras las hizo el que trasladó el cuerpo hasta ahí?

—¿Insinúa que una mujer fue la sepulturera?

—Qué sé yo. A lo mejor no estaba sola. ¿No vale la pena buscar la tarjeta? ¿Averiguar quién pagó esto?

Iba a responder cuando sonó un celular.

—El suyo —señaló Romina.

Buscó en el abrigo colgado de su silla. Cuando sacó el teléfono, ya había dejado de sonar. Diez mensajes sin responder, tres llamadas perdidas, todas de Laura. Antes de que pudiese leer algún mensaje, el celular volvió a sonar. Lo primero que oyó fue:

—¿Dónde mierda estás?

Como un chicotazo en el oído. Se contuvo.

—Laura, ¿qué pasa? —preguntó con el tono más cordial que pudo.

—Julián te espera en la puerta desde hace quince minutos, eso pasa —arremetió, fulminante.

Maldijo por lo bajo, pero no dejó que su irritación se trasluciera.

—Perdón, perdón. Pasa que anoche no pude dormir, ahora estoy muy ocupado…

—Tenés diez minutos para estar acá —ordenó Laura y cortó la llamada.

Romina levantó una ceja, curiosa.

—¿Problemas?

—Me olvidé de buscar a Julián para llevarlo a un cumpleaños. No puedo ser tan…

Saltó de su asiento.

—¿Y el recibo? —preguntó Romina.

—Investíguelo, Lacase —ordenó mientras palmeaba los bolsillos de su abrigo en busca de las llaves del auto—. Voy y vuelvo en una hora. Cualquier detalle interesante, me llama. ¿*Okey*?

Antes de que Romina pudiese responder, salió corriendo de su oficina.

Un rato más tarde, intentaba ignorar la presión alta, mientras estudiaba distraídamente las rosas blancas bajo la ventana de su antigua casa.

—¡Pa! —gritó su hijo al verlo.

Corrió hacia él para abrazarlo. Luego, dio un paso atrás y giró para mostrar la mochila con dibujos de ninjas, orgulloso.

Fernández veía a su hijo cada una o dos semanas, pero entre encuentro y encuentro Julián parecía crecer a saltos. Tenía diez años, casi once. Sus rizos negros y ondulados ya le llegaban a la altura de la nariz, sus mejillas se mostraban un poco menos regordetas. Incluso el pantalón apenas le cubría el tobillo.

Alzó las cejas, procurando manifestar admiración.

—¿Y esa mochila? ¿Es nueva? —preguntó intrigado Fernández.

Julián asintió con fuerza.

—Espectacular. Me encanta.

—La campera, Juli —dijo una voz desde atrás. Fernández alzó la mirada y se encontró con Laura, quien esperaba reclinada contra el marco de la puerta, ahora ya más calmada. Vestía ropa casual, un suéter de lana y pantalones azules que dibujaban su figura esbelta. Sus ojos color zafiro brillaban tanto como la primera vez que Fernández la había visto. O casi.

—Uy, sí —entró corriendo a buscarla.

—Lau, perdón…

—No puede ser que te hayas olvidado otra vez —lo interrumpió.

La sonrisa, tan cautivadora, se desvaneció de su rostro.

—Lo peor de todo es que todavía me sorprende. Siempre lo mismo, Luis, siempre lo mismo.

Fernández no pudo emitir respuesta. Después de un largo

momento, Julián reapareció con una campera anaranjada al hombro.

—¿Estás listo, campeón? —preguntó forzando una voz paternal.

Julián asintió con la cabeza. Antes de que pudiera salir disparado hasta el auto, su madre se aclaró la garganta.

—¿Y mi beso? —preguntó Laura, el ceño fruncido. Julián bajó la cabeza, como avergonzado. Laura devolvió el beso, seguido por un abrazo—: Cualquier cosa, le decís a la mamá de Lisandro que me llame. ¿Sí?

Julián reanudó su carrera hacia el auto. Fernández lo observó abrir la puerta del asiento trasero, subirse e inmediatamente abrocharse el cinturón de seguridad. Asintió satisfecho, y giró para despedirse.

—Bueno, te veo en un… —pero antes de que pudiera terminar, Laura le cerró la puerta en la cara.

Luis dejó escapar un suspiro. "Un día de estos…, —pensó, mientras encendía el vehículo—. Un día de estos va a entender que no es conmigo con quien tiene que estar enojada". Miró hacia el asiento trasero donde esperaba Julián. El chico se sentaba con la espalda derecha, las manos entrelazadas sobre su falda, siempre sonriente. "Paciencia…". Esperaría con paciencia hasta que ese día llegase.

—Juli, contame algo —dijo mientras tomaba la calle a su derecha—. ¿Cómo van las clases virtuales?

—Aburridas —contestó Julián, encogiéndose de hombros—. Como siempre.

—¿Nada nuevo?

—Eh… Me está yendo bien. Ahora que aflojaron un poco lo de la cuarentena, empecé fútbol, pero con burbuja, somos cinco—. Hizo una pequeña pausa antes de anunciar—: Me saqué un "muy bueno" en la última prueba de inglés, y eso que era re-difícil.

—¡Felicitaciones!

Julián volvió a encogerse de hombros.

—Mamá dice que podría haberme sacado "excelente" si estudiaba un poco más. Pero la prueba era re-difícil, te juro. Tenía un montón de *past continuous*. Estudié un montón.

Fernández asintió sin decir nada. Nunca entendía de qué le hablaba, menos sobre inglés. No quería contradecir a Laura. Siempre había pensado que era más estricta de lo necesario con Julián. Después de todo, había salido a su padre. Siempre correcto, prolijo, un tanto tímido, quizás. Pero cambiaría con los años, cuando descubriera su propio camino en el mundo.

Se quedaron en silencio por un largo rato. Solo la radio ayudaba.

Temperatura en Buenos Aires, cinco grados, sensación térmica, tres. Para mañana se espera…

—¿Frío, no? —Luego, al frenar frente a un semáforo, el detective preguntó—: ¿Alguna chica que te guste? ¿Cómo se llamaba esa que me habías contado? ¿Euge? ¿Lola?

Julián se sonrojó furiosamente, mudo. Fernández sonrió nuevamente. Su hijo ya estaba llegando a esa edad. La última vez que le preguntó algo similar, el chico le había devuelto muecas de asco.

Julián se aclaró la garganta, un gesto de adulto que había copiado de su padre desde pequeño. Lo interceptó por el espejo retrovisor y dijo:

—El otro día fuimos con mamá a ver a Mau…

—Contame de la escuelita de fútbol —lo interrumpió su padre—. ¿Cómo va eso? ¿Seguís jugando de nueve?

Julián sacudió la cabeza.

—No, no. El profe dice que soy muy chiquito para jugar de delantero, así que me puso de lateral —se encogió de hombros—. No es tan divertido, pero por lo menos soy titular. Rami juega de nueve, es mucho mejor que yo… ¡Ah! ¡No te conté! Hace poco nos mudamos a unas canchas de pasto sintético. Están buenísimas.

—¿En serio? —Fernández alzó una ceja.

—Sí, sí. Son mucho mejores. Pero cada vez que te hacen un *foul*, arde un montón, eso es lo único malo.

Le costaba encontrar temas de conversación, ahora que se veían tan de vez en cuando. Pronto llegarían al cumpleaños. Todo fuera por verlo. Era evidente que el chico lo extrañaba. Pero no hacía más que descuidar su trabajo, se preguntaba si esos encuentros casi furtivos no dejarían a Julián tan confundido como a él.

—Esas son las canchas que te conté recién —dijo Julián de repente—. Las de la escuelita de fútbol. ¿Viste qué buenas?

Fernández siguió el dedo de su hijo. Posiblemente había pasado por allí varias veces sin prestarles atención, pero esta vez la construcción lo impresionó. Todo el establecimiento ocupaba por lo menos media manzana y en el interior se veían varios arcos. Los bocinazos lo obligaban a avanzar, tuvo que conformarse con lo que pudo apreciar de refilón. Pero aun desde esa perspectiva las torres de iluminación LED se imponían sobre el terreno, iguales a las de los estadios de fútbol.

—Ahí sí que dan ganas de hacer goles —comentó, contagiado por el entusiasmo de su hijo—. Parece fútbol de Primera.

—¿Me vas a venir a ver?

—Claro, campeón. Entrená mucho.

Dejaron las canchas atrás. Un par de cuadras más adelante, Julián volvió a hablar:

—Papá, ¿qué es "el Gran dT"?

Fernández tomó una curva mientras pensaba.

—"DT" quiere decir "director técnico". ¿Dónde lo viste?

—En las canchas. Se llaman así. ¿No viste el cartel?

—O leo o manejo —respondió Fernández, riendo suavemente—. Así les dicen los periodistas y los jugadores de fútbol —explicó luego—. "El Gran DT" también era un juego de la computadora, hace muchos años ya.

—Ah, bueno, era por eso —concluyó el niño—. ¿Falta mucho? El cumple ya empezó seguro.

Pero el paseo había terminado. Julián ya tenía la cabeza en otra parte, al igual que su padre.

CAPÍTULO SIETE

Miguel ahogó un grito de victoria. "Una menos, quedan cuatro". Cuatro materias le darían la libertad.

Leticia se había recibido hacía quince días. Pero esa mañana de agosto que olía a primavera empezó mal. Cuando salió mentalizado para rendir, repitiendo teorías y fórmulas por lo bajo, su moto no quiso arrancar más. El motor sonaba como ahogado cada vez que intentaba ponerlo en marcha o pisaba el pedal de arranque.

Por suerte su padre partía para el trabajo a esa misma hora. Miguel logró convencerlo de que lo dejase en la facultad de camino al hospital.

—¿Todo en orden?

—Sí, todo en orden.

—¿Estudiaste para hoy?

—Ajá.

Hacía meses que padre e hijo no compartían más que frases cortas. El resto del viaje transcurrió en un silencio tan espeso que pareció durar una eternidad.

¿Hacía cuánto que no pasaban tiempo a solas los dos? Desde que le dijo que tenía que recursar una materia. Entonces comenzó el declive.

"No importa", pensó, al caminar por la facultad en dirección al bar, en la otra punta del campus. Se sentía a punto de estallar de felicidad. "Una menos…". Si todo salía bien, podría recibirse antes de fin de año. Almorzó un sándwich de jamón y queso con una empanada salteña, alejado del resto de los estudiantes. Ya estaba acostumbrado. Desde el primario que almorzaba solo, siempre relegado a un costado por sus compañeros. Eso no había cambiado cuando entró a la universidad. Nunca entendió por qué nadie lo quería de amigo en el colegio. Pero en la San Andrés, la razón era más obvia: no tenía el *look* correspondiente, venía de otro palo. Nunca había jugado al golf ni esquiado en Aspen. Ellos veraneaban en Punta del Este o Miami, ni siquiera sabían dónde quedaba Ostende. Vivían en mansiones de zona norte o se venían desde Barrio Parque.

Por lo menos, ahora la tenía a Leticia. Por alguna razón, ella había decidido que esas diferencias no importaban.

—Tengo una sorpresa para vos —le había dicho cuando hablaron por teléfono más temprano.

—¿Una sorpresa? ¿Qué sorpresa?

—No te pienso decir —había respondido Leticia con voz juguetona—. ¿A qué hora te liberás?

—Tengo clase de dos a seis, después ya estoy.

—Te veo a las seis en el estacionamiento, entonces.

—Bueno, pero…

Leticia ya había cortado la llamada.

Por suerte el profesor de control de gestión no lo mataba de aburrimiento. Leticia todavía no estaba en el estacionamiento. Se acercó al sector de motos, más lleno que de costumbre. Buscó su Royal Enfield sin pensarlo. Recordó, fastidiado, que se había quedado en San Fernando. Tendría que ver si había tiempo esa semana para llevarla al mecánico.

Oyó una bocina a pocos pasos de distancia. Quedó pasmado, como un buey. Su novia venía a bordo de un Audi A3 color plata.

—¿Esta es la sorpresa? —preguntó abrumado—. No me digas que tus viejos te regalaron un auto…

Leticia dejó escapar una risa y sacudió la cabeza.

—¡Ojalá! —hizo una pausa—. Bah, más o menos. Es de papá, lo tenía en Punta del Este. Con la mudanza al nuevo departamento lo hizo traer a Buenos Aires. Y como nadie lo usaba… ahora lo uso yo. Pero no, no es la sorpresa. ¿Estás en la moto?

—No, hoy me trajo mi viejo.

—Subite, entonces.

Miguel obedeció sumiso.

—Me *encanta* este auto —pasó las manos sobre el tablero y la luneta, sintiendo cada poro del material—. ¿Hasta cuándo lo tenés?

Puso el motor en marcha, en dirección a la salida.

—Un par de meses, supongo, ni idea.

Miguel permaneció mudo, mientras se dejaba mecer sobre el asfalto. ¿Por qué Leticia se fijaba en él? No era un chico particularmente divertido ni musculoso ni tan inteligente. No tenía facha ni guita, ni siquiera una moto roñosa. "Leticia es la primera chica a la que le caigo bien sin razón alguna".

—¿Qué te gusta de mí? —se escuchó de repente en voz alta.

—¿A qué viene eso? No sé. Me gustás porque me gustás, Migue. ¿Tiene que haber alguna razón? El amor no tiene por qué estar atado a la razón —recitó.

Miguel se quedó sin aliento.

—¿Amor?

Leticia esbozó una sonrisa tímida, pero permaneció muda.

—Bueno, ¿a dónde vamos?

Leticia volvió a inspeccionarlo de reojo, diabólica. Puso el guiño y dobló la esquina, entrando al sector de Palermo Chico. Al cabo de un momento:

—A mi casa.

—¿Y por qué esa cara?

—Porque mis viejos se fueron a Bariloche a pasar su aniversario.

—¿Tenés la casa para vos sola?

—*Yeah* —respondió Leticia—. Para mí sola hasta el lunes.

Pocos minutos más tarde estacionaban en el mismo lugar donde había sido el final de su primera cita. Ya fuera del auto, la joven tomó a Miguel de la mano hasta las puertas de roble. Se sintió más enano al cruzar el umbral.

No era la primera vez que iba, pero nunca llegaría a semejante casa. Todavía le sorprendía que existiesen casas en pleno Palermo. Todo vacío. Los padres habían decidido darle el fin de semana libre al personal.

Los recibió la escalera lustrada, la columna vertebral unía los tres pisos, a lo largo de la pared izquierda. Frente a él un vestíbulo, seguido por una cocina amplia a mano derecha, toda cubierta en mármol y, más allá, un salón comedor con piso de madera laqueada, decorado con cientos de animales resplandecientes ubicados en las repisas a lo ancho de las paredes.

—Son de cristal de roca. Mi mamá los colecciona. —Leticia no pareció notar su sorpresa.

Se avergonzó de su *jean* gastado, del collarcito de Viejas Locas que no se sacaba nunca. Pero la joven no advertía su incomodidad, luchaba con sacarse sus botas de cuero.

—Al fin —las arrojó junto al televisor de pantalla gigante—. Vamos.

Lo tomó de la mano nuevamente para pasearlo a través del *hall* de entrada hasta llegar a una habitación oscura. Ninguna foto de veraneos o bicicletas. Solo diplomas internacionales del padre, alguna que otra placa de algún que otro congreso.

—Cuidado con el escalón —aplaudió, y las distintas luces se encendieron—. Me la paso aplaudiendo en esta casa. A mi mamá le parece genial no tener teclas.

—Claro —balbuceó.

Miguel logró saltar el pequeño peldaño sin tropezar justo a tiempo. Escuchó un clic y, de repente, lo bañó una luz blanca, iridiscente. "Algún día… algún día voy a vivir en una casa como esta".

—¿Qué te pido? —preguntó Leticia desde el sillón de ocho cuerpos junto al jardín de invierno. Tenía un teléfono en la mano.

—Perdón, ¿qué?

—*Delivery*, Migue. Voy a pedir comida china, ¿qué te pido?

—Me gusta todo —se encogió de hombros.

—*Okey* —la muchacha se olvidó de su presencia apenas la atendieron—. Sí, ¿para hacerte un pedido?

Mientras Leticia pedía platos incomprensibles, continuó estudiando las paredes de granito blanco y gris. Cuatro vigas de madera, casi tan anchas como su pecho, sostenían el techo.

—Llega en veinte minutos —anunció Leticia. Miguel se volvió.

—¿Qué cosa? —preguntó, confundido. Ella le lanzó una mirada atónita.

—¿La comida?

—Ahhh… Sí, sí, perdón. Veinte minutos. Perfecto.

Leticia sacudió la cabeza y se dirigió hacia la cocina.

—Voy a buscar agua —avisó mientras se alejaba.

Sonaba nerviosa.

—Leti…

—¿Qué?

—¿Todo bien?

—Sí, obvio. Re-bien.

Cenaron recostados sobre el sillón, una charla amena y fácil. Luego Leticia encendió un proyector sobre la enorme pared blanca. Apareció París, en blanco y negro, unos sesenta años atrás.

—*À Bout de Souffle*, *Sin aliento* en castellano, una de los mejores de la historia del cine. La debo de haber visto diez veces, es espectacular. Traigo unos nachos —saltó de nuevo.

Miguel la siguió con la mirada. No tenía muchas curvas, pero esa pollera le quedaba bien. Volvió la atención hacia la película, pero de inmediato se aburrió de aquella extraña historia de amor de un delincuente.

—¿Una de acción no tenés? —Habían ido al cine antes, pero nunca habían hablado *de* cine.

—Ay, por favor... ¿No te parece romántica? ¿Querés vino? —otra vez desapareció detrás de una de las tantas puertas de la casa. "Lo único que falta es que también haya una bodega", pensó el muchacho al sentir el vaho helado que provenía de la puerta abierta.

Ella reapareció con tres botellas de vino tinto. Las apoyó sobre la mesa al pie del sillón, y de uno de los estantes próximos a la chimenea sacó dos copas.

—¿Cuál querés? —preguntó—. ¿Malbec, cabernet o merlot? —Todavía se escuchaba la música de la película de fondo, *je t'adore, ne me quitte pas!,* gritaban los protagonistas.

—No sé... —vaciló, avergonzado—. No quiero que tu viejo se enoje. Ya veo que le tomamos un vino caro...

Leticia hizo un gesto de impaciencia.

—Ni se va a enterar. No toma alcohol. Estos vinos deben de estar ahí desde que compramos la casa.

Miguel frunció el ceño.

—¿Y para qué la bodega?

—Ni idea. Para los invitados, creo. Pero nunca los vi usarla.

—Elijamos al azar, entonces —propuso Miguel.

—La otra que podemos hacer... —insinuó ella, con tono travieso— es probarlos a todos. Empecemos con este, ¿dale? Tomá, abrí vos que a mí se me rompen todos los corchos.

Leticia le entregó la botella, balbuceando el guion en francés, las piernas blancas cruzadas, el cabello suelto. Los personajes aún seguían en la misma habitación. Pero mientras Miguel abría el vino, con la mirada atenta en la camisa semiabierta de su novia, no pudo evitar sonrojarse. Años habían pasado desde que la conoció, meses desde que compartieron su primer beso, pero aun así no podía dejar atrás el pudor que le estrujaba el estómago cada vez que ella lo miraba.

No podía dejar de admirar su belleza clásica, su encanto natural, la manera en que su presencia parecía iluminar todo. Sus ojos café. Su tez suave e inmaculada. "No la merezco".

—¿Pasa algo? —preguntó, al notar que la miraba con el ceño fruncido.

Sacudió la cabeza.

—No, nada —dijo—. Sos tan hermosa —sirvió el vino en las copas con toda la delicadeza que pudo, pero salpicó en el sillón—. ¡Si seré pelot...!

—No te preocupes —trató de calmarlo—. ¿Y en serio te parezco linda? —le guiñó el ojo.

Se emborracharon entre risas. Salieron al jardín. Hablaron de cosas pequeñas, nimiedades, sentados al borde de la pileta.

Cuando ingresaron abrazados a los saltos, Leticia lo guio en zigzag por las escaleras, hasta llegar al tercer y último piso. Allí, pidió disculpas y fue hasta el baño. Miguel observó a dos Leticias partir, luego se acercó hasta la puerta más cercana. La abrió con cuidado y se encontró con la habitación de Leticia.

Una habitación simple, tan distinta al resto de la casa. Había una cama doble cubierta con sábanas de seda rosa, un pie de cama floreado, osos de peluche en los estantes y un escritorio bajo de madera clara y patas onduladas. Sus zapatillas de lona sucias herían la alfombra persa.

Miguel avanzó casi sin pisar y se sentó en el filo de la cama. Respiró hondo, intentando calmar los efectos del alcohol en su cuerpo. Escuchó la puerta abrirse, y se quedó boquiabierto.

Leticia lo aguardaba enteramente desnuda. Reía, sonrojada, los brazos cruzados sobre sus pechos, como si de repente se hubiera arrepentido. Miguel la devoró, descaradamente hambriento.

Por un instante, bajó la cabeza, también avergonzado; luego, se puso de pie, de golpe, en un movimiento un tanto torpe hacia ella.

Cayeron sobre la cama juntos, entre besos largos. Con movimientos torpes, luchó para quitarse la remera, las zapatillas y medias, para desprenderse el pantalón. Al poco tiempo, quedó como ella; sentía la yema de los dedos de Leticia haciendo cosquillas en su piel desnuda. Leticia se lanzó sobre él, sus cuerpos repentinamente enredados. Sintió las uñas rasgar su espalda. Leticia. La dulzura de su aliento. Suspiros apremiantes. Parecía encajar perfectamente dentro de ella. La incomodidad inicial, la característica torpeza de su cuerpo, se desvaneció de repente. Tiró de sus caderas hacia atrás contra su cuerpo y luego la soltó ligeramente. La escuchó gemir, suave, gutural. Lo hizo de nuevo y Leticia volvió a gemir. Sus uñas se afirmaron en la espalda de Miguel, como a punto de enterrarse en su piel. Su respiración se volvió más superficial, intensa. Miguel la besó, mordió su labio apenas, y tiró nuevamente de sus caderas para estar aún más adentro de ella. Leticia soltó otro gemido de placer, esta vez largo, profundo, mientras murmuraba: "Sí, así, así". El calor del momento terminó de envolverlos. Miguel sintió un escalofrío recorrerle el cuerpo. "Así, dale, dale, sí…".

★ ★ ★

—¿Qué? —preguntó ella más tarde, los dos recostados sobre la cama, sus rostros a una palma de distancia.

—Nada —pero la palabra sabía a mentira. Algo estaba mal. No podía precisar qué. Dejó escapar un suspiro y paseó la vista primero por sus pechos, su pubis, sus piernas. ¿Cuántas veces había soñado con verla desnuda a su lado, en los últimos años? Por fin sucedía. Hasta entonces, lo había hecho esperar, siempre deteniendo sus besos momentos antes de que pudieran dar el siguiente paso. No podía evitar preguntarse qué la había hecho cambiar de idea.

Pero no era eso lo que le molestaba. ¿Qué, entonces?

—En serio —Leticia escondió una risita tímida—. ¿Qué?

—Te miro nomás. Sos hermosa, ya te dije.

Leticia se sonrojó de golpe, sus mejillas color de flores. Tiró de las sábanas para cubrir su piel desnuda.

—¿Qué hacés? —preguntó Miguel, fingiendo indignación—. ¿Para qué te tapás?

Leticia giró la cabeza, avergonzada. Entre ellos se extendió el silencio. Miguel giró sobre sí mismo y apoyó la cabeza nuevamente en la almohada. El techo estaba salpicado de pequeñas estrellas de plástico que emitían luz azul débil, como gastadas, en la penumbra de la habitación. Suspiró profundamente. El día perfecto. Podía escuchar la respiración de Leticia a su lado, sentía el calor de su piel al rozar la suya. No dejaría que esa extraña sensación le arruinara el momento. Con los párpados cerrados, se obligó a disfrutar de esa serenidad que, poco a poco, comenzó a recorrerle todo el cuerpo.

—Migue —rompió el silencio. Su voz sonaba tentativa, cuidadosa—: Tengo algo para contarte.

Miguel giró la cabeza, buscando su rostro. Leticia estaba sentada ahora, al borde de la cama, todavía desnuda.

—¿Qué pasa? —se incorporó, con la espalda apoyada contra la pared.

—No te enojes —pidió.

Miguel soltó una risa suave, serena.

—¿Por qué me enojaría? —preguntó—. Leti, mirame. ¿Qué pasa? A mí me podés decir todo.

Leticia notó la preocupación de su novio, velado por los nervios. Pensó un momento y luego informó:

—Me aceptaron para hacer un posgrado, un MBA.

Se sobresaltó, asombrado.

—¡Leti! ¡Un MBA! ¿Cómo me voy a enojar? ¡Es una excelente noticia…!

—Es en los Estados Unidos —lo interrumpió en seco.

—No entiendo, pero ¿cómo? —se desesperó.

—Me vengo preparando desde finales del año pasado.

—¡¿Qué?! —la voz se le quebró, y la palabra sonó inaudible. Se aclaró la garganta—. ¿Desde el año pasado?

—Sí.

—¿Estados Unidos dónde?

—En Nueva York. En la Universidad de Columbia.

Miguel se quedó sin aliento. Sentía como si alguien hubiese colocado un yunque sobre su pecho. Abrió la boca para decir algo, pero no logró formar las palabras. "Me mintió todos los días desde el año pasado…".

—¿Cuándo te vas? —preguntó, con la garganta tensa.

—Tengo vuelo para fines de agosto.

Se levantó tan bruscamente, que Leticia retrocedió asustada. Respiró hondo e, intentando tranquilizarse, dijo:

—Leticia, *estamos* en agosto. O sea que te vas mañana y no te voy a ver ¿por cuánto? ¿Meses? ¿Años?

—No, no. No es tan así, Migue. Vuelvo para Navidad y Año Nuevo. Y después, de mayo a septiembre también tengo vacaciones.

—Tres meses al año, gracias por tu tiempo —murmuró Miguel, atónito.

—¿Por qué me tratás así? ¿Y si terminás la carrera y te venís? —le soltó, como en una maniobra desesperada por arreglar lo que él veía roto—. Si me aceptaron a mí, obvio que te aceptan a vos. ¡Imaginate! Los dos solos en Nueva York, yendo a clase juntos, paseando por el Central Park bajo la nieve, visitando los museos…

—¿Con qué guita? ¿Qué te pensás, que todos tenemos una bodega para los invitados? —dijo y se arrepintió de inmediato.

—Hay becas para extranjeros… —la joven no pudo contener las lágrimas.

—No es tan fácil. Aunque me den la beca…, ¿de qué vivo?

—No, no, escuchá —se acercó hasta él, casi rogando—. Te dan la beca y te venís a vivir conmigo. Mis papás me van a alquilar un departamento. Podés conseguirte algún laburo en la facultad, es re-normal. Te pagan lo suficiente como para poder pagar tu día a día.

La oferta lo tentaba. Aun en su enojo, parecía una propuesta de ensueño. Ella tenía razón. Cada jirón de su piel le rogaba que dijese que sí, que se iría con ella a compartir esa vida de película. Pero… ¿a quién estaba engañando? ¿Dejar la universidad? No podría hacerlo nunca. Sus padres habían sacrificado demasiado para darle la mejor educación, darle todas las oportunidades para alcanzar una vida mejor que la de ellos. ¿Cómo podía ser tan desagradecido?

—Lo tenés todo calculado, ¿no? —se sorprendió al escuchar su voz llena de veneno. Leticia no podía entenderlo. Para ella, el dinero no importaba. Si decidía esperar, terminar la carrera e intentar conseguir una beca de posgrado, aun así la vida en Nueva York no le saldría gratis. No podía pedir más dinero a sus padres de lo que ya le habían dado.

—Sí, soy muy calculadora —respondió simplemente.

Otro largo silencio. Luego, ella agregó:

—Pero si me decís que me quede, me quedo. Si me pedís que te espere hasta que te recibas, y nos vamos juntos el año que viene, lo hago. Por vos, Migue, hago lo que sea.

Estuvo a punto de pedírselo, pero… No. No podía hacerle eso. No si supuestamente la quería. Sacudió la cabeza, lentamente:

—No, andá. Andá, disfrutalo a *full* por los dos hasta que yo pueda ir, Leti.

CAPÍTULO OCHO

Raúl Ortigoza, masculino, cincuenta y cuatro años. Soltero, sin hijos. Oriundo de Santa Fe; lugar de residencia, San Fernando. Un hermano que se quedó en Santa Fe y al que habrá que notificar. Trabajo para Lacase. Poco más. ¿De qué vivía? No figuraba ni en los resultados del examen de ADN ni en los mínimos registros de su paso por el mundo.

Había trabajado en un supermercado, luego en una empresa de repartos. Desde entonces, solo changas. Lo dicho: no había por dónde agarrarlo. Ni vinculaciones por las que empezar a investigar. Fernández condujo al último domicilio de Ortigoza.

Como cada mañana, la luz del sol lo lastimaba. Rara vez dormía bien en su departamento alquilado y apenas habitado desde la separación. Cuando no tenía insomnio, se despertaba antes de la madrugada a causa de una pesadilla. Su ex solía aparecer. Y también sus dos hijos. Los dos. La medicación no estaba funcionando: ni el ansiolítico ni la del insomnio. "Tengo que sacar turno con el neurólogo", se obligó a recordar.

El Hyundai iba esquivando baches entre las casas humildes, por no decir deprimentes, de la vieja zona industrial. Otro barrio más, víctima del abandono, sin rescate posible. Hasta los árboles estaban raquíticos, pobres. Qué distinto a los gruesos troncos de la zona cercana al río.

Se puso los anteojos para ver de lejos, 235, 237…, 241. Allí.

Estacionó y caminó hasta el monoblock colmado de grafitis. Lo saludó un mural de "El 10", "grande, Diego", pensó.

Sin embargo, otro tipo de trazos de pintura atravesaban la fachada. Pocos, magros y sin aparente significado. Introdujo las llaves que hallaron entre las pertenencias de Ortigoza. Atravesó a un largo pasillo oscuro, con puertas a ambos lados. Aceleró el paso entre el sonido de televisores prendidos, llantos de niños y gritos del resto de los departamentos. Había a un costado una escalera para subir al segundo piso, pero él buscaba una planta baja: el departamento D, al fondo y a la izquierda.

Por fin lo encontró. Intentó encender la luz en vano. La luz débil que entraba desde el pasillo le permitió llegar hasta la ventana sin tropezar. Levantó la persiana hasta la mitad, donde quedó trabada. No había más que un sillón desvencijado, una mesa de fórmica, un televisor antiguo y una cama cubierta por una frazada mugrienta y rota. Nadie había limpiado ese lugar en años. Adivinó las cucarachas en la cocina antes de ver la primera. En el baño, las junturas entre los azulejos estaban negros y todo el inodoro, manchado. Las náuseas lo marearon. Se cubrió la boca con el barbijo, ahora agradecía tenerlo.

Había un chaleco de cartonero sobre la cama y unas cuantas revistas deportivas por el suelo.

Apestaba a soledad y abandono. Tan olvidado estaría que tal vez ni siquiera le habían reclamado el alquiler al desaparecer. Eso le dio una idea.

Salió sin tocar nada. Llamó a otra de las puertas del pasillo. No obtuvo respuesta. Llamó a otra y tampoco. Entonces, a sus espaldas, se abrió aquella a la que había llamado primero.

—¿Mande? —se asomó una mujer, desconfiada.

Fernández se dirigió hacia ella con la placa en la mano.

—Policía —dijo—. ¿Conocía a Raúl Ortigoza? —La mujer vaciló, ahora asustada—. Era vecino suyo. ¿Puedo hacerle unas preguntas?

—No conozco a nadie.

—Era vecino suyo del departamento D, ¿nunca lo vio?

—Ah, ese. Creí que se había mandado a mudar.

—Está muerto.

La mujer pensó un momento.

—No diga. ¿Lo encañonaron?

—No lo sabemos. Estamos investigando.

—Yo no sé nada —intentó cerrar la puerta, pero Fernández la trabó con el pie.

—¿Le importa?

—La verdad, no —respondió con franqueza—. Acá aparecen muertos todos los días. Pregúnteles a sus amigos policías.

—Prefiero preguntarle a usted.

La mujer midió a Fernández, y masculló:

—En el bar. Acá a la vuelta. Pregunte ahí —le cerró la puerta en la cara.

Minutos más tarde, Fernández había localizado el bar: "Lo de Lito", rezaba el cartel. Más abajo, las promociones del día: "Pancho max y Pesi, Cervesa de litro, sanguche de milanesa cacera", escrito con tiza. Un tugurio oscuro y estrecho donde dos o tres siluetas acompañaban al hombre tras el mostrador. Se identificó y entabló conversación con Lito, el dueño.

—Ya le pagué al cana del otro día, no tengo más —se anticipó.

—¿Luis Ortigoza era cliente suyo?

—¿Luisito? ¿En qué quilombo se metió ahora?

—Está muerto.

Entonces, Lito suavizó el gesto:

—¿Y qué le pasó? —preguntó con un tono muy distinto al de la mujer.

—Estamos investigando —Fernández explicó mínimamente los hechos, procurando mostrar simpatía.

—Qué hijos de puta —reflexionó el dueño.

—¿Piensa en alguien en particular?

—No… si era una laucha, cualquiera podía hacerle algo.

—¿Lo conocía bien?

—No, acá cada uno en sus asuntos. No se pregunta.

Fernández se volvió hacia los otros.

—¿Ustedes tampoco? —Los hombres negaron con la cabeza.

—Un pobre desgraciado —comentó uno.

—Del interior. Acá no tenía a nadie. Hay gente que termina así.

Fernández cambió de tema de manera abrupta:

—¿De qué vivía?

El dueño suspiró, apenado.

—Ya no podía hacer casi nada, ni changas ni cartonear —reconoció—. Vivía acá a la vuelta, porque Gandolfo le dejaba el lugar, que si no…

—¿Gandolfo?

—Gandolfo tiene varias cosas por el barrio y le daba trabajo a veces. Le tenía pena, lo ayudaba. Hable con él. Si me disculpa, me llegó el camión de salchichas.

CAPÍTULO NUEVE

Diez días después de aquella noche en la casa de Leticia, Miguel esperaba de pie con la espalda apoyada en una de las tantas columnas de acero inoxidable esparcidas a lo largo del aeropuerto de Ezeiza. "Pasajeros con rumbo a Lisboa, por favor embarcarse en la puerta…", "International Airlines les da la bienvenida…". Entre ese hormiguero de gente, aferraba el celular en la mano, con fuerza. Pero su vista no estaba fija en el aparato, sino a unos metros de distancia, en la entrada al sector de embarque de vuelos internacionales.

Leticia estaba allí, próxima al guardia de seguridad, rodeada por su familia, su equipaje último modelo en un carrito a un lado. Cuatro de sus amigas se turnaban para abrazarla. Nunca se había tomado el tiempo de aprender sus nombres, apenas las había visto un par de veces en la facultad. Todas lloraban. Su madre también, con la cara roja y cubierta de lágrimas. Su padre, en cambio, esperaba orgulloso a un costado.

Miguel ya no estaba enojado. No. Esa furia inicial que le había quemado el pecho había desaparecido. En su lugar, ahora, un vacío profundo: un sentimiento terrible de soledad.

Nada nuevo. Todavía recordaba la primera vez que se había sentido así. Estaba en el cumpleaños de doce una de sus compañeras de colegio. En esa época, todavía invitaban a todos los chicos del aula a los cumpleaños, principalmente porque los padres de sus compañeros sentían pena por aquellos que no tenían tantos amigos, y obligaban a sus hijos a invitar a todo el curso.

Jugaban al Semáforo. Las reglas eran simples: las chicas del curso se acomodaban en el piso formando una fila, mientras que los varones pasaban uno a uno caminando frente a ellas. Si alguna de las mujeres levantaba la mano, el chico tenía que frenar y darle un beso. Era un tonto juego de niños que apenas sabían lo que significaba un beso.

Cuando fue su turno, sintió una puntada en el estómago. Pero aun así comenzó a caminar. No podía mostrarse débil frente a sus compañeros. Sabía que ninguna de las chicas levantaría la mano para besarlo a él. Pero, para su sorpresa, Ernestina lo frenó, qué nombre. Se fue del colegio al poco tiempo, a España, cuando su mamá consiguió un trabajo.

Miguel se detuvo frente a ella, como en *shock*. Todos sus compañeros lo observaban expectantes. ¿Qué otra opción tenía? Se agachó, cerró los ojos, abrió la boca y la besó. Inmediatamente, Ernestina tiró la cabeza hacia atrás e hizo una mueca de asco.

—¡¿Qué te pasa?! —le espetó, pasando la mano por su lengua, como intentando quitarse el gusto asqueroso de la boca de Miguel. Tardó demasiado tiempo en notar su error. Había visto a sus compañeros hacerlo, creyó que... No. Los otros varones apenas habían tocado labios de las chicas.

—Migue —una voz suave interrumpió sus pensamientos. Alzó la vista del suelo y se encontró cara a cara con Leticia.

—¿Listo el *check-in*? —preguntó lo primero que se le vino a la cabeza.

Ella asintió.

—Vas a ver, ni nos vamos a dar cuenta —dijo— y ya va a ser diciembre, y vamos a estar juntos de nuevo.

Miguel forzó una sonrisa.

—Sí, tenés razón. Andá, andá, no pierdas el vuelo. Avisame cuando aterrices.

Leticia lo besó por un largo momento. Luego, sin decir nada, salió disparada hacia su familia y sus amigas. Abrazó a cada uno por última vez y luego entregó su boleto al guardia, quien lo ojeó por un segundo y la dejó pasar. Miguel la observó partir a través de las puertas corredizas, hasta desaparecer.

Caminó hasta el estacionamiento del aeropuerto sin despedirse de nadie más, hasta el Toyota Corolla gris de su padre, 2012. Un buen auto, sí, pero nada como el Audi de Leticia, o el M5 de Facundo. Leticia. Pensar en ella le estrujó el estómago. Miguel apretó los dientes.

Cuando llegó a su casa, ni siquiera la guitarra le servía de consuelo. Así que descolgó la campera de *jean*, y salió a la calle, auriculares en los oídos, sin rumbo por San Fernando.

Las calles lo recibieron vacías, las nubes indecisas apenas dejaban ver el sol. Contaba las rajas y los huecos en los zócalos cascados de la vereda.

Al poco tiempo, se encontró con que sus pies lo habían guiado hasta una calle que le resultaba familiar. Se sacó los auriculares, cruzó la calle corriendo, y tocó el timbre.

—Miguelito —saludó Facundo complacido—. ¿Qué hacés por acá, *man*?

—Vengo de Ezeiza —dijo. Creyó escuchar una voz aguda dentro de la casa, pero decidió ignorarla.

—Ah… —Facundo le ofreció una mueca de pena. Dio otro paso hacia adelante y cerró la puerta—. Claro, sí. Bueno. Eh… Dejame pensar…

—¿Puedo pas…?

—¿Tenés hambre? —lo interrumpió Facundo.

Miguel se encogió de hombros.

—Vení, conozco un grill muy bueno acá cerca. Buen ojo de bife, el *barman* es amigo. Yo invito.

En realidad, no tenía hambre. De hecho, solo pensar en comida le daba ganas de vomitar. Leticia era la única que lo quería porque sí. Y ahora ya no estaba más. "Facundo también te quiere", se recordó. Necesitaba su compañía, necesitaba no estar solo.

Dejó que su amigo lo guiara lejos de la casa, a través de

calles flanqueadas por árboles desnudos a ambos lados, hasta llegar al restaurante Morón, en la esquina.

Eligieron una de las mesas del patio, separado de la vereda por unas macetas repletas de arbustos bajos. De inmediato, apareció la camarera, una chica varios años menor que ellos. Tenía el pelo rojizo, nariz puntiaguda y un tatuaje en la muñeca. Saludó a Facundo con un beso en la mejilla. Les tomó la orden y desapareció bajo el cartel que indicaba, en letras de neón azul, MORÓN, COFFEE & FOOD.

—Veo que venís seguido.

—No tanto —dudó Facundo. Encendió un cigarrillo y le ofreció uno a Miguel. Estuvo a punto de aceptar—. Esta es la tercera vez que vengo.

—¿Y la moza?

Facundo dejó esbozar una sonrisa pícara.

—Linda piba, ¿no?

—Facu… —dijo Miguel, atónito—. Esa chica debe de estar en el secundario todavía.

Facundo soltó una carcajada.

—Se llama Anastasia, así que más respeto —dijo, juguetón—. Ya está en sexto año. Tiene dieciocho. No soy ningún abusador, sacá esa cara.

Miguel, incrédulo, sacudió la cabeza. Estaba a punto de decir algo cuando Anastasia reapareció, bandeja de metal en mano. Miguel deslizó su silla hacia atrás para hacerle espacio y luego se quedó observando a Facundo, divertido. Su amigo, sin decir una palabra, la devoraba con la mirada.

—Sos terrible… —dijo Miguel por lo bajo, mientras ofrecía más vino.

Facundo volvió a esbozar esa sonrisa diabólica. Miguel no pudo evitar reír. Se sintió repentinamente ligero, como si un gran peso hubiese sido levantado de sus hombros. Siempre lograba cambiarle el humor. Hasta había logrado abrirle el apetito. ¿Cómo podría agradecerle? Con el primer bocado, se dio cuenta de que estaba famélico. Devoró su hamburguesa en cuestión de segundos, tomó su copa de vino y luego pidió una cerveza, mientras Facundo lo observaba, casi sin tocar su ojo de bife, con una expresión de diversión en el rostro.

—¿Qué? —preguntó, después de tomarse de un trago media pinta de cerveza—. ¿Qué te reís, loco?

—Nada, nada —dijo Facundo. Procedió a limpiarse las manos metódicamente con la servilleta. Luego bebió el resto de vino en su copa y empujó el plato hacia adelante. Encendió otro cigarrillo y dijo:

—Contame, entonces.

—¿Qué querés que te cuente?

Facundo exhaló lentamente una nube de humo gris que cubrió el espacio.

—Por qué te apareciste por mi casa.

—Ah… Ya te dije. Me despedí de Leticia en el aeropuerto esta mañana.

—¿Y eso te tiene con esa cara de orto?

—Sí, obvio. ¿Qué más?

—No sé, creí que habría algo más, pero se ve que me equivoqué.

—Sí, te equivocaste —dijo Miguel, pero las palabras salieron agresivas, mucho más de lo que pretendía—. Perdón, perdón. Pero es eso.

¿Por qué se había enojado? Facundo se quedó en silencio. Fumaba, pensante.

—No entiendo… —habló después de un momento.

—¿Qué es lo que no entendés, boludo? —otra vez ese enojo inesperado llenó sus palabras de veneno—. La mina me dejó en banda. Me va a meter alguna excusa para no volver en diciembre.

—Bueno, *man*, bajá un cambio.

Miguel dio un resoplido, frustrado, pero hizo un ademán para que Facundo siguiera.

—No te creo —sentenció Facundo luego de un momento.

—¿Qué?

—Eso, que no te creo que sea Leticia lo que te tiene tan mal.

—¿Me estás jodiendo?

—Dejame terminar —dijo—. Tenés bronca porque no sabes qué hacer de tu vida. La mina la hizo bien, está en la suya.

Miguel enmudeció. Desvió la mirada hacia el costado, hacia la vereda. Se quedó observando a la gente pasar, a los autos que transitaban por la Avenida del Libertador, hasta que Facundo volvió a hablar.

—¿O no? —preguntó su amigo. Miguel sacudió la cabeza.

—Puede ser.

—Lo de recibirte en esa universidad cheta y trabajar para algún garca en Puerto Madero…

—Esa idea es de mis viejos, no mía —terminó Miguel.

—Obvio, *man*.

—Ya está. Esta es la vida que me toca. Me voy a recibir, tarde o temprano, y voy a empezar a trabajar en alguna empresa y…

—Tenés que aprender a decir que no, Miguelito —interrumpió—: Andate de esta ciudad de mierda. Esa es la solución. Incluso te lo dijo la piba.

Miguel lo miró asombrado.

—No puedo.

—¿Por qué no? La gente cambia. "Tu vida puede cambiar de rumbo" —repitió la frase de un *coach* ontológico, luego afirmó—: Vos querés tocar la guitarra ¿o no?

—¿Qué? No…

—Dale, si andás todo el día con la viola. Me acuerdo cuando la mina de educación vocacional nos preguntó en quinto qué queríamos hacer, vos dijiste "quiero ser músico".

Se quedó en silencio por un momento. Ni se acordaba de la profesora de educación vocacional.

—¿No dije "empresario" como todos? —respiró hondo y le dio la razón a su amigo—: Sí. Es verdad.

—Decilo en voz alta, como un mantra —siguió la voz del *coach*.

—Mi sueño es ser músico.

—Bravo —brindó.

—¿Qué estás esperando? Pegarla como músico acá en Buenos Aires es imposible, pero en Nueva York no. Tenés todo allá. Departamento, novia, todo. Lo único que necesitás es guita para el pasaje.

—No sé si…

—Pensalo —interrumpió Facundo—. No tenés que decidirlo ahora. —Empujó la silla hacia atrás y se paró—. Me tengo que ir, che —sacó del bolsillo de su campera un fajo de billetes. Con el cigarrillo entre los labios, separó cinco y los puso sobre la mesa.

—Facu…

—¿Qué?

—Gracias.

—¿Por?

—Siempre fuiste el único que me trató bien. El único que quiso ser mi amigo. ¿Sabías?

—Soy lo más, ya sé —bromeó—. Administradores de empresas hay demasiados; buenos músicos, pocos. "La vida es para vivirla toda" —recitó.

Miguel lo observó partir. Una vez más, lo había dejado sin palabras. Nadie lo conocía como él.

Andate de esta ciudad de mierda. Miguel creyó escuchar una música a lo lejos, como si lo llamara. Pensó en su guitarra, apartada de todo el mundo en su casa hacía ya demasiado tiempo. ¿Acaso su papá sabía qué significaba el nombre de la guitarra que le había regalado? Seagull. Gaviota. Una guitarra diseñada para volar.

CAPÍTULO DIEZ

El sol brillaba alto esa mañana de agosto tantos años atrás. Soplaba un viento fuerte, de los que insinúan la llegada de la primavera y arrastran consigo nubes de tierra y arena. Entre la fatiga de correr sin descanso durante los últimos cuarenta minutos y la polvareda del campo de deportes, Miguel apenas podía respirar. Tenía catorce años. La camiseta del uniforme del colegio, empapada.

—¡Acá, Alvarado, acá! ¡Pasámela!

Otro sábado más de torneo de fútbol del Colegio Leopoldo Lugones. Lo rodeaban diez, once, doce chicos de su edad. Los de su equipo, camisetas azules, pantalones rojos, gritaban con ansias a la espera de que les pasase la pelota. Los del equipo contrario corrían a toda velocidad hacia él. Antes de que el morrudo de pelo corto lo tacleara, pasó el balón a un compañero a su derecha.

Cruzó el largo de la cancha a máxima velocidad. Sus pulmones ardían, gritaban: "¡Acá! ¡Acá!".

Recibió la pelota en la puerta del área, giró hacia su izquierda, dejó a uno, dos contrincantes de lado, pero pronto se vio rodeado por un mar de camisetas blancas. Levantó la cabeza. El tiempo pareció detenerse. Escuchó los gritos de Julio a un costado, sus brazos frenéticos. Ignoró el pedido, para apuntarle al arco. Apenas logró dar un paso hacia adelante cuando sintió el impacto de una patada en su espinilla. Un dolor agudo le recorrió el cuerpo. Con un alarido, cayó al suelo.

Sonó un silbato. Vio a contraluz una figura alta, vestida de negro, correr hacia él. Escuchó gritos seguidos de insultos, luego sintió una mano aferrarle el brazo.

—¿Podés caminar?

¿Quién era? Domínguez. Se había puesto en cuclillas a su lado. Llevaba el pelo largo tirado hacia atrás, atado por una gomita, su cara denotaba preocupación.

—Creo que sí.

Sintió cómo su compañero lo levantaba. Le agradeció y, con cuidado, apoyó su pie derecho en el césped de la cancha. Un latigazo de dolor le recorrió el cuerpo, pero sus piernas no cedieron. Volvió a pisar, apoyando más peso sobre su pierna lastimada y esta vez el dolor no fue tan fuerte.

Con ayuda de Domínguez cojeó hasta el banco de suplentes. Su profesor de gimnasia, que los sábados hacía de director técnico, le ofreció una botella de agua.

—¿Puede seguir, Alvarado? —le preguntó.

—No, disculpe, profesor —dijo finalmente, apretando los dientes.

—Pedrone, andá a calentar —ordenó el profesor de inmediato.

Uno de los chicos sentados en el banco pegó un salto y empezó a correr alrededor de la cancha.

Miguel intentó ignorar el dolor de su pierna. No se había roto ningún hueso. Pero aun así era frustrante. Cinco chicos esperaban sentados en el banco de suplentes, todos inclinados ligeramente hacia adelante, la vista fija en el partido.

Ninguno le prestó la mínima atención. Nunca se había llevado bien con sus compañeros. "Me ignoran, pero les sirvo en el medio campo", pensó amargamente. La única razón por la que formaba parte del equipo era porque jugaba mejor que la mayoría. Bastante mejor, incluso. Tan hábil para tantas cosas, pero nada para lo que realmente le importaba. Hacerse amigos, por ejemplo…

—No importa —murmuró para sí mismo. Escupió agua y apartó la vista del banco de suplentes. Más allá, sentadas en una esquina de la tribuna, había un grupo de seis chicas cuchicheando. Reconoció a dos de ellas: Jimena y Mercedes. Ambas, compañeras de curso, pero la última vez que había intentado hablar con Jimena, lo ignoró como a un gusano. Con Mercedes habría pasado lo mismo.

A las otras cuatro nunca las había visto. A una se le veía el corpiño, otra tenía el pelo teñido de verde, otra mascaba chicle frenéticamente; la otra, de labios carnosos, llevaba el pelo corto como el de un muchacho. Miguel sintió que se le revolvía el estómago. Se sonrojó de golpe. Sacudió su cabeza.

Esa sonrisa anhelante no era para él, sino para Facundo. Facundo, el más fuerte. Facundo, el carismático. Siempre arrastraba la atención de todos los que lo rodeaban, incluso de chica desconocida.

No lograban detenerlo. Facundo parecía deslizarse sobre ruedas, el equipo rival apenas podía frenarlo. Llevaba la pelota pegada al pie, el cuerpo erguido, la cabeza en alto; el 10 en su camiseta, la banda de capitán en el brazo. Se elevaba por sobre los demás como un gigante. Se escuchaban gritos: "¡de te!, ¡de te!, ¡acá!". Facundo se rehusaba a soltar la pelota. Proseguía esa marcha zigzagueante, hasta que de pronto frenó la pelota en la puerta del área. Miguel contuvo el aliento. El tiempo pareció detenerse. Facundo levantó la cabeza, movió la pelota un par de centímetros al costado, la pisó y disparó.

Las tribunas, el banco de suplentes, los compañeros en la cancha, el público, todos siguieron el camino de la pelota en el aire y la vieron golpear el interior de la red del arco. Sonó un silbato largo, agudo.

Se escucharon vítores, alaridos de felicidad. Olvidándose por un momento del dolor de su pierna, se puso de pie de un salto y como pudo corrió hasta el límite de la cancha, junto al resto de sus compañeros que se abalanzaba sobre Facundo, sumergiéndolo en un mar de gritos y abrazos.

Una hora más tarde, Miguel se encontraba sentado sobre la raíz descuidada de un árbol grande, un sauce. El clamor, la adrenalina, se esfumaron para dejarle el dolor en su pierna. Estaba solo, comiendo una hamburguesa fría, con un vaso de gaseosa apoyado en la arena junto a sus pies. Apenas unos minutos después del gol de Facundo, el árbitro había dado por finalizado el partido. Ahora sus compañeros se encontraban todos bajo una carpa blanca instalada en el centro del patio de la escuela. Comían y hablaban separados en pequeños grupos alrededor de las distintas mesas.

Miguel no celebraría con ellos. Ya había aprendido esa lección, en dos ocasiones distintas. La primera: la fecha del partido inicial. Habiendo anotado el gol de la victoria, creyó ilusamente que por fin lo admitirían en su grupo o, al menos ese día, lo dejarían celebrar con ellos. Pero terminó en el vestuario, solo, llorando. Tuvo que llamar a su padre para que lo fuese a buscar.

¿Por qué lo tenían de punto? "Porque no quise pelear", concluyó.

★ ★ ★

Todo había comenzado cuando, luego de recibir bromas de mal gusto en la primaria, Miguel decidió no defenderse. "Debí meterles una trompada...", se dijo. Pero no lo hizo. Sus padres le habían enseñado que nunca se solucionaba nada con violencia. Además, simplemente no estaba en su naturaleza meterse en peleas. La decisión solo había empeorado las cosas.

A partir de ese día, se convirtió en el centro de insultos de sus compañeros. Nunca había logrado hacerse de suficiente valor para contarles a sus padres. Como una mochila cargada de piedras en soledad. Ya era demasiado tarde para intentar revertirlo. En todo ese tiempo, la guitarra fue su único refugio.

La segunda ocasión se dio durante un viaje a Mendoza con

el equipo, a finales del año anterior. Durante todo el trayecto en el ómnibus, y los primeros dos días, sus compañeros apenas le habían prestado atención. Francisco, su compañero de asiento, hizo un esfuerzo por entablar conversación con él. Le preguntó de su vida, de sus padres. Si había alguna chica que le gustara.

Pero luego llegó el tercer día de cinco.

Era una fiesta por la goleada en el hotel. Había marcado dos de los cuatro goles vencedores al equipo local. Alguien incluso había logrado hacerse de latas de cerveza, cuando los profesores se fueron a dormir. Se emborracharon en cuestión de minutos.

—Me voy a bañar —declaró Miguel luego de devolver la lata de cerveza semivacía a uno de sus compañeros. Necesitaba aclararse la cabeza con una ducha de agua caliente. Se puso de pie. La habitación pareció girar a su alrededor.

Trastabilló hasta el baño. La única luz provenía de las ventanas a un costado. Sus compañeros reían por lo bajo al verlo golpearse contra una cucheta, luego otra, en la oscuridad. Se desvistió en la entrada del baño. La lluvia de agua hirviendo le produjo un cosquilleo extraño en la piel. En un momento, creyó escuchar la puerta del baño abrirse, pero no le prestó atención. El alcohol que corría por su sangre lo distraía. Se sentía mareado, pero sin ganas de vomitar. El vapor lo envolvía como un abrazo cálido. Se sorprendió al darse cuenta de que, en ese momento, era feliz. Otra sensación extraña e inesperada.

Disfrutó de la ducha por cinco, diez, quince minutos más. Cuando ya a su cuerpo no le pesaba el alcohol, soltó un suspiro. Cerró la ducha.

Al pisar las baldosas húmedas, su ropa no estaba. La había dejado ahí, a un costado del bidet. Pero no estaba.

—¡Alvarado! —exclamó alguien del otro lado de la puerta del baño—. ¿Ya terminaste? Apurate, que me estoy meando.

—¡Ya salgo! —inmediatamente se lanzó a buscar algo, lo que sea, con lo cual tapar su desnudez.

Miró a su alrededor. Podía jurar haber visto tres toallas apiladas en un estante. También se habían llevado eso. No tenía opción. Respiró hondo. Gotas de agua chorreaban a lo largo de su piel desnuda, golpeando el suelo. Cuando abrió la puerta, lo recibió un silencio espeso. Todos lo miraban. Cada uno de sus compañeros de equipo había girado la cabeza para observarlo. El poco valor que había logrado juntar se hizo añicos. Sintió su rostro arder con calor de vergüenza. En ese preciso momento, comenzaron las risas.

Corrió hasta su cama en busca de su bolso donde guardaba sus mudas de ropa. Pero tampoco estaba.

—¿Dónde está mi ropa? —se forzó a murmurar.

—¡Yo no tengo nada! —exclamó uno.

—¡Yo tampoco! —se exculpó otro.

—¿Se la viste? Un maní tiene.

—No me mirés así, Alvarado. ¡Yo no fui!

Pero todos reían al unísono. Con las mejillas rojas como la sangre con ambas manos cubriendo sus partes privadas, las lágrimas quemaban su piel. Pánico. Salió corriendo de la habitación, por los pasillos del hotel, y abrió la primera puerta que se cruzó. Un closet de limpieza, suficientemente amplio. Se escondió allí sin pensarlo dos veces y cerró la puerta.

La oscuridad lo envolvió por completo. El aroma a lavandina le provocó arcadas, y estalló en llanto.

La puerta se abrió momentos, quizás horas, más tarde, pero él se negó a abrir los ojos. Lo habían encontrado y en cualquier instante la burla inundaría sus oídos. Pero... Miguel sintió algo suave golpear su piel desnuda.

—Acá tenés —dijo una voz.

Se encontró con la enorme figura de Facundo en el pasillo, como un gigante. El chico le había devuelto su ropa.

—Cambiate y volvé —dijo Facundo.

Miguel lo miró incrédulo. Quiso hablar, pero no logró formar palabra alguna. Antes de partir, Facundo se detuvo y dijo, esta vez en tono suave:

—¿Estás bien? No pasa nada. Son unos imbéciles, pero nada más. Ya no te van a joder, te lo prometo.

★ ★ ★

Miguel parpadeó; el recuerdo de esa noche se desvaneció. Se encontró nuevamente sentado sobre la raíz de ese sauce, de espaldas al alambrado que bordeaba las canchas. Todavía escuchaba a sus compañeros celebrar, pero su vista estaba fija en otro lado, más allá de la carpa, en Facundo. Frente a él, a medio metro de distancia, había un tipo de aspecto prolijo. Llevaba puesto un traje gris impecable, el cabello tirado hacia atrás con gomina, como se usaba en los años ochenta.

Padre e hijo discutían. Aun desde la distancia que lo separaba de ellos, Miguel podía escuchar el tono amargo de sus voces, adivinar los insultos que se lanzaban uno al otro. Al poco tiempo, la discusión pareció llegar a su fin: el padre de Facundo sacudió la cabeza frustrado, dio media vuelta y se alejó de su hijo. Apenas desapareció de la vista, Facundo dio un puñetazo al alambrado. Nadie pareció escucharlo. Nadie más que Miguel le prestaba atención. Sin dudar caminó hacia él.

—Facu —el chico no pareció escucharlo. Ahora trotaba para alcanzarlo—: Facu… ¡Facundo!

—¡¿Qué, *man*?! —preguntó agresivo. Cuando advirtió que se trataba de Miguel, y no de su padre, su expresión cambió por completo—: Ah, Migue, ¿qué pasa?

—Nada, nada. Te quería felicitar.

—Ah, gracias —se secó la cara con la camiseta—. Creí que tus viejos no querían que me hablaras.

Miguel lo siguió como un buey. Facundo había sido el único en defenderlo. Su único amigo. Con tal de poder pasar tiempo con él, estaba dispuesto a ir en contra de la voluntad de sus padres.

—Que se jodan —sentenció—. ¿Todo bien con tu viejo?

—Lo mismo de siempre. Es un pelotudo, pero no importa. No hay va a cambiar nunca.

Miguel asintió con la cabeza. Con cada paso que daban, las voces de sus compañeros perdían fuerza. Comenzó a preocuparse. Se estaban alejando bastante del resto, ¿no? Si alguien del colegio los encontraba dando vueltas por ahí… prefirió no pensar en las consecuencias. Al poco tiempo, llegaron a un rincón apartado donde Facundo detuvo la marcha.

—¿Qué hacemos? —preguntó un tanto nervioso—. No creo que nos dejen estar acá. ¿Volvemos, che? —dio un paso hacia adelante.

Facundo encontró un pequeño banco de madera. Del bolsillo de su abrigo sacó un paquete de cigarrillos. Los ojos de Miguel se abrieron de par en par, pero mejor no decir nada, mejor no interrumpir el momento que compartía con su amigo. A pesar de la insistencia de sus padres, que le ordenaron no verlo más, él quería resguardar su amistad. Si eso significaba acompañarlo mientras fumaba…, que así fuera.

Una nube de humo grisáceo envolvió el espacio que los separaba. Facundo encendió otro cigarrillo con la punta incandescente del suyo.

—Eh… Gracias, pero no fumo —respondió atónito.

—Yo tampoco —rio—. Pero creo que hay que probar todo, aunque sea una vez en la vida, ¿no?

—Sí, pero…

—Dale, no seas cagón.

—No puedo, mis viejos me van a matar…

—¿Qué era lo que habías dicho? Ah, sí… "Que se jodan".

—Sí, pero esto es distin…

—*Okey* —amagó con guardarlo, pero Miguel no se atrevió a contradecirlo.

Así que se unió a su amigo en el pequeño banco. La madera, gastada de tanta exposición a los elementos, crujió al recibir su peso. Pareció a punto de ceder. Se quedó observando el cilindro un largo momento, como hipnotizado por el aroma.

—¿Pasa algo? —preguntó Facundo, rompiendo su trance.

—No, no.

—Dale, *man*, si no te gusta, me lo devolvés.

—Ya sé, ya sé —dijo Miguel, intentando ignorar la mirada expectante de su amigo.

Tragó saliva, nervioso. Tomó aire. "No seas cagón…", pensó, y acto seguido llevó el cigarrillo hasta sus labios. Aspiró profundamente…

Las lágrimas lo ahogaban, pero se obligó a dejar que el humo llenara sus pulmones. Su cuerpo se dobló hacia adelante, presa de las náuseas. Sus rodillas golpearon el suelo. Comenzó a toser con desesperación, avergonzado. Creyó escuchar a Facundo reír. Pero, no…, su amigo no reía. Decía algo a su lado mientras lo ayudaba a ponerse de pie.

—¿Todo bien, che? Estás pálido. ¿Querés agua?

—No, no —respondió Miguel. Volvió a toser—. Estoy bien, estoy bien, gracias.

Respiró hondo. Sentía su cuerpo frágil, sus piernas a punto de ceder. Se apoyó en Facundo y con su ayuda volvió a tomar asiento en el banco de madera. La tos pareció amainar. Tomó otra bocanada de aire, el cigarrillo lo esperaba, inocuo, consumiéndose solo sobre el concreto.

—Perdón, Migue, perdón… —dijo Facundo—. A mí no me pegó así cuando lo probé…

Miguel rio a carcajadas.

—¿Qué te pasa? —preguntó confundido—. No es gracioso, me asustaste.

Abrió la boca para responder, pero la risa volvió a superarlo. Levantó la mano, como pidiendo un respiro a su amigo.

—Nunca. Más. Me. Dejés. Fumar —sacudió incrédulo la cabeza entre carcajadas—. ¿Qué carajos fue eso, Facu? Pensé que me moría, boludo.

—Bueno, vamos, antes de que algún buchón nos mande a buscar.

CAPÍTULO ONCE

Hizo todo lo posible por mantener una vida similar a la que había disfrutado antes de que Leticia lo dejase solo. Intentó, con cierto éxito, mantener la relación con ella: se habían propuesto actualizarse el uno al otro a través de WhatsApp o videollamadas, por lo menos, dos veces por semana.

No bastaba. Anhelaba verla en persona, sentir el aroma de su piel, la calidez de sus besos. Tantas veces estuvo a punto de pedirle —no, de rogarle— que volviera. Pero no. Ella era feliz. Hablaba exultante de sus clases, sus profesores, lo que era la vida en Nueva York.

Siguió estudiando para el taller de plan de negocios. Le tocaba presentar a él. No había mucho más que pudiera hacer. Estudiar a la mañana, clases a la tarde. Almorzar solo en su casa o en el bufet de la facultad y cenar con sus padres para dormirse temprano. Luego, repetir la rutina hasta el hartazgo. Su único consuelo eran las salidas con Facundo los viernes y sábados, o las veces que lo invitaba a comer a algún lado entre semana. Pero esas invitaciones sorpresa escaseaban cada vez. Facundo alegaba estar ocupado, con mucho trabajo.

Facundo. Cada vez que Miguel cerraba los ojos podía escuchar la voz de su amigo.

Andate de esta ciudad de mierda… Andate a Nueva York… Allá tenés todo…

Irrumpió diciembre. Los últimos días de la primavera amenazaban un verano insufrible, próximos a fundir esa selva de acero, vidrio y concreto. Las primeras decoraciones navideñas ya estaban montadas: guirnaldas en las entradas de los hogares, en los *lobbies* de los edificios; árboles envueltos por lucecitas blancas o multicolores, inflables de Papá Noel, negocios de pirotecnia encubiertos.

El campus de la Universidad de San Andrés parecía una película navideña. Cada rincón parecía una postal. Por fin, el 15 de diciembre de 2019 se abrió una puerta y salió un pelotón. Entre los tantos jóvenes estaba Miguel. Caminaba solo, la mirada perdida en el suelo, el último en salir del aula. Estaba pálido. Le temblaban un poco las manos, con la boca amarga. Sentía náuseas semejantes a las de su primera experiencia con el cigarrillo. Se detuvo en la cartelera de cursos de verano, y allí se quedó inmóvil por un largo momento. Dejó escapar un suspiro prolongado.

—Ya está… —murmuró por lo bajo, incrédulo. "Ya está. Aprobado. Ya estoy", se repitió, intentando convencerse de una realidad imposible.

En vano, intentó alegrarse. Leticia no estaba allí para felicitarlo.

"Soy administrador de empresas", pensó mientras cruzaba la universidad, deprimido. Debería estar feliz. Sintió un vacío en el pecho.

Mientras manejaba el auto de su padre, que se lo había prestado para aquella ocasión especial, una sombra ancestral lo seguía de cerca.

"¿Ahora qué?", se preguntó al entrar en la cocina vacía. En la puerta de la heladera colgaba el cronograma de estudio. Se sirvió un vaso de agua helada. El calor sofocante no hacía más que empeorar su humor. Se acomodó sobre la mesa circular de la cocina. Sus padres no tardarían en llegar.

Media hora atrás les había mandado un mensaje por el grupo que compartían para comunicarles la buena noticia.

Inmediatamente, su padre lo había llamado para felicitarlo. La excitación en su voz, el orgullo que acompañaba cada palabra, acentuaban todavía más su sensación de culpa. "No le puedo decir ahora".

Tenía un plan para escapar de esa vida que detestaba, pero ¿cómo decírselo a sus padres? La sola idea de decepcionarlos lo aterrorizaba. Terminó el agua y estuvo a punto de partir a su cuarto para tocar la guitarra, quizás eso lograría calmarlo, cuando escuchó el rechinar de la puerta de entrada al abrirse, seguido por la voz ronca de su papá gritando su nombre.

—Este es bueno, bueno —dijo Julio más tarde, mientras ofrecía champán, exultante de orgullo.

A las diez de la noche, la familia Alvarado festejaba en el comedor. Él mantuvo una mueca de alegría forzada durante toda la cena. La mesa estaba cubierta de bandejas de *sushi* vacías.

—Excelente —siguió su papá—. Es el mismo que sirvieron en la fiesta de fin de año del hospital. No saben lo que me costó conseguirlo… —le entregó una copa a su hijo, otra a su esposa y alzó la suya—. Un brindis, aunque un poco tardío —aclaró—, ¡para el flamante licenciado en Administración de Empresas!

Miguel alzó su copa forzando una sonrisa. Los tres brindaron, luego se apresuró a beber el contenido de su copa de un solo trago. Julio, con una expresión divertida, le ofreció la botella. Miguel volvió a llenar su copa.

—Alguien está con ganas de celebrar. Calma, que sale un fangote este —acotó Julio.

Asintió con la cabeza, como un niño obediente, lo cual pareció satisfacer a su padre. Natalia bebió el resto de su champán y se puso de pie.

—*Desert!* —anunció alegre.

—¿Qué compraste, Na? —preguntó Julio.

—¡Hice un Rogel! —respondió su mujer desde la cocina.

Julio hizo un gesto de satisfacción, seguido por un "uhh… qué rico…". Se acomodó en su silla y encendió un cigarrillo.

—Vos no fumás, ¿no? —preguntó.

—No, no —respondió Miguel.

—Muy bien. Yo casi tampoco, pero, bueno, hoy es un día especial. No te molesta, ¿no?

—Para nada —siempre le pareció tan contradictorio que un médico fumara. ¿Pero cuántas contradicciones había en su vida?

Julio asintió acompañado de su fiel cigarrillo. Al poco tiempo, Natalia regresó con una bandeja de madera entre manos, el Rogel, platos y cubiertos para los tres. Le lanzó una mirada de reproche a su esposo.

—¡Ah! ¡Me había olvidado! —dijo Julio de repente. Apagó el cigarrillo y comió un bocado de torta—. ¡Muy buena, Na! El mejor Rogel, como siempre. Migue —agregó luego—: Estuve hablando con González, el jefe de cirugía. Resulta que es íntimo de uno de los dueños de una empresa líder en telecomunicaciones. Le conté que te estabas por recibir. Te manda felicitaciones, obvio. Bueno, se ofreció a hablar con su amigo para conseguirte una entrevist...

—¿Les puedo pedir algo? —interrumpió abruptamente.

—Sí, obvio —respondió un tanto contrariado—. Cierto que nunca nos dijiste qué querías como regalo de egreso. Pedí lo que quieras, menos un coche. Nos encantaría poder regalarte uno, pero viste cómo están las cosas...

—No, no. Gracias, no hace falta un regalo. Bah, un poco —tragó saliva.

—¿Qué? —preguntó su mamá—. *Is there something wrong?* —sonrió nerviosa.

"Dale, boludo, decilo", se animó Miguel por dentro. "Decilo. Es ahora o nunca".

—*Mequieroiranuevayork* —lanzó de repente.

Los padres lo miraban, confundidos.

—¿Qué cosa? —preguntó Julio—. Hablá más lento, Migue. No te entiendo.

—Me quiero ir a Nueva York —repitió, esta vez más pausado—. Me quiero ir a Nueva York por un tiempo a probar suerte como músico.

—Ay, Migue… —dijo Natalia.

—Antes de que me digan que no —interrumpió—, ¿puedo terminar?

Sus padres asintieron, en silencio.

—Tengo todo pensado: no es que me quiera mudar a Estados Unidos de por vida. Me voy solo un año. Si las cosas no arrancan, pego la vuelta —hizo una pausa, a la espera de alguna intromisión de sus padres, pero, como no dijeron nada, continuó—: Estuve viendo lo de la visa de turista que saqué cuando fuimos a Disney. Con eso entro al país. Pararía en lo de Leticia, obvio, así no pago alojamiento…

Su voz se fue apagando. ¿Podría pedirles? Sí, ¿por qué no? Respiró hondo.

—No pido un coche. Lo que necesito —dijo— es ayuda con el pasaje y algunos dólares para mantenerme al principio, hasta que me consiga algún trabajo —se animó a más—. A lo mejor, con la guitarra, que allá no sería solamente un sueño.

Un silencio profundo se estrechó a lo largo de la mesa familiar. Escudriñó a su padre, intentando descifrar sus pensamientos, pero sin éxito. Julio, como siempre, tenía un rostro de piedra. Su mamá también guardaba silencio. Tenía la mano apretada sobre la de su esposo.

Julio bebió lo último de su copa de champán, mudo. Miguel estuvo a punto de pedir disculpas, cuando la voz de su padre lo forzó a detenerse de golpe.

—Bueno —dijo Julio con un tono suave, sin emoción alguna—. Bueno.

Miguel frunció el ceño. *¿Bueno?*

—¿Bueno qué? —preguntó impaciente.

—Sí, me parece bien —respondió su padre asintiendo con sutileza, como para acabar de convencerse—. Tenés toda tu vida para trabajar en una empresa. No me parece una mala idea un año sabático con la novia y la Seagull.

El joven se quedó pasmado. Julio alzó una ceja, como divertido.

—¿Qué? ¿Te esperabas que dijera que no? —preguntó, ahora visiblemente satisfecho—. Yo también fui pibe. Además, se ve que lo tenés todo bien pensado. Eso sí, el pasaje después de Navidad, porque si no tu mamá te mata.

Miguel saltó de su silla y arrojó sus brazos alrededor del hombre. Lo abrazó con fuerza y le dio un beso en la mejilla y luego hizo lo mismo con su madre, repitiendo, casi gritando: "Gracias, gracias, ¡gracias!", una y otra vez.

CAPÍTULO DOCE

Ubicó a Gandolfo con facilidad. Todos lo conocían en el barrio. Además de la zona abandonada donde vivía Ortigoza, había otra de clase media, con más tráfico por los comercios. Allí estaba el centro de operaciones de Gandolfo: un bar de estilo deportivo con cancha de pádel, decorado con fotos de formaciones de Tigre autografiadas. También, algunos banderines de equipos internacionales, regalo de los clientes.

Gandolfo tenía un pequeño emporio. Además de la cancha, se ocupaba de otros rubros: construcción, departamentos en alquiler, playas de estacionamiento.

—Digamos que me va bien. Bah, no me puedo quejar, hay cada uno que se funde en este país —concluyó su relato. Lo invitó a una cerveza, que debió rechazar, aunque le aceptó un café.

—Un pobre tipo —respondió cuando le preguntó sobre Ortigoza—, mal tipo no, un pobre diablo nomás. Era de fierro, eso sí, eh —acompañó la frase con el pulgar de su mano—. Recto.

—Trabajaba para usted, entiendo.

—A veces. Lo tenía de peón, no le daba para oficial. Empezó en una obra, después lo tuve de sereno, de encargado de cuidar depósitos, hacía algunos arreglos acá en las canchas —hizo un ademán hacia el entorno y Fernández distinguió también algunas fotos de boxeadores—. En otra época, de repositor en el videoclub…, pero iba cuesta abajo. Le gustaba el chupi. Se me complicaba, vio —hizo un ademán—. Por eso no me sorprendió no verlo más. Creí que se habría vuelto a sus pagos.

—¿No lo tenía de inquilino en uno de sus inmuebles?

Gandolfo sonrió, resignado.

—Para decirle la verdad, oficial, creo que haría negocio si demuelo todo y lo vendo como terreno. Apenas quedo a mano… Pobre tipo, terminó en un basural. Ahora —se le acercó con gesto cómplice—, el que lo enterró ahí mucha visión de negocios no tenía, eh. Estaba cantado que tarde o temprano iban a empezar a construir. —Fernández no había pensado en ello, no era un hombre de negocios grandes ni pequeños—. Lo hubiera hecho yo, si me diera el cuero.

—Entonces le habría tocado el muerto a usted —observó Fernández.

—Eso a la gente no le importa —respondió Gandolfo casi con sorna—. Aparecen muertos en el río todo el tiempo, nadie deja de navegar los domingos. Solo la sudestada amedrenta. Mañana nadie se va a acordar del pobre diablo.

Tenía razón. El Paradiso seguía adelante. Ni siquiera había durado una semana en los medios. Nadie reclamaba justicia por Ortigoza.

Al volante del Hyundai, Fernández pensaba que el más motivado era él, porque el caso lo distraía de sus asuntos de familia.

Recorría melancólicamente el camino de vuelta, rodeando los talleres y las viejas fábricas de las inmediaciones. Al tenerse en el semáforo, advirtió el temblor de sus manos sobre el volante. ¿Terminaría así también él, solo y abandonado, fulminado por un infarto? ¿Qué sería luego de sus hijos? ¿Qué sería de Mauricio? Respiró mejor al encontrarse otra vez en la calle de la oficina. Se detuvo en el bar de la esquina a tomarse otro café. "Solo un café por día", le había permitido el gastroenterólogo. "Cortado mitad y mitad".

—¿Café con luna, oficial?

—Hoy una lágrima, Mario —se frotó el estómago.

Cuando llegó, Romina lo esperaba con ansias. Parecía una estudiante de artes. Le gustaba elegir la ropa en ferias americanas, cambiar los marcos de los anteojos. Usaba las carteras tejidas o pintadas a mano. Ahora se le había dado por pintar mandalas en sus barbijos. Fernández nunca le comentó que su estilo no coincidía con la discreción que requiere el oficio.

—Jefe —anunció—, encontré la tarjeta. Creo que se va a llevar una sorpresa.

—Déjeme desensillar, Lacase —respondió mientras colgaba el abrigo y ocupaba su lugar detrás del escritorio—. Diga.

Romina se sentó, pero hervía de impaciencia.

—No lo va a creer —anticipó.

—Sin rodeos.

—Rastreé la tienda del recibo.

—¿Algo que ver con Ortigoza?

—No, Ortigoza no tenía tarjeta ni cuenta bancaria ni nada —se acomodó los lentes violetas con un entusiasmo detectivesco digno de una novela de misterio—. Pero el propietario de la tarjeta es un viejo conocido suyo: Carlos Fabián Mesa.

Ese nombre bastaba para lograr un golpe de efecto. Pero no solo con su jefe, sino con cualquiera que hubiera trabajado en la central durante los últimos diez o quince años.

—Supongo que ya confirmó la información.

—Veinte veces, detective. Sé lo que significa ese nombre aquí.

Fernández meditó un instante en silencio. Lanzar cualquier hipótesis le parecía aventurado.

—No deja de ser una señal de vida. ¿Sabe si se usó mucho esa tarjeta? ¿Si se siguió usando después?

—Hay más operaciones, sí.

—¿Dónde estaba la tienda?

—En un *shopping* de San Isidro.

—¿Algo sobre el tipo de compra? Bueno, si es Mesa el que hizo la compra.

—Para eso tendría que estar vivo, ¿no?

—Jamás se encontró su cadáver. Desapareció sin dejar rastros.

—O la compra la hizo otra persona. Con su tarjeta.

—Sí, también puede ser.

Permanecieron un momento callados. Ortigoza, el recibo de compra de ropa interior femenina, la tarjeta de crédito de Mesa. ¿Qué tenía que ver una cosa con la otra?

—Ahora tenemos tres pistas —sacó su cuaderno de cuero, tenía una hoja de chala grabada en la tapa—. Aguardo órdenes —se dispuso a anotar.

Pero Fernández no tenía ningún interés en quedarse hechizado por el fantasma de Mesa.

—Vamos a atenernos a las evidencias. Siga su pista, Lacase. Hágame el registro de las demás operaciones de esa tarjeta, en qué comercios se empleó… y mucho mejor si algún empleado recuerda a la persona que pagó. ¿Último pago?

Romina consultó sus apuntes.

—El 6 de junio.

—¿Cuándo caduca?

—Déjeme ver… A fin de año.

—Bien —concluyó Fernández—. Ya tiene trabajo, oficial.

Romina se levantó de la silla, ya sin el brío con que había entrado en la oficina.

—¿Supo algo más de Ortigoza? —preguntó antes de salir.

—Nada útil —respondió el detective—. Si se hubiera muerto de cirrosis, todavía…

Romina respondió con un mohín ambiguo a su broma amarga. Fernández la vio partir arrastrando las sandalias de mimbre y se quedó pensativo.

Un cuerpo molido a golpes y otro hecho humo. La vida de uno parecía no tener historia, solo un errar y decaer hasta chocar con lo que fuera que la hubiese borrado. El otro, en cambio, sencillamente parecía haberse desvanecido en el aire sin dejar rastro, pero sí, en cambio, una leyenda: Carlos Fabián Mesa, el capo mayor del narcotráfico en San Fernando. El único criminal

que la fuerza tuvo cercado y se les escurrió de un día para el
otro, a pesar de toda la pericia del comisario Rivero, a cargo del
operativo. Víctor Rivero, su superior, su maestro, a quien tantas
veces echaba de menos, como en ese preciso momento.

CAPÍTULO TRECE

«¡Perdón! Me colgué ayudando a mi viejo con unas cosas, no tenía el celu encima. Perdón!».

La respuesta no tardó en llegar.

«No hay drama!», decía el mensaje de Leticia.

«Hablamos más tarde, sí? Ahora me voy… Está nevando!!».

«Qué groso», respondió Miguel.

«Sí! Lo más. Qué tal allá? Mucho calor?».

«Te odio (emoticón). Acá me estoy muriendo. Toda la tarde estuve laburando en el jardín. Debe de hacer cuarenta grados». Una voz femenina se escuchó por altavoz: "Gracias por volar con Latam. Esperamos que haya disfrutado su viaje con nosotros. *Thanks for flying with Latam. We hope you enjoyed your trip with us*". Miguel volvió a su celular.

«Me llama mi viejo», escribió. «Te llamo a eso de las cinco, te parece?».

Mientras esperaba la respuesta de Leticia, echó un vistazo a través de la ventanilla del avión. Volvió a sonreír. Nevaba. El ala del avión, la terminal del aeropuerto más allá, la pista de aterrizaje, todo estaba cubierto por un manto blanco. Sintió una vibración entre sus dedos: «Dale, de una. Nos vemos a las cinco. Chau!», decía el mensaje de Leticia. Miguel guardó el aparato en el bolsillo. Se levantó del asiento, con cuidado de no golpearse la cabeza contra el compartimiento de equipaje superior, y se apresuró a sacar sus pertenencias. Ya se había formado una fila de pasajeros en los pasillos, todos todavía semidormidos por las trece horas de vuelo, con almohadillas de viaje colgadas del cuello e inquietos por descender del avión.

El cruce de frontera fue relativamente rápido. Por suerte, el equipaje apareció de inmediato en las cintas, la guitarra había sobrevivido a la bodega. Tan solo una hora después de haber aterrizado, Miguel guardó el pasaporte en su mochila y se despidió del agente de migraciones con un *thanks*.

Cargó todo en un carrito, atravesó el sector de aduana (vacío, tan distinto al de Argentina); luego, dos puertas corredizas de vidrio templado: "*Welcome to JFK Airport, Terminal 8*", lo saludó una voz robótica. "*Remember to pick up your bags. Have a wonderful day*".

La terminal sí estaba repleta. Cientos de pasajeros transitaban, formando filas eternas, frente a los puestos de *check-in* de las distintas aerolíneas. Ya en el segundo piso, buscó el andén del AirTrain, que conectaba las nueve terminales del aeropuerto John F Kennedy. No podía darse el lujo de tomarse un taxi hasta la ciudad. Menos si podía utilizar el metro, como un buen neoyorquino.

Bordeó las distintas puertas de salida, pasando junto a un árbol de Navidad inmenso, de cinco metros de altura, que varios empleados estaban desarmando. Descolgaban guirnaldas, estrellas, renos dorados, esferas del tamaño de pelotas de fútbol. Un nuevo año comenzaba.

El trayecto en el subte fue más extenuante que el vuelo. Una hora y media de viaje a pie, bajo la tierra, cambiando de línea, apretado entre los pasajeros de todas las edades, clases sociales, etnias, siempre con su equipaje cerca. Primero el AirTrain hasta Jamaica Station, en Queens. De allí, la línea amarilla hasta Brooklyn y luego la línea número cuatro, en dirección norte hasta llegar a la famosa Grand Central Terminal.

Caminó boquiabierto, admirando el techo alto y abovedado, salpicado de dibujos de constelaciones, pilares de mármol blanco, el gran reloj mecánico que coronaba el corazón del salón principal.

Una vez dentro del último tren, que lo depositaría a pocas cuadras del departamento de Leticia, Miguel sacó el teléfono celular de su bolsillo.

«Hablamos en 30?», le escribió a Leticia. «Espero que estés lista...».

La respuesta llegó al poco tiempo.

«Sí! Ya estoy volviendo. Te aviso cuando llegue y podemos arrancar antes, si querés!».

Las calles de Manhattan lo recibieron como la fiel imagen de una postal perfecta. De pie frente a la salida del metro, se permitió admirar todo por un largo momento. Luego, cerró su campera para combatir la corriente helada que soplaba de todas direcciones. Siguió las instrucciones del Google Maps, en busca del departamento de Leticia.

Central Park West. Una avenida ancha, de cuatro carriles, que bordeaba las distintas entradas al Central Park.

Al poco tiempo, se encontró con un edificio inmenso, de estilo *Beaux Arts*, pero con detalles más modernos. "Wow". Caminó hasta la puerta. Cerrada. Tendría que tocar el timbre a Leticia, pero... No quería arruinar la sorpresa. Quería ver su cara de estupefacción. "¿Y si toco algún timbre al azar?", pensó. Estaba a punto de hacerlo cuando la puerta se abrió, para dejar pasar a una mujer afroamericana.

—*Thank you* —agradeció en su perfecto inglés mientras la mujer le tenía la puerta abierta para que entrara su equipaje al vestíbulo del edificio.

—*You're welcome* —respondió la mujer, que abrió un paraguas.

Miguel arrastró sus cosas hasta el ascensor. Entre tantos botones, buscó el número nueve. El vestíbulo del edificio desapareció de su vista. Pasaron los segundos...

Ping. El ascensor se detuvo. El joven respiró hondo, y dio un paso hacia adelante. La única luz provenía de una ventana al final del pasillo. Las paredes eran de ladrillo a la vista; el suelo, un tablero de ajedrez. Miguel echó un vistazo a su celular. "Departamento 6C". Una placa de metal colgada en la pared opuesta al ascensor le indicó que el departamento de Leticia estaba del lado izquierdo. Cruzó leyendo las inscripciones en las distintas puertas, hasta que por fin lo encontró.

"Departamento 6C". Dudó sobre el timbre, su yema rozando el botón de bronce. Respiró hondo una vez más, acomodó la correa de su guitarra. Tocó el timbre. Silencio. ¿Estaba en el departamento correcto? ¿Quizás Leticia todavía no había regresado?

"*I'm coming…*", se oyó esa voz, inconfundible. Miguel tragó saliva, nervioso. Escuchó unos pasos ligeros aproximarse.

La puerta se abrió, y se dibujó la figura de Leticia, que se quedó paralizada al verlo. Boquiabierta, sin palabras. Miguel se sonrojó, pero luego forzó una sonrisa. "*Surprise!*", estuvo a punto de decir, pero la palabra quedó atrapada en su boca. Leticia también pareció a punto de decir algo, pero no. Ladeó la cabeza a un lado, apenas. Luego, comenzó a reír, un tanto frenética. Él no pudo evitar dejar escapar una carcajada también.

—*Hello.* ¿Cómo va?

Leticia lanzó los brazos alrededor de su cuello. Antes de que pudiese decir nada, lo besó. Sus labios sabían a flores de invierno. Miguel correspondió al beso con la misma entrega. Luego:

—¡¿Qué hacés acá?! —preguntó Leticia, atónita—. ¿En qué momento? Pero si estabas en Buenos Aires…

—Sorpresa —repitió, radiante.

—Vos estás loco.

—¿Puedo pasar? La guitarra está bastante pesada. Y vengo arrastrando la valija desde el aeropuerto.

Leticia hizo un gesto con la mano, invitándolo adentro.

Lo recibió un gran ventanal hacia el Central Park, que a la distancia parecía un jardín nevado. Se quedó inmóvil, maravillado. Pronto sintió a Leticia acercarse, su rostro a centímetros del suyo.

—¿Qué opinás? —se dio vuelta, pero se detuvo de golpe.

—Ah, esto —señaló su *piercing* en la nariz—. ¿Te gusta? Es tendencia acá.

CAPÍTULO CATORCE

Pronto una nueva rutina tomó forma en la vida de Miguel. Junto a Leticia una vez más, sin obligaciones universitarias, sin las presiones de toda una vida diseñada con un solo objetivo. Por primera vez, desde que era niño, se sintió completamente libre.

Se sintió liviano, exaltado. Vivo. Amanecía cada mañana con su novia, intercambiaban besos perezosos, sonrientes. Luego del desayuno, ella partía a sus clases. A veces, la acompañaba las diez cuadras hasta la Universidad de Columbia, para después quedarse un largo rato allí, observando el trajín del campus, con una envidia sana en el pecho.

Otras veces, dedicaba la mañana a practicar con la guitarra y aprenderse canciones en inglés de memoria, por si algún día se atrevía a cantar. Leticia estaba muy impresionada por su habilidad, aunque no sabía nada de música. Lo animaba a lanzarse, pero él todavía veía un precipicio adelante. Con la Seagull, en cambio, volaba; sus versiones instrumentales de viejos temas de los Beatles o Led Zeppelin, y hasta de clásicos del *rock* argentino, aquí sonaban revolucionarias.

Una vez satisfecho con su práctica (sus dedos cansados ya), partía a hacer las compras. Era el arreglo que tenía con Leticia: ella ponía el departamento, él se encargaba de todo lo necesario para la vida cotidiana y de facilitarle la vida de estudiante de posgrado. Preparaba el desayuno, la esperaba siempre con comida caliente y se aseguraba de la limpieza.

La última parte de esta rutina diaria era su favorita. Primero, el almuerzo, algunos días con Leticia, otros solo, mirando alguna serie en la TV de sesenta pulgadas. Después, la tarde entera y hasta bien entrada la noche, recorriendo las calles de Nueva York, como un auténtico *flâneur* sudamericano. Arriba y abajo por Broadway, la Quinta Avenida, el Rockefeller Center y Greenwich Village, donde había tantos locales de música. Cuando acabara el invierno, podría ir a ensayar con su guitarra a Washington Square, al aire libre, como hacían tantos desde los legendarios tiempos de Bob Dylan y Joan Baez.

A instancias de Facundo, se había abierto una cuenta de Instagram donde publicaba a diario. No tenía muchos más seguidores que su amigo y sus padres, pero dejaba allí las memorias de ese viaje de descubrimiento, entre los taxis amarillos bajo pantallas gigantes de Washington Square.

Recibía repentinas invitaciones a conciertos de *jazz* y de *rock* (solo para entendidos). Súbitas actuaciones gratuitas en los muelles del East Side, tantas otras atracciones se sucedían. Aun así, ¿cómo plasmar en fotos o videos la intensidad de aquella Babel moderna?

Un día, pasó horas perdido entre las venas laberínticas del Central Park. Otro, decidió tomar la línea C hasta Wall Street. Todavía le quedaba por ver Harlem, el Bronx, casi todo Brooklyn... Le hubiera gustado explorar todo con Leticia, pero ella seguía enfrascada en sus estudios.

Así pasaron las semanas. Pero fue un jueves, a eso de las cinco de la tarde, cuando todo comenzó a cambiar. Primero un cambio lento, silencioso, mecánico. Imperceptible pero monumental. Miguel hizo todo lo posible por ignorarlo. Hizo caso omiso a las tantas señales del destino. No obstante, sucedió.

Se encontraba ya próximo al final de su excursión diaria. El departamento de Leticia estaba a solo quince minutos a pie, cuando una sombra pareció envolverlo todo. Se escuchó el rotundo trueno a la distancia. Detuvo su andar entre la infinidad de hojas color cobre. La llovizna no tardó en convertirse en una lluvia torrencial. Maldijo por lo bajo y comenzó a correr, con las manos sobre su cabeza, protegiéndose inútilmente de la tormenta.

No tardó en encontrar refugio bajo un cartel de un espectáculo, pero la lluvia ya había dejado su huella. Estaba empapado hasta los huesos. Un escalofrío recorrió su espalda y empezó a tiritar. Divisó a pocos metros un bar de aspecto acogedor. Luego, contó en su mente hasta tres y corrió hacia la puerta del bar intentando ignorar los baldazos de agua que caían sobre él.

Una ola de calor le recorrió el cuerpo al ingresar, como el abrazo del padre a un hijo. Dejó escapar un suspiro de alivio, cerró la puerta y echó un vistazo a su alrededor. Por toda la sala había mesas rodeadas de sillas y taburetes. Se escuchaba a los Bee Gees de fondo. Se apenó por mojar el piso de madera. El lugar estaba vacío a excepción de un hombre de unos cuarenta años, alto y canoso, que esperaba detrás de la única barra, flanqueado por un coro de botellas. Una televisión colgada en la pared de la entrada rugía con el comentario en vivo de un partido de béisbol. Se quitó la gorra, para sacudirse el agua de su cabello.

—*Who's playing?* —preguntó casualmente, aunque su vista había quedado clavada en la otra punta del bar, donde había un escenario circular elevado que sobresalía de la pared. Tenía aspecto profesional, luces de teatro y una consola negra para conectar equipos de sonido.

—*Cardinals vs. Red Sox* —respondió el *bartender* sin darse vuelta, sus ojos perdidos en la transmisión.

—*Good match?*

—*Boring as hell* —se volvió hacia el chico que le daba la espalda, con la vista fija en el fondo del salón—. *Can I get you anything?*

—*Just a beer, please* —pidió Miguel con amabilidad, volviéndose hacia él—. *Whatever you have on tap.*

El *bartender* asintió, tomó un vaso de abajo de la barra y lo apoyó ligeramente contra una palanca de metal. Absorto en el fluir de la espuma, advirtió de pronto que su bolsillo vibraba.

—Ma… ¿Qué pasa?

—¡Hola, mi amor! —respondió su madre, más argentina que nunca. Hablaba a los gritos—. ¿Cómo qué pasa? ¡Quiero saber cómo va todo por allá en la gran ciudad!

El *bartender* depositó la cerveza frente a él.

—Hablamos a la noche, ma, todo bien. Estoy mirando un partido decisivo.

—¿No necesitás nada? ¿La estás pasando bien?

—*Cool*.

—¿Conseguiste trabajo?

—No, no necesito nada, estoy bien —dijo de mala gana. Bebió otro trago de cerveza y agregó, por no mentir—: No, todavía no conseguí laburo —tampoco lo había buscado, de hecho.

—¿Pero estás bien?

—Sí, ma, va todo bien. Chau.

—Ah, pará, Migue. Casi me olvido. Te quería preguntar si se sabe algo allá del tema del virus este que anda dando vueltas. Está en todas las noticias…

—Ni idea, no miro noticieros.

—Vos igual cuidate, dicen que es grave.

—Los diarios exageran siempre —hizo una pausa—: Bueno, te dejo, no puedo hablar bien acá. Te llamo a la noche. Hacemos FaceTime, si querés.

—Dale, dale, un beso, cuidate —dijo su mamá y cortó la llamada.

Miguel dejó el celular sobre la barra y bebió otro poco de su cerveza, ya a medio vaciar. Su vieja siempre pendiente de las catástrofes.

—¿Sos argentino? —lo interrumpió la voz del *bartender*.

Alzó la vista un tanto confundido al escuchar su propio

idioma salir de la garganta de un hombre que parecía un vikingo de videojuego.

—Sí, sí —se apresuró a estrechar la mano.

—Un compatriota, ¡qué casualidad! —se alegró el *bartender*—: Guillermo, pero acá todo el mundo me dice "Willy".

—Miguel —le devolvió la sonrisa—. Un gusto.

—El placer es mío —respondió Willy. Tenía acento porteño, pero un oído entrenado podía distinguir mínimos detalles de pronunciación. Willy no hablaba español desde hacía bastante tiempo—. ¿Che, qué hacés acá? *Wait.* No me digas. Dejame que te invite otra cerveza, primero.

—No hace falta…

—No jodas. No todos los días me cae un argentino, menos como está la cosa. *Same beer, right?*

—Gracias —aceptó, lamiendo el resto de espuma de la comisura de sus labios.

—Ahora sí, contame. ¿Qué te trajo a Nueva York, Miguel?

Algo en Willy, sus modos paternales, quizás, lo llevó a a confesarse, como si se tratara de un cura. Willy bebía su cerveza mientras Miguel contaba la historia.

Incluso habló de su infancia, de sus padres, de Leticia, de su música…

Todo ese tiempo Willy se mantuvo en silencio. La lluvia todavía caía a cántaros afuera, ahuyentando a todos los potenciales clientes del bar. Willy se apresuró a servirle otro. Volvieron a brindar.

—*Okey*, muy interesante. Pero necesitás un laburo urgente ¿o no? —sentenció—. Nada fácil. Sobre todo, si no tenés la *Green Card* o alguna visa para trabajar.

El joven dejó escapar un suspiro.

—Sí, ya sé. Necesito un laburo urgente. Mi novia está tratando de conseguirme algo en su facultad. Primero, para cubrir los gastos. Después, ver cómo carajo hago para empezar con el tema de la música.

Willy asintió con sutileza, y giró para ver el marcador del

partido, mientras se limpiaba las manos con un trapo. "Soy un boludo", no pudo evitar incriminarse. Ahora que había recontado toda su historia de principio a fin, su plan sonaba tan ridículo.

¿Ser músico en Nueva York? ¿Sin papeles?

—Pegarla con la música —reflexionó Willy por lo bajo de su barba de leñador—. Medio jodido. Pero creo que te puedo tirar un salvavidas.

Miguel redobló su atención.

—¿Viste el escenario que hay ahí al fondo?

—Sí.

—Bueno… Está ahí desde que compré el bar y se usó, creo, tres veces. Podemos hacer lo siguiente… Te puedo dar laburo acá en el bar, cuatro o cinco días por semana, algunas noches, incluso. Todo en negro, obvio. No creo que tengamos problema, es bastante común en bares y restaurantes —hizo una pausa, eligiendo sus próximas palabras—. Si aceptás trabajar acá, o incluso si preferís no hacerlo, te puedo dejar tocar algunos jueves o viernes ahí en el escenario. No te prometo que te den bola, pero…, qué sé yo, uno nunca sabe.

—¡Qué groso!

—Por eso no te puedo pagar —continuó Willy—, no me dan los números. Pero sos más que bienvenido a dejar la funda de tu guitarra y ver si algún que otro cliente te da una propina. ¿Qué opinás?

Miguel se quedó mudo.

—¿Te cierra? —repitió Willy, ya con el ceño fruncido.

—¿Me vas a dejar tocar? ¿Así nomás, sin haberme oído nunca? ¿Cómo sabes si soy bueno?

—Mostrame las manos.

Miguel extendió los brazos. Temblaban. Willy tomó una para inspeccionarla con atención. Uñas cortas, uñas largas, callos en los pulgares.

—Mano de músico. Sos bueno —se la soltó. Milagrosamente, había dejado de temblar—. ¿Entonces?

—Obvio. ¡Claro que sí! ¿Cuándo empiezo?

—Ahora —rio complacido—. *Welcome on board*.

Las siguientes dos horas pasaron en un segundo. El entrenamiento como mesero y *bartender* comenzó en ese mismo instante, con unos pocos clientes.

Willy le hizo un recorrido por todo el lugar, seguido por una lección sobre el orden de las mesas y cómo cargar una bandeja repleta sin dejar caer nada al piso. Incluso le mostró cómo preparar los dos tragos más populares del momento: el gin tonic y el vodka soda.

"El secreto está en el hielo", le explicó. "Buen hielo, hecho con agua purificada o mineral, es lo que diferencia a un bar mediocre de uno de nivel internacional".

—¡Te veo mañana! —escuchó que Willy le gritaba desde adentro del bar. Miguel partió con la cabeza llena hasta el tope de información nueva.

Afuera helaba. Las nubes negras habían desaparecido. Asintió con la cabeza, levantando el pulgar. Sonrió de oreja a oreja, volvió a girar y se unió al mar de gente que transitaba la calle.

Cuando regresó al departamento, eran las siete de la tarde. Oscurecía a las cuatro en esa época. "Increíble que acá el sol se esconda tan temprano", pensó mientras encendía las luces.

¿Dónde estaba Leticia? Seguro que en lo de alguna de sus amigas del posgrado, en una sesión larga de estudio. No era la primera vez. No le molestaba, aunque hubiera preferido que ella le avisara, para no preocuparse. Se lo diría en algún momento. "Pero no ahora", pensó, mientras descongelaba un bife de pollo en el microondas. Ahora lo único que quería era descansar. Le dolían los pies de tanto caminar. Encendió el televisor, una estrella de cine lloraba por la nueva infidelidad de su pareja en un *talk show*. No tardó en caer en la cama, agotado, pensando en el mañana. Por fin, su suerte había cambiado.

Apenas cuatro breves horas de sueño más tarde, Miguel se sobresaltó. Todavía era de noche. Dejó escapar un gruñido, molesto. Alguien había encendido las lámparas del *living*, la luz fría se filtraba por la puerta entreabierta.

Leticia. Podía escuchar sus risitas. No estaba sola.

—*Shh… Shh… Stop it* —intentaba silenciar las carcajadas de sus amigas. Estaban borrachas. Miguel olía el alcohol desde la cama. Soltó un insulto por lo bajo, irritado. Se levantó de la cama, para dar un portazo. Pudo escuchar un *"uhh, he's mad"* seguido por más risas. Miguel se lanzó sobre su cama. Inhaló profundo, intentando calmarse. Luego de diez, quince minutos, logró dormirse otra vez.

CAPÍTULO QUINCE

Cuando amaneció, el enfado de la noche anterior había desaparecido. Toda sensación de malestar podía desvanecerse tras una simple noche larga de sueño profundo. Siempre había sido así. De esa manera sobrevivió tantos años de sufrimiento durante su niñez.

No importaba qué tan malo hubiera sido su día o cuánto maltrato hubiese recibido de sus compañeros, siempre podía confiar en que a la mañana siguiente se sentiría mejor. Podría empezar de nuevo, por así decirlo. Optimista. Siempre había sido optimista, desde pequeño. Lo sacaba de su abuela paterna, doña Julia de Alvarado, fallecida poco tiempo después de que él naciera. Le quedaba un solo recuerdo de ella, imaginado, quizás: su perfume dulce, mezcla de frambuesa y manteca.

El día lo recibió todo resplandeciente sobre el Central Park.

Dejó que Leticia durmiese un poco más. Tenía mucho que hacer antes de presentarse en el bar de Willy para su primer día de trabajo. Sacó cuatro huevos de la heladera, los rompió sobre una sartén caliente, rebanó tres tiras de panceta en pequeños cuadrados, las dejó a un costado y encendió la tostadora. Pensó en cambiar su nombre a "Mick" o "Mike" y se rio de sí mismo.

Su novia apareció al poco tiempo con la mirada gacha y una manta sobre los hombros.

—¡Buen día! —exclamó Miguel, casi gritando, pero recibió

un gruñido a modo de respuesta. Caminaba lentamente, como si sus músculos no hubiesen despertado del todo. Mientras cruzaba lo largo del *living*-cocina, alzó su mano para cubrirse la cara de la luz cegadora que entraba por el ventanal.

—Tomá, para la resaca —le ofreció una aspirina con agua, le dio un beso en la mejilla—. ¡Uy, los huevos!

—Perdón… —se disculpó Leticia luego de un momento. Su voz sonó tímida—. ¿Te jodimos mucho anoche? Creo que te vi enojado, pero… no sé, no me acuerdo mucho. Se nos fue la mano con el cuba libre.

Miguel se encogió de hombros. Se apresuró a apagar la hornalla. Emplató los panqueques con mano hábil, hasta diseñó porciones iguales de huevos revueltos con panceta.

—Me enojé —dijo Miguel por lo bajo mientras sacaba las rodajas de pan humeantes—. Pero ahora que te veo hecha percha, lo tomo como suficiente castigo. —Leticia lo fulminó con la mirada. Miguel soltó una risa suave—. Te jodo, te jodo —le cerró la manta sobre los hombros—. Estoy cero enojado. No hacés más que estudiar. Está perfecto que disfrutes con tus amigas de vez en cuando.

Leticia suspiró y se relajó visiblemente cansada, luego le arrebató uno de los platos de las manos. Se sentaron cada uno en una punta del sillón. Miguel sonrió al ver el afán con que consumía el revuelto.

—Conseguí laburo —informó, al fin, rompiendo el silencio.

Ella se atragantó.

—¿Qué? —exclamó incrédula. Se apresuró a dejar el plato sobre la mesa—. ¿En serio? ¿Cómo? ¿Cuándo? ¿Qué trabajo?

—Ayer por la tarde. En un bar acá cerca.

—¡Contame todo! —exclamó, y se sentó con las piernas cruzadas sobre el sillón, como siempre lo hacía cuando escuchaba con atención.

La luz del sol brillaba sobre ella ahora, iluminaba sus ojos color café, la piel de su cuello. Ya no le molestaba el *piercing*. Esperaba impresionarla, sobre todo con la oportunidad de tocar en vivo, pero entonces la cara de Leticia cambió. Pareció recordar algo de repente.

—Esperá —lo interrumpió—. ¿Qué hora es?

—Las doce y pico, creo.

Pegó un salto, se puso de pie y corrió hasta la habitación.

—¡Son las doce y cuarto pasadas! —gritó desde adentro de la habitación.

—Sí, ¿y? Creí que no tenías clase hoy, por eso te dejé dormir...

La joven reapareció sin el pantalón del pijama.

—Llego re, re-tarde. ¡Todavía me tengo que bañar! Quedé con un amigo en vernos en su depto a las doce y media para estudiar, y acá son re-puntuales —corrió hacia el baño.

¿Un amigo? ¿Qué amigo? Se acercó al baño. En su apuro, Leticia no había cerrado la puerta. Miguel estuvo a punto de preguntar sobre ese amigo, pero no, mejor no. Prefería confiar en ella. Siempre lo había hecho.

Leticia cruzó el pasillo envuelta en una toalla. Durante unos minutos se escuchó el secador de pelo y poco después Leticia apareció con un *jean* negro ajustado, un suéter de lana y botas de invierno Timberland, tan comunes en Nueva York.

—¿No es un poquito ajustado ese *jean* para estudiar?

—Me tengo que ir —dijo mientras descolgaba su campera del perchero próximo a la puerta de entrada—. Después me contás más, *okey*? Felicitaciones, de nuevo.

Portazo. Nuevamente solo. Pudo escuchar sus pasos apresurados por las baldosas, seguidos por la campanilla anunciando el arribo del ascensor.

Hora de limpiar el desorden de la cocina, los vasos sucios, el plato de desayuno de Leticia a medio terminar.

Durante todo el día, se obsesionó con el amigo de Leticia. Una voz en su oído, tan clara como si alguien hablase a su lado, razonaba: si lo había engañado durante meses, ¿por qué dejar de hacerlo ahora? ¿Acaso le pidió que viniera? Hospedaje a cambio de servicio doméstico, en eso se había convertido la relación.

"Seamos sinceros —se dijo—, ni siquiera tenemos sexo".

Para distraerse, recurrió a la guitarra. Necesitaba ensayar las canciones que tocaría esa noche.

Pero cuando llegó al bar de Willy, lo encontró cerrado. Cuando revisó el reloj de su teléfono, la guitarra se le cayó del hombro. Cinco en punto, tal como habían acordado el día anterior. Pegó la cara al vidrio. Todo apagado. Sillas y mesas esperaban apiladas contra las distintas paredes del local. Estuvo a punto de dar la vuelta cuando escuchó tronar un motor a pocos metros de distancia.

No pudo evitar quedarse boquiabierto. Frente a él se detuvo una moto gigante, de esas diseñadas para viajes largos. La reconoció al instante. Una Honda Goldwing. Con motor bóxer de seis cilindros, chasis de doble viga de aluminio, un exterior rojo como la sangre, con toques de plateado y asiento de cuero negro. Un modelo icónico, histórico.

—Linda, ¿no? —acarició el manubrio con una expresión de orgullo—. Perdón que llegué tarde, hubo un accidente en el puente. Estuve clavado ahí media hora.

—¿El puente? —preguntó Miguel.

—Sí, vengo de Brooklyn.

—Ah... —dijo Miguel, distraído—. Espectacular —murmuró maravillado—. Siempre quise tener una de estas. Uno de mis sueños es hacer un viaje en una moto así desde Buenos Aires hasta Bariloche. Recorrer después toda la Patagonia.

—Si algún día sos un músico famoso, vas a poder comprar quince motos como esta.

—Algún día...

—Pero no necesitás ser millonario para hacer ese viaje. Yo estoy muy lejos de serlo, pero hice toda la costa oeste de los Estados Unidos. Hace un par de años también me fui desde Manhattan hasta Miami. Todo depende de tus prioridades —hizo una pausa—. Como ves, un soltero veterano se puede dar el lujo de gastar en este tipo de cosas —señaló la moto—. Tengo tres en mi casa, de hecho. Esta es la mejor para las calles de acá, las otras dos son más para la ruta.

Willy abrió la puerta del bar e hizo un ademán para que lo siguiera. Primero encendieron las luces. Luego el dueño trajo del depósito más sillas. Mientras, Miguel distribuía las mesas y los taburetes de la barra. Los primeros clientes no tardaron en llegar. Su entrenamiento en el "noble arte del *bartender*", como lo llamaba Willy, comenzó de inmediato.

Y así pasaron una hora, dos y tres. Miguel seguía las indicaciones de Willy a rajatabla. Memorizaba cada movimiento, cada ingrediente, cada combinación. Vaso largo para el ron con cola, dos medidas y nada más. Tres hielos si el cliente pedía un gin con soda, pero dos si se trataba de un whisky on the rocks. El Martini seco se batía en una *mixer* metálica, salvo que el cliente lo desease revuelto.

No paraba un minuto. Pero la expresión de placer de los clientes al probar los tragos lo gratificaba. El murmullo ambiental lo llenó de paz.

—*Lemon or grapefruit?* —preguntó mientras preparaba un gin tonic.

El joven del otro lado de la barra vestía de traje, como salido de la película *Wall Street*.

—*Lemon, please* —respondió el joven, y Miguel se apresuró a agregar las rebanadas de limón al trago. Le entregó el vaso y recibió a cambio una tarjeta de crédito—. *Keep the tab open* —dijo el joven antes de dirigirse hacia una chica de piernas largas, que lo esperaba en una mesa cerca de la entrada.

Ya nadie esperaba en la barra. Su primer respiro en toda la noche. Willy fumaba afuera, solo.

Miguel echó un último vistazo al bar para asegurarse de que no hubiese más clientes próximos a terminar sus tragos, y salió. El aire helado lo golpeó como una bofetada. Se había olvidado del invierno. Había salido así como estaba, en remera de manga corta. Cruzó los brazos sobre su pecho para protegerse del frío.

—*You smoke?*

Le ofreció un cigarrillo del paquete. Miguel dudó un momento "¿Por qué no?".

—Sí, claro —encendió el cigarrillo. La nicotina no tardó en hacer efecto. Sus pulmones se expandieron para recibir el humo con ansias. Se sintió mareado, pero solo un momento.

¿Hacía cuanto ya que no fumaba? Tuvo una sensación extraña, entonces. Un *déjà vu* que lo retrotrajo a un momento similar. Las calles de una ciudad de noche frente a él y la música a sus espaldas. Una noche con Facundo. Recordó, entonces, su rostro, el color de sus ojos, sus labios entreabiertos para dejar escapar el humo...

—Cansa, ¿no? —la voz de Willy rompió el recuerdo—. Todo el mundo cree que tener un bar es fácil y divertido. Pero esa es gente que nunca trabajó en uno.

Miguel dejó escapar una risa cansada. Un largo silencio se extendió entre los dos, en medio de la humareda de nicotina.

—¿Qué te parece —Willy aplastó la colilla con el taco de su bota— si te tocás algo ahora?

Miguel lo miró. Había traído la guitarra, pero de todos modos lo tomaba por sorpresa.

—Tocate algo. La noche está bastante tranquila —insistió—. No creo que a nadie le joda. No me vendría mal escuchar un poco de música en vivo.

«¡Estoy por tocar en el bar! ¿Venís?». Le mandó la ubicación del bar a Leticia, al borde del escenario. Curiosamente, se sentía más tranquilo y confiado. Enchufó la guitarra al amplificador. Mientras calibraba el sonido, llegó la respuesta de Leticia. «Migue, *sorry*, no puedo. Me hubieras avisado antes!». Enojado, apretó el cuello de la guitarra. Pero sintió una ola de energía recorrerlo. Tocaría para Willy. Afinó rápidamente la guitarra, probó unos acordes y en cuanto percibió la atención, todavía vaga, de algunos de los que estaban presentes, atacó con un tema que nadie reconocería. Excepto Willy. Su versión instrumental de una vieja canción de Almendra pronto hizo su efecto: vio a su jefe sonreír, discretamente emocionado.

Spinetta en vivo en Nueva York. Feliz de haber acertado con su regalo para su nuevo amigo, subió un poco el volumen para su próxima canción.

CAPÍTULO DIECISÉIS

La adrenalina de esa noche lo persiguió durante días. Le quitaba el sueño, lo llevaba a reír incrédulo de repente, en los momentos más inesperados. Pasó una semana, luego otra, hasta que su nueva rutina como *bartender* se afianzó. Amanecer con Leticia, seguidos por largas sesiones de ensayo, con temas diferentes, según el gusto de su público. Desde siempre soñó con cantar, que el público lo acompañara al reconocer a John Lennon, Bob Dylan, Paul Simon, Joni Mitchell... Clásicos que él redescubría para su propia felicidad.

Después, venían sus paseos por la ciudad, cada vez se aventuraba más lejos, ya hacia Brooklyn, cruzando el puente. Por último, las tardes y noches en el bar de Willy, sirviendo tragos a diestra y siniestra.

Los clientes ya lo reconocían, incluso le pedían temas. El bar solía llenarse cerca del horario en que tocaba. La gente lo *amaba*. Qué sentimiento tan extraño, ser amado de esa manera. Hasta dejaban propinas en la funda de su guitarra (en dólares, bromeaba para sí): lo recibían y despedían con aplausos.

Tras la decepción inicial, Leticia parecía encantada. Se había disculpado varias veces por su ausencia la primera noche. Sin embargo, aunque había prometido ir a verlo tocar con sus amigas alguna de las noches que tuviesen libres, hasta ahora nunca había sucedido. "Hoy Maggie tiene entradas para *Cats*", "Joshua cayó con pizza", "Mañana tenemos una entrega". Siempre una excusa nueva. Al principio, le produjo una cierta incomodidad, como una piedra invisible en su zapato. Luego, dolor. Por último, una ira constante que apenas podía ocultar.

Hasta que explotó una tarde de finales de invierno, en el MoMA:

—¿Esto se supone que es arte? Traeme un balde de pintura que con mi primo te lo hacemos en un segundo —expresó con sarcasmo frente a una obra de Pollock—. Parece una joda.

—Ay, no entendés nada —masculló Leticia irritada.

Miguel caminaba detrás de ella, pero ya no prestaba atención al arte, sino a su teléfono celular. Contestaba mensajes directos de Instagram. Desde que estaba en Nueva York, había ganado entre sus ex compañeros de facultad una popularidad antes desconocida. Además en la *fan page* del bar tenía un montón de seguidores.

Encontró a Leticia junto a una especie de inodoro invertido, salpicado de pintura. Lo observaba cautivada y tomaba notas en un cuaderno.

—Vení, te llevo a un inodoro con tapa, hay varios acá —le susurró al oído.

—Qué tarado —respondió Leticia, con la vista fija en la obra—. Te aburre porque no lo entendés.

—Jodeme que esto te interesa.

—¿No ves que es para una clase? —espetó enojada.

—Tenés razón —respondió apartándose—. No entiendo lo que estudiás. Pero si me pedís opinión, me parece una cagada.

Leticia ni le respondió y volvió a su cuaderno. Ya no le prestaba atención. Miguel se sentó en uno de los bancos en el centro de la sala, junto a un hombre de tez morena y expresión aburrida, seguramente arrastrado contra su voluntad. Le llamó la atención que la mayoría de los visitantes al museo llevaban la boca y la nariz cubiertas con barbijos, como los que usaba su padre para operar. *Face masks*, los llamaban. Los había visto ya en la calle y hasta en el bar. "¿Será una nueva moda o están todos paranoicos?".

Leticia no parecía prestarles atención. Caminaba a paso lento, estudiando cada obra. Miguel de nuevo extrajo el celular para abrir la web del diario *La Nación*. Los titulares hablaban de un solo tema: covid-19, cada día había más casos. El gobierno estaba a punto de cerrar fronteras y declarar la cuarentena obligatoria. Molesto, guardó el celular. En Estados Unidos también se estaba poniendo espeso el asunto. Periodistas y políticos tenían en común esa manera de imponer una realidad de la que nadie podía escapar.

Volvieron al departamento casi en silencio, cruzando monosílabos. La caída del sol anunciaba la llegada de una noche despiadada. Pero no le molestaba. Pasó poco tiempo en el departamento, viendo televisión mientras Leticia estudiaba sus notas del recorrido por el museo, hasta que se cargó la guitarra al hombro:

—Me voy.

—Suerte —lo saludó detrás de un libro de arte.

El bullicio del bar lo animó. Olvidó a su novia, los inodoros y la tensión.

Días más tarde, Miguel ensayaba sentado en el sillón, la vista perdida en el ventanal. Ya había terminado con sus escalas. Ahora intentaba memorizar el punteo final de la versión acústica de *Hotel California*. Quizás podría tocarla esa misma noche. Murmuraba la melodía hasta que oyó a Leticia hablando con su madre por teléfono. Discutían acaloradamente. Siguió tocando, con el oído atento a la conversación. La voz aguda de Leticia sonaba fuerte, nerviosa, al borde del grito.

—¿Podés parar un segundo con esa guitarra de mierda? —gritó—. No escucho un carajo.

Miguel dejó de tocar, sorprendido por la dureza de su voz. Se disculpó por lo bajo, y dejó la guitarra a un costado. ¿Qué estaría pasando? Prestó atención, pero ahora Leticia se había quedado en silencio, escuchando las palabras de su madre. Fue hasta la cocina más inquieto que hambriento. Paseó sus ojos por los distintos estantes, sin decidirse por nada, y luego volvió a cerrar la heladera. Se acercó hasta la ventana y allí se quedó, mirando el ya familiar paisaje.

Cuando llegó la hora de ir al bar, Leticia todavía seguía hablando por teléfono, ahora encerrada en la habitación. Miguel se colgó la guitarra al hombro, quiso avisarle que se iba, pero encontró la puerta cerrada. Salió sin despedirse.

Sin ganas de caminar, tomó el subterráneo. Lo encontró sorpresivamente lleno. Tuvo que aferrar la guitarra contra su pecho para no golpear a algún pasajero. Apenas había espacio para respirar. Caminó a lo largo del vagón buscando algún asiento libre. Pero tuvo que conformarse con un pequeño espacio próximo a una de las puertas, donde se mantuvo de pie inclinado contra un panel protector.

Solo la música le ofrecía un espacio propio. Llevaba puestos los nuevos auriculares que había comprado hacía varios días gracias a las propinas. Los AirPods. Los había querido desde que se había enterado de su existencia. Esos auriculares inalámbricos, del tamaño de una moneda de dos pesos, increíblemente nunca caían de sus orejas. Un gasto exorbitante, pero lo valían. A pesar de los chirridos del tren, escuchaba su música como si estuviera en su habitación.

Había algo particularmente placentero en poder observar el panorama detrás de ese velo invisible. Gente de todas las edades y razas lo rodeaban: empleados, niños con mochilas escolares, ancianos; caucásicos, latinos, asiáticos y afroamericanos. Todos formaban parte de esa masa sofocante, cada uno de ellos una pieza más del gran rompecabezas que conformaba la ciudad de Nueva York. Solo después de dejar el tren y llegar al bar, Miguel se dio cuenta de que la mitad de los pasajeros del vagón llevaba barbijo.

Eran una plaga, como el millar de hongos que pueblan los parques de Buenos Aires en la mañana que sigue a una noche de lluvia. En el bar, la mayoría de los clientes también los llevaba puestos, aunque optaban por quitárselos luego de haber ordenado sus tragos y regresado a sus mesas.

¿Acaso era tan grave ese virus? "Los barbijos son una precaución, nada más", intentó tranquilizarse. De reojo, mientras trabajaba, podía ver a los expertos de la CNN discutiendo en la pantalla que colgaba del techo del bar. Un experto aseguraba que las máscaras hacía la diferencia entre la vida y la muerte. Su contraparte argumentaba que se trataba de poco más que una gripe, que los tapabocas eran una reacción exagerada. Nadie cedía su postura, típico de los noticieros. Pero... ¿quién tenía razón? Si la enfermedad fuese tan grave, como decía el primero de los expertos, el bar estaría vacío. ¿No? Las calles estarían desiertas. ¿Qué clase de vida sería esa?

—Parece que se está poniendo jodida la cosa —comentó Willy a su lado. La barra se encontraba momentáneamente vacía, cada cliente en su mesa.

—¿Te parece? —preguntó.

—En Argentina ya cerraron las fronteras y declararon cuarentena obligatoria. En Europa están hasta las manos, también. Tienen los hospitales a punto de colapsar.

—No sabía...

—Sí, un horror. Esperemos que no nos agarre fuerte acá. Parece que quieren cerrar los bares, meter a todo el mundo adentro. No sé, me parece un poco exagerado. Nadie va a dar bola. Nos fundimos todos.

—Nos volveríamos locos —agregó Miguel con sorna, como si el humor pudiera aligerar la situación.

—Qué sé yo... —dijo Willy, sin perder la seriedad—. De economía sé muy poco. De virus, mucho menos.

Dio por terminada la conversación. Se puso a lavar los vasos sucios que los clientes habían dejado sobre la barra.

La advertencia de Willy resonó en la cabeza de Miguel a lo largo de toda la noche. Pasó las horas que siguieron intentando ignorar los barbijos que llevaban puestos los clientes. En un momento de respiro, compartió un cigarrillo con Willy, afuera del bar. Hablaron de poco y nada. Willy contó anécdotas de su infancia en Buenos Aires: había nacido en el mismo hospital que empleaba al padre de Miguel, aunque al poco tiempo sus padres se habían mudado a Tigre, cuando él todavía era un niño. Allí pasó el resto de su infancia y a los dieciséis años partió a Nueva York a buscar suerte, como Miguel.

—Mis viejos tenían poco y nada, éramos muy pero muy pobres. Por eso me vine acá. Tenía un tío que vivía en Nueva Jersey. Me pagó el pasaje y me dio alojamiento en un principio. Encontré trabajo en un restaurante al poco tiempo, lavando platos. Pasaron años antes de que pudiese abrir este bar.

Willy había logrado cumplir su sueño. ¿Cuándo sería el turno de Miguel?

"Todo viene muy bien encaminado…", pensó más tarde, mientras abría el estuche de su guitarra, que resplandecía bajo las luces del bar. Al revés de lo que había imaginado antes de empezar en ese escenario, no se sentía nervioso. Al contrario, se sentía vivo. La audiencia le pertenecía, cada uno de ellos estaba bajo su control.

Tocó una canción, luego otra. Sus dedos danzaban sobre las cuerdas, enlazando un tema con otro. El público lo escuchaba con ansias. Se movían al son de la música, ladeaban sus cuerpos apenas, cantaban sus temas. Cada tanto, surgían muecas de incredulidad cuando Miguel lograba un pasaje particularmente complejo con la destreza de un niño prodigio.

Cuando terminó de tocar la última balada, se encontró con un aplauso ensordecedor. Miguel les agradeció con una sonrisa amplia. Hizo una pequeña reverencia y se apresuró a guardar la guitarra en su estuche. Luego, alzó la mirada. Se quedó sin aliento. La vio allí, entre la gente, oculta en una esquina del bar, próxima a la barra. Leticia.

En ese trance producto de su música y del contraste entre las luces del escenario no la había visto antes. Pero allí estaba. Aplaudía con ganas. Miguel bajó del escenario con prisa, y se abrió paso entre la gente para llegar hasta ella.

CAPÍTULO DIECISIETE

Horas más tarde, a eso de las dos de la mañana, se apresuró a darle una mano a Willy, que ya había comenzado a atar las mesas apiladas con cadenas de acero grueso.

—Tranquilo, yo me ocupo de las últimas. —Se cargó una silla al hombro e hizo un ademán con la cabeza en dirección a la otra punta del bar, donde esperaba sentada Leticia, quien tenía la vista perdida en su teléfono celular—. Te veo mañana.

—Gracias.

Buscó la campera en el depósito, ubicado detrás de la barra, y se acercó hasta Leticia.

—Todo listo. ¿Vamos?

—Vamos —se guardó el celular en el bolsillo.

Cada tanto pasaba algún taxi, con sus anuncios de espectáculos musicales en el techo. Miguel encendió un cigarrillo, lo que le valió una mirada fulminante de Leticia, aunque no dijo palabra. Él se encogió de hombros, pidiendo disculpas, y juntos emprendieron la marcha. No podía quitarse la sonrisa del rostro.

Todavía caían gotas de sudor por su frente, aún podía escuchar los aplausos de su público como un zumbido en sus oídos. Sentía la adrenalina del *show*, el reconfortante peso de las propinas en su bolsillo. Esa noche habían estado aún más generosos que lo habitual. Y para coronarlo, Leticia lo había ido a escuchar por primera vez. Aunque, de golpe, se dio cuenta de que ya no la tenía al lado. Miró por encima de su hombro cómo se acercaba varios pasos más atrás, dubitativa. Frenó su entusiasmo.

—¿Todo bien? —preguntó cuando estuvieron nuevamente uno al lado del otro.

La chica dio un pequeño salto, sorprendida, como si Miguel la hubiese despertado de un sueño ambulante.

—Perdón, tengo la cabeza en cualquier lado —dijo—. ¿Ya estamos cerca?

—Faltan varias cuadras.

—Ah, *okey*. Sigamos entonces —dijo Leticia distraídamente. Hizo un ademán dando pie a que Miguel reanudase la marcha.

Pero había algo extraño. Esta Leticia no era la misma que lo aplaudía enamorada. Algo había cambiado en el corto ínterin.

—Tengo hambre. ¿Tenés hambre? —preguntó él de repente.

Quería cambiarle el humor. ¿Por qué no hacerlo con una comida?

Ella frunció el ceño, sorprendida.

—Eh… sí, qué sé yo.

—Hoy invito yo —sonrió—. Hay un *diner* acá cerca, creo. Willy lo mencionó el otro día.

—¿Estará abierto?

—Claro, abren las 24 horas. No me digas que estás en Nueva York hace casi un año y nunca fuiste a uno.

—Nunca me pareció importante —sentenció.

Miguel sacudió la cabeza con incredulidad.

—Dios mío…, te falta *city*, nena —dijo, como si fuera un conocedor del Manhattan profundo—. Vení, vení —la tomó de la mano. Doblaron una esquina, luego otra—. Creo que es por acá. Sí, ahí está, del otro lado de la calle, vení.

El *diner* estaba escondido entre dos locales de tabaco, debajo de un andamio de acero oxidado. Los recibió un cartel con letras de neón "Twenty four". Allí se detuvieron por un momento para que él terminase el cigarrillo. Lanzó la colilla a un desagüe, tomó a Leticia de la mano y entraron.

Ingresaron al túnel del tiempo, hacia los años sesenta. O antes.

—Como en *Volver al futuro,* ¿viste? —señaló él entusiasmado.

—Ajá.

El interior se parecía a un *diner* original. A lo largo de una pared había un gran mostrador verde y blanco con taburetes altos, todos ocupados. Las camareras llevaban cofias. La pared opuesta estaba cubierta por fotos de artistas famosos de todas las épocas, que en un momento u otro habían cenado allí. Un aroma intenso a malta y leche en polvo, a pan, carne molida y café dominaba el lugar.

Se escuchaba el barullo constante de voces jóvenes, estudiantes que, en su rutina nocturna, habían hecho su última parada allí antes de volver a casa. Los recibió una mujer vestida de delantal celeste, con el cabello recogido en un rodete, que los llevó hasta una de las pocas mesas disponibles en la parte trasera del local, próxima a la cocina. Miguel apoyó su guitarra a un costado. La mesera les entregó dos menús en forma de carpetas de papel laminado.

Miguel ordenó una hamburguesa con papas fritas y una gaseosa, y se forzó a omitir comentario cuando Leticia simplemente pidió un vaso de agua. La comida no tardó en llegar. Miguel devoró las papas en cuestión de segundos y luego comenzó con la hamburguesa, más por ansiedad que por hambre, ya que Leticia se mantenía en silencio, con la mirada perdida en las fotos de Elvis.

—Migue… —rompió el silencio por fin—. ¿Puedo preguntarte algo?

Se forzó a tragar el bocado, luego terminó la gaseosa. Le ofreció una sonrisa, pero no obtuvo otra de vuelta.

—¿Qué pasa, Leti? —preguntó, pero nada—. ¿Te peleaste con tu vieja?

—¿Por qué la música? —lo interrumpió ella. Le sonó como un reproche.

—No entiendo.

—¿Por qué querés ser músico? —Leticia sonrió débilmente, pero se distrajo con un grupo de jóvenes que bromeaba alrededor de una mesa rectangular. Resopló y clavó su mirada de vuelta en su novio—: Nada, me di cuenta de que estamos juntos hace casi un año, pero nunca te lo pregunté. ¿Por qué te viniste? Si tenías todo allá: una buena familia, una carrera, oportunidades laborales. ¿Dejaste todo en banda para ser músico?

—Dejé todo en banda para tener una banda —bromeó.

—En serio, Migue.

—¿Vos me escuchaste tocar?

—Sí. Pero necesito que me expliques.

—¿Te acordás de lo que me dijiste cuando te pregunté por qué me querías?

—No.

—Yo sí. Me dijiste que el amor no tiene por qué estar sujeto a la razón. Esto es igual.

Leticia se distrajo de nuevo, esta vez con el noticiero.

—No, no es igual. No es lo mismo la relación con una persona que la profesión.

—La música es mi pasión, Leti. Por eso es lo mismo. Todos los días, desde que soy chiquito, solo pienso en tocar la guitarra. Sueño con estar en el escenario frente a un público. Ese es mi lugar.

—Pero tiene que haber una razón. Una lógica.

—¿Qué lógica? Esa es la lógica. Nadie elige ser músico o escritor o pintor porque sea el camino más lógico, o el más directo al éxito. Sale de adentro. Es una necesidad personal, no una cosa calculada. ¿O me estás hablando de guita?

Leticia se incomodó:

—Nada que ver. Solo que no me cierra.

Miguel la miró inquisitivo.

—¿Por qué tantos planteos ahora? No estarás celosa de la guitarra... —insinuó burlón.

—Necesito saber ya —lo interrumpió, terminante.

Miguel se puso serio.

—Cuando era chico, mis viejos...

Se detuvo. ¿Realmente quería contarle su infancia a Leticia? Prefería evitar el tema, por miedo a ahuyentarla con sus historias de un pasado *complicado*. Pero de pronto se interesaba en él de una manera nueva.

—¿Qué pasó con tus viejos?

—Cuando era chico, no tenía muchos amigos —continuó—. En el cole la pasaba bastante mal. Me la pasaba solo todo el día. Después volvía a mi casa y me encerraba en mi cuarto. Los fines de semana también. Cuestión, que llegó un día en que mis viejos se hartaron de verme así y decidieron mandarme a clases de guitarra en una academia que había ahí cerca. Al principio no quería ir. Le tenía pánico a conocer gente nueva. Pero me obligaron. Tenía siete u ocho años en ese momento. Así empezaron mis clases de guitarra. Los martes, jueves y viernes llegaba del cole, merendaba y me llevaban a la academia.

Era el monólogo más largo que recordaba haber hecho, pero ella pareció aflojarse.

—Y ahí aprendiste.

—Resulté tener un talento innato para la música. Todo lo que mis compañeros de la academia tardaban meses en aprender, yo lo aprendía en cuestión de semanas o días, incluso. Al poco tiempo mi profesor dictaminó que no podía seguir tomando clases grupales porque me atrasaba. Siguieron las clases individuales. Después me invitaron a participar en el concierto de fin de año de la academia. Normalmente, solo participaban los más grandes, de trece años en adelante, pero mi profe quería que yo participara. Entré en pánico, obviamente. Hice todo lo que pude para zafar de tocar la guitarra frente a ese público, pero no hubo forma. Llegó mi turno de subirme al escenario y...

—Te fue como hoy —se adelantó Leticia, impaciente con el relato.

Miguel recordaba ese momento como si fuera ayer. El auditorio estaba a oscuras. Una chica de quince años, de pelo rubio y lacio hasta las caderas, bajaba del escenario luego de un espectáculo exitoso. En cualquier momento el profesor diría su nombre. Lanzó una mirada a su mamá, que permanecía a su lado, en busca de una escapatoria de último minuto. Pero Natalia simplemente respondió:

—Tranquilo, te va a ir bárbar…

—¡Miguel Alvarado! —exclamó su profesor.

Se puso de pie. Temblaba de pies a cabeza, pero aun así se forzó a caminar hasta el escenario, subir los escalones uno por uno y tomar la guitarra que su profesor le presentaba como si fuera una reliquia real. Todos los ojos, cientos de ellos, estaban puestos en él. Se acomodó en la única silla en el centro del escenario. Respiró hondo.

—Me sentí amado, por primera vez —le dijo a Leticia—. Fue la primera vez que sentí que no estaba solo. Cada vez que me subo a un escenario, hasta hoy, siento que ese es mi lugar en el mundo y pienso: "¿Por qué no hago esto más seguido?". Además, es la única cosa que a todo el mundo le parece que hago bien.

Se rio, esperando que ella reconociera la situación. Leticia se estiró la remera, un gesto que siempre hacía cuando estaba incómoda.

—Pero ahora es un sueño hecho realidad, Leti. Siento que en cualquier momento voy a aparecer de repente en San Fernando, esperando el bondi para ir a alguna entrevista. Todavía no lo puedo creer, estar acá. Ahora soy feliz. Tengo mi música… y te tengo a vos.

—Migue —lo interrumpió—. Mis viejos quieren que vuelva.

Un tiro que acierta al ave en pleno vuelo, pero él tardó en caer. Sintió el dolor de inmediato, antes de que su mente alcanzara a dar cuenta de las consecuencias, reconoció enseguida el sabor de la fatalidad.

—¿Ahora? —preguntó.

Leticia inhaló con fuerza, como un nadador haciéndose de valor antes de lanzarse a la pileta. Hizo una pequeña pausa antes de hablar.

—Le tienen mucho miedo a la covid. Demasiado. Quieren que vuelva ya.

Se mantuvo en silencio, atónito. ¿Por qué Leticia le había preguntado sobre su amor por la música? ¿Acaso lo había hecho para intentar lavar la culpa de dejarlo solo una vez más?

—¿Me escuchaste? Dije que mis viejos quieren que vuelva a…

—Sí, te escuché —interrumpió Miguel. Su voz sonó plana, vacía de emociones.

—Migue…

—¿Qué?

—¿No tenés nada para decir? ¿No estás enojado?

Se encogió de hombros. ¿Qué podía decir?

—El que tiene plata hace lo que quiere —dijo con una amargura añeja.

—Perdoname —escuchó que le decía, casi suplicante. Pero le sonó lejos, como si hablara desde otra habitación, otra ciudad. Le pareció que agregaba algo más, pero no le prestó atención. Dejó los restos de las alas de pollo a un lado.

—¿Por qué? —preguntó.

Leticia bajó la mirada avergonzada.

—Ya consiguieron un lugar en un vuelo de repatriados. Es mañana.

La rabia que se había asentado en él lo levantó del asiento. Leticia creyó que iba a la caja a pagar, pero lo vio seguir hasta la puerta y salir, sin mirar atrás.

—Migue… ¡Migue! ¡¡¡Miguel!!! —escuchó a lo lejos.

Lo recibió una noche sin rastros de esa brisa primaveral con la que se había encontrado al salir del bar de Willy. Pero no le importaba. Apenas sentía el aire frío rozar su cuerpo entumecido. Había dejado sus cosas en el *diner*: la guitarra, su campera, hasta su teléfono celular. En ese momento los hubiera dejado arder entre llamas, con el resto de su vida. Pero pronto escuchó unos pasos familiares aproximándose en una incómoda carrera de tacones.

Leticia se detuvo frente a él, visiblemente agitada. Cruzaba los brazos sobre su pecho desprotegido, tiritaba apenas.

—Migue…, dale —lo llamó, débilmente, pero él no respondió. En cambio, se quedó estudiando cada detalle de su cara. Estaba más redonda, se había cortado el pelo a lo neoyorquino y ese maldito *piercing*, en realidad, parecía ridículo.

—No quiero volver —dijo Leticia—. Si fuera por mí, me quedo acá de por vida. El coronavirus es una pelotudez. No conozco a nadie, a *nadie* que se lo haya agarrado.

—¿Y por qué no les decís eso? —respondió con desprecio.

—¡Pero si se los dije! —exclamó al borde del llanto—. Se los dije, pero no escuchan. Nunca escuchan. Hacen lo que ellos quieren. Y lo peor de todo es que no tengo otra opción. Ellos pagan todo. Creí que me había escapado al venir acá, pero… Suspendieron todos los giros, ya no tengo más límite en la tarjeta. Encima retiraron la garantía del departamento.

Miguel asintió lentamente. Sacó el paquete de cigarrillos y encendió uno.

—Podés venir a laburar conmigo en el bar.

—Perdón, Migue, perdón —ignoró la propuesta—, pero no tengo más opción.

—Siempre hay otra opción —respondió sin alzar la voz y repentinamente se dirigió al *diner*. Leticia corrió tras él, lo vio ponerse su campera, recuperar su guitarra, su celular, pagar en la caja y volver a salir sin siquiera dirigirle una mirada. Salió detrás de él.

—¡Miguel! —lo llamó a lo lejos.

Ni se dio vuelta. Esta vez, Leticia no lo siguió.

La ciudad lo encontró solo. Miguel fumaba por el Central Park. La guitarra apenas le pesaba en la mano, mientras caminaba decidido, como si supiera adónde se dirigía. Pero solo se trataba, aunque él no se lo confesase, de agotar su furia.

Casi sin darse cuenta emprendió el regreso, mientras la tristeza y la angustia iban reemplazando a la cólera. Poco a poco, la imagen de Leticia fue recuperando su lugar habitual. Se arrepintió de haberla tratado así.

Cruzó el vestíbulo ignorando el saludo del encargado. Llamó al ascensor. Cuando abrió la puerta del departamento, sus manos temblaban. Leticia estaba inmóvil en una punta del sofá, a oscuras salvo por la luz fría que entraba por la ventana destacando su silueta frágil. Cualquiera habría sentido compasión.

—¿Qué voy a hacer en Nueva York sin vos? —le preguntó con la voz quebrada.

Leticia alzó hacia él esos ojos inmensos, ahora, ensombrecidos.

—Perdón, Migue —repitió y volvió a apartar la vista, incapaz de sostener su mirada—. Vas a estar bien solo. Tenés un buen trabajo, te está empezando a ir bien con tu música. Apenas se termine esta pandemia, vuelvo. Tenemos que armarnos de paciencia, nada más. —Hablaba como su madre.

—No —dijo con renovada firmeza—. Tengo que volver yo también. Ya voy a encontrar la forma.

—Pero… Tu sueño…

—Mi sueño me lo llevo conmigo. ¿No dijiste que tus viejos retiraron la garantía del departamento? No puedo vivir más acá. Tampoco voy a poder conseguir otro lugar en el que vivir. Willy me paga bien, pero de suerte me alcanza para la comida del día a día. No: tengo que encontrar la forma de volver. Voy a encontrar la forma de volver, no te preocupes.

Desvió la mirada hacia el ventanal y descubrió que Nueva York, de pronto, le producía rechazo. No quería perder a Leticia. No quería volver a estar solo. Correría detrás de Leticia, soportaría sus golpes al corazón, la seguiría hasta el fin del mundo con tal de nunca perderla de vista.

—Creeme, vamos a estar juntos —la besó.

CAPÍTULO DIECIOCHO

Fernández alzó la vista agotada del legajo, y dejó escapar un largo suspiro. El reloj colgado sobre la estantería de su oficina indicaba casi las dos de la mañana. La puerta estaba entreabierta. Del otro lado, la oscuridad y el silencio, el olor a restos de tinta de un despacho vacío. No quedaba nadie. Pero él seguía atornillado allí. Hacía ya meses que el sueño lo rehuía. Sacó otra pastilla de café del cajón.

Raúl Ortigoza. Carlos Fabián Mesa. Los nombres de los dos fantasmas resonaban en la cabeza del detective. ¿Tendrían realmente algo en común? No sería la primera vez que una coincidencia aparente los desviaba de la resolución del caso.

Fernández se removió en su asiento, pensativo. La culpa también lo perseguía sin necesidad de tender lazo alguno. El lugar estaba en penumbras, solo iluminado por la pequeña lámpara de su escritorio. La ventana, siempre entreabierta.

Pensó en tantos a los que había mandado a la cárcel durante su carrera. Irónicamente, este lugar se había convertido en su cárcel.

Se levantó de la silla con dificultad, y comenzó a caminar por la oficina, sin rumbo. Ya era costumbre. Su mente siempre funcionaba mejor con el cuerpo en movimiento. La vida de Ortigoza se veía tan plana como enigmática su muerte. Pensó entonces en Mesa, sobre quien ciertamente no le faltaban datos.

El colombiano parecía la cabeza de un pulpo de tentáculos cada vez más extendidos. Daba la impresión de que todas las rutas del narcotráfico local condujeran a él.

Sin embargo, desde su desaparición, el narcotráfico en San Fernando no solo no había decrecido, sino que había aumentado. Como si se hubiera infiltrado por las grietas de la organización que habían dado por desmantelada, una red muy activa había comenzado a crecer.

Con los años, se había vuelto un problema mayor, que tantos dolores de cabeza le había traído a su admirado comisario Rivero. Pero, así como nunca habían podido comprobar las pruebas en contra del colombiano, tampoco podían identificar a los responsables de la nueva organización. Las drogas llegaban en cantidades cada vez más abundantes, pero ellos parecían no existir.

Una mueca se dibujó en sus labios. El legajo, un folio de cartón marrón oscuro, lo esperaba desparramado sobre el escritorio. Los papeles de los fallecidos, viejas fotografías. ¿Cuántas veces los había examinado? ¿Y qué hacía Ortigoza mezclado con ellos?

Sus pies lo habían guiado hasta la única ventana. Una leve llovizna caía ahora sobre el asfalto, tan suave que ni siquiera se la oía. Apenas poco más que una leve niebla que no había aguantado suspendida en el aire.

En un rincón de su mente, Fernández volvió a escuchar esa voz: "Andate, por favor, andate". Sacudió la cabeza. Un nuevo intento de sus demonios interiores para hacerlo sentir culpable. Todavía *más* culpable.

La silla rechinó al sentir su peso. Trató de concentrarse. El dato más concreto: Carlos Fabián Mesa, vinculado ahora a una muerte a la que no se le veía relación alguna con el narcotráfico. Aunque un tipo como Gandolfo podría dedicarse a algo así. Pero no le había dado esa impresión. Y su intuición no solía fallarle.

No necesitaba saber más, sino pensar. Hasta contar con nueva información no podía hacer otra cosa.

Se reclinó contra el respaldo. ¿Qué habría de cierto en la vieja leyenda del sucesor de Mesa? Desde la desaparición del colombiano no se habían producido más que arrestos menores, caía algún que otro soldado, pero no se veía ni la sombra de general alguno. ¿Existiría uno? Se había dicho que sí, pero la historia le sonaba demasiado ficticia.

A la mañana siguiente estaba en el mismo lugar. Y en la misma situación: de poco le habían servido las apretadas horas de reposo en su cercano domicilio.

—¿Mala noche? —le dijo Romina nada más verlo.

—Siempre tan cordial, Lacase. ¿Aprendió esos modales en la misma academia donde le enseñen idiomas?

Romina se cruzó de brazos sobre su vestido de crochet.

—Hablo en serio, detective. ¿Hace cuánto que no duerme una noche entera?

Tenía razón. Sin embargo, su preocupación por él le daba ánimos. En unos años Romina Lacase se convertiría en una excelente detective. Lo llevaba en la sangre. Sería mejor que él, incluso. Le recordaba a sí mismo de joven, cuando recién empezaba. Aunque Romina hacía mucho que había dejado esa etapa atrás.

No obstante, Mesa seguía dando vueltas, tanto bajo un nombre falso como si otros empleaban su nombre como tapadera. Quería decir que las raíces de la organización actual se hundían en un pasado más bien remoto. Su asistente representaba a la nueva generación.

—Dígame, Lacase, ¿usted sabe bien quién era Carlos Fabián Mesa?

La oficial se acomodó los collares.

—El gran trauma de los veteranos de la central de San Fernando —recitó—. Si no fuera por los datos de la tarjeta, pensaría que es un mito. Lo pintan como un Pablo Escobar, pero me parece que son todos inventos.

Fernández se rio. La impaciencia de la juventud.

—Yo no sé quién le estará usando la tarjeta, pero le aseguro que existía. ¿Fue al banco?

—Voy esta mañana.

—Bien. A ver qué encuentra. Puede ser un cabo suelto. Pero dudo que nos lleve muy lejos. Aunque me llama la atención que el dato no constara.

—A lo mejor no buscaron por ahí.

—O se trata de algo posterior. Después de que Mesa se hubiera borrado del mapa. Le han contado alguna vez la leyenda del sucesor, ¿no?

—Usted mismo.

—A mí nunca me convenció esa teoría —se apuró a señalar Fernández—. Muy novelesca. Pero fue hace tiempo ya y usted no puede acordarse. De lo que ha oído, sí, pero no de lo que pasó.

—Para eso no le voy a servir —reconoció Romina.

—No —repitió Fernández—. Usted siga con lo de la tarjeta. Déjeme pensar —se frotó las sienes para hacer memoria.

—No se duerma ahora.

Fernández lanzó un grito:

—¡Hay que ir a la enciclopedia! Hay que hablar con Víctor.

—¿Víctor Rivero? ¿El comisario? ¿El "maestro"?

—Así es —asintió—. Nadie sabe de Mesa más que él. Tengo que hablar con Víctor Rivero.

CAPÍTULO DIECINUEVE

Se despidió de Leticia al día siguiente en el aeropuerto de La Guardia, a eso de las seis de la tarde. Fue una réplica de la escena vivida hacía tan solo unos meses, cuando tuvo que verla partir en Ezeiza. Pero esta vez no había amigos o familiares llorando.

El aire hablaba de pavor. ¿De qué servía llorar? Cuando volvió al departamento, las paredes emanaban un silencio plomizo.

Una pesadilla persiguió a Miguel durante las noches que siguieron. Siempre la misma: se veía a sí mismo de pequeño. Como una presencia incorpórea suspendida en el aire, veía al niño Miguel recostado en su cama, los ojos fijos en el techo. La habitación, la de su infancia, estaba vacía de adornos, pero no de muebles. La oscuridad avanzaba. Poco a poco iba consumiendo cada centímetro, empezaba por el marco de la ventana, luego el escritorio, luego la alfombra inmaculada que cubría el piso, hasta llegar a la misma cama. Allí detenía su avance, lo tenía rodeado al pequeño Miguel, que no parecía aterrorizado sino feliz, sonriente, contento de tener a esa oscuridad como compañera.

Días más tarde, Miguel Alvarado se encontraba en el bar de Willy, con los brazos apoyados sobre la barra vacía, el celular fijo en su oreja. Ojeras cubrían su rostro como moretones. Estaba más pálido que lo usual. Escuchaba a una voz femenina decir, con acento porteño, que no podría volver a su casa. La mujer del consulado había sido clara, pero aun así Miguel le había pedido que se volviera a fijar, que tenía que haber algún error.

—Por favor —suplicó—. Tiene que haber algo. No me importa si es a las cinco de la mañana o a las siete de la tarde. Por favor…

—Disculpe las molestias ocasionadas, señor Alvarado —respondió la mujer—, pero no hay nada que pueda hacer por usted. Ahora, si me deja sus datos, lo coloco al principio de la lista de espera.

Miguel apretó la mandíbula, sintió el resto de su cuerpo tensarse como una banda elástica a punto de romperse. Se obligó a emplear un tono calmado mientras informaba sus datos completos. Cuando cortó, Willy esperaba a su lado, atento al resultado.

—¿Nada? —preguntó—. ¿Ni un lugar?

—Ni un puto lugar —golpeó la barra con su puño—. Ni en el vuelo de mañana ni el de la semana que viene. No solo eso, me dijo que no sabía cuándo iban a programar otro vuelo, porque las fronteras estaban cerradas.

—En algún momento tienen que abrir otro vuelo. No pueden dejar a todos los turistas argentinos varados acá. Quizás en un par de semanas…

—¡No tengo dos semanas! —bramó—. Perdón, perdón —se corrigió Miguel, intentando calmarse—. Pero no puedo esperar dos semanas. El alquiler del departamento se vence a fin de mes. Si no consigo cómo volverme antes de eso… No sé qué voy a hacer.

Solo había tres mesas ocupadas, los taburetes estaban vacíos. Hacía ya más de una hora que ningún nuevo cliente entraba. La gente estaba asustada. Todas las personas que veía en la calle, incluso los pocos clientes del bar, llevaban tapaboca.

Intentó encontrar alguna tarea con la cual distraerse. Había comenzado a reordenar las botellas de los estantes cuando sintió vibrar su celular. "El consulado", pensó excitado, pero cuando leyó la pantalla se encontró con que la llamada provenía de su padre. Dejó el celular vibrar a un costado.

—¿No vas a atender?

Miguel sacudió la cabeza.

—¿Cómo se supone que le explique la situación a mi papá? No, no. No tiene sentido preocuparlo al pedo.

—Claro, claro… Dame un segundo, voy a hacer una llamada. Ya vuelvo.

Miguel se apresuró a tomar la orden de un nuevo cliente. Willy hablaba por celular afuera. Caminaba inquieto, haciendo ademanes con un cigarrillo.

De nuevo el teléfono. Un mensaje de Leticia. «Y??? Pudiste conseguir algo?». Miguel estudió el texto, pero no respondió. Después entró un mensaje de su padre: «Migue? Todo bien? Hablaste con el consulado?». Decidió responder: «Sí, sí, perdón. No puedo atender ahora. Estoy laburando, el bar está a *full*». Suficiente para que su padre lo dejara en paz.

Cuando Willy volvió al bar, poco más tarde, se veía pensativo:

—Creo… Creo que te conseguí algo —Miguel lo miró asombrado—. Pero nada seguro, todavía, así que tranquilo. Dame un par de días.

—Pero… ¿me podés decir de qué se trata, aunque sea?

—No, mejor no. Es… —dudó— poco ortodoxo. No quiero que te hagas demasiadas ilusiones. Dame un par de días para confirmar. Mientras tanto, seguí con el consulado.

Una vez de vuelta en el departamento, Miguel pasó la noche en vela con la vista fija en el celular, buscando en todas las páginas de aerolíneas algún vuelo de vuelta a la Argentina. Sabía que era una pérdida de tiempo. Ya la mujer del consulado le había repetido hasta el hartazgo que los únicos vuelos que entraban o salían de Argentina estaban en manos de la cancillería de la nación.

Al día siguiente, la mujer le repitió lo mismo. Los tres vuelos a Argentina estaban completos. No, ningún pasajero se había bajado a último minuto. Sí, Miguel estaba en la lista de espera y le avisarían apenas se abriese un lugar o un nuevo vuelo.

Cortó la llamada sin decir adiós y ahogó un grito de frustración. Pensó en comer algo, pero no tenía hambre. Desde la partida de Leticia le costaba tragar hasta el más pequeño bocado. Aun así, se forzó a dejar el sillón atrás y acercarse a la heladera.

Estaba vacía. ¿Cuándo era la última vez que había hecho las compras? "Como algo en el bar…", pensó cerrando la heladera. El reloj del microondas indicaba las tres de la tarde. Dos horas más. ¿Quizás podría ir un rato antes? Sí, ¿por qué no? Tendría que avisarle a Willy. Hacía ya tiempo que le había confiado una llave del bar.

Darle la bienvenida a algún cliente, distraerse sirviendo tragos o cerveza, incluso compartir alguna conversación amena. Necesitaba salir de ese departamento, cada segundo que pasaba allí se sentía más sofocado. Incluso podría caminar hasta el bar, tomar un poco de aire, disfrutar. Haría eso. Decidió que llamaría a Willy de camino para avisarle que abriría antes de tiempo. Se echó la guitarra al hombro, salió y cerró con llave. Llamó al ascensor. Ya en el vestíbulo, cuando estaba a punto de cruzar la puerta de calle, recibió una llamada.

—¡Willy! Justo te estaba por llamar, estoy yendo para allá…

—Migue —la gravedad de su voz lo detuvo de golpe.

—¿Qué pasa? ¿Todo bien? ¿Necesitás algo? Estoy yendo para allá… —repitió.

—¿Yendo a dónde?

—Al bar. Pensaba abrir antes.

Del otro lado de la línea se escuchó un resoplido.

—¿No viste las noticias?

—No veo el noticiero.

—Cierran todo. Anunciaron confinamiento total. No sé cuánto va a durar esto…, te llamo apenas sepa algo, ¿sí? Volvete a tu casa. Está *heavy* en serio.

★ ★ ★

En los días que siguieron, Miguel creyó comprender lo que siente un náufrago al ahogarse. El departamento le parecía una cárcel. Sus lujos no eran un consuelo. Incluso el gran ventanal que daba al Central Park no hacía más que recordarle que estaba atrapado.

Nueva York se había convertido en una ciudad fantasma. Solo podía pensar en volver a la Argentina, a Leticia. Ni siquiera la guitarra le servía ya de compañía, porque le recordaba a un sueño roto. Pero el consulado seguía sin anunciar nuevos vuelos. Se estaba quedando sin tiempo. Le quedaban dos días en ese departamento. ¿Y después?

Se levantó del sillón, volvió a marcar el número del consulado en su celular. Respondió el contestador. Probó de vuelta. No tuvo éxito. Estaba a punto de lanzarlo contra la alfombra cuando… tuvo una idea. Entró al cuarto y buscó en la pila de ropa desparramada sobre la cama una campera ligera. Buscó su billetera.

Cuando salió a la calle, minutos más tarde, se encontró con un día sin nubes, de esos tan comunes en las historias y tan raros en el mundo real. El aire olía al calor próximo de una hoguera. Pero Miguel ignoró todo esto. Llevaba la vista perdida en la aplicación de mapas abierta. 12 West 56th Street. El consulado argentino. Una línea azul le indicaba la ruta a tomar.

Cuando llegó a la estación del subterráneo, la encontró desierta. Deslizó la *metrocard* por la ranura de la barrera. Pero cuando quiso cruzar, el molinete se rehusó a girar. Una, dos veces más, pero sin éxito. Frustrado, miró la pequeña pantalla. Se había quedado sin saldo. Volvió a abrir su billetera. Vacía. Todavía le quedaba algo de dinero, pero estaba guardado en un cajón del departamento. Un subte se aproximaba. Echó un vistazo a sus alrededores. Antes de que pudiese arrepentirse, saltó el molinete, corrió y cruzó las puertas que se abrieron. Una vez que se sentó en el vagón casi vacío se calzó los AirPods. Esta vez, la música lo calmó al instante.

Los auriculares le habían costado doscientos dólares. Había desperdiciado doscientos dólares. Pensar en ello le estrujaba el estómago. Ahora le vendría bien esa plata. "No importa, ya está...", pensó e intentó convencerse de que, en el peor de los casos, podría venderlos.

Miró a sus únicos compañeros de viaje, un grupo de trabajadores de aspecto mexicano vestidos con mamelucos manchados de grasa. Cada uno de ellos llevaba un barbijo sobre la boca y un casco amarillo. Espió su propio reflejo en la ventana polarizada del tren. Tenía un aspecto horrible: la barba rala y descuidada, propia de un adolescente, mejillas hundidas y ojeras; el pelo apelmazado y opaco.

El tren tomó una curva y el vagón se estremeció con fuerza. Miguel tuvo que aferrarse de la barra de metal a su lado para no caer al suelo. Luego se detuvo de golpe y las puertas se abrieron, pero él se mantuvo en su asiento. Echó un vistazo al nombre de la estación a través de las puertas abiertas. Cinco estaciones más y llegaría a su destino. Recostó su cabeza contra la ventana, y escuchó el chirrido de las puertas al cerrarse. La locomotora volvió a agarrar velocidad. De repente, otra estación.

¿Se había quedado dormido? 57th Street Station. Pegó un salto y salió del vagón justo a tiempo.

La calle estaba desierta. Lo rodeaban edificios bajos, de aspecto antiguo, flanqueados por torres de oficinas modernas. Reconoció el área al instante. Había paseado por aquí cerca en uno de sus primeros recorridos por la ciudad. Pero ahora un silencio inquietante había sustituido el barullo de turistas.

El consulado lo esperaba a la vuelta de la esquina. Era una *townhouse* de fachada de piedra color arena. Una bandera argentina flameaba sobre la puerta de roble. Tocó el timbre. Esperó un largo momento, pero la puerta nunca se abrió. Volvió a hacer sonar el timbre. Al no recibir respuesta, golpeó una vez. Luego otra. Silencio. Pateó la puerta con bronca. El consulado estaba cerrado. Una sensación de pavor le estremeció el cuerpo. "¿Y ahora qué?". De repente, lo único que quería era desaparecer. Bajó la cabeza, se alejó del consulado y se sentó en la vereda del frente, vencido.

Tenía once llamadas perdidas, todas de su padre. ¿Hacía cuantos días ya que ignoraba cada llamada entrante? Una sensación de profunda desazón le recorrió el cuerpo. Creyó que podría solucionar su vuelta a la Argentina solo, pero había fallado. Otra vez. Y ahora tendría que llamar a su padre, y rogar que le solucionara el problema. A punto de llamar, pero dudó. ¿Acaso no era demasiado tarde? A su familia no le sobraba el dinero. Su padre no podría enviarle miles de dólares para que pudiese alquilar un departamento o alguna habitación de hotel a la espera de que se abriese algún vuelo de repatriados, que también costaría mucho dinero. "De todos modos tengo que llamarlo", se dijo. Tendría que mentir, pero no podía seguir ignorándolo. Juntó valor. En ese momento, llamó Willy.

—¡Miguel! ¿Dónde estás? Estoy afuera de tu departamento. Te llamé mil veces.

—Perdón, estaba en el subte y no tenía señal... Vine al consulado. ¿Necesitás que vaya para allá?

Willy hablaba rápido, motos, rutas, "salimos mañana". Parecía algo imposible. Cuando terminó de hablar, los ojos de Miguel brillaban de esperanza.

—¿Estás seguro? —preguntó atónito—. No, no me parece para nada loco. Bueno, un poco sí, pero... Gracias. Mañana a las ocho entonces. Te debo la vida, Willy.

CAPÍTULO VEINTE

El césped del Buenos Aires Golf Club se extendía hasta el infinito; una gran explanada verde interrumpida por robles desnudos. Los lagos artificiales entrelazaban los distintos hoyos, unidos por caminos zigzagueantes de piedra y tierra. Incluso, había algunos puentes de madera por donde transitaban carritos de golf.

Fernández tenía la vista fija en el *green* del hoyo dieciocho. Manoteó el inhalador, "solo dos *puf*, cuando le faltaba el aire", le había indicado el neumonólogo.

"Paciencia", se dijo. Vio a su maestro acercarse en uno de esos carritos de golf. Pero sabía que no podía interrumpir el juego del ex comisario Rivero. No todavía. Tendría que esperar a que terminase si quería hablar con él. ¿Desde cuándo Víctor jugaba al golf? Fernández recordaba con claridad el desdén que el hombre había manifestado por ese deporte. Por todos los deportes, de hecho. "Son una pérdida de tiempo", le había dicho en más de una ocasión. Estaba claro que el viejo sabueso había cambiado de parecer.

Víctor Rivero. Su primer jefe, su gran mentor. El mejor detective que había caminado por los pasillos de la central de San Fernando en los últimos cincuenta años. Quizás el mejor de toda Buenos Aires. Fernández recordaba sus pasos largos y su figura alta y esbelta. Su postura férrea, el filo de su voz. Pero ese Víctor era una leyenda perteneciente a sus recuerdos y no el viejo regordete que ahora practicaba su *swing* en el *green* de la cancha. ¿Qué le había pasado? Fernández no pudo evitar sentirse decepcionado.

Por fin Víctor logró embocar la pelota en el hoyo, luego de varios intentos fallidos. Fernández lo vio agacharse para recuperar la pelota y encender un cigarrillo a modo de celebración. *Un cigarrillo.* El Rivero que conocía jamás hubiera sucumbido a tal vicio. De eso no cabía duda. Fernández lo vio acercarse e inmediatamente se puso de pie.

—Víctor —dijo simplemente, a modo de saludo. Su antiguo mentor levantó la mirada de la tarjeta donde anotaba su *score*.

—¡Luisito! —exclamó incrédulo—. ¿Pero qué hacés acá? ¿Viniste a jugar unos hoyos?

—Víctor, por favor. Necesito hablar con vos. Si no es mucha molestia.

—No sé, ¿es importante? Tenía pensado jugar uno o dos hoyos más.

—Necesito diez minutos de tu tiempo, nada más.

Fernández creyó ver un esbozo de su antigua agudeza, la manera en la que podía desarmar a una persona con la mirada.

—Carlos Fabián Mesa —dijo un rato más tarde su mentor, lanzando una carcajada entre incrédula y despreocupada—. ¡Mi ballena blanca! No me digas que Mesa volvió al ruedo.

Se sentaron en el patio externo del restaurante del club, una terraza de piedra gris con vista a la cancha. Fernández le había explicado los nuevos enigmas vinculados a aquel nombre antiguo. Su viejo mentor, que fumaba sin cesar, lo escuchaba con atención.

Antes de que pudiera terminar, un mozo apareció con su pedido. Un café para Fernández y una pinta de cerveza para Rivero.

—¿Alcohol a esta hora de la mañana? —remarcó el detective.

Rivero chistó de indignación.

—¿Me decías? —preguntó, mientras encendía otro cigarrillo.

Fernández se enderezó en su silla, otra vez se le había enfriado el café.

—Mesa desapareció hace años, cuando te retiraste. No se supo más de él.

Víctor asintió con la cabeza.

—Exactamente, mi último mes en la fuerza —rememoró, con un destello de melancolía—. Ese hijo de puta… Teníamos testigos, informantes, hasta evidencia que lo vinculaba a un asesinato y de repente… se hizo humo. Vos estabas con el caso Castillo. No te acordás. No importa.

Ahora que escuchaba hablar a su maestro, los recuerdos volvían a su mente. Sus primeros años en la fuerza. Reconocía hasta qué punto lo había tomado de modelo. ¿Pero Víctor se reconocía en él? Lo dudaba.

Sin embargo, tenían mucho en común. En los meses antes de su jubilación, también había dejado de dormir. Un joven Luis le insistía para que descansara y comiera algo, como hoy le insistía Lacase a él. ¿Acaso así se sentía Romina? Impotente, incapaz de ayudar a su mentor. "No", se convenció. No se daría por vencido. Encontraría el final de ese laberinto, resolvería el caso y entonces su vida volvería a la normalidad.

La voz de Víctor interrumpió sus pensamientos.

—Contame, Luisito, ¿cómo va la familia? ¿Cómo está Laura? Los chicos, ¿bien? Nunca llegué a conocer a tu segundo.

—¿Estás seguro de que no hay forma de averiguar dónde está Mesa? —interrumpió el detective. Víctor bebió su segunda cerveza, sin molestarse.

—Tal vez.

—Quiero saber si está vivo o muerto —sonó más agresivo de lo que esperaba—. Cualquier detalle que me puedas dar, cualquier cosa que te acuerdes… Te lo agradecería.

—Solo escuché rumores, nada más. No creo que te sirvan de mucho.

—Con un rumor alcanza.

—Bueno… Me voy a arrepentir de decirte esto, pero está bien —hizo una pequeña pausa—. Antes de jubilarme, todo San Fernando decía saber dónde estaba Mesa. Escuché mil historias distintas. Algunos decían que se había ido a Miami a disfrutar de sus millones con una novia de veinte años. Otros, que andaba en los bares de Palermo o en restaurantes de Punta del Este… Me la pasé rastreando cada una de esas historias, siempre sin éxito. Pero había un rumor… distinto. Se comentaba que había sido asesinado por su *protégé*, un pendejo que siempre andaba atrás de él y que se quedó con el negocio. Eso explicaría cómo aumentó la cantidad de droga en San Fernando, en vez de disminuir con la desaparición de Mesa. Pero…

La voz de Rivero se fue apagando hasta convertirse en silencio. La mirada perdida en el recuerdo. Para Fernández también era historia antigua. Esperaba que su viejo maestro supiera algo más que la repetida leyenda.

—Este… *pendejo* —preguntó, de todos modos—. ¿Alguien lo vio? ¿Tenía un nombre?

Víctor sacudía la cabeza.

—¿No te acordás?

El viejo maestro, ahora quizás ya solo viejo, se quedó en blanco.

—No —respondió al cabo de un momento—. No, creo que nunca oí ningún nombre.

—Sabés que hay gente que todavía cuenta esas historias… —insistió, en un último intento.

—Sí, sí, te escuché —respondió Víctor con cierta impaciencia—. Pero nunca se dio ningún nombre. Nadie sabe cómo se llamaba ni si realmente fue así o solo se le ocurrió a alguno. Fue un rumor, nada más… Perdón, Luisito, pero no tengo más información para darte.

Antes de que Fernández pudiese decir nada, Víctor se puso de pie. Por respeto, el detective lo imitó.

—Ahora, si no te molesta, me espera el *caddy* —hizo un

gesto al joven que lo aguardaba con los palos—. Me alegra verte. Saludos a Laura.

Fernández asintió con la cabeza.

Antes de que pudiera salir del bar, escuchó:

—¡Luis!

Se volvió, expectante. ¿Acaso su mentor se había iluminado? Pero no.

—Tené cuidado —aconsejó, con voz cansada—. No cometas el mismo error que yo. Cuidá a tu familia.

CAPÍTULO VEINTIUNO

A la mañana siguiente, una pintura hiperrealista se dibujaba en el marco del gran ventanal del departamento, con la misma intensidad de alguna fotografía de la *National Geographic*.

Pero su atención no estaba en ese paisaje de postal, sino que saltaba de una esquina a otra del departamento. Caminaba de aquí para allá a las apuradas, murmurándose instrucciones por lo bajo. La elección entre lo que podía llevar y lo que debía dejar lo desgarraba.

Su guitarra esperaba a un costado, ya enfundada. Sobre el sillón estaba la mochila en la que había logrado acomodar: su ropa favorita; una foto con Leticia frente a la estatua de la Libertad; un llavero de la estatua en miniatura; un pequeño anotador con letras de algunas canciones propias y sus correspondientes acordes de guitarra.

Un peregrino en el camino de Santiago. Había armado y desarmado la mochila varias veces, indeciso. Debía aprender a quedarse con lo más esencial.

Aunque todavía había algunos rincones del departamento sin explorar. Encontró una lapicera debajo del sillón, por ejemplo, y una camisa que Leticia se había olvidado en uno de los cajones del ropero de su habitación. Antes de guardarla en su mochila, no pudo evitar llevársela a la nariz, sentir una vez más su aroma a lavanda. Fue un instinto animal.

¿Qué hora era? Las siete y veinte de la mañana. "Tengo cinco minutos", pensó, y comenzó a apagar luces. Cuando por fin dio su labor por terminada, se detuvo y echó un último vistazo. Ya el sol había escalado la dentadura de los rascacielos. No había rastros de ese amanecer de película. Pero aun así disfrutó del paisaje, inmóvil frente al vidrio.

Extrañaría esa vista.

Se dirigió a la estación más cercana del subterráneo. Esta vez, cargó suficiente saldo en su *metrocard* para no tener que saltar el molinete. Encontró el vagón completamente vacío. Apoyó su equipaje en el suelo, próximo a las puertas. Cuando el tren partió de la estación, estudió el pequeño mapa que detallaba las distintas paradas de esa línea. Había tomado el tren correcto. Su destino: BedfordStuyvesant, Brooklyn. Todavía no podía creer su suerte. Se recostó sobre el asiento. Sacó sus AirPods del bolsillo. La música lo acompañó el resto del trayecto.

Una hora más tarde, Miguel subió las escaleras de la estación, de a dos peldaños a la vez, y se encontró en el exterior. Brooklyn parecía otra ciudad, no un barrio de Nueva York. Los edificios tenían un estilo más desparejo. Las calles eran anchas, las veredas aún más.

Cuando dobló la esquina, se encontró con una calle extrañamente angosta. Decenas de árboles cubrían la vereda. Aquí no había locales comerciales, sino *townhouses* pegadas unas a otras. Una voz conocida lo llamó. Willy lo esperaba sobre la vereda al final de la cuadra, su cabello largo y canoso al viento. Vestía una campera de cuero. A su lado, sobre la calle, había dos motos de viaje.

—¡Migue! —volvió a llamarlo Willy, con una mano en alto a modo de saludo, la otra sostenía el casco azul.

Levantó la mano, devolviendo el saludo feliz, y corrió al encuentro de su amigo.

Esa mañana neoyorquina, la primera de un viaje que recordaría el resto de su vida, los recibió ansiosa en perfecta sintonía con los nervios de Miguel. Sus piernas temblaban al maniobrar la maravillosa máquina que Willy le había prestado.

¿Cómo podría agradecerle? Lo podía ver delante de él maniobrando entre los autos con una destreza producto de años de práctica, pero siempre cerca. A su alrededor, Brooklyn amanecía a la par del sol naciente. A pesar de las restricciones, las calles zumbaban con el ajetreo diario.

Mientras maniobraba entre los autos, Miguel repasó los detalles del viaje.

Un viaje en moto (increíble, inesperado, emocionante) desde la casa de Willy en Brooklyn, Nueva York, hasta Miami. Veinte horas de viaje, sin contar las paradas. "Mil trescientas millas, para ser exactos", le había dicho Willy. Mil trescientas millas o dos mil kilómetros, los cuales planeaban dividir en dos trechos de diez horas de viaje, parando en Fayetteville, Carolina del Norte, a pasar la noche. Un viaje a lo largo de la costa este de los Estados Unidos. Primero, bordearían Brooklyn hasta llegar a Staten Island. De ahí cruzarían toda la isla de este a oeste hasta llegar a Nueva Jersey.

Desde Nueva Jersey, se dirigirían siempre hacia el sudoeste, pasando primero por Baltimore y luego por Washington. De allí, atravesarían las dos Carolinas hasta llegar a Jacksonville y desde Jacksonville irían bordeando la costa este de Florida, hasta llegar a Miami Beach, donde se encontrarían con unos amigos, también argentinos, de Willy. Uno de ellos volvería a Nueva York con Willy, y Miguel se embarcaría con los otros dos rumbo a la Argentina.

Los dos hermanos, Fernando y Raúl, eran navegantes de profesión. Una familia pudiente de Buenos Aires los había contratado para llevar su velero de Miami a Buenos Aires. La expectativa lo devoraba con solo pensar en la travesía que lo esperaba.

Allí estaban el Puente de Brooklyn y su hermano menor, el Puente de Manhattan. Más allá, sobre la otra costa, se alzaba el *skyline* de Manhattan. Decenas de edificios de vidrio rozaban las nubes. Wall Street emergía en la punta sur de la isla de Manhattan. Mientras manejaba, creyó poder divisar desde la distancia las calles que había recorrido hacía pocas semanas;

la pequeña tienda navideña donde se había detenido para admirar la vidriera o el monumento al atentado del 11 de septiembre, tumba de las Torres Gemelas.

Y así pasaron las horas. El vibrar de la moto bajo sus piernas le hacía pensar en el gruñido suave de una leona en plena caza. Dejaba atrás Nueva York, para adentrarse en un mundo completamente distinto, de edificios disminuidos, como vencidos. De calles más angostas y un pavimento sucio, de árboles más bajos, con sus copas mucho menos tupidas. Allí hicieron su primera parada. Willy disminuyó la velocidad y con un ademán le indicó que lo siguiera hasta una estación de servicio Mobil a mano derecha. Cuando se quitó el casco frente a la bomba de gasolina, Willy no pudo evitar soltar una carcajada. Alzó una ceja, divertido.

—¿Venís bien? —preguntó.

No pudo encontrar las palabras para responder. Quería reír, gritar al viento, abrazar a su amigo. Pero se conformó con asentir con la cabeza. Willy soltó otra carcajada y le dio una palmada en la espalda. Luego procedió a cargar los tanques de nafta. Silbaba una canción alegre.

Mientras desayunaban en el bar de la estación de servicio, Miguel por fin logró hablar. Balbuceó una mezcla de palabras de agradecimiento y alegría.

—¿Qué? —preguntó Willy confundido.

—Gracias —dijo esta vez, despacio—. Gracias por todo. Por ayudarme a volver a Argentina, por acompañarme en el viaje. Por prestarme la moto… Todavía no puedo creer lo bien que anda esa máquina…

Willy sonrió, a la vez amable y complacido.

—No hay por qué. Es un placer. Me hacían falta unas vacaciones.

Volvió a agradecerle.

Miguel estaba en proceso de abrocharse el casco cuando sintió su celular vibrar en el bolsillo de su pantalón. *Papá*. "¿Ahora qué le digo?", pensó. No le había comentado nada de toda esta aventura.

—Viejo, ¿qué pasa? —atendió apurado.

—¡¿Cómo qué pasa?! Hace días que queremos comunicarnos con vos. Tu madre está preocupadísima.

—Perdón, perdón —balbuceó—. Estos días estuve a mil —no era mentira, no del todo—. Estuvimos con mucho trabajo en el bar, después tuvimos que cerrar… nada. Perdón por no llamar.

—¿Cerraron el bar? —preguntó Julio, sorprendido.

—Sí… Por el coronavirus.

Echó un vistazo a Willy, que lo esperaba próximo a la salida de la estación, ya sobre su moto.

—Bueno, escuchá, Migue… —siguió Julio más calmado—. Me alegro de que estés bien. No te jodo más, pero cuidate ¿oíste? Es un virus respiratorio muy contagioso. En el hospital nos llega información complicada. El virus es jodido, y por más que seas joven… El otro día tuvimos que ponerle respirador a un chico apenas dos años más grande que vos.

—Pa… Ya sé, me lo dijiste mil veces —interrumpió impaciente—. Estoy encerrado en el departamento, no tengo pensado salir salvo que sea una emergencia. Acá es todo *delivery*, quedate tranquilo. Mandale un beso a mamá de mi parte. Hablamos más tarde, ¿sí?

El resto del viaje fue un borrón, quizás a causa de esa sensación de formar parte de un sueño, quizás por la monotonía de horas sin detenerse.

Luego de haber llegado a destino, recordaría solo destellos de momentos o lugares. Recordaría, por ejemplo, el peso de su guitarra, que lo desestabilizaba cuando tomaba las distintas curvas. Recordaría las cortas paradas. La New Jersey Turnpike, tanto más amplia que cualquier autopista argentina, un océano de pavimento donde sus motos se deslizaban como veleros entre los coches. Marcas y modelos que en la Argentina ni existían.

En un momento se sorprendió cuando un BMW M5 color negro lo pasó a toda velocidad. Por un segundo creyó ver a Facundo. Sintió entonces un fuerte anhelo inesperado. Pero no… Facundo seguía en la Argentina. Miguel volvió a echar un vistazo a través de la ventanilla del coche cuando pasaba a su lado. Manejaba una señora con anteojos espejados. Ese anhelo lo siguió como un fantasma durante el resto del viaje.

Semanas más tarde, cada vez que Miguel intentara comprender cómo era que su vida había terminado en desastre, pensaría en Facundo, para darse ánimos.

Y fue así como atravesaron todo Maryland, Virginia, luego Baltimore. Ya en Washington, llegó el primer desvío inevitable del viaje. ¿Cómo perderse la oportunidad de recorrer la capital de los Estados Unidos? Dentro de la ciudad, Willy cedió el liderazgo a Miguel. Pasaron frente al Capitolio, se detuvieron a tomarse una foto a los pies del monumento a Lincoln. Al llegar a la Casa Blanca, se encontraron con una protesta. Personas de todas las edades, niños incluso, alzaban carteles mientras cantaban en contra del presidente Trump.

Ya era de noche cuando llegaron a Fayetteville. La amenaza de una pandemia que azotaba al mundo entero no parecía desalentar los andares nocturnos de la población de esa pequeña ciudad. Las calles estaban repletas. Nada de tapabocas. ¿Acaso no había llegado el virus allí?

Willy lo guio a un motel próximo a la entrada de la ciudad. Miguel dejó escapar un suspiro de alivio. Sentía los músculos de sus piernas como piedras; se dedicó a estirarlos, a caminar de acá para allá para aflojarlos. Willy trotaba hasta la recepción para anunciar su llegada. Luego de unos minutos, volvió con las llaves de la habitación. Cruzaron lo que, en la oscuridad de la noche, parecía ser un jardín enmalezado, hasta llegar a las escaleras que los llevarían a su dormitorio, que, por alguna extraña razón, se encontraba fuera del edificio principal. Entonces, recordó algo. Se detuvo.

—¿Qué pasa? —preguntó Willy, el ceño fruncido.

—Eh… Vos seguí. Me acabo de acordar de que tengo que hacer una llamada. Ya vengo.

Willy asintió con la cabeza, y subió los escalones con paso lento.

Miguel quedó solo. Observó a los alrededores, pensativo. Sentía el peso de su billetera, vacía, en el bolsillo de su pantalón. Encendió un cigarrillo. Había gastado sus últimos cincuenta dólares hacía un par de horas, en la última parada. "Todavía ni pagamos la habitación. No puedo dejar que me siga pagando todo". Faltaba un día entero de viaje en moto, luego todo el trayecto en velero hasta Buenos Aires. Tenía que conseguir algo de dinero lo antes posible. Dudó, con el dedo suspendido a milímetros de la pantalla de su celular. ¿Podría llamar a su padre? Sacudió su cabeza. Marcó el número de Facundo.

—¡Miguelito! —su amigo atendió al instante, antes de que se pudiese arrepentir de lo que estaba haciendo—. ¿Cómo va eso? ¿Se te cortó el chorro o seguís dándote la buena vida en Nueva York?

Parecía tener un sexto sentido. Decidió omitir todo tipo de cortesías. Le contó apresuradamente los detalles de su vuelta a la Argentina. Facundo lo escuchó en silencio, sin interrumpir. Luego, dijo simplemente:

—Wow, qué flash —sonaba verdaderamente sorprendido—. No te tenía tan aventurero, *man*. ¿Viaje en velero hasta Buenos Aires?

—Escuchá, Facu —interrumpió—. Perdón que te joda, pero… —le dio una pitada a su cigarrillo e hizo una pausa— necesito un préstamo.

—¿Cuánto?

Miguel respiró hondo.

—Unos mil, mil quinientos dólares —dijo e inmediatamente agregó—: Te prometo que te los devuelvo apenas llegue a Buenos Aires. Cuando les cuente a mis viejos…

—¿Hay algún Western Union cerca de donde estás?

—¿Western Union? —preguntó confundido—. Dame un segundo —abrió el buscador de su celular—. Sí, sí. Hay uno acá a unas cuadras del motel.

—Perfecto. Mañana a la mañana andá hasta ahí que va a haber mil quinientos dólares esperándote. Lo único que tenés que hacer es presentar tu pasaporte al cajero y te los van a dar. ¿*Okey*?

—Facu... No sé cómo agradecerte.

—No te hagas drama. Me los devolvés cuando puedas. Ahora me tengo que ir. Mandame una foto del velero después.

Y antes de que Miguel pudiese volver a agradecerle, Facundo cortó el teléfono. El cigarrillo en su mano se consumía por sí solo. Luego de un momento, guardó el celular, y se mantuvo allí, inmóvil, incrédulo. Unos grillos chirriaban cerca. ¿En qué momento su vida se había vuelto tan extraña? "Todo con tal de volver a Leticia... Estoy quemado... Muy loco". Dejó caer el cigarrillo al suelo.

Cuando abrió la puerta, Willy roncaba en una de las camas. Miguel se duchó, disfrutando del agua caliente, casi hirviendo, contra su cuerpo cansado. Luego, se fue directo a la cama. Sentía sus músculos exhaustos, doloridos, pero supo entonces que era un dolor que lo hacía sentir vivo.

CAPÍTULO VEINTIDÓS

—¡Esperen! —gritaba miguel, pero su voz se perdía en el pesado aire de la tarde húmeda. Sus músculos padecían el forcejeo que ejercían sus piernas para pedalear más rápido—. ¡Espérenme! —volvió a gritar, pero esta vez, su voz se quebró hacia el final y la última sílaba sonó vacía.

A la distancia, treinta metros más allá, sus amigos doblaron la esquina y desaparecieron de su vista. Miguel frenó de golpe. Necesitaba tomar una o dos bocanadas de aire antes de poder continuar. "¿Cómo hacen para ir tan rápido?", se dijo con la respiración agitada. "¿Adónde carajo se fueron?", se preguntó minutos más tarde mientras seguía el camino que había visto tomar a sus amigos. No los había encontrado al doblar la esquina. "¿A dónde...?". Comenzó a pedalear más rápido y su cuerpo respondió inmediatamente.

Miguel miraba para todos lados mientras manejaba su bicicleta, buscando el rastro de sus amigos. ¿Tendría que darse por perdido tan rápido?

"No... No...". Los vio en una calle que acababa de dejar atrás. "¡Allá están!", pensó y se tranquilizó. Giró su bicicleta y pedaleó a más no poder. Resultó ser una calle sin salida. Se detuvo de repente.

A pocos metros, frente a la entrada de la calle, estaba Félix tirado en el suelo, como un cuerpo sin vida, la bicicleta cromada a un costado. Lloraba. Más allá, al final de la calle cortada, estaba Rama, un chico bajito, regordete, montado en una bicicleta negra. Facundo venía a su lado con la bici roja. Incluso a los catorce años, sus músculos ya mostraban la definición de un atleta. Era aún más alto que Félix y llevaba el pelo largo, recogido por una gomita. Ambos observaban a Miguel y Félix con curiosidad, pero en ningún momento se les ocurrió acercarse.

Miguel se apresuró hasta donde esperaba el chico lastimado. Los ojos saltones de Félix brillaban por tanto llorar, tan rojos como la sangre que cubría su rodilla raspada. Al intentar girar a alta velocidad, su bicicleta había resbalado.

—¿Estás bien? —Félix no pareció escucharlo—. ¿Estás bien? —repitió, esta vez más nervioso. Se agachó frente al chico y, luego de un momento de duda, rodeó el cuerpo de Félix con sus brazos e intentó levantarlo. Félix se puso de pie, lentamente, apoyándose en el hombro de Miguel. Pero de pronto lo empujó:

—¡Salí de acá! ¡No necesito tu ayuda!

Miguel trastabilló. Cayó al piso desconcertado, mientras Félix pedaleaba hacia donde esperaban los otros dos. Luego de varios segundos de estupor, se puso de pie. Por suerte, la caída había sido leve.

—¿Todo bien? —preguntó Facundo cuando Miguel llegó junto a ellos.

—Sí, sí.

Facundo asintió con la cabeza. Desmontó de su bicicleta, y la dejó sobre el asfalto. Inmediatamente, los otros dos lo imitaron. Facundo iba a algún lado, ellos lo seguían como su sombra. Facundo entregaba un examen sin resolver en el colegio, Félix y Rama soltaban la lapicera y entregaban. Miguel apoyó su bicicleta en un árbol, con cuidado de no dañarla, luego se dio vuelta para mirar a sus amigos. Sus amigos... Félix y Rama eran amigos de Facundo, no suyos. Los dos chicos apenas toleraban su presencia, como la mayoría de sus compañeros del colegio. Solo lo aguantaban por órdenes de Facundo. Pero eso no impedía que lo detestaran.

—Me estoy meando, ya vengo —anunció Facundo.

—Yo también —dijo Miguel. Hizo un gesto a los otros dos para que los esperaran allí y trotó hasta alcanzar a Facundo, que se encontraba ya próximo al cerco de alambre de la calle sin salida. Facundo se detuvo, de golpe, y acto seguido se desprendió el pantalón. Miguel giró, sonrojado, y caminó a paso rápido hasta un sector más allá, reparado entre unas plantas. Tuvo que concentrarse para lograr hacer pis; siempre le había costado hacerlo con otros presentes. Facundo, en cambio, no tenía el mismo problema. Ya había terminado cuando Miguel recién comenzaba. Se acercó al alambrado a paso lento y se detuvo a inspeccionar una sección rota.

—Facu... ¿Qué haces? —preguntó Miguel, abotonándose el pantalón a las apuradas.

—Quiero ver una cosa.

—No creo que podamos entrar... —musitó Miguel, pero Facundo hizo caso omiso de su advertencia. Con una mano, levantó el sector dañado del alambrado y se metió por debajo. Después de cruzar, lo mantuvo levantado e hizo un ademán para que Miguel lo siguiera.

—Sos demasiado bueno —escuchó Miguel mientras terminaba de pasar al otro lado. Trastabilló y cayó de rodillas en un suelo de tierra. Una mano fuerte lo aferró del brazo, ayudándolo a ponerse de pie—. No deberías haber intentado ayudar a Félix. Tenés que aprender a ser un poquito menos... buena persona. Sobre todo, con los que te tratan mal.

Miguel alzó la mirada, expectante. Ante él, una gran estructura de cemento y ladrillo que se extendía hacia el cielo. Una fábrica, parecía ser. Pero el edificio y el terreno en el que estaba situado habían sido abandonados hacía ya mucho tiempo. El ralo baldío era poco más que un basural.

—Mi viejo laburaba acá —interrumpió Facundo.

—¿Acá? —preguntó, sorprendido.

Las paredes de cemento alisado estaban cubiertas por orina. Las ventanas tenían vidrios rotos o ninguno. El resto estaba tapiado con tablones de madera podrida.

—Sí, antes de que cerraran la fábrica, obvio —respondió. Recorrió los alrededores, inspeccionando cada detalle—. Tiene una entrada del otro lado que da a una avenida, pasa que nosotros nos metimos por un lateral.

—Ah, bueno, ¿volvemos? —casi rogó, pero Facundo ya no estaba a su lado. Miguel trotó hasta él.

—Era una fábrica de gomas de auto, neumáticos —explicó Facundo, trepando sobre los escombros—. Mi viejo me traía de pibe. Ah, por acá. Perfecto —dijo y se detuvo frente a una grieta en la pared. Allí dudó.

—Facu... ¿Por qué no volvemos...? —insistió, pero su amigo hizo oídos sordos. Asintió lentamente para sí mismo. Acto seguido, levantó la cubierta de plástico negro que tapaba la grieta y entró a la fábrica.

"¿Ahora qué?". Miguel se quedó inmóvil. Miró a su alrededor, nervioso. Estaba solo. Podía escuchar el eco de los pasos de Facundo en el interior del edificio. Se alejaban. Respiró hondo una vez, luego otra. Deslizó su cuerpo por la grieta y siguió a Facundo hacia adentro. La oscuridad lo envolvió de repente. Más allá, escuchó la voz de Facundo que decía:

—Por acá, seguí derecho. Acá hay luz.

Miguel creyó sentir una rata rozar su pie. Un escalofrío recorrió su cuerpo, pero se forzó a ignorarlo. Facundo le seguía hablando. ¿Le estaba contando una historia? Hablaba de su padre, contaba de su tiempo en la fábrica. Miguel siguió la dirección de esa voz, la usó de guía. Avanzó a paso lento, con extremo cuidado. Cuando llegó a donde esperaba su amigo, le aferró el brazo, por temor a perderlo. A Facundo no pareció molestarle. Aun en la oscuridad casi absoluta del lugar.

—Tranquilo... —murmuró su amigo—. Conozco este lugar de memoria. Esta era la sala de máquinas. Mi viejo me traía a ver cómo se hacían los neumáticos. Acá fue donde una vez casi me mato y... Bueno, mejor contar la historia desde el principio, ¿no?

Leonardo de Tomaso había trabajado desde niño en una repartición estatal. Fue su tío, don Osvaldo de Tomaso, quien lo llevó por ese camino luego de que sus padres murieran en un accidente. Prácticamente lo obligó a hacer de ayudante (casi esclavo) de su amigo el subsecretario de Transporte de la provincia de Buenos Aires. Allí, alejado del resto de los chicos de su edad, trabajando seis horas por día, Leonardo pasó el último año de su infancia, y luego todos los de su adolescencia. Años difíciles, pero que no habría cambiado por nada en el mundo. Así se lo había descrito al pequeño Facundo, que aún lo consideraba un héroe. "Me dieron carácter y disciplina. Esas son las únicas dos cosas que le hacen falta a un hombre para tener éxito en la vida". Y señaló entre quejas lo fácil que tenían la vida los jóvenes de ese momento.

—El carácter y disciplina no le sirvieron para una mierda —espetó amargamente, mientras transitaban las ruinas de la fábrica.

La historia de Leonardo de Tomaso era una seguidilla de tragedias.

Su labor como ayudante del subsecretario de Transporte le duró hasta sus veintidós años. A partir de entonces, había descubierto una red de contrabando. Mercadería robada, bebidas y cigarrillos, incluso armas. Cuando Leonardo decidió al fin develar todo esto, creyendo que el secretario era un títere inconsciente de lo que pasaba a su alrededor, se encontró con que el hombre no solo lo sabía, sino que era el jefe de la operación. Leonardo renunció al día siguiente, en silencio. Debería haberlo denunciado. Pero temía por su vida, o eso alegaba. Así que, haciendo uso del pedigrí que había obtenido al trabajar con el tan amado secretario de transporte, se encontró un buen trabajo en el sector privado, en esa fábrica en la que se encontraban.

—¿Y qué pasó? —preguntó Miguel intrigado.

Se habían detenido frente a lo que parecía haber sido una oficina, ahora en ruinas.

—Creo que esta era su oficina —dijo Facundo, abriéndose paso entre el basural de ladrillos.

Miguel lo siguió de cerca, como un cachorro. Facundo se agachó, su atención cautivada por algo entre los escombros.

Cuando volvió a ponerse de pie, llevaba en su mano lo que parecía ser una pequeña placa de metal. La guardó en su bolsillo sin mostrársela a Miguel.

—Pasó lo mismo de siempre —prosiguió el relato—. Más matufia.

Llegó a convertirse en director de Ventas de la empresa. Facundo ya estaba próximo a cumplir nueve años cuando Leonardo volvió a toparse con la inevitable corrupción del sistema. Fue un día como cualquier otro. Leonardo hacía inventario de las últimas ventas cuando descubrió que faltaban neumáticos. Muchos neumáticos.

—Siempre fue tan pelotudo... —murmuró—. En vez de arreglar, encaró a su superior. Pero su superior comandaba esos robos —Facundo hizo una pausa—. Lo obligaron a renunciar, obvio. No solo eso, sino que amenazaron con asesinarlo: a él, a mi mamá y a mí. Si llegaba a decir algo, íbamos a aparecer todos muertos.

Miguel miró a Facundo boquiabierto. Pero su amigo no había frenado su andar. Se alejaba de él ahora. "Íbamos a aparecer todos muertos", pensó Miguel.

—Facu... —murmuró, y su voz hizo eco en las paredes, resonante.

Facundo ignoró el llamado. Siguió caminando y Miguel tuvo que acelerar el paso para alcanzarlo.

—Hasta ahí llegaron su carácter y disciplina —casi escupió aquellas palabras—. Siempre tan recto, siempre tan disciplinado... La única disciplina que mantuvo fue chupar todos los días religiosamente. Después vino lo peor... —la voz de Facundo se quebró—: Mi mamá se murió de cáncer. ¿Nunca te conté? Yo tenía diez años. Tuvo suerte. Logró escapar de la pesadilla. Ahora puede descansar en paz.

Cuando llegó frente a una puerta de metal oxidado, su relato se detuvo. Horrorizado, Miguel no se atrevió a hablar.

Una explanada de pasto seco se extendía frente a él. Debía de ser el patio trasero de la fábrica. Ahora estaba cubierto por pilas de neumáticos descartados contra el alambrado del fondo, olía a caucho quemado. Dos arcos de fútbol esperaban desolados entre yuyos y escombros; cañerías oxidadas, ladrillos quebrados.

—Y acá era donde mi papá jugaba al fútbol —Miguel escuchó decir a Facundo—. Todos los sábados, a las nueve de la mañana en punto. Jugaba bien. Mejor que yo, incluso. Nunca pudimos salir a comer los viernes porque él tenía que estar acá bien descansado, listo para jugar. Algunos sábados me traía a ver los partidos.

El sol se aproximaba ya al horizonte. ¿Cuánto tiempo habían pasado allí adentro?

—¿Qué pasó con la fábrica? —preguntó, y se sorprendió al darse cuenta de que su amigo hacía ya minutos que guardaba silencio.

—Un escándalo, obvio. Fue noticia en todos lados, y eso que no había redes. La empresa cerró antes de que terminase el año. Hubo un juicio, pero, como mi papá ya no trabajaba más en la empresa, no le quedó ni un peso del arreglo con el personal. El sistema es una mierda —concluyó.

Miguel quiso responder, quiso decir que no estaba de acuerdo, pero Facundo había hablado con tal determinación no se animó a contradecirlo.

—Bueno. Suficiente historia por hoy. ¿Vamos?

Se alejaron de la cancha y regresaron al lugar por el que habían entrado al predio al bordear la fábrica. Cuando cruzaron llegaron a la calle sin salida, Félix y Rama ya no estaban ahí.

—¿Y las bicicletas? —preguntó Miguel, pero no necesitó respuesta para entender lo que había pasado. Sus "amigos" habían decidido jugarles una broma. Pero... Ellos nunca le harían eso a Facundo. Le tenían demasiado miedo. "Ahí". Pudo ver la bicicleta de Facundo, escondida entre unos arbustos a media cuadra. "Se llevaron la mía, obvio". La furia llenó el rostro de Facundo al ver que su bicicleta no estaba. Miguel nunca había visto algo similar. No pudo evitar dar un paso hacia atrás, luego otro, como si su cuerpo quisiera alejarse incluso antes de que su mente registrase el peligro inminente de estar próximo a Facundo cuando explotara.

Miguel abrió la boca para decirle que se tranquilizara, que su bicicleta estaba allí cerca... Pero nunca logró hablar. Las sirenas de la policía resonaron por todo el lugar. Un patrullero les bloqueaba la salida de la calle.

CAPÍTULO VEINTITRÉS

Cuando Fernández regresó después de su conversación con el comisario retirado Rivero, encontró la central semivacía. Era la hora del almuerzo y la mayoría de sus compañeros habían dejado el edificio. El sol invitaba a almorzar afuera. "Una pérdida de tiempo", pensó, mientras colgaba el abrigo en el perchero de su oficina.

El gran Víctor Rivero ahora no era más que un viejo aterrorizado por la culpa. Lo poco que le había contado sobre Mesa no le servía para nada. Ya lo había oído infinitas veces. Se dijo con rencor hacia sí mismo que haber abrigado cualquier esperanza había sido muy poco profesional por su parte: como esperar que cualquier corazonada le revelara la verdad en el momento menos esperado. Pero también volvieron a él las palabras de Rivero que hubiera preferido no haber tenido que escuchar.

Tené cuidado... No cometas el mismo error que yo... No podía quitarse esa advertencia de la cabeza. Sin embargo, porfiaba, Rivero estaba equivocado. Sus problemas con Laura no se debían a su trabajo. No. La relación con su mujer había empezado a ir mal por otra cosa y luego todo se fue al diablo cuando él cometió ese... *error.* La culpa era de Mauricio.

Por eso seguía enojado con él, no con Laura.

¿Cómo no estar enojado por lo que había presenciado? Su

propio hijo haciendo… *eso*. En *su* casa. "Ese pendejo de mierda". Necesitaba quitarse la voz de Rivero de la cabeza, era mejor, como siempre, concentrarse en el trabajo. Pero cuando fue en busca de Romina, encontró su cubículo vacío.

¿Todavía no había vuelto del banco? ¿Se habría ido a recorrer los negocios donde se había usado la tarjeta? La llamada fue directo al contestador. Frunció el ceño. Romina nunca apagaba el celular, siempre atendía sus llamadas hasta a las más extrañas horas de la noche. "A menos que su celular no esté apagado, sino en uso". Pero, si no estaba en la central, ¿dónde?

El bar.

Cuando Romina quería concentrarse en una tarea sin que nadie la interrumpiera, escapaba hasta el bar de la esquina a trabajar. Y así fue. Fernández la encontró allí. Había juntado dos mesas, ahora cubiertas con papeles de todo tipo. Hablaba por teléfono con alguien, pero hizo señas al detective de que se acercara. Lo recibió con una gran sonrisa y, mientras terminaba su conversación y tomaba unas notas, le hizo sitio en su mesa. Fernández esperó a que colgara.

—Lacase —dijo luego—, dígame, por favor, que entre tanto papelerío y llamadas encontró algo que nos pueda servir.

—Encontré algo muy raro y muy interesante —anunció Romina.

—Lo interesante me gusta; de lo raro, desconfío —dijo Fernández.

—Es que no le veo relación con Ortigoza. Pero hice la lista de los negocios en los que se usó esta tarjeta en los últimos meses. Llamé a los que están lejos y fui a los que están cerca, como el del *shopping* de San Isidro. —Romina sonrió, próxima a hacer su gran revelación.

—¿Y qué encontró? —preguntó Fernández, impaciente.

—La persona que está o estuvo usando esa tarjeta es una chica. Una chica joven.

—¿La han visto? ¿Podrían reconocerla?

Romina negó con la cabeza.

—No tanto —respondió—. No creo, pasaron varios meses. El encargado de la tienda de *jeans* se acordó porque la chica era atractiva y se dio cuenta de que la tarjeta era de un hombre cuando ya se había ido.

—Y lo dejó pasar.

—No es tan raro. Y no es una tarjeta robada. Por lo menos no ha sido reportada. Fui al banco y me mostraron el extracto de la cuenta.

—¿A nombre de Mesa?

—Sí.

—¿Desde cuándo?

—Es una cuenta vieja. Con poco movimiento. Salvo hace años.

—¿De la época de Mesa?

—Supongo que sí. Les encargué que preparen todos los papeles para estudiarlos a fondo.

Fernández reflexionó.

—Sería raro que no hubieran investigado esta cuenta hace años.

—Antes de que Mesa desapareciera —asintió Romina—. Después quedó dormida, salvo estos gastos muy pequeños que se fueron pagando con el saldo. No queda mucho.

—Esto no nos aclara mucho sobre Ortigoza —dijo Fernández después de un momento—, pero hay que seguir la pista. Buen trabajo, oficial. Manténgame al tanto.

Romina no cabía en sí de satisfacción, pero enseguida advirtió que su jefe seguía preocupado.

—¿Cómo le fue con Rivero? —preguntó.

Fernández dejó escapar un suspiro. Antes de responder, levantó la mano y pidió un café al mozo detrás de la barra.

—Mal. Muy mal —dijo pasado un momento—. Rivero no… No es el de antes. Nada de lo que me dijo sobre Mesa nos sirve para una mierda. Pero no importa. Lo que encontró usted sí que es importante.

Para Romina era como si le colgaran una medalla. Pero no le pasaba inadvertido el estado de agotamiento de su superior.

—¿Por qué no se va a descansar, detective? —le sugirió—. No hace falta ni que le pregunte para saber que anoche tampoco durmió, ¿no?

—Hay mucho por hacer, como ve. Tal vez estemos por resolver el enigma más antiguo que le queda pendiente a la central.

Romina asintió, pero no aflojó.

—Jefe, vaya a dormir. Unas horas, aunque sea. Y si no puede dormir, tírese en el sillón y vea un poco de tele. Le hace falta. Unas horas de descanso lo van a ayudar a ser más creativo. Mientras tanto, yo sigo con lo mío.

Fernández dudó. Quiso rehusarse, lo último que quería era volver a su departamento, pero… Un bostezo escapó de su garganta. Le dolía la cabeza. "Quizás tiene razón", pensó. Tal vez sus buenos deseos ahuyentarán a los espíritus del departamento.

—Bueno, está bien —obedeció.

Romina no se esperaba esta respuesta.

—¿En serio? —Fernández asintió.

—Sí, tiene razón —se puso de pie y echó un vistazo al café que lo esperaba sobre la mesa, pero decidió no beberlo—. Usted siga…, yo me voy a dormir un rato. La veo más tarde.

Se fue pensando cuál sería para Romina el mayor logro, si su rastreo de la tarjeta de Mesa o haber logrado mandarlo a dormir. Era lo más parecido a una hija que tenía.

Pero giró la llave, abrió la puerta de su departamento e inmediatamente se arrepintió de haber seguido el consejo de Romina. ¿Hacía cuánto que no iba allí durante el horario de trabajo? De día, el lugar era aún más lúgubre que de noche. La luz que se filtraba a través de las cortinas dejaba en evidencia lo desolado del monoambiente. Un sillón de un cuerpo desteñido contra una pared, una mesa ratona con restos de bandejas de comida y su única silla. Su "cuarto" no era más que un espacio separado del resto del departamento por una estantería vacía que hacía a la vez de pared. Fernández dejó caer la llave sobre la mesa, haciendo caso omiso a la pila de platos sucios en la cocina. No atinó ni a desvestirse. Se quitó los zapatos mientras se lanzaba sobre el colchón. Su cabeza, a mil revoluciones por minuto. El sueño que había sentido tan cercano se le escapó como agua entre los dedos.

Aun así, se forzó a mantener los ojos cerrados. No quería ver nada que le recordase cómo había terminado allí, lejos de Laura, lejos de sus hijos. Manoteó el ansiolítico que guardaba de reserva en la mesa de luz. Una furia intensa que siempre estaba allí, a la espera. "No puedo seguir así", se dijo, y abrió los ojos.

★ ★ ★

Un rato más tarde, estacionaba frente a su destino. El cantero bajo la ventana, donde antes florecían rosas blancas, ahora estaba vacío. Solo algunos gusanos disfrutaban de la tierra seca. ¿Otra invasión de caracoles? Fernández tocó el timbre de su antiguo hogar.

—¿Luis? ¿Qué hacés acá? —Laura asomó la cabeza.

Fernández arrancó su vista del cantero vacío. Quería decir tanto, pero… ¿por dónde comenzar?

—Vine a… Vine a verlo a Juli —dijo finalmente—. Lo extraño.

Laura le ofreció una sonrisa triste.

—Juli no está. Se fue a estudiar a lo de un amigo del cole.

—Ah, bueno —respondió el detective. En su estómago se formó un nudo al darse cuenta de que había dicho la verdad. Extrañaba a su hijo. Se aclaró la garganta—: ¿Puedo pasar? Quería hablar con vos, también.

Laura pensó por un largo momento antes de responder.

—No, mejor no —espetó—. Hablemos si querés, pero acá afuera.

La irritación que había sentido en el departamento renació de inmediato.

—¿Cómo afuera? ¡Esta es mi casa! —gritó.

Laura se mantuvo impasible.

—La presión, Luis, no te exaltes —dijo, lentamente—. No es más tu casa. Incluso no vivías acá desde antes de separarnos —reprochó—. Escuchá, Luis, mejor hablemos otro día, este no es el mejor momento…

—Laura. Vos escuchame a mí. Esta es *mi* casa. La pagué yo, cada centavo. Si quiero pasar, si quiero tirarme en el sillón a ver televisión, ni vos ni nadie me va a frenar.

Fernández dio un paso hacia adelante, pero Laura no se movió del lugar.

—No te tengo miedo, Luis —espetó la mujer—. Hablemos, si querés, pero lo vamos a hacer acá. Esta es *mi casa*. Mis reglas. Dejó de ser tu casa el día que decidiste negar a tu propio hijo.

—¡Esto no tiene nada que ver con Mauricio! —exclamó el detective—. ¡Esto es entre vos y yo!

—¡Esto tiene *todo* que ver con Mauricio! Y seguís actuando como si no hubiera pasado nada. Nunca lo fuiste a ver, ¿no? No hace falta que respondas, porque yo sí. Lo voy a visitar todas las semanas. Y cada vez que voy, le pregunto si lo fuiste a ver.

—No voy a ir a ver a Mauricio hasta que…

—Callate, dejame terminar —interrumpió Laura—. No podés venir acá, haciéndote el macho con amenazas. No lo voy a permitir. Ni hoy ni nunca. ¿Quién te creés que sos?

—Lo único que quiero es que las cosas vuelvan a ser como eran antes…

—No va a pasar, Luis. Te desconozco. El hombre con el que yo me casé jamás me habría pegado. ¿Sabías que cuando me tiraste al piso me fracturaste el brazo?

—Laura, ya te pedí perdón, no sé qué más querés…

—El hombre con el que yo me casé, Luis —insistió—, *nunca* hubiera tratado a su hijo como vos trataste a Mauricio. Ahí está el problema. La culpa es tuya, no de él.

—Lo de Mauricio no tiene nada que…

—No entiendo —La mujer no pareció escucharlo—. No

entiendo cómo puede ser que alguien que dedicó toda su vida a luchar contra la peor calaña de Buenos Aires pueda ser tan despiadado. ¿Vos te creés que a mí me gusta? Yo también hubiera preferido otra cosa. Pero estoy aprendiendo a vivir con esto. ¿Sabés por qué? Porque es *mi hijo*. No entiendo cómo puede ser que tengas el corazón tan chico.

Fernández se quedó sin aliento. Las palabras de Laura dolían como una cuchillada en el estómago. Quiso decir algo, cualquier cosa. *Laura, Laura, perdón*, debería haber dicho; sin embargo, se quedó mudo. Abrió la boca, pero antes de que pudiera pedir disculpas, Laura dio media vuelta y dio un portazo.

CAPÍTULO VEINTICUATRO

En el momento en que Miguel cruzó el umbral de la oficina de Western Union y salió a la calle, se sintió ligero. Como una pluma, creyó su cuerpo próximo a emprender el vuelo. Afuera, el viento soplaba de a ráfagas. Lo esperaba una tormenta. Pero aun así Miguel sonreía, a pesar de saber que lo esperaba un arduo día de viaje. El peso de los mil quinientos dólares que Facundo le había prestado lo reconfortaba. Les daba energía, una nueva vida, a sus piernas exhaustas.

Willy lo esperaba en la acera, ya subido a la moto y con el casco puesto. Miraba el cielo, nervioso. Cuando Miguel llegó a su lado y montó su moto, el hombre dijo:

—No me gusta nada esto…

Miguel levantó las palmas hacia arriba, como diciendo: "No hay nada que podamos hacer". Se abrochó el casco, dio una palmada corta al bolsillo derecho de su pantalón. Su billetera estaba allí y el dinero también. Dejó escapar un suspiro y disfrutó del rugir de su moto al encenderse.

La tormenta no tardó en alcanzarlos. Los dos viajeros apenas habían logrado dejar Fayetteville atrás y retomar la autopista N95, cuando una llovizna helada comenzó a caer. El viento sopló con aún más ansias y Miguel tuvo que aferrar el manubrio con fuerza para mantener la estabilidad. El pavimento se volvió resbaladizo, como una pista de patinaje sobre hielo. Al cabo de una hora de viaje, la lluvia había penetrado las capas aislantes de sus camperas.

La lluvia los persiguió durante todo el trayecto desde Fayetteville hasta Carolina del Sur y gran parte de Georgia. Pero cuando cruzaron la frontera de Florida, el temporal dio un paso atrás. Miguel soltó un suspiro al sentir el calor del sol penetrarlo. Willy, metros más adelante, pareció relajarse.

En Jacksonville, almorzaron pulpo a la provenzal y otros frutos del mar en un restaurante con vista al St. John's River. Se quitaron las camperas y las dejaron bajo el sol para que se secasen. Tomaron asiento en el patio externo del establecimiento, sus sillas frente al puerto de la ciudad. Willy devoró su comida en cuestión de segundos, como un perro famélico. Miguel, en cambio, apenas probó dos o tres bocados. No podía quitar la vista del puerto: decenas de lanchas y veleros amarrados allí, en su plácido flotar. Se veía a sí mismo en uno de esos barcos.

Intentaba imaginarse, sin éxito, cómo sería su vida en el viaje que lo esperaba. ¿Cómo podrían cruzar todo un océano tan solo tres tripulantes? Un escalofrío le recorrió el cuerpo.

Llegaron a Miami a eso de las ocho de la noche. Allí, bajo el resguardo de los cientos de edificios y el aire eléctrico de esa ciudad incandescente, Miguel volvió a respirar tranquilo. Se registraron en un pequeño hotel de Wynwood y Miguel estuvo a punto de lanzarse sobre la cama, listo para caer en un sueño profundo, tan necesitado, pero Willy tenía otros planes.

—Ni se te ocurra —soltó el hombre cuando vio a Miguel ojear la almohada con anhelo.

—Willy, estoy fulminado…

—Tenemos una reserva a las nueve. Pegate una ducha y vamos.

Miguel frunció el ceño.

—¿Una reserva? ¿Dónde?

—Ya vas a ver. ¿Creíste que te iba a dejar irte sin despedirnos como Dios manda? Dale, andá a bañarte. Ya vas a ver que te va a gustar este lugar.

No tenía sentido discutir. Reconocía cuando Willy no iba a cambiar de opinión. Echó un último vistazo anhelante a la cama y fue hasta el baño. Cuando terminó de ducharse, Willy lo esperaba ya en la puerta, listo para partir. Se había cambiado de ropa; vestía una camisa rosa y pantalones negros, sin una sola arruga. ¿Acaso los había traído desde Nueva York solamente para su uso esa noche?

—¿Estás listo? —preguntó Willy—. El taxi debe de estar por llegar.

—¿Taxi?

—Lo último que quiero ahora es volverme a subir a una moto.

Miguel dejó escapar una carcajada y acto seguido siguió a Willy hasta el vestíbulo del hotel. El taxi los esperaba en la puerta. Cuando llegaron a destino, Miguel se encontró frente a una pared pintada de blanco: la entrada de un edificio alto, próximo a la costa de Miami Beach. No parecía ser un restaurante, pero aun así Willy lo guio con certeza, cruzando sus puertas hasta llegar a un ascensor.

—¿Y ahora? —preguntó Miguel.

Willy le ofreció una sonrisa pícara a modo de respuesta. Las puertas del ascensor no tardaron en abrirse.

El restaurante se llamaba Juvia, uno de los mejores de Miami. Estaba en la azotea del último piso de ese edificio. Willy guio a Miguel a través de las puertas de vidrio templado, anunciándose primero con la recepcionista, y así tomaron asiento ante una pequeña mesa cuadrada, con sillas de acero y madera laqueada.

A su izquierda, las parejas, incluso algunas familias, disfrutaban de una gastronomía ecléctica. A su derecha, la ciudad de Miami exhibía su *skyline* de torres de distintos tamaños y colores. Al frente, la calle Lincoln, peatonal, parecía prolongarse hasta el mar Caribe y su playa de arena blanca, más allá de las transitadas Washington y Ocean Drive.

Las risas resonaron esa noche, y en todo el lugar. Las mesas estaban abarrotadas. Miguel admiró el espectáculo de los meseros con bandejas plateadas y platos humeantes. Intentó comentarle a Willy que había cometido un error, que no deberían estar allí, que ese restaurante era demasiado lujoso para ellos, pero… Algo en su interior lo detuvo.

Cómo te cuesta pasarla bien, ¿no? La voz de Facundo sonó como una burla en su cabeza. Intentó relajarse. Un mesero se acercó, les ofreció una botella de vino que Willy aceptó inmediatamente. Luego, ordenó un *appetizer* para compartir.

—Un brindis —anunció levantando su copa. Parecía diez años más joven—. Por una amistad repentina e inesperada.

Terminaron la botella de vino antes de que les tomaran el pedido. El mesero retiró la botella vacía de la mesa. Tras su insistencia, Willy pidió dos gin tonics y otra botella de vino. Luego una seguidilla de platos que compartirían a lo largo de la noche. No tuvieron que esperar mucho para que llegara la comida.

Cuando los platos calientes tocaron la mesa, ya se sentía tan mareado y feliz como si acabara de recibir un beso. Comió con desesperación. Willy reía al ver el rostro de placer de Miguel, y bebía a su par, sus mejillas enrojecidas con alcohol y alegría.

Hablaron sobre nada. Sobre todo.

★ ★ ★

Al otro día, despertó de repente y descubrió que estaba solo. Reinaban la paz y el silencio. Una tenue luz amarilla se filtraba por la ventana abierta. Le tomó un momento reconocer dónde estaba. Una habitación de hotel. Almohadas suaves debajo de él. Sábanas de hilado grueso. "Miami", recordó un tanto incrédulo. "¿Qué hora es?", pensó, dejando escapar un bostezo. Echó un vistazo al reloj sobre la mesa de luz: ocho y veintiséis de la mañana.

Se tambaleó hacia el baño. La ducha caliente lo terminó de despertar. Abrió una ventana y dejó que el vapor escapara por ella. Luego, procedió a afeitarse. Se observó en el espejo e hizo una pequeña mueca. Había logrado broncearse, aunque su cuerpo todavía parecía el de un niño lechoso.

Sacudió la cabeza, se vistió, y bajó a desayunar. Willy lo esperaba allí, en el salón, sentado en una de las mesas junto a la pecera gigante que daba a una de las calles del Design District.

—Ya hablé con Fernando. Está todo listo. Parten en dos horas.

Miguel sintió un nudo en el estómago, pero se forzó a ignorarlo. Asintió con la cabeza y se sirvió café en la taza vacía que había sobre la mesa.

—Bueno, bueno —dijo—. Vamos cuando quieras.

—Desayuná tranquilo, tenemos tiempo. Aprovechá el bufet, que esta va a ser la última comida como la gente que vas a probar en muchos días…

Pero Miguel no lo escuchaba. Su mente estaba afuera. Un día perfecto para navegar, o eso pensó cuando, una hora más tarde, salió del hotel con su equipaje al hombro. Ya en el puerto de Miami, se vio azotado por el olor salado, por los graznidos de las gaviotas, los gritos de marineros y comerciantes sobre los muelles. Quiso absorberlo todo: las velas al viento; un edificio flotante, a su derecha; el olor a mariscos y gasolina y ese sol incandescente que se reflejaba hasta en las maderas de las pasarelas que conectaban los veleros al muelle.

—¡Willy! —se escuchó un grito desde la distancia. Miguel desprendió los ojos del crucero frente a él y se volvió en dirección a esa voz. Un hombre les hacía señas desde uno de los muelles.

—¡Willy, querido! Tanto tiempo. ¡Tanto tiempo! —repetía el hombre. Había corrido hasta alcanzarlos. Un tipo bajito y fibroso, "siempre de buen ánimo", que no debía de tener más de treinta años. No estaba solo. Otro hombre, mayor, apareció al poco tiempo. "Y este tiene que ser Cristian". Llevaba el cabello largo, a la altura de los hombros. Era apenas unos centímetros más alto. Fernando sería uno de sus compañeros de viaje hasta

Buenos Aires. Cristian, en cambio, le haría de relevo y volvería hasta Nueva York con Willy.

Ambos hombres terminaron de abrazar a Willy y se volvieron para saludar a Miguel. Intercambiaron algunas palabras amenas y luego Fernando los guio a lo largo del muelle. Allí, junto a una de las últimas pasarelas ancladas a la orilla, Miguel lo vio por primera vez: el barco que sería su hogar hasta que atracara en Buenos Aires. "Un Solaris 44", escuchó que Fernando explicaba a su lado.

El velero, pintado todo de blanco, esperaba paciente. Tenía unos trece metros de eslora con un mástil de cinco metros de alto. *Pipper*, su nombre de bautismo. Así titularía su próxima canción: Pipper.

Un tercer hombre asomó la cabeza desde las cabinas que había en el interior del barco. "Raúl", recordó Miguel. El hermano mayor de Fernando y el capitán del barco. Su tez, lacerada por los años bajo el sol. Llevaba el cabello corto, como un militar. Era casi tan corpulento como Willy, pero tenía una cicatriz que le atravesaba en el brazo derecho. A pesar de la distancia que los separaba, Miguel no tardó en comprender que Raúl y Fernando eran opuestos: el hermano menor bromeaba casi constantemente. El mayor, en cambio, apenas si hablaba. No se acercó a saludarlos, sino que volvió a desaparecer dentro de las cabinas del velero.

—Migue, vení —Willy entorpeció sus pensamientos. Lo agarró del hombro y lo llevó varios pasos más allá, a una porción del muelle alejada del resto.

—¿Qué pasa? —preguntó Miguel. Willy hizo una mueca de incredulidad.

—¿Cómo "qué pasa"? Me quiero despedir de vos. Estoy por pegar la vuelta a Nueva York con Cristian.

Antes de que Miguel pudiese decir nada, Willy dio un paso hacia adelante y lo abrazó. Fue un abrazo largo, fuerte, creyó sentir una lágrima rozarle la comisura cuando por fin se separaron.

—Que no sea el último viaje —dijo Willy. Miguel sonrió y sacudió la cabeza.

—Ni de cerca. Este fue solo el primero.

—Así me gusta —lo tomó de los hombros—: Cuidate, ¿*okey*? No dejes que Fernando te lleve a hacer pelotudeces. No van a tener señal en el medio del mar, pero me mantenés al tanto de cómo van cuando hagan las distintas paradas.

—Gracias, Willy. Gracias.

—No seas boludo. Gracias a vos, por hacerme sentir joven después de tantos años.

Y con esas palabras Willy dio por terminada la despedida. Le dio una última palmada en la espalda.

—Ah, Migue. Una última cosa.

—¿Qué?

—Cuidado con Raúl. Es un tipo… *complicado*.

Miguel asintió un tanto preocupado. Willy se alejaba, a paso lento pero firme. Cuando por fin el hombre desapareció de su vista, ahogó otra lágrima. Fernando lo esperaba junto a su equipaje y una serie de recipientes de plástico y cajas de cartón esparcidas sobre el suelo del muelle.

—Ayudame a cargar la comida para el viaje.

Arroz, latas de atún, pastas ya cocidas, huevos y frutas… Miguel echó un último vistazo al lugar donde hasta hacía tan solo un minuto estaban las motos. Luego soltó un suspiro. Levantó del suelo la primera caja y pisó, por primera vez, la cubierta del velero.

CAPÍTULO VEINTICINCO

El legajo detallaba todos los hechos del caso. Fernández los había memorizado hacía horas. Dos jóvenes, uno masculino y otro femenino, baleados en un BMW M5 negro. Dentro del auto, los oficiales de policía hallaron tres objetos: un celular, una foto de lo que parecía ser una cabaña en el medio de un bosque y unos panfletos anunciando la inauguración de unas canchas de fútbol. Todos los hechos olían a un ajuste de cuentas. Los testigos habían sido claros: dos motos, dos personas en cada moto. Un tiroteo desde ambos lados del vehículo.

En su larga carrera como detective, Fernández había visto decenas de casos similares. En cada oportunidad, los fallecidos siempre tenían alguna relación con el crimen organizado. Pero estos no parecían tener nada que ver.

"Tiene que ser un error", se decía, repasando los contenidos del legajo. Pero ¿y el coche? El BMW era otra pieza fuera de lugar. Estaba a nombre de Carlos Fabián Mesa. No habían logrado adelantar nada en días con respecto al caso Ortigoza, a pesar de los hallazgos de Lacase.

En esta ocasión, el crimen encajaba mejor con su prontuario, pero la hipótesis de una relación entre esta ejecución y la aún no aclarada muerte de Ortigoza le parecía una obligada consideración y una ocurrencia descabellada, a la vez. Trató de apartarla de su cabeza.

Redujo el andar del Hyundai y dobló la esquina. Sin hacer caso de los vehículos que lo apuraban a bocinazos, bajó la ventanilla e inspeccionó los alrededores. "Ciento cuarenta y tres…, ciento cuarenta y cinco…", leyó en voz alta. Una cuadra más hasta llegar a destino. Continuó la marcha al mismo ritmo y, luego de transitar los metros restantes, se detuvo detrás de uno de los dos patrulleros estacionados en la mano derecha. Luego se calzó el barbijo de mala gana, y abrió la puerta.

Era una de esas mañanas tan típicas de invierno en Buenos Aires, cuando el sol radiante simulaba la llegada repentina de la primavera. Pisó excremento de perro.

—La gran siete, estos ricos son más sucios que…

Punta Chica, ese sector pudiente próximo a San Fernando. Allí habitaban estrellas de cine, magnates de la construcción, familias que podían rastrear su linaje hasta la época de la Revolución de Mayo. Y, aparentemente, ahí vivían las víctimas, por lo menos hasta ser asesinadas.

Fernández cruzó la calle y se acercó hasta donde dos oficiales de policía montaban guardia frente a una puerta de madera reforzada con vigas de acero. Saludó con una seca inclinación de cabeza y los hombres le dieron paso.

Tenía un interés extra en esa casa, más allá de que hubiera sido el hogar de las personas cuya muerte debía investigar inmediatamente: también estaba a nombre de Carlos Fabián Mesa, como le hizo saber Romina en cuanto averiguó dónde estaba matriculado el coche.

Detuvo su andar de golpe. El sector principal de la casa, donde la sala de estar y la cocina se unían al estilo *loft*, era un desastre. "Un trabajo de profesionales, sin dudas", pensó Fernández al ver los fragmentos de vidrio astillado esparcidos por el suelo, la mesa y sillas en pedazos, el sillón de cuero negro tajado como por un cuchillo.

—Jefe.

Romina lo esperaba con un café en cada mano y el tapaboca a la altura del mentón.

—Una obra de arte, ¿no? —le dijo, ofreciéndole uno de los cafés.

—Estos tipos buscaban algo —respondió.

Cinco de sus compañeros, tres oficiales y dos forenses, inspeccionaban el lugar. Trabajaban en penumbras. Los responsables se habían tomado el tiempo de romper cada bombilla.

—¿Hace mucho que está aquí, detective? —preguntó Romina.

—No, no, acabo de llegar.

—Suerte la suya. Yo estoy desde las ocho de la mañana. —La oficial dibujó una sonrisa burlona—. Nada más entretenido que pasar mi sábado catalogando la mansión de un pendejo millonar...

—¿Algo interesante? —interrumpió Fernández.

—Nada, por ahora. Solo que podemos confirmar que los occisos habitaron esta casa... mientras pudieron —se detuvo un momento, dando saltos por el lugar—. Encontramos placares enteros de ropa que encaja con sus tallas y las superficies están cubiertas por sus huellas. —Hizo una mueca y terminó—: Una pareja feliz.

El detective asintió con lentitud.

—¿Y Mesa? —preguntó luego de un momento—. ¿Algún rastro de él? ¿Fotos? ¿Pertenencias? ¿Huellas?

Romina sacudió la cabeza.

—¿Droga o plata?

—*Rien*. Nada. *Nothing*.

Fernández levantó una ceja.

—¿Sabe algún otro idioma, oficial Lacase? ¿Alemán, quizás?

—*Nicht*. Solo esos tres, detective. —Romina sonrió—. Las ventajas de no tener familia.

El detective comenzó a recorrer el lugar. Romina lo siguió de cerca. Con cuidado de no tocar nada que pudiese perturbar la investigación en proceso, cruzaron el *living* hasta la primera de las puertas.

La cerradura estaba rota por un golpe de martillo. Fernández empujó la puerta suavemente y dejó escapar un silbido. La recámara era inmensa, al menos tres o cuatro veces el tamaño de la de su antiguo hogar. Había una cama tamaño *king*, de esas que solo se consiguen en Estados Unidos. Las sábanas hechas jirones por el suelo, cubiertas por una infinidad de plumas blancas. El colchón también había sido desgarrado a cuchillazos y había cinco huecos de distintos tamaños en las paredes de ladrillo a la vista.

Fernández dio un paso hacia adelante. Uno de los huecos en la pared tenía una forma curiosa, perfectamente rectangular.

—Debe de haber habido una caja fuerte —sugirió Romina—, pero se la llevaron entera. Podemos asumir que eso era lo que estaban buscando. Hay huecos por todas las paredes del resto de las habitaciones. ¿Quizás algún ajuste de cuentas?

—Puede ser —dijo Fernández, inspeccionando con los dedos el orificio donde la caja fuerte había sido calzada—. O quizás fue al revés. Buscaron la plata y al no encontrar el monto apropiado, decidieron eliminar a los deudores. De cualquier manera, tiene razón. Todo indica un ajuste de cuentas. Pero…

—¿Hay algún "pero"?

—Hay algo que no me cierra. O algo que se nos escapa de estos chicos, porque inquilinos no eran.

Se sacudió el polvo de ladrillo pegado a sus dedos contra el pantalón y tomó el cuarto café del día. Se quedó en silencio por un momento, inspeccionando el resto de la habitación.

Al cabo de unos pocos minutos, se encontró nuevamente en la puerta de entrada, flanqueado por los oficiales vestidos de azul oscuro e intentando no sentirse demasiado frustrado. Había tenido esperanza de que el hallazgo de la casa le diese respuestas, alguna pista que le permitiese avanzar hacia la verdad. Pero estaba equivocado. Lo único que había encontrado en su recorrido por el resto de la casa (las otras dos habitaciones, los cuatro baños, cada uno en similares estados de ruina y desorden) eran más preguntas.

¿Y si este chico era el misterioso sucesor de Mesa, que vivía en su casa y manejaba sus asuntos?

Aunque ahora habían tenido menos cuidado. El cuerpo había aparecido a plena luz, cosido a balazos. Quizás estos asesinos no fueran tan inteligentes como su víctima, pensó. "Quizás no haya que esperar años para poder echarles el guante a estos", se dijo reanimado, a pesar del cansancio acumulado.

CAPÍTULO VEINTISÉIS

El velero zarpó a la hora exacta que había previsto Willy durante el desayuno en el hotel. A las once de la mañana, cuando el sol se aproximaba a su punto cumbre. Luego de que hubiesen terminado de cargar tanto el equipaje como la comida en una de las cabinas del velero, Miguel escuchó el rugir de un motor. La superficie bajo sus pies comenzó a moverse. El muchacho dio un resoplido y se secó la frente con una toalla que encontró en la pequeña cocina. Subió a la cubierta. Fernando trabajaba en organizar las provisiones en la cabina de proa mientras Raúl, también en cubierta, maniobraba el timón y guiaba el velero hacia mar abierto.

Fernando reapareció en la cubierta poco tiempo después. Intercambiaron unas palabras con su hermano. Luego Raúl dejó el timón en manos de Fernando. Al verlo pasar, Miguel lo saludó, pero el capitán inmediatamente giró la cabeza y bajó las escaleras hacia el interior del velero.

—Che…, Fer… —preguntó Miguel minutos más tarde.

Fernando levantó la mirada del timón y se volvió para mirarlo. Sonrió.

—¿Qué pasa? —preguntó—. ¿Te venís asentando bien? ¿Sin mareos?

Miguel sacudió la cabeza.

—Nunca fui de marearme, no creo que…

—Nunca digas nunca. Ya vas a ver de qué te hablo.

Decidió no contradecirlo. Dio un paso hacia él y se sentó en la cubierta. Luego de un momento, dijo:

—¿Te puedo preguntar algo?

—Pregunte nomás —dijo Fernando, la vista concentrada nuevamente en el timón.

"¿Cómo le digo sin que se enoje?". Decidió que lo mejor sería ser directo.

—¿Hay algún problema? —preguntó, pero su voz sonó fina, acobardada.

—¿Problema? —Fernando frunció el ceño—. ¿Con qué?

—Con… Con Raúl. No me dijo ni una palabra todavía, podría jurar que le molesta mi presencia.

Fernando hizo una mueca.

—Es así, ni te preocupes —pareció elegir las palabras con mucho cuidado—. No sos vos el problema. Mi hermano tiene problemas con todos los "terráqueos".

Estuvo a punto de decir algo, pero pareció cambiar de idea. Hizo una pausa, y luego agregó:

—Ya se le va a pasar, vas a ver.

Miguel asintió con la cabeza. Deseaba que fuese lo más rápido posible. No quería que el viaje estuviera plagado de silencios incómodos cada vez que Raúl anduviera cerca.

—Ah, ya que te tengo acá, te explico un par de reglas, ¿querés?

Fernando volvió a sonreír, y comenzó a explicar la dinámica de navegación.

La cubierta no podía estar *nunca* sin vigilancia. "Nunca", repitió con énfasis. Harían turnos: seis horas de guardia cada hermano, tanto durante el día como la noche.

—Hay dos cabinas de popa y una de proa. La de proa es donde va todo el equipaje, ya que por las olas es muy incómoda para dormir. Una de las cabinas de popa tiene una cama grande, es la de Raúl. La otra tiene dos cuchetas, esa es la que vamos a compartir nosotros. La cucheta de babor es mía; la de estribor, tuya —recordó algo—. Ah, y una última cosa. El desayuno se lo hace cada uno y al medio día y noche comemos todos juntos, normalmente sándwiches o arroz con atún. De eso te podés ocupar vos. Cuando ya hayas aprendido lo básico de la navegación a vela, vas a empezar a compartir las guardias con nosotros, ¿te parece?

Miguel asintió, aturdido. Fernando volvió a concentrar su vista al frente. Miguel se quedó mirándolo timonear el velero por un largo rato. Luego se puso de pie y caminó hasta la punta opuesta del barco. Allí se detuvo. Podía escuchar el volar de las gaviotas por encima, sentir cómo el fresco olor a sal y yodo del mar le llenaba el pecho. Respiró hondo para absorberlo todo. Luego, dejó que su mirada se perdiese en el océano.

La advertencia de Fernando no tardó en volverse una realidad. A las tres horas de haber zarpado sintió, por primera vez en años, un afán intenso por vomitar.

Sucedió de repente: paseaba tranquilo por la cubierta, cuando de repente algo dentro de él se rompió. La cubierta bajo sus pies pareció oscilar y Miguel trastabilló y tuvo que agarrarse del guardamancebo para no caer al suelo.

Fue entonces cuando las náuseas lo invadieron. Creyó escuchar una carcajada de Fernando a la distancia, pero la ignoró. Cerró los ojos buscando alivio, aunque solo logró empeorar su mareo. Respiró hondo. Cuando creyó que sus náuseas habían pasado, su cuerpo se estremeció y tuvo que abalanzarse hacia adelante y asomar la cabeza sobre los cables de seguridad. Vomitó el desayuno y gran parte de la comida de la noche anterior.

—Yo te avisé… —dijo Fernando entre risas cuando lo vio tambalearse. Miguel lo fulminó con la mirada y estuvo a punto de decir algo, pero descubrió que, si abría la boca en ese instante, volvería a vomitar.

Fernándo volvió a reír.

—Sentate en algún lado. Ya se te va a pasar. Dale un par de horas e intentá mantenerte bien hidratado, hay botellas de agua en la cocina.

Y así pasaron las primeras horas del viaje. Miguel se tambaleó hasta la cocina y bebió agua hasta saciarse. Volvió a cubierta, porque rápidamente descubrió que, si se quedaba abajo, el mareo empeoraba. Se quedó inmóvil en uno de los pasillos, sintiendo el aire salado soplar en su cara. Fernando apareció al poco tiempo y le ofreció un sándwich de atún y tomate para el almuerzo, pero tan solo olerlo le produjo arcadas.

Más tarde, cuando el sol ya indicaba el inicio de la tarde, escuchó el motor apagarse. Fernando y Raúl izaron la vela. Trabajaron en silencio y con destreza. Al cabo de pocos minutos el velero tomó velocidad una vez más. Así continuó el viaje.

Atravesaron la corriente del Golfo, ya a mitad de camino entre Miami y las Bahamas. Las gaviotas, y otras aves pescadoras que Miguel no reconocía, no tardaron en aparecer. En el silencio de esa navegación a vela, Miguel escuchó el revolotear de sus alas, sus graznidos agudos como si estuvieran allí, a su lado.

Luego aparecieron las primeras nubes. Un banco de peces, atunes, quizás dorados, nadaba a la sombra del velero. Más lejos, algo saltó en la superficie. "Peces voladores", pensó incrédulo. Rompían la superficie y flotaban por varios segundos en el aire, resplandeciendo bajo el sol, antes de volver a sumergirse.

Pero ese espectáculo de vida marítima perdió el encanto al poco tiempo; quizás porque su carácter novedoso se desvanecía rápidamente, o quizás porque el viento comenzó a soplar con más intensidad. El velero se hamacó más fuerte y las náuseas volvieron a dominar hasta el más pequeño de sus pensamientos.

No fue hasta que se puso el sol que por fin logró acostumbrarse al movimiento errático del velero. Se volvió tolerable. Entonces, se atrevió, por primera vez en horas, a ponerse de pie. Sus piernas no cedieron. Caminó hasta el timón y, ya sintiendo las náuseas retornar, se sentó junto a Fernando. El hombre guiaba el velero plácidamente, silbando por lo bajo. Miguel lanzó un vistazo a su alrededor. No había rastro alguno de Raúl.

—¿Mejor?

—Un poco —respondió con honestidad.

—La primera vez que me subí a un barco… —contó Fernando—. Debo de haber tenido siete u ocho años. Me la pasé los primeros cinco días vomitando. Ya a partir del segundo día no tenía ni qué vomitar. Escupía bilis y saliva. Fue desagradable, pero terminó pasando. Tené paciencia. Es tu cuerpo el que no entiende qué es lo que ocurre. Una vez que se acostumbra al movimiento del mar, el mareo desaparece.

Miguel se forzó a asentir. "¿Cinco días?", pensó con desgana. Decidió cambiar de tema para distraerse.

—Contame del viaje.

—¿Qué querés que te cuente?

—No sé… Todo. Cuánto tiempo va a durar, cuál es la ruta, cuáles van a ser las paradas… Lo que sea.

Fernando giró el timón ligeramente a la derecha, ajustando el curso, antes de responder.

—Tenemos que hacer seis mil millas, más o menos. Son entre treinta y cuarenta y cinco días, sin contar las escalas. Raúl quiere estar con los pies en la tierra lo menos posible. Así que vamos a hacer solo tres paradas. Primero en St. Maarten, después en Recife y una última en Río de Janeiro. Capaz tengamos tiempo para detenernos en Punta del Este, pero no creo.

Miguel asintió.

—¿Cuánto tiempo, entonces? —preguntó.

—¿Contando las paradas?

—Sí.

—Unos dos meses, calculo.

Miguel palideció de repente. Esta vez no eran sus náuseas la causa. Tragó saliva. "Dos meses en el mar". Intentó no pensar en ello. Decidió, en cambio, bajar a las cabinas para rellenar el estómago que las náuseas le habían vaciado. Quizás intentar dormir unas horas antes de que comenzara su turno de guardia.

Cuando bajó las escaleras, estuvo a punto de chocar con Raúl, que se dirigía hacia la cubierta. Miguel soltó una disculpa, pero el hombre simplemente bajó la cabeza. Sin decir ni una palabra, dio media vuelta y desapareció dentro de su cabina.

Miguel frunció el ceño, pero decidió no darle demasiada importancia. Se acercó hasta la pequeña heladera y preparó un plato de arroz con atún mientras admiraba el interior del velero. Muebles de madera laqueada; un pequeño microondas, una heladera, ambos color plata. Incluso había una área de reposo a un costado, con un sillón de cuero y dos taburetes tallados en el velero mismo. Trepó a uno de los taburetes y comenzó a comer. Luego de un momento, automáticamente sacó el celular de su bolsillo, una costumbre de cuando almorzaba solo en la facultad. Tenía ocho llamadas perdidas. Tres de su padre, otras dos de su madre y el resto de Leticia. Miguel se mordió el labio, pensativo. "¿Y ahora?". Luego de un momento, sacudió la cabeza. Apagó el celular. No tenía sentido llamarlos, se dijo a sí mismo. Ni siquiera podría hacerlo ahora: apenas tenía una barra de señal. No. Mejor sería esperar a la primera escala del viaje o, mejor aún, a llegar a Buenos Aires.

¿Sabrían perdonarlo? Miguel fue hasta la cabina y allí, entre cajas y recipientes de plástico, encontró su mochila. Abrió el cierre, introdujo su celular apagado y volvió a cerrarlo. Cuando por fin logró dormirse, minutos más tarde, lo hizo con una decisión tomada: dejaría su vida "terráquea", sus problemas, de lado, por lo menos hasta llegar a Buenos Aires.

CAPÍTULO VEINTISIETE

Se disculpó con Laura por no poder cumplir ese sábado. Después de todo, hacía años que estaba familiarizada con las súbitas urgencias de su trabajo. Pero al salir temprano de la casa de Mesa volvió a llamarla. Se sentía casi alegre y tenía muchísimas ganas de ver a su hijo. Así que fue a buscarlo. Casi no cruzó una palabra con Laura, que se limitó a abrir la puerta y dejar a Julián ir a su encuentro. En el camino hablaron de fútbol, con entusiasmo.

Estacionó frente al predio, mucho más animado esa tarde de sábado que la primera vez que lo había visto. Volvió a admirar la iluminación y esta vez sí se fijó en el cartel suspendido sobre la entrada a las canchas, a instancias de Julián, que se lo señaló desde lejos.

Era un cartel rectangular, del ancho de la entrada al estacionamiento y de fondo verde claro, como intentando imitar el matiz del pasto recién regado. Sobre el fondo verde tenía escrito: "Canchas de Fútbol 7 El Gran dT".

Pero lo que le llamó la atención fue la manera en que estaba escrito el nombre de las canchas. No "D.T." con mayúsculas, como habitualmente se abreviaba "Director Técnico", según le había explicado antes a Julián, sino "dT", con una "d" minúscula.

Otros padres con sus hijos paseaban cerca. Fernández se sintió casi feliz de estar allí con el suyo. Una vez dentro, pudo ver en una de las canchas a un grupito de chicos vestidos con la misma camiseta que Julián.

—¡Me tengo que ir, papá! ¡Gracias por traerme! ¿Te quedás un rato a verme?

—No puedo, Juli, tengo trabajo. Pero otro día sí, me gustó mucho venir con vos.

Julián corrió a reunirse con sus compañeros. La melancolía empezó a invadirlo nada más verlo alejarse hacia el arco. Emprendió la retirada, cruzándose con padres más afortunados que él, libres ese día para compartir el momento con sus hijos. Estaba por volver a pasar bajo el cartel de tan misteriosa ortografía, cuando sonó su celular.

—Lacase. ¿Algo importante?

—Puede ser. Estuve mirando los resultados del rastreo del celular de Miguel Alvarado. Hay un lugar que se repite mucho. Le paso la dirección, por si quiere darse una vuelta. Y le cuento otra cosa...

Cuando cortó la llamada, Fernández abrió el mapa del celular e insertó la dirección que Romina le había dado. Se llevó una sorpresa.

"Qué casualidad", se dijo, echando un vistazo a su alrededor. Y dio media vuelta hacia el interior del predio. La dirección que le había pasado Romina era exactamente la del lugar en el que estaba.

Recorrió el lugar a paso lento, sin prestar atención al público y a los jugadores, Julián incluido. El predio ocupaba la mitad de una manzana, dividido en tres canchas de fútbol 7 unidas por un camino de piedra al estilo colonial. Cada cancha estaba elevada medio metro del piso por una plataforma de cemento. A cada lado, se levantaban las torres de iluminación LED que tanto lo habían impresionado el primer día que las vio, del mismo tipo que se usan en los grandes estadios de Primera División, como La Bombonera o el Monumental.

La otra mitad de la manzana pertenecía a lo que parecía ser un edificio gigante venido a menos. Una fábrica abandonada, quizás. Paredes de cemento alisado y amarillento que se elevaban hasta la altura de las torres de iluminación, ventanas tapiadas. Un cerco de alambre, repleto de carteles de "Prohibida la entrada", dividía el predio de las canchas de la fábrica.

Fernández frunció el ceño con desconfianza: habría que requisarlo tarde o temprano. Según Romina, el predio completo, incluida la fábrica abandonada, estaba a nombre de Carlos Fabián Mesa.

De regreso al coche, buscó a Julián. Lo vio correr una pelota, alcanzarla, darse vuelta y patearla hacia adelante. No en cualquier dirección, sino hacia un compañero mejor ubicado. Satisfecho, decidió seguir su camino. No quería distraerlo ni tampoco debía distraerse él.

Pero Julián lo vio. Levantó un brazo y lo saludó, muy sonriente. Él le devolvió el saludo. Luego se abrió paso hacia la entrada.

Estaba por arrancar cuando volvió a sonar el celular.

—Lacase, ¿qué pasa ahora? —preguntó.

—Detective… ¿Puede venir? Tenemos al padre de Miguel Alvarado esperándolo en la central.

CAPÍTULO VEINTIOCHO

—Sea amable con él —rogó Romina, cuando llegó—. Usted también es padre.

La alegría del encuentro con Julián prácticamente se había desvanecido durante su regreso a la oficina. Era difícil imaginar un diálogo más desgraciado que el que estaba a punto de emprender.

—No me lo recuerde, Lacase —respondió—. No hace falta.

—Lo espera en la sala.

Fernández entró en una de las tres salas de interrogatorios, y, luego de asegurarle a Romina que podría manejar la situación sin su ayuda, cerró la puerta con fuerza.

El doctor Julio Alvarado lo esperaba del otro lado de la mesa de metal. Fernández se aclaró la garganta.

—¿Sabe por qué está aquí, doctor Alvarado?

—No, no sé —dijo con voz ronca—. Los oficiales se rehusaron a decírmelo. Pero... —su voz se fue apagando.

El detective depositó el legajo sobre la mesa. Julio hizo un ademán como para arrebatarle el legajo, pero se detuvo a último momento. Volvió a su postura anterior, inmóvil, paciente. Su rostro se mostraba desvaído, su tez, pálida. Sin embargo, su expresión no era de confusión ni de horror, sino más bien la de alguien que espera un mal diagnóstico o el cumplimiento de alguna fatalidad.

—Mi nombre es Luis Gonzalo Fernández —se presentó—. Soy el encargado de homicidios aquí en la central de San Fernando —habló lo más lento posible—. Usted está aquí porque su hijo, Miguel Alvarado, fue hallado...

—Muerto —completó Julio, y su voz se quebró al pronunciar la última palabra.

Fernández hizo todo lo posible para no inmutarse.

—Sí —dijo luego de un momento—. Veo que no le sorprende —Julio permaneció mudo. El detective continuó—: Su hijo, Miguel Alvarado, fue hallado muerto a las 14:30 horas del día 15 de octubre de 2020.

Julio se quedó sin aliento, repentinamente, y dejó escapar un grito mudo, vacío.

Fernández escondió su incomodidad forzando una tos. Maldijo a Romina. Debería haberse encargado de darle a Julio la noticia de la muerte de su hijo, no él. Siempre había tenido problemas al lidiar con los familiares de las víctimas. No quería empeorar la situación con su tono frío, su falta de empatía.

Julio lloró en silencio. Luego, levantó la cabeza con expresión decidida. Con ademán, le indicó al detective que abriese el legajo. Fernández obedeció y lentamente comenzó a esparcir las fotos de la escena del crimen sobre el escritorio. Julio estudió una por una con cuidado. Se quebró al ver el cuerpo de Miguel demacrado, una expresión vacía dibujada en su rostro al morir. Ese no era su hijo.

—Gracias, ya puede guardarlas —extrajo un pañuelo del bolsillo del traje.

El detective obedeció. Julio giró la cabeza hacia la mancha de moho de la pared. Luego dijo:

—¿Qué pasó, detective?

Fernández se aclaró la garganta. Cuando terminó de contar los hechos, Julio asintió lentamente con la cabeza, como absorbiendo un golpe.

—Vea, hasta donde yo supe, Miguel seguía en Nueva York —dijo el médico, su tono nuevamente firme—. Se fue para allá siguiendo a una noviecita, con la guitarra al hombro. Cosas de pibes —hizo una pausa y luego agregó—: Quiso volver cuando saltó el tema del coronavirus y la cuarentena, pero nunca pudo conseguir vuelo.

Fernández llevó la mano a su papada, pensativo. Estaba a punto de hacer una pregunta, cuando Julio agregó:

—La última vez que me logré comunicar con él fue hace meses. Debí haber intentado más, pero… No sé. No sé —se tapó el rostro con las manos.

—¿Entonces cómo sabía que Miguel fue encontrado muerto? —lo midió con sospecha—. ¿Acaso sabía que Miguel estaba metido en el negocio de la droga?

Julio se sobresaltó desconcertado, pareció ofendido.

—¿Droga? —preguntó otra vez sorprendido—. ¿Qué droga? Miguel nunca… Debe de tratarse de un error. Seguramente buscaban a otro… —su voz se fue apagando, plagada de dudas—. No me lo esperaba, si esa es su pregunta. Ningún padre espera escuchar que su hijo fue asesinado, mucho menos cómo lo encontraron a Migue… —Julio respiró hondo, como intentando recomponerse—. Era un pibe bueno, cuidadoso. Siempre lo tenían de punto. Es mi culpa. Debí haberme ocupado más. Preguntarle por qué nunca traía compañeros del colegio a casa. No tenía muchos amigos. Era tan blando… —parecía hablarse a sí mismo. Recordó que Fernández lo estaba escuchando—: Quiero decir… Tenía un carácter un tanto débil. Era un seguidor, no un líder. Fácil de manipular. Siempre hacía lo que le pedían los otros. Quizás por eso cayó en la droga… No sé, no sé… No debería estar diciendo estas cosas tan feas de mi hijo…

Volvió al silencio.

—¿Y su madre? ¿Su esposa? La señora… —leyó el expediente.

—Natalia y yo nos separamos durante la cuarentena —explicó Julio.

—¿A causa de…?

—Bueno, desgastes de una pareja, usted sabe. Quizás fue

por culpa de mi trabajo, quizás porque Migue no estaba en casa —dijo—. Yo trabajaba en el hospital y Natalia quería que dejase por el riesgo al contagio. Le agarró una especie de crisis. Se empezó a poner un poquito… paranoica. Al principio era algo muy leve, pero con el pasar de los días empeoró.

Ensimismado, el padre de Miguel, parecía hablar solo, como si él no estuviera allí y en cambio tratara de explicarse una fatalidad. Sin embargo, la resignación impregnaba su relato.

—Empezó a manifestar síntomas de claustrofobia. Insistía en que el pibe volviera a Buenos Aires antes de que lo agarrase el virus. Yo le dije que no —Julio pareció acordarse de que tenía un interlocutor y dirigió a él sus ojos insaciables—. ¿Sabe qué es lo irónico? Ella me convenció de que dejara a Miguel seguir su sueño de ser músico. Después tuve que insistirle para que lo dejara en paz, porque no era grupo de riesgo.

Se detuvo, pensativo. Fernández esperó a que continuara.

—Natalia tenía razón, por supuesto —siguió—. Los dos nos contagiamos covid. Ella casi no presentó síntomas, pero yo terminé internado con respirador por más de un mes. Cuando me recuperé, creí que se le iba a pasar el miedo, ahora que teníamos anticuerpos, pero me equivoqué. La crisis empeoró.

—Empeoró ¿en qué sentido?

—Me dejó de hablar, se la pasaba todo el día encerrada en el cuarto. Tratábamos cada uno por su lado de comunicarnos con Miguel y ninguno obtenía respuesta.

—¿Miguel mencionó a alguien, un nombre, algo?

—No llamaba, tampoco atendía el celular. No sabíamos nada de su vida allá. Solo que trabajaba en un bar.

Fernández temió un ataque de llanto. Pero Julio Alvarado era perfectamente capaz de dominar su dolor.

—Nos separamos al poco tiempo —explicó—. Lo tomé como algo temporario. Ella se fue a la casa de la hermana. —Parecía confundido, como si en su repentina soledad hubiera perdido las coordenadas que orientaban su vida. Fernández sabía de eso.

El doctor Alvarado hablaba agitado, agotado por el relato.

—El nombre Carlos Fabián Mesa —continuó el detective, con suma prudencia— ¿le dice algo? ¿Le suena conocido?

Julio se mordió el labio, pensativo.

—No, ¿tal vez un paciente? ¿Está relacionado con la muerte de Miguel?

—Quizás —respondió el detective—. Piense de nuevo. ¿Está seguro de que nunca escuchó ese...?

—¿Cuándo voy a poder enterrar a mi hijo? —interrumpió Julio, repentinamente agresivo.

El detective respiró hondo antes de responder.

—Después de la autopsia.

—¿Necesita algo más de mí, detective? ¿O me puedo ir?

Fernández vaciló.

—¿Quiere verlo? —se decidió a preguntarle al fin, no sin brusquedad.

Entonces fue Julio el que vaciló.

—¿Es necesario?

Al advertir el dolor en su rostro, Fernández se arrepintió de su pregunta. Todavía le faltaba dar la noticia a la madre.

—Para la identificación, no. Llevaba el pasaporte. Pero tal vez...

—No. Con las fotos tuve bastante, créame.

—Créame que lo siento —dijo Fernández—. Por favor.

Se levantó y lo acompañó a la puerta. El doctor caminó hasta la salida con paso cansino. Su mano pareció temblar al agarrar el picaporte.

Fernández casi tuvo que apartar la mirada.

Consternado, se aferró a su papel de detective.

—Una última cosa —dijo, antes de que el hombre se marchara.

—¿Sí? —respondió una voz incierta.

—La novia de Miguel ¿era Vanesa Cardozo?

Julio lo miró confundido.

—¿Vanesa? No, no. Se llamaba Leticia. Leticia Amoedo.

CAPÍTULO VEINTINUEVE

Con el correr de los días, Miguel se había ido armando una rutina, una nueva vida muy distinta de la anterior. Extrañaba la presencia de Willy, las horas de trabajo en el bar y sus *sets* de guitarra, así como el calor de su audiencia; extrañaba a Leticia y a sus padres, pero saber que podría verlos pronto le servía de consuelo.

Sin celular ni náuseas, disfrutaba de la vida a bordo, de la naturaleza que lo rodeaba. Había suficiente trabajo como para mantenerlo distraído: preparar almuerzos y cenas, limpiar la cubierta y más. No tardó en acostumbrarse a vivir durmiendo en turnos de cuatro horas y comiendo arroz y pasta fría. Una sensación de calma fácil, de paz, le llenaba el cuerpo.

Raúl seguía sin dirigirle más de tres palabras al día, pero la compañía de Fernando era suficiente para no sentirse solo. Pasaban la mayor parte del día juntos, uno maniobrando el timón, el otro sentado a su lado, admirando la belleza del océano. Al poco tiempo, Fernando comenzó a enseñarle lo básico de la navegación a vela: armar nudos, leer el viento y las corrientes, mantener el rumbo cuando el timón estaba en sus manos.

Si en un principio Miguel se había preguntado cómo era que iba a sobrevivir dos meses en el mar, con la solitaria compañía de esos extraños, ahora la pregunta era otra: "¿Cómo voy a hacer para volver a la vida de Buenos Aires?". Cada vez que su cabeza golpeaba la almohada, con los músculos cansados, sonreía para sí mismo. Nunca su sueño había sido tan profundo.

La primera parada del viaje, que fue en la isla de St. Maarten, sucedió sin ningún tipo de problemas. Se detuvieron allí por pocos días con el objetivo de cargar gasoil y hacerse de nuevos suministros de comida fresca. Raúl no puso ni un pie en tierra. Cuando Fernando bajó del velero, Miguel decidió acompañarlo. De pronto, sus piernas se aflojaron y sintió que el piso se movía bajo sus pies. La sensación de náuseas volvió a apoderarse de sus sentidos. Fernando rompió en carcajadas:

—No es un terremoto, se llama *mareo de tierra* y es normal luego de pasar varios días embarcado. Se te va a pasar más rápido que el mareo del mar. Apoyate en mi hombro y sigamos.

Visitaron la pequeña ciudad y se dejaron perder en sus angostas calles, entre la gente. Durante ese paseo Fernando preguntó, por primera vez desde que habían zarpado, por qué Miguel había decidido emprender viaje con ellos. "¿Miedo a volar?", bromeó. Miguel le respondió contándole toda su historia con Leticia, desde que se conocieron en la facultad hasta su vida en Nueva York.

—¿Leticia Amoedo? —preguntó Fernando luego de un momento.

Caminaban por el mercado, entre los distintos puestos de chapa y madera. Buscaban víveres para el viaje, e incluso un poco de carne salada para comer a modo de tentempié durante las largas horas de guardia nocturna.

—Sí —respondió Miguel y se detuvo frente a uno de los puestos, donde un vendedor presumía sus joyas, las mejores de todo St. Maarten. Sus ojos se detuvieron en una pulsera de plata. Cuando sacó su billetera, el vendedor giró para atenderlo.

—*How much for this?* —preguntó Miguel señalando el brazalete.

El vendedor sonrió ampliamente. Miguel no pudo ignorar el hecho de que al hombre le faltaban casi todos los dientes.

—*For you, my friend* —dijo el vendedor, con un acento áspero que le recordó la lengua alemana—, *for you, just for you, ninety dollars.*

Miguel hizo una mueca al escuchar el precio, abrió su billetera. Ya se había ofrecido a pagar su parte del gasoil, así que debía guardar para eso. "Es para Leticia", pensó, y entregó el dinero al vendedor. Se guardó el brazalete en el bolsillo.

—¿Algo que ver con Mario Amoedo? —preguntó Fernando mientras se alejaban del mercado—. ¿Viven ahí en Barrio Parque?

Miguel lo miró sorprendido.

—Sí, ¿cómo sabés?

—Conozco al viejo. Estuvimos a punto de traer su velero, pero nunca se terminó de concretar. Qué chico es el mundo, Dios mío…

El padre de Leticia no era su mejor recuerdo, así que Miguel cambió de tema en cuanto pudo. Dedicaron las siguientes dos horas a hacer las últimas compras y a disfrutar del suelo firme.

Recorrieron las calles de St. Maarten a paso lento y cuando llegaron al puerto fueron directo al velero. Raúl los recibió con el ceño fruncido, pero si su demora le había molestado no dijo nada al respecto. Simplemente encendió el motor. Zarparon minutos después. Mientras observaba el puerto de St. Maarten perderse en el horizonte, no pudo evitar notar que la nueva distancia entre tierra y velero parecía relajar a Raúl.

Días más tarde, Miguel despertó de repente. Sentía como si alguien lo hubiera golpeado en la cabeza con un ladrillo. Se sorprendió al encontrar no el cómodo colchón de la cama, sino el áspero suelo de la cabina. El mundo a su alrededor se balanceaba violentamente. Maldijo por lo bajo, creyendo que sus náuseas habían retornado. Pero cuando se puso de pie, se dio cuenta de que la culpa la tenía el velero. Algo estaba pasando. "La primera tormenta del viaje", adivinó. Fernando nunca había mencionado si las tormentas en mar abierto eran una amenaza. Se forzó a no entrar en pánico.

Subió a cubierta a los tropezones. Lo recibió una lluvia torrencial. El velero oscilaba de un lado a otro entre los relámpagos. Miguel palideció de repente. El barco parecía a punto de darse vuelta. Tuvo que aferrarse de la baranda para no resbalarse.

Los hermanos trabajaban para llevar el barco a través de la tempestad en perfecta sincronía, sin hablar, anticipando cada uno los movimientos del otro. Caminaban a paso firme de proa a popa, asegurándose de que no entrara agua al motor.

Miguel gritó con todas sus fuerzas para ofrecer su ayuda, pero su voz se perdió en el rugir animal de la tormenta. Una ráfaga le golpeó la espalda. Su rostro impactó contra el suelo mojado. Cerró los ojos a causa del dolor, pero cuando volvió a abrirlos se encontró con un silencio repentino. El velero flotaba en una calma absoluta. La tormenta había desaparecido. Miguel se levantó como pudo e, ignorando la sangre que chorreaba de su nariz, caminó hasta Fernando, que ahora descansaba en la proa.

Lucía como un niño encantado.

Doldrums, así llamaba Fernando a esa tormenta fugaz. Un fenómeno tan normal en esas aguas que tenía su propio nombre. Tormentas peligrosas, sí, pero solo para navegantes con poca experiencia. "El secreto es mantener la calma", le explicó. La inestabilidad atmosférica de las aguas ecuatoriales creaba tempestades impredecibles, pero nunca duraban más de unos minutos.

—Si lográs bajar las velas a tiempo, el velero no corre ningún peligro.

Quiso preguntar si los tripulantes tampoco corrían peligro en esas tormentas, pero antes de que pudiera hablar Fernando se despidió de él en busca de ropa seca, deseándole suerte en la guardia.

Fue su primera y última experiencia con los infames *doldrums* ecuatoriales. El viaje, a excepción de ciertas lloviznas ligeras cada tanto, continuó con buen clima. Hicieron su segunda parada, esta vez en Recife. Pero cuando Fernando partió a hacer las compras, Miguel decidió quedarse en el velero.

Quería hablar con Raúl, intentar romper ese silencio incómodo que los separaba. Ya habían pasado semanas y aún se rehusaba a dirigirle la palabra. Miguel intuía, no; estaba seguro de que detrás de ese rostro impasible había un secreto. Planeaba descubrirlo.

Pero se encontró con un Raúl tan escurridizo como el agua misma. Por más que intentó en reiteradas ocasiones entablar conversación, nunca tuvo éxito. Vencido, decidió desembarcar y perderse, aunque fuese unas horas, por las calles de Recife.

Esta vez, la tierra bajo sus pies se mostró más firme y eso le produjo un alivio inesperado. ¿Cuánto tiempo había pasado ya desde su parada en St. Maarten? ¿Semanas? Se perdió entre una nube de gente tan densa como la de Mar del Plata. Rumbeó despacio. Codo a codo con miles de locales y turistas que parecían no estar al tanto de la pandemia que había forzado al resto del mundo a aislarse.

Su primera parada fue en un pequeño quiosco en una esquina entre dos grandes rascacielos. Torres de apartamentos con vista al mar. Compró dos paquetes de cigarrillos (los que había traído de Nueva York estaban próximos a acabarse) y luego caminó por las calles un largo rato mientras fumaba. "¿Dónde estará Fernando?".

Había decidido pasar la noche en una posada y así dejar a Miguel la cama que compartían en el velero. Sabía que encontrarse con él en esa ciudad era una tarea imposible. Pensó en llamarlo, pero su celular había quedado en el velero.

Llegado el mediodía, se detuvo para almorzar en un pequeño restaurante de comida tradicional brasileña. En la barra, único lugar disponible. Lo recibió una mujer de aspecto sorpresivamente pálido, su frente cubierta de sudor. Miguel ordenó el primer plato que vio en el menú. *Feijoada*. Un plato hondo, casi sopero, relleno hasta el borde con frijoles negros y arroz e incluso algunas tiras de cerdo cocido.

Cuando el sol ya acariciaba el horizonte, decidió que era hora de volver al velero. Habían acordado que zarparían al alba, quería aprovechar la oportunidad de dormir ocho horas, quizás diez, sin ser interrumpido por un cambio de guardia.

A la mañana siguiente, lo despertó el suave rugido de un motor al encenderse. Cuando salió a cubierta, el velero ya se alejaba del puerto hacia mar abierto. Comenzaba el último trecho del viaje. Ahora en dirección sur, hacia Río de Janeiro, su última parada antes de llegar a Buenos Aires. Miguel se acercó a Fernando y le ofreció ayuda con el armado de la vela. Trabajaron en silencio, disfrutando del suave balanceo del barco y de un sol naciente que los bañaba en su luz tibia y placentera.

Y así reanudó Miguel su rutina a bordo. Volvieron los días de trabajo en la manutención del barco, volvió la risa fácil de Fernando, sus historias de marinero, el silencio constante de Raúl… Cuando le tocaba la guardia, el timón quedó en sus manos; vista al frente, manos aferradas al timón con miedo. Pero también regocijo, siguiendo con atención férrea las instrucciones que Fernando le daba para no perder el rumbo. "Al más mínimo problema, a la más mínima duda que tengas, me despertás", le había dicho Fernando antes de bajar al interior del velero.

Ahora entendía lo que pasaba a su alrededor. El velero se había convertido en una extensión de sí mismo; ya no necesitaba la ayuda del guardamancebo para caminar por la cubierta, ya conocía cada rincón como si hubiera crecido allí.

Los movimientos de Fernando y Raúl, que antes no entendía, comenzaban a tener sentido para él. Los veía cruzar de una punta a la otra, verificar la firmeza de distintos nudos y detenerse a hacer una lectura del viento.

No pudo evitar la incredulidad al pensar "Miguel, el marinero, Miguel, el aventurero". Pasaba noches de guardia, atardeceres tocando la guitarra, ahora que se atrevía a sacarla, cuando el mar estaba en calma, cantando en voz baja.

¿Quién lo hubiera pensado? Recordaba al niñito quebradizo que había sido él hacía no mucho tiempo. Recordaba al adolescente torpe, al Miguel de la facultad, al Miguel que lo había perdido todo en Nueva York. Rio. ¿Qué pensarían sus padres y Leticia si lo pudieran ver en ese momento? Con el torso desnudo, los pies descalzos. La piel bronceada, besada por la sal. Un océano infinito a su alrededor. ¿Qué pensaría Facundo?

CAPÍTULO TREINTA

No habían bastado los gritos de Facundo ni el pánico en los ojos de Miguel para disuadirlos. Los oficiales de policía los esposaron sin ningún tipo de delicadeza. Facundo intentó quejarse, preguntar por qué se los llevaban, pero esto solo le valió un puñetazo en la cara y un labio sangrante. En menos de un par de minutos, se encontraron en el asiento trasero del patrullero, de camino a la comisaría más cercana.

En el coche reinaba el silencio. Miguel sentía las lágrimas rozar sus mejillas, sentía su pecho cerrarse. Llevaba la cabeza baja, los labios sellados. No quería levantar la mirada, no quería ver el moretón en el ojo izquierdo de Facundo, su boca lastimada. Deseaba volverse minúsculo. Un niño inofensivo. Quizás así los oficiales los dejarían ir. "Tenés que hacer algo, lo que sea", escuchó que una voz en su mente le decía. Un arrebato repentino de valentía le recorrió el cuerpo. ¿Sería suficiente para salvarlos?

—Discúlpeme, oficial —comenzó Miguel, sorprendido de haber sido capaz de sacar su propia voz de su garganta—. Discúlpeme, no quiero faltarles el respeto, pero... ¿Por qué nos llevan presos?

El policía que iba sentado en el asiento de acompañante se giró para mirarlo. Un cigarrillo le colgaba de la comisura. Lo midió con desprecio.

—Por entrar sin derecho en propiedad privada —dijo simplemente y luego volvió a mirar hacia adelante, olvidándose de la existencia de Miguel por completo.

Miguel abrió la boca para hacer otra pregunta y una punzada de dolor le recorrió el costado. Facundo le había dado un codazo. "Callate", decían los ojos de su amigo. Miguel obedeció y volvió a bajar la cabeza. El viaje continuó en silencio. "Tranquilo, Miguel, tranquilo", se repitió en su mente, como un mantra. Esto no era más que un malentendido. Todo se arreglaría una vez que llegasen a la comisaría. En su corta vida jamás había estado tan equivocado.

En el momento en que el patrullero se detuvo, sintió una mano gruesa aferrar su cabello y tirar de él. Un alarido agudo escapó de su garganta, interrumpido por el puñetazo del oficial en su estómago, que le quitó el aire. Los arrastraron así, de los pelos, por todo el estacionamiento, cruzando la puerta de la comisaría hasta encerrarlos en una habitación pequeña y sin ventanas. Miguel cayó al piso de rodillas y escuchó la puerta cerrarse. Cuando por fin logró ponerse de pie, ignorando el dolor, se encontró con Facundo a su lado, espalda contra la pared. Su rostro golpeado se mostraba impasible, implacable.

—Facu...

—Callate —interrumpió Facundo con dureza. Hizo una pequeña pausa y luego agregó, esta vez con un tono más suave—: Estoy pensando, ya se me va a ocurrir algo.

Miguel asintió con la cabeza. El moretón estaba empeorando. El labio todavía le sangraba y tenía manchas rojas en la remera. La puerta volvió a abrirse.

Miguel, por reflejo, dio un paso atrás y se puso de espaldas contra la pared. Los mismos dos oficiales entraron en la habitación. Reían despectivamente entre ellos, como compartiendo una broma de mal gusto de la cual Miguel y Facundo nunca serían parte.

—¡Sáquense todo! —ordenó uno, casi ladrando—. Las cadenas, los anillos, todas esas cosas de maricones que tienen.

Facundo obedeció de inmediato y en silencio. Se quitó la cadena de plata que llevaba al cuello y luego los tres anillos color cobre que decoraban sus dedos. Se los entregó al policía. Miguel, al no llevar joyas, se mantuvo inmóvil.

—Los cordones de las zapatillas también —dijo el oficial.

—No tengo cordones —respondió Miguel.

De inmediato, el policía dio un paso hacia adelante y le dio una cachetada. El impacto fue tal que su cabeza golpeó contra la pared. Cayó al suelo. Su visión se oscureció y sintió entonces una náusea intensa. Abrió la boca para vomitar, pero solo logró hacer arcadas. Más risas, esta vez llenas de una alegría envenenada.

Miguel se forzó a respirar hondo. Sintió las lágrimas bajándole por las mejillas. Apretó los párpados. No quería llorar, no podía mostrarse débil. Escuchó la puerta cerrarse. Los oficiales se habían ido.

—Migue, ¿estás bien? —la voz de Facundo sonaba preocupada—. ¿Te podés parar? Vení, te ayudo. Parate. Ahí está, despacio. Muy bien.

Miguel se puso de pie. El rostro de Facundo se encontraba a centímetros del suyo. Se miraron el uno al otro por un largo momento.

—Te dije que no hablaras... —dijo su amigo y volvió a sentarse contra la pared.

Miguel no encontró las energías para responder.

No pasaron cinco minutos que irrumpieron los oficiales. Los tomaron con fuerza de los brazos, los sacaron de la habitación y los guiaron a través de un pasillo oscuro. A cada paso que daban, el lugar se tornaba más y más lúgubre; aroma acre a orina, lámparas débiles, paredes despintadas. Al final del pasillo había una puerta gigante de acero reforzado. Se detuvieron frente a ella. Uno de los oficiales la golpeó con fuerza, dos veces.

—¡Traigo dos! —anunció, y segundos después la puerta se abrió.

Miguel sintió un empujón y trastabilló hacia adelante. Estuvo a punto de caer al suelo nuevamente, pero esta vez Facundo lo atrapó a último momento. Profirió unas palabras de agradecimiento, un murmullo que se perdió entre los gritos que los esperaban de ese lado de la puerta.

Miguel palideció. El lugar en el que se encontraban era un horror semejante a sus peores pesadillas: adoquines quebrados hacían de suelo, las paredes estaban cubiertas por tanta humedad y moho que parecían estar pintadas de verde. Frente a ellos, había tres calabozos. Dos de ellos estaban completamente llenos; diez, once, trece hombres en cada uno, de todas las edades; algunos sin remeras, o vestidos con ropa manchada y desgarrada, otros solamente en calzoncillos. Todos gritaban. "¡Tiralos acá! ¡Cómo te vamos a coger, pendejo!". Miguel volvió a bajar la mirada, como un perro, esta vez decidido a no volver a subirla. Pudo jurar que vio una sonrisa creciendo en el rostro de uno de los oficiales.

Por suerte, el calabozo en el que terminaron era el tercero, el vacío. Los oficiales los guiaron hasta su interior a empujones y luego cerraron la puerta con llave. Unos barrotes de metal oxidado los separaban de los otros presos, que no podían tocarlos. Una vez que los tuvieron allí, se aburrieron pronto de ellos, pero aun así las piernas de Miguel temblaban del miedo. No podía moverse del centro del calabozo, donde estaba parado. No podía levantar la mirada.

Una mano fuerte tocó su hombro y se estremeció. Un escalofrío le recorrió el cuerpo.

—Migue... —escuchó decir a Facundo—. Migue, ya está. Acá no nos va a pasar nada. Abrí los ojos. —Sonaba a la vez distante y cercano—. Estamos solos, estamos bien acá.

Miguel se dejó guiar por su amigo hasta un banco en el costado opuesto al calabozo vecino.

—Ya está, ahora nada más hay que tener paciencia... —decía Facundo—. Ya nos van a tener que dejar llamar a nuestros viejos y vamos a poder salir. Ya está... Lo peor ya pasó...

Pero pasaron el resto del día y toda la noche en esa celda,

sentados uno al lado del otro en ese banco de concreto. Fueron horas que parecieron una eternidad. Durante todo ese tiempo, Miguel se forzó a mantener los ojos cerrados y así esperar a que el tiempo pasara. Los gritos de los otros presos iban y venían, intermitentes, aunque sin cambiar de tema, pero con el tiempo simplemente se volvieron parte del ruido ambiental, junto con las risas de los policías del otro lado de la pared y el lento goteo de una tubería con fugas.

El calor del cuerpo de Facundo era el único apoyo, pero, aun con los ojos cerrados, Miguel podía sentir que su amigo nunca se movería de su lado, nunca bajaría la guardia. Podía escuchar su respiración lenta, pausada. El encierro no parecía afectarlo en absoluto. ¿Cómo lograba ser tan valiente? Él apenas podía dejar de temblar.

En algún momento se quedó dormido. Lo despertó el chirrido agudo de la puerta del calabozo al abrirse. Los oficiales los agarraron de los brazos y los llevaron a través del pasillo oscuro hasta una habitación minúscula donde había un teléfono. Luego de varios intentos fallidos, Miguel logró comunicarse con su padre. Julio no podía creer lo que había pasado, pero dijo que ya estaba yendo a la comisaría. Cuando terminó su llamada, fue el turno de Facundo. La conversación con su padre fue corta, apenas duró treinta segundos. Cuando Facundo colgó el teléfono, algo en su rostro había cambiado. Miguel se estremeció al ver la furia, pero Facundo no dijo nada al respecto y Miguel no se atrevió a preguntar. Los oficiales los llevaron nuevamente al calabozo.

Una hora más tarde, un oficial anunció a Miguel que su padre lo esperaba en la comisaría. De Facundo no dijo nada. Miguel miró a su amigo, preocupado.

—Tranqui, mi viejo debe de estar demorado —dijo Facundo con calma—. Andá, andá. Yo voy a estar bien. Puedo esperar un rato más, no pasa nada.

Miguel se dejó guiar por el oficial. La puerta se cerró detrás de él. Giró la cabeza para echar un último vistazo a su amigo.

Había bajado la cabeza por primera vez desde su entrada a la comisaría. La sostenía entre las manos, como por fin abrumado por el peso de la situación. Para él no se veía todavía el final.

Impaciente, el oficial gruñó. Le dio un empujón y Miguel comenzó a caminar hacia la salida.

CAPÍTULO TREINTA Y UNO

Todo parecía estar fuera de lugar. Carlos Fabián Mesa estaba en todas partes. Aquel chico, Alvarado, en Buenos Aires y no en Nueva York, como se creía. Ortigoza, víctima de una muerte que le quedaba grande. Y Vanesa Cardozo, una chica que parecía haber pasado por la vida sin dejar rastros, a pesar de su belleza destrozada por las balas.

Esa *d* minúscula también estaba fuera de lugar.

Llegó a su destino e inmediatamente percibió cómo el cansancio cedía el paso a la concentración. Tenía un oficio, después de todo. Quizás era lo único que todavía podía sentir como algo propio, como su punto de apoyo frente a cualquier circunstancia. Estacionó y cruzó la calle soleada hacia las flamantes instalaciones de El Gran dT. Ya había encargado a Romina que tramitara los papeles necesarios para penetrar en la fábrica prohibida. Debía esperar, pero ingresó al complejo deportivo decidido a no irse con las manos vacías.

El predio lo recibió con más gente de la que imaginaba, aunque no tanta comparada con la cantidad de personas que hubieran asistido si las restricciones para aminorar la circulación del virus no existieran. Aquella mañana del domingo, varios jóvenes y niños llenaban las distintas canchas de fútbol, las tribunas de hormigón estaban repletas de familiares.

Fernández caminó entre ellos a paso lento, con la mirada

astuta. Al poco tiempo, tuvo que quitarse la campera. Ya era primavera en Buenos Aires y esa mañana el sol brillaba en lo alto, fuerte.

"Otra vez lo mismo...", pensó Fernández mientras bordeaba el alambrado de las canchas de la derecha. El predio era tan... normal. Nada le sonaba sospechoso, salvo...

Detuvo su andar de repente, levantó la cabeza y la vio, alta e impenetrable. La fábrica abandonada se extendía frente a él, con sus inmensas paredes de cemento alisado, su aspecto venido a menos, sus ventanas con vidrio astillado y protegidas por tablas de madera hinchada. Todavía no habían logrado conseguir los permisos necesarios para entrar a investigar allí.

Romina trabajaba en ello desde hacía días y al parecer pronto tendrían autorización, pero Fernández se dijo que, por una vez, podía saltarse la burocracia. Los tantos carteles de "Prohibida la entrada" parecían desafiarlo. Podía entrar ahora mismo, solo, cruzando al otro lado del predio por el sector sin alambrado. Si alguien le llamaba la atención, nada más fácil que pretender que se había perdido.

Fue alejándose de las multitudes alegres y encaminándose al sombrío edificio abandonado.

—¡Señor! ¡Señor!

Una voz lo llamaba. Se volvió y vio, bajo un roble próximo al centro del predio, a un hombre vestido de uniforme naranja que le hacía señas con la mano.

—¿Anda buscando los baños? —le preguntó—. Están del otro lado.

El hombre levantó la pala para usarla de puntero.

—No, no, estaba conociendo, nomás —respondió Fernández luego de un momento.

El hombre asintió, comprensivo.

—Está abandonada desde hace años. Pero no se puede entrar, señor. Acá termina el predio. ¿Ve el cartel?

—"Prohibida la entrada" —asintió el detective, sin dejar de sonreír—. Sí, lo vi. ¿Usted trabaja acá?

—Sí —confirmó, refirmando cierta autoridad.

—¿Con quién tengo el gusto?

La pregunta pareció sorprenderlo.

—Lautaro, Lautaro Giménez, para servirle.

—¿Es de Córdoba o me parece a mí, nomás?

Lautaro sonrió orgulloso.

—No, señor, acertó. De Córdoba capital.

—Lindo clima… Siempre quise ir para allá. Dicen que las sierras son únicas.

—Únicas en el mundo.

—Escuche, don… ¿Lautaro, me dijo?

—Sí, señor.

—Mi nombre es Luis Fernández. Trabajo para la Central de Policía de aquí de San Fernando.

Le ofreció un vistazo de su placa. Lautaro dio un paso atrás como sorprendido. La expresión de su rostro pasó de jovialidad a preocupación en un instante. Fernández volvió a sonreír con afán de tranquilizarlo.

—No se preocupe, don Lautaro —dijo—. No estoy aquí por usted. Estoy investigando un caso. Obviamente no puedo decirle de qué se trata, pero su ayuda me podría servir.

—Lo que usted diga, oficial —dijo el hombre—. Si le puedo ser útil…

Todavía parecía asustado.

—Detective, de hecho.

Lautaro había levantado la guardia en cuanto supo que era policía. Pero no le despertaba la menor sospecha. "Es el rostro de un hombre que respeta a la ley y la teme, aunque no haya hecho nada. Eso es todo", se dijo.

—Dígame, don Lautaro —añadió con la mayor amabilidad—. ¿Hace cuánto trabaja aquí?

—Desde principios del año pasado, detective.

—O sea que… ¿desde antes de que se inauguraran las canchas?

Eso era muy interesante. Lautaro asintió, todavía nervioso.

—A lo mejor me puede decir quién es el patrón.

El hombre sonrió, nervioso.

—Pero si hace años que está cerrada, esa fábrica…

Fernández rio con él, tranquilizador.

—No, si eso se ve que está muerto, pero nadie lo ha denunciado —el trabajador le rio la gracia, un poco forzadamente—. Quiero decir el que mandó a construir estas canchas que usted cuida. Tengo un hijo que viene a jugar acá, ¿sabe?

Esto no venía a cuento, pero era un modo de entrar en confianza.

—¡Ah! Me lo pregunta como padre —dijo Lautaro, iluminándose—. Este es un lugar de gente muy sana, ¿sabe? Vienen a hacer deporte, su hijo lo va a pasar muy bien acá.

—Eso me ha dicho. El que haya construido todo esto —agregó con intención— está haciendo un gran aporte al barrio.

El trabajador reclinó su cuerpo sobre la pala, como si fuera una muleta, y asintió con la cabeza.

—Usted se refiere al señor Facundo —dijo—. Sí, es un valor en esta zona.

—¿Facundo…?

—No sé el apellido. Lo conozco de siempre como el señor Facundo. Muy buen tipo. Siempre me traía una coca y un sándwich cuando venía. Ahora hace un tiempo que no lo veo. Tendrá otros asuntos…

—Pero, por lo que me dice, es alguien muy conocido en el barrio.

—Bueno, conocido por mucha gente no sé —dijo Lautaro—. Es que el señor Facundo siempre andaba por acá desde chico, desde antes que se abrieran las canchas.

—¿Vive cerca?

—No sé dónde vive. Pero oí decir que el padre trabajaba en esa fábrica —la señaló con el dedo y Fernández le echó un vistazo por encima de su hombro.

—¿Está seguro de que no recuerda su apellido, don Lautaro? —insistió.

—No, detective. Mil disculpas, pero nunca me lo mencionó. Tampoco hablaba tanto con él, yo. Lo veía de vez en cuando. Y ahora muchos menos. Hace varios meses que no se pasa por las canchas. Desde antes de que se terminase la obra, ahora que lo pienso…

¿Por qué ese nombre le resultaba tan conocido? Estaba seguro de haberlo escuchado hacía no mucho tiempo. Agradeció a Lautaro y estaba por emprender la retirada, cuando tuvo una idea. Señaló la entrada al predio.

—¿Qué me puede decir de ese cartel, don Lautaro?

El hombre lo miró confundido.

—¿El cartel de la entrada?

—Sí.

—La verdad es que nunca le presté mucha atención —volvió a reclinarse sobre su pala y entrecerró los ojos, para leer a distancia—: El Gran dT… —rio—. Está bueno el nombre. Quiere decir "el gran director técnico", ¿no?

Fernández sonrió, mostrándose de acuerdo.

—Sí, me parecía —dijo y volvió a agradecerle por su ayuda. Se despidió y comenzó a caminar hacia la salida. Pero al pasar bajo el cartel, no pudo evitar volver a pensar: "¿Por qué la minúscula? Que se equivoquen justo en eso, que se ve todas las semanas en cualquier revista de deportes…". Cruzó la calle y fue hacia su coche. "Un lugar de gente sana…", recordó las palabras del tal Lautaro. "Vamos a ver por cuánto tiempo", pensó antes de arrancar y alejarse del predio con la fábrica al fondo, con su aire de fortaleza inexpugnable.

CAPÍTULO TREINTA Y DOS

En cuanto cruzó las puertas, se encontró con las siete vueltas de collares de Romina. Llevaba en sus manos un sobre de color madera que le entregó apenas lo vio. No tuvo tiempo siquiera de ojearlo.

—Positivo. Ambos.

—¿Qué?

—Es el reporte toxicológico de Miguel Alvarado y Vanesa Cardozo. Ambos dieron positivo de cocaína en sangre.

Fernández alzó una ceja y continuó su camino. Romina lo siguió entre los cubículos.

—Bueno. No puedo decir que esté muy sorprendido —dijo el detective, deteniéndose frente a la cafetera. Sacó un vaso de poliestireno blanco de la alacena y se sirvió café—. ¿Vio que tenía razón? —no pudo evitar hacer una mueca de asco. Se forzó a tragar el líquido. Lanzó el vaso al basurero y dijo—: Esto fue un ajuste de cuentas. No algo raro como lo de Ortigoza. ¿Cómo sigue lo de las canchas?

—¿Las canchas?

—Sí, Lacase, el terreno de Mesa. ¿Cuándo vamos a poder entrar a esa fábrica?

—Es domingo, detective. Hasta mañana no puedo ni tramitar el permiso. ¿Por qué el apuro?

237

—Ya lo verá. Quiero toda la documentación que se pueda conseguir.

Romina salió dando un resoplido.

Repasó los expedientes, intentando atar cabos y preguntándose, una vez más, si los dos casos estarían relacionados, como creía, aunque no podía imaginar la manera.

Raúl Ortigoza. Una vida desgraciada y anodina, solitaria, y una muerte de causa aún desconocida, hasta tanto se supiera cómo había recibido todos esos golpes.

Miguel Alvarado. Veinticuatro años, ningún antecedente. Estudiante promedio, una familia de clase media oriunda de San Fernando. Padre médico y madre profesora de inglés. Pero había una pieza fuera de lugar: los registros de su pasaporte indicaban que debería haber estado en Nueva York, no en San Fernando.

De Vanesa Cardozo se sabía poco y nada. Un fantasma, dada por desaparecida en Misiones hacía ya muchos años. Nada de eso encajaba con el perfil que le había atribuido en un primer momento.

Romina le había dejado los analíticos del colegio y la facultad de Miguel Alvarado en uno de esos sobres en que escribía cosas como "un regalito", con su inconfundible caligrafía. Allí estaban las listas de sus compañeros de clase, boletines, certificados. Desconcertante.

Había hecho tanto la primaria como la secundaria en el Colegio Leopoldo Lugones, allá por la calle Gandolfo. Los papeles indicaban que se había recibido como el mejor de su clase, con un promedio final de 9,67. El detective asintió para sí mismo. Eso tenía sentido, ya que fue ese galardón el que le permitió acceder con beca completa a la Universidad de San Andrés, donde estudió Administración de Empresas. "Un misterio menos", pensó Fernández, aunque la coherencia de esos datos no esclarecía nada de lo que los rodeaba.

Dejó de lado el analítico de la secundaria, para examinar el de la universidad. Frunció el ceño. El paso de Miguel por la San

Andrés era un tanto extraño. Los primeros tres años de la carrera los había transitado sin problema alguno. Todas sus notas estaban por arriba de siete. Pero, ya en su último año, comenzó a decaer: Finanzas II: 6; Procesos y Sistemas de Información: 4; Teoría y Técnica Impositiva I: 2; Gestión de Recursos Humanos: 2.

La lista de materias optativas mostraba resultados similares. Miguel tuvo que recursar varias asignaturas y terminó recibiéndose a fines de 2019, con un promedio final de 6,23.

¿Qué había pasado en ese ínterin entre mediados de 2018 y mediados de 2019? Fernández sacudió la cabeza. El cansancio le estaba nublando la mente.

¿Realmente era tan extraño que un joven de veintitrés años demore medio año más en completar su carrera? El detective arrojó el analítico sobre el escritorio, frustrado. En ese momento, Romina se asomó por la puerta.

—Leticia Amoedo ya está acá —dijo—. ¿En qué sala quiere que la ubique?

—Ahora voy. En la 5 o la 7.

—¿La menos sucia, querrá decir?

—Sí, la menos sucia —asintió, no sin brusquedad—: Y, Lacase, hágame un favor: que esté al tanto del asesinato antes de que yo llegue. Evitemos lo del doctor Alvarado.

—Me ocupo, detective.

Un rato más tarde, al oír los pasos de Romina por los pasillos semivacíos, Fernández se puso de pie y salió a su encuentro. Juntos caminaron hasta la sala de interrogatorios. Cuando Fernández tenía ya la mano en el picaporte, Romina le dijo, en voz muy baja:

—Tenga cuidado, detective. Vaya con paciencia. Ya le contamos todo, pero quedó muy mal. Está un poco inestable.

—Gracias —murmuró Fernández.

Respiró hondo, giró el picaporte y empujó la puerta. Leticia Amoedo alzó la mirada de sus manos temblorosas, con el rostro aún inflamado por el llanto. Fernández le ofreció un saludo mudo y ubicó frente a ella, del otro lado de la mesa de metal.

—¿Quiere agua? —preguntó, en tono suave y calmo.

Leticia se quedó inmóvil y luego sacudió la cabeza, como si su mente tardara en procesar las palabras del detective.

—¿Café? Aunque no se lo recomiendo, sabe más a óxido que otra cosa…

—No, gracias —interrumpió Leticia. Su voz sonaba cruda—. No quiero nada.

Su actitud había cambiado. Ahora parecía una loba atrapada entre la espada y la pared. Se aclaró la garganta, ignorando la mirada llena de veneno de Leticia. Acto seguido, apoyó el legajo del caso en la mesa, tal cual lo había hecho cuando interrogó a Julio Alvarado.

—¿Sabe por qué está aquí, señorita Amoedo? —preguntó.

—No. Y no voy a decir una sola palabra hasta que llegue mi abogado —espetó con antipatía.

—Esperamos a su abogado entonces, no hay ningún apuro —indicó y se cruzó de brazos. Sabía cómo manejar a estas chiquitas creídas.

Un silencio largo, incómodo, se alzó entre los dos. Fernández se mantuvo mudo, impasible. Leticia, por su parte, pareció ponerse más y más nerviosa con cada segundo que pasaba. Sus dedos golpeaban la superficie de metal de la mesa, como un baterista marcando el tempo de una canción errática. Pasaron cinco minutos, luego diez. En ningún momento Fernández habló. No, fue Leticia la primera en romper el silencio, tal como aquel esperaba.

—Basta —dijo, mirándolo resuelta—. Me quiero ir.

El detective frunció el ceño.

—¿No quiere esperar a su abogado?

—Me quiero ir.

—Con todo gusto —dijo el detective—. Pero antes tendrá que convencerme de que usted no asesinó a Miguel Alvarado y Vane…

—¡¿Qué?! ¿Matar a Miguel?

—En este tipo de crímenes, el ochenta por ciento de las

veces el culpable es la pareja de la víctima o, en este caso, la ex pareja. Da igual.

Leticia aferró su cartera para irse, pero Fernández levantó un dedo.

—Pero yo no creo que usted sea culpable. Puedo notarlo. No tiene cara de asesina. Mi compañera, por otra parte, no está tan convencida. Así que le pido, por favor, ayúdeme a convencerla de que tengo razón. Porque es bastante terca.

—¿Y cómo se supone que haga eso? —gruñó.

El detective se inclinó sobre la mesa hacia ella.

—Es simple. Cuénteme toda la historia de su romance con Miguel Alvarado. Sin omitir nada, por favor. Si los hechos se alinean con las evidencias, será suficiente para convencer a la oficial Lacase.

Leticia pareció considerar el pedido del detective. Luego comenzó a hablar. Lo hizo con voz calma, pero extrañamente seca. Fernández tuvo la impresión de que le resultaba tedioso narrar la historia.

—Fueron las semanas más felices de mi vida —confesó después de referirle el comienzo de su convivencia en Nueva York.

Pero su voz sonaba tensa, como forzando esa alegría.

—Después, mis papás me obligaron a volver a Buenos Aires. Mi papá tiene muchos contactos —lanzó con soberbia—, conseguí lugar enseguida. Miguel no tuvo tanta suerte. Tuvo que quedarse. Pero no sabía que había vuelto —se cruzó de brazos—. No tengo nada más para decir.

—Mmm… Qué lástima... —murmuró el detective luego de un momento.

—Le conté todo tal cual como lo recuerdo, dije absolutamente toda la verdad.

—Hay algo que no me está diciendo, señorita. Quince años lidiando con la peor mugre de la ciudad de Buenos Aires… ¿Cree que no me doy cuenta cuando una chica bien de Palermo me está mintiendo?

Leticia no pudo contener el llanto.

—¡Es mi culpa! —exclamó por fin, como el alarido de un animal moribundo—. Es mi culpa... Miguel está muerto por mi culpa —repitió—. Debería haberlo dejado entrar.

—Si mal no recuerdo —intervino, meticuloso— me había dicho que no lo veía desde Nueva York.

—Sí, le mentí. No hago más que mentir.

—¿Entonces, cuándo lo vio, exactamente?

Leticia bajó la mirada, sumisa.

—Varias veces... No me acuerdo bien... Pero fue hace meses.

—¿Meses?

El caso le parecía cada vez más extraño. Las piezas no encajaban. ¿Quizás el muchacho traía el dinero? ¿A Mesa?

—Sí, meses —repitió Leticia, sorprendida por el tono de extrañeza del detective.

—Cuénteme todo —ordenó Fernández, de pronto—. Se me acaba el tiempo. Sin mentiras ni omisiones esta vez.

Leticia se limpió las lágrimas de la cara con la manga de la camisa de *broderie*.

—Fue a finales del año pasado... —comenzó.

La muchacha dio algunos detalles más. Habló sobre el desgaste de la pareja, la resistencia de los padres a la relación. Ese maldito bar que tanto le gustaba al novio.

—En fin, cuando reapareció en Buenos Aires... yo ya estaba en otra.

—Con otra persona ¿dice?

—No, no, ya no quería saber nada con él. Pero se puso muy pesado. Venía todas las noches a tocarme el timbre. No se iba más. Estaba como loco. La verdad, me dio miedo —se frotó la muñeca—. Nunca más volvió.

La voz de Leticia se terminó apagando por sí sola. Hizo una larga pausa y se miró las manos, como estudiando las de un desconocido. El detective mantuvo el silencio.

¿Cómo no se dio cuenta antes? Tuvo que controlarse para que no se le notara el chispazo de la ocurrencia. Definitivamente, no dormir mellaba su capacidad. Luego de un largo momento, se aclaró la garganta. Leticia levantó la mirada, como despegándose de un sueño.

—Miguel… —dijo el detective—. ¿Tenía algún amigo llamado Facundo?

La joven pareció asombrarse de oír el nombre.

—¿Cómo?

—¿No me escuchó?

—Facundo… Sí, sí. Un amigo del colegio. Se veían seguido cuando Miguel y yo recién empezábamos a salir. Pero nunca me lo presentó.

Fernández se puso de pie:

—Se puede ir, señorita.

—¿Ya está? —preguntó Leticia, ahora como decepcionada.

Fernández asintió con la cabeza.

—Eso era todo lo que necesitaba escuchar. Se puede ir. Vuelva a su casa.

—¿Soy inocente? —balbuceó Leticia con incredulidad.

—Por ahora, sí.

Con cuidado, Leticia se puso de pie. La chica había envejecido años durante el corto lapso del interrogatorio. Caminó cabizbaja hasta la salida, pero se detuvo en la puerta. Parecía considerar algo.

—Yo no estoy tan segura… —murmuró.

CAPÍTULO TREINTA Y TRES

El primer indicio de que algo andaba mal llegó exactamente siete días después de su partida de Recife. Comenzó como una molestia en la garganta, una ligera picazón que se rehusaba a desaparecer por más agua o comida que consumiera. Luego su respiración se volvió entrecortada y Miguel empezó a sentirse cada mañana un poco más cansado que la noche anterior al acostarse.

Decidió enfrentar la situación como le había enseñado su padre: "Los hombres no se quejan". Así, cada mañana, se forzaba a salir de la cama, respirar hondo, ignorar los dolores musculares y los episodios de cansancio repentino que se repetían, mientras continuaba con sus tareas a bordo.

Incluso siguió tocando la guitarra cada tarde, pero llegó un momento en el que ya ni para eso le quedaban energías. Comenzó a tener pesadillas. Caminaba por las calles de Palermo. Leticia marchaba más adelante, sola. Miguel la llamaba a los gritos para que lo esperase, ella parecía no escucharlo. Él gritaba su nombre, corría hasta alcanzarla, pero en el momento en que tocaba su hombro, Leticia desaparecía.

Una de esas noches, Miguel despertó de repente en un estado de pánico. Lanzó un grito involuntario. Sentía sus músculos cansados como si acabase de correr una maratón. Luego de varios intentos fallidos, logró salir de la cama. Le ardía la boca del estómago.

Caminó hasta la cubierta, buscando aire fresco para calmar el ardor. La luna resplandecía solitaria entre las nubes. La vela, baja. Le estallaba la cabeza. Miguel se tambaleó a lo largo de la cubierta, hasta la zona del timón.

—¿Mala noche? —preguntó Fernando.

Pero Miguel no tenía energía suficiente para contestar. Se limitó a tomar asiento a su lado y a asentir con la cabeza. Luego sacó un cigarrillo. No soplaba ni una gota de viento. El velero avanzaba solamente gracias a la fuerza del motor. Fernando había encendido las luces que rodeaban al timón. Alrededor, la oscuridad casi absoluta.

—Me gustaría que me explicaras... —comenzó Miguel. Las palabras escaparon de su boca sin previo aviso. Sintió un escalofrío recorrerle el cuerpo—. Me gustaría que me explicaras qué le pasa a Raúl —continuó—. Ya vamos casi todo el viaje y creo que no me dijo más de quince palabras. No entiendo. ¿Hice algo para hacerlo enojar?

Fernando sonrió débilmente. Hizo una pausa antes de hablar.

—No... —murmuró, y su voz se perdió en lo inmenso del océano que los rodeaba. Se aclaró la garganta—. No, no tiene nada que ver con vos. El problema es de Raúl, no hiciste nada para hacerlo enojar que yo sepa...

Se quedó mirándolo a la espera de que continuara. Fernando giró el timón hacia la izquierda. Respiró hondo.

—No siempre fue así, aunque no lo creas —dijo, y había un toque de tristeza en sus palabras—. Mi hermano solía ser un tipo alegre, vivaz. Pero... pero hace unos años perdió a toda su familia en un incendio. Se había ido a hacer unas compras en medio de la noche y, cuando volvió, su casa estaba en llamas. Su mujer..., sus dos hijas... Los bomberos no lograron encontrar los cuerpos entre las cenizas. La tragedia conmovió a todo el pueblo. Desde ese día, Raúl nunca volvió a ser el mismo. Se volvió sombrío y hosco. Empezó a navegar más y más seguido, hasta que terminó viviendo la mayor parte del año sobre el agua. A partir de ese momento, Raúl vive su vida de manera que pueda tener siempre los pies lejos de la tierra, lejos del mundo que se llevó a su mujer y sus hijas… Bah, eso creo yo. Nunca logré hablar del tema con él. Intenté varias veces, pero… no sé. No creo que tenga mucho sentido revivir los fantasmas del pasado.

Un profundo silencio se instaló entre los dos. Miguel abrió la boca como para decir algo, pero no encontró las palabras correctas. Volvió a cerrarla y se contentó con compartir ese silencio. Al poco tiempo, Fernando levantó la mano a modo de señal.

—¿Ves ahí? —preguntó, y Miguel siguió con la mirada la dirección a la que apuntaba—. Allá lejos, ¿lo ves?

Miguel se inclinó hacia adelante. Allí, próxima al horizonte, se podía ver una pequeña luz, casi imperceptible en la oscuridad de esa noche sin estrellas. Brillaba débilmente, parecía titilar.

—Ese es el faro del archipiélago de Abrolhos —explicó Fernando—. En otros tiempos, su ausencia fue uno de los grandes causantes de desapariciones de barcos por esta zona del Atlántico. Decenas de veleros, cruceros… Barcos de todos los tamaños se perdían todos los años porque no tenían a ese faro para guiarlos.

—¿Vamos a parar ahí? —preguntó Miguel. Fernando sacudió la cabeza.

—No, no… No tiene mucho sentido. No hay más que un faro y un parque natural al que solo se puede acceder si existe algún problema a bordo. Mucha gente miente, alega haber roto algo para poder visitar el parque, pero nosotros venimos bien. Mejor seguir viaje… Ya falta menos para llegar a Río…

Miguel asintió con la cabeza y volvió al silencio. Mientras Fernando contaba las historias de navegantes de otras épocas, se quedó mirando al faro, ese débil punto de luz blanca que obstinado desafiaba la oscuridad.

★ ★ ★

Cuando el velero atracó en el Yacht Club de Río de Janeiro, unos días después, sucedió algo extraño: Raúl, con tono seco y autoritario, ordenó a Fernando que se quedase en el velero.

—Tengo varias cosas que hacer —anunció con simpleza, se volvió y comenzó a caminar en dirección al puerto.

Miguel dejó caer la cuerda que tenía en sus manos, de repente.

—¡Voy con vos! —exclamó, pero Raúl no pareció escucharlo.

Miguel giró hacia Fernando, que lo observaba curioso.

—Me siento un poco mal todavía y nos quedamos sin ibuprofeno —explicó, en marcha tras los pasos de Raúl.

No era una mentira, no del todo. Todavía Miguel despertaba con frecuencia envuelto en sudor. La fiebre le había bajado y también lo habían hecho sus dolores musculares, pero todavía se sentía débil. Se agitaba a los pocos pasos. Tosía seguido, la tos seca de un fumador compulsivo. Más de una vez se creyó próximo a escupir un pedazo de sus pulmones. "Esta es mi oportunidad". Desde la noche en que Fernando le había revelado la trágica historia de su hermano, Miguel sentía una fuerte necesidad de hablar con Raúl. Un impulso, una especie de anhelo tan extraño como inexplicable.

No estaba seguro de qué diría si por fin lograba entablar conversación con el hombre, pero...

—¡Raúl! —gritó Miguel al cruzar la pasarela que unía al velero con el muelle. El hombre no se inmutó—. ¡Raúl! —Volvió a gritar, acelerando el paso.

Tuvo que trotar por el muelle para alcanzarlo. Se forzó a caminar a la par de Raúl, imitando sus pasos largos y decididos.

Al poco tiempo, el Yacht Club de Copacabana quedó a sus espaldas. Continuaron la marcha en silencio. Raúl guiaba el camino, la vista fija hacia adelante, mudo, como siempre. Miguel lo seguía de cerca. Nunca se alejaron más de unas cuadras del mar. En un momento, Raúl detuvo su andar de golpe.

—¿Qué pasa? —preguntó Miguel.

A modo de respuesta, el capitán levantó su brazo y señaló un negocio en la otra vereda. *Farmacia.*

¿Acaso quería usar esta parada como distracción para deshacerse de él? No tuvo más opción que cruzar la calle y, luego de varios intentos fallidos para hacerse entender en portugués, logró adquirir el ibuprofeno.

Cuando salió de la farmacia, Raúl todavía estaba ahí, esperándolo del otro lado de la calle. No parecía haberse movido ni un centímetro de su lugar. En el momento en que lo vio llegar, reanudó su andar. De nuevo, Miguel tuvo que acelerar el paso para no perderlo, pero otra ola de cansancio repentino cayó sobre su cuerpo. Respiró hondo, intentando ignorarlo. La cabeza estaba empezando a dolerle.

¿Fiebre otra vez? Llevó la mano a su frente y la encontró acalorada. De su bolsillo, extrajo el blíster de pastillas de ibuprofeno que acababa de comprar. Raúl frenó de repente.

—Quedate acá —ordenó el capitán y, sin esperar respuesta, tocó el timbre de la casa. La puerta se abrió a los pocos segundos y Raúl desapareció dentro.

No pudo luchar contra ese impulso de curiosidad. Caminó con cuidado, intentando no llamar la atención de los posibles transeúntes o vecinos. Se acercó hasta la ventana de la casa. Lanzó una mirada hacia su izquierda; luego, su derecha. Nadie.

Apoyó la frente contra el vidrio. Frunció el ceño. Dentro de la casa, Raúl hablaba con alguien. Parecía joven. De la edad de Miguel, quizás un poco más grande. Veintiséis años, no más.

Le recordó a la cocina de su casa. Una punzada de añoranza lo invadió. El joven se agachó para buscar… ¿Qué era eso? ¿Una mochila? Sacó una bolsa transparente con cierre hermético con un puñado de pastillas. Se la entregó a Raúl, que la recibió firme, como un militar, a cambio, de un fajo de billetes.

Se estrecharon la mano. Raúl dio media vuelta y, sin decir adiós, salió de la cocina. Miguel, con el corazón a la altura de la garganta, dio un salto para alejarse de la ventana.

—Andando —masculló Raúl.

Encendió un cigarrillo para lograr tranquilizarse. Grave error. Raúl lo escudriñaba cada pocos segundos. Fumó apurado, a tal punto que llegó a quemarse los dedos. Se le escapó un grito de dolor y dejó caer la colilla al piso.

Encendió otro cigarrillo. Lanzó un vistazo más a Raúl, pero el hombre se mantenía tan impasible como siempre.

¿Éxtasis? ¿Y si los frenaba la Prefectura? ¿Habrá sido un ajuste de cuentas lo del incendio? Miguel se detuvo de golpe al sentir una fuerte punzada de dolor recorrerle el cuerpo. Se dobló al medio, llevó sus manos al pecho. "No puedo respirar", pensó alarmado. Sentía sus pulmones llenos de hierro. Intentó tomar una bocanada de aire, pero sin éxito. Sintió sus piernas temblar, todo su cuerpo. Cayó al suelo. Su cabeza golpeó los adoquines. A su alrededor, todo comenzó a oscurecerse, como si la noche hubiese llegado antes de tiempo.

Escuchó entonces un grito, luego otro, luego otro. Alguien lo llamaba. Lo último que vio, antes de perder el conocimiento, fue a Raúl hablando por teléfono y después el sonar de sirenas de ambulancia a lo lejos.

CAPÍTULO TREINTA Y CUATRO

El detective escuchó los tacos alejarse por el corredor. ¿Cuánto tiempo viviría Leticia con esa culpa? Años, quizás toda su vida. "Pobre chica". Romina asomó la cabeza.

—Acabo de ver pasar a *la* Amoedo —dijo—. Parecía un fantasma. ¿Qué le hizo, jefe?

—Venga, Lacase. Creo que tenemos una nueva pista.

—Lo sigo, jefe.

Cruzaron hasta llegar a la oficina de Fernández. Romina se quedó mirando al detective mientras este corría a un costado los distintos objetos que había sobre su escritorio y, en su lugar, desparramaba los contenidos del legajo.

—¿Qué busca? —preguntó Romina. El detective escaneó mentalmente cada papel de manera errática hasta detenerse en lo que parecía ser una lista de nombres.

—Esto —respondió, barajando nombres—. El amigo del colegio —se detuvo—. Acá está: Facundo de Tomaso.

Romina lo miró confundida. Se acercó hasta el detective.

—¿Y ese de dónde salió?

Fernández no respondió. Ya se había precipitado sobre la computadora para abrir el buscador de los registros.

—El "señor Facundo". Este tiene que ser el "señor Facundo" —murmuraba por lo bajo mientras esperaba alguna respuesta. Romina se inclinó sobre su hombro, tratando de entender mientras leía la pantalla. Llevaba aros tan largos, que una de las piedras le tocó la incipiente calvicie.

—¿Qué busca? —preguntó.

—Nada… Es un fantasma —dijo Fernández, apartándose de la pantalla. Se rascaba la cabeza.

—¿No hay datos? ¿Quién es?

Fernández se volvió hacia ella.

—Eso es lo que me va a averiguar usted, Lacase —le indicó—. Investigue todo lo que pueda sobre Facundo de Tomaso. Todo. Si está vivo, lo quiero en la central antes de que termine la semana. Si tiene familiares, necesito hablar con ellos.

—A la orden, jefe.

Al día siguiente, cuando regresó ya hacia el final de la mañana, traía novedades. Al ver el aspecto desaliñado de su jefe, sus ojeras y su tez pálida, se dijo que era hora de hacer algo. Se acercó a él, que estaba ensimismado por completo, y tuvo que aclararse la garganta para que le prestara atención.

—Vamos a almorzar —propuso, alegre.

—No tengo hambre —rechazó sin más.

Pero disuadir a Romina no era tarea fácil.

—Vamos. Yo invito.

Fernández dejó escapar un suspiro. Miró a Romina por un largo momento y supo, entonces, que no lograría hacerla cambiar de parecer. Asintió con la cabeza.

Afuera, el sol brillaba con fuerza, tan distinto de la oscuridad lúgubre de la central que Fernández tuvo que taparse con la mano para no encandilarse.

—¿No vamos a lo de Mario? Hoy toca vacío al horno con papas.

—No sea impaciente, detective. Ya va a ver —dijo Romina—. Es acá cerca, no se preocupe.

Fernández no tenía energía para jugar ese juego verbal del que tanto disfrutaba compañera. Así que se dedicó a seguirla hasta llegar a un café que el detective reconoció al instante: MORÓN, COFFEE & FOOD.

Romina lo guio hasta el patio externo del local y se sentaron enfrentados al resguardo de una sombrilla. A su derecha, había macetas de concreto pobladas de frondosos arbustos; más allá, la calle. A su izquierda, el detective podía ver el interior del bar a través de un ventanal. Había algunos jóvenes desperdigados en grupos o en parejas. Varios llevaban sus tapabocas por debajo de la barbilla. Parecían tener la edad de los occisos. Y de Mauricio, no pudo evitar pensar, aunque lo apartó de su cabeza en cuanto pudo.

Una voz interrumpió sus pensamientos:

—¡Luis! Romina. Cierto.

—¿Qué pasa? —preguntó Fernández, forzando su vista lejos de la ventana y de vuelta a su asistente.

—Facundo de Tomaso.

—¿Cómo dijo?

—¿No escuchó ni una palabra de lo que le dije, verdad? —Romina suspiró frustrada—. Necesita dormir más, detective —recriminó y luego de una pausa, agregó—: Le estaba diciendo que tenía razón, que Facundo de Tomaso es un fantasma, pero…

—Pero ¿qué?

—Pero logré encontrar a uno de sus familiares. Su padre, Leonardo de Tomaso, está vivo.

El detective enderezó su espalda, atento de repente.

—¿Y cuándo puedo hablar con él? —preguntó, sintiendo que la energía le volvía al cuerpo.

Lacase, una vez más, había hecho lo imposible. Quizás tenían la punta del ovillo… Romina hizo una mueca.

—Ese es el problema… No sé dónde carajo está. Leonardo de Tomaso es muy… escurridizo. Fuimos a su domicilio particular, al domicilio laboral, al domicilio fiscal. Nada. Tampoco contesta el celular. Pero solo es cuestión de tiempo…

Fernández asintió lentamente

—Bueno. Bien. Muy buen trabajo, Lacase. Siga intentando y apenas tenga noticias, me avisa.

—Sí, detective.

Una mesera se acercó y ordenaron el menú ejecutivo: pollo al disco con verduras asadas. "No trabajamos el vacío con papas", se disculpó la muchacha con tonada caribeña. Romina pidió una copa de vino también, lo cual le valió una mirada de reproche del detective, pero nada más. Una vez que la mesera se fue, entre los dos se extendió un largo silencio. Fernández sintió cómo se extraviaba hacia la ventana, hacia los jóvenes que esperaban del otro lado, tan llenos de vida…

—Hay una cosa que no me puedo sacar de la cabeza —dijo entonces Romina, y su voz nuevamente despertó al detective de ese trance somnoliento.

—¿Qué?

Interrumpida por el regreso de la mesera con la comida y la copa de vino, Romina le agradeció sonriéndole. Luego, volvió a concentrarse en el detective, que ahora estudiaba su pollo con desgana.

—Coma uno o dos bocados, aunque sea, detective —dijo—. Le hace falta.

El detective se forzó a obedecer. Romina tenía razón. ¿Cuándo había sido la última vez que había comido algo que no fuese sacado del congelador? Se llevó el tenedor a la boca e inmediatamente hizo una mueca. El pollo sabía rancio. Se forzó a tragar. Romina pareció alegrarse al verlo comer, sonreía ahora. Se llevó otro bocado a la boca, luego uno más, todo con tal de complacerla.

—¿Está seguro de que no quiere una copa de vino? —preguntó Romina—. Está muy bueno.

El detective sacudió la cabeza.

—Me estaba diciendo algo, Lacase. ¿Qué es lo que no puede sacarse de la cabeza?

—Ah, sí… —Romina olisqueó su vino—. ¿Cómo hizo Miguel Alvarado para volver y entrar a la Argentina? Todo indica que Miguel debería estar en Nueva York, pero de alguna manera terminó en Buenos Aires.

—Sí, eso ya lo sabemos, pero…

—Tendría que haber pasado por algún cruce fronterizo, ¿no? Así que hablé con la gente de inmigración en Ezeiza, me fijé en las listas de vuelos y… nada. No hay ningún registro de Miguel Alvarado.

Fernández se reclinó en su asiento, pensativo.

—Tiene razón… —murmuró luego de un momento—. Tiene razón, sí. Creí que había sido una equivocación de nuestra parte, que se había perdido algún papel o que se habían olvidado de sellar el pasaporte de Miguel en el control de inmigración, pero…

—Ninguna equivocación —Romina sacudió la cabeza—. Estoy segura. Leí las listas nombre por nombre dos veces. Completa. Miguel Alvarado no ingresó al país por la vía aérea.

—Quizás voló hasta Uruguay o a Brasil, y de allí en auto u ómnibus o en balsa. Continúe la pesquisa.

Romina asintió, decidida.

CAPÍTULO TREINTA Y CINCO

Por la mañana, Romina llegó con prisa. Se veía fresca, entusiasta. En contraste con el aspecto desaliñado del jefe.

—La veo con cara de novedades. ¿Apareció de Tomaso?

—No. Pero tengo noticias.

—Bien.

Romina cerró la puerta y eligió la silla frente al detective. Notó las mantas desparramadas sobre el sillón. Alzó una ceja, decidió obviar el comentario y fue al grano:

—Bueno… Estuve pidiendo información por todos lados. Hablé con todas las embajadas y consulados de los países limítrofes: Uruguay, Brasil, Chile, etcétera. En un principio, recibí siempre la misma respuesta: Miguel Alvarado no existía en los sistemas de esos países. Anoche, por fin, tuve suerte. En la última llamada, logré comunicarme con el consulado de Río de Janeiro. Resulta que Miguel estuvo allí, tienen registro de que entró por vía marítima hace varios meses y que se quedó en la ciudad por varias semanas.

—¿Por la vía *marítima*?

La alegría de Romina se acrecentó.

—Yo tampoco me lo esperaba, pero sí. Por la vía marítima. Y la cosa no termina ahí. Resulta que se demoró en Río de Janeiro porque estuvo internado por covid. Los médicos no me quisieron decir mucho de cómo había sido su caso.

Pero confirmaron que estuvo entubado dos semanas, un cuadro agudo. Después se recuperó. Eso concuerda perfectamente con los registros de su salida de Brasil en el puerto, a bordo de un velero modelo Solaris 44.

—¿Eso es todo? —preguntó el detective.

La sonrisa de Romina se desvaneció de repente.

—Hasta ahí llegó mi investigación. Pero hoy me toca ponerme a averiguar de quién es ese velero y por qué él estaba a bordo.

El detective negó con la cabeza.

—No. Lo que necesitamos saber es qué hizo una vez que llegó a Buenos Aires. Si descubrimos eso, resolvemos el caso. ¿Qué espera para irse, Lacase? ¿Que la felicite? —la azuzó, con sorna.

Romina se forzó a permanecer impasible.

—No, no me esperaba que me felicitase —habló, luego de un momento—. Esperaba que estuviese abierto a nuevas posibilidades. A considerar nuevas preguntas.

—Estoy abierto a nuevas preguntas —recalcó Fernández—. Pero no que nos aparten de las pistas que ya tenemos. ¿Consiguió las órdenes de allanamiento para la fábrica abandonada?

Romina sacudió la cabeza.

—Los de la municipalidad nos la están haciendo difícil —explicó—, pero la audiencia con el juez es esta semana…

—No tenemos tanto tiempo. Apúrelos. No me importa cómo, pero quiero las órdenes en mi escritorio.

—Estoy haciendo lo mejor que puedo —Romina procuró contener su voz tensa—. No puedo pasar por arriba de la Justicia.

Fernández sintió que había cruzado un límite. Se llamó a sosiego.

—Perdón, perdón —se disculpó—. Tiene razón. Estoy… un poco ansioso últimamente. Usted siga con su ritmo, que viene muy bien. Mientras, yo sigo intentando conectar algunos cabos sueltos.

Pero en los días que siguieron se creyó al borde del colapso. Sus pesadillas continuaron. Esa noche, cuando ya todos sus compañeros de la fuerza habían partido a reencontrarse con sus familias, Fernández se obligó a dejar el trabajo a un lado y volver al departamento. Allí, caminó hasta su cama sin prender ni una luz, se lanzó sobre el colchón, y se abandonó a las pesadillas.

No tenía sentido luchar ni intentar quedarse despierto. No. Eso solo las volvía peores, más crueles. Al día siguiente, volvió a la casa de Mesa en Punta Chica, pero no encontró nada nuevo. Pasó por las canchas de fútbol en vano. Romina se mantenía ausente o distante. ¿Se esperaba que la felicite, Lacase? Sabía que todavía estaba dolida, pero habría preferido que le gritase, o hasta que lo insultara, a esa seriedad con aire profesional en que se refugiaba. Decidió, una vez más, armarse de paciencia, aunque sentía que ya se le agotaba, y esperar. Era su culpa, después de todo, igual la purgaba cada noche.

Soñó con Laura, con Julián, con Mauricio, pero también con personas a las que no había visto nunca: Carlos Fabián Mesa, Leonardo y Facundo de Tomaso, o de las que solo conocía los cadáveres, como Miguel y Vanesa, como Ortigoza, que en el sueño de todos modos le hablaban y se burlaban de él. "¿Cómo puede ser que no hayas resuelto el caso?", le decían y cuando intentaba responder, lo abandonaban, dejándolo solo en la oscuridad.

Despertó de repente, envuelto en terror. Inmediatamente su mano agarró la taza de café frío que había quedado en su mesa de luz y la reventó contra la pared.

Le tomó un momento darse cuenta de lo que había hecho, pues todavía se creía en su sueño. Sacudió la cabeza. En uno de los roperos encontró productos de limpieza y una escoba. El café chorreaba por la pared, manchando la alfombra. Maldijo por lo bajo y se apresuró a limpiar los trozos de loza del suelo, con cuidado de no cortarse. Cuando estaba intentando quitar la mancha negra de la alfombra, sonó su celular. Lacase.

—Luis, encontré algo —dijo Romina inmediatamente y se lanzó a hilar a toda velocidad una seguidilla de frases ininteligibles.

—Baje un cambio, Lacase —la interrumpió—. Respire y hable más despacio, que no entiendo.

—Perdón, perdón —Romina hizo una pausa—. Creo que sé quién mató a Miguel y a Vanesa. Aunque no estoy segura, no del todo.

Fernández prestó atención.

—Cuénteme.

—Es un sospechoso que nunca consideramos, pero tiene que haber sido él. No hay otra explicación. Le cuento: Miguel no hizo el viaje en velero solo. Estaba con un tipo que…

La voz de Romina se apagó de repente. Fernández miró el celular: se había quedado sin batería.

★ ★ ★

—Detective, ¿qué pasó? —le preguntó Romina más tarde.

Alrededor, el desorden de siempre: teléfonos llamando sin ser atendidos, hombres y mujeres gritándose de una punta a la otra, reclamándose expedientes y favores, olor a tierra, tinta y café barato en el aire.

—Nada, me olvidé de cargar el celular anoche.

Romina alzó una ceja, como divertida.

—¿Se olvidó de cargar el…?

Sin responder, Fernández la tomó del brazo y la guio hasta su oficina, donde cerró la puerta.

—Así nadie nos interrumpe —dijo y se arrancó el barbijo, molesto—. ¿Qué espera, Lacase? Hable.

Romina obedeció.

—Ya sé que me pidió que dejase de investigar cómo Miguel volvió a Buenos Aires y que me concentrara en conseguir la orden para las canchas, pero no le hice caso. Le pido disculpas. Sin embargo…, yo tenía razón.

—¿Usted tenía razón?

—Sí. Como ya le dije, Miguel Alvarado volvió de los Estados Unidos a la Argentina a bordo de un velero, y en un momento estuvo varias semanas en Río de Janeiro internado por covid. Esa era toda la información que teníamos la última vez que hablamos. Pero ahora hay más. Mucho más. A pesar de lo que me dijo usted, seguí investigando. Quería saber cómo era que Miguel había logrado navegar desde los Estados Unidos hasta Buenos Aires, y por qué. Un viaje así no lo hace cualquiera...

Romina hizo una pequeña pausa, pensativa. Luego, continuó:

—Cuestión que me puse a averiguar qué barcos habían entrado a Buenos Aires en los últimos meses. Hablé con un primo mío que sabe algo de navegación y con su ayuda logré determinar los diez días durante los que Miguel podría haber entrado en Buenos Aires, asumiendo que no haya hecho ninguna escala desde Río de Janeiro hasta Puerto Madero. Fue... complejo. Recuerde que Miguel no aparece en los registros de inmigración. En un principio, no sabía cómo sortear ese problemita, pero... todavía tengo algunas conexiones en el puerto, de cuando estábamos con el caso Littman, ¿se acuerda? Hablé con cada uno de esos contactos, preguntándoles si alguno había visto entrar a un velero Solaris 44 sin pasar por Prefectura. Después de varios días sin éxito, tuve suerte. Uno de los trabajadores recordaba haber visto el velero. No solo eso, sino que recordaba haber visto a un joven que encajaba perfecto con la descripción de Miguel salir de Puerto Madero a la noche y tomarse un taxi.

Romina se detuvo a tomar aliento, orgullosa, emocionada. Quiso continuar, pero el detective la contuvo con un ademán.

—¿Está segura de que se trataba de Miguel?

Romina asintió.

—No puede ser otro. ¿Sabe por qué estoy tan segura? Porque el joven cargaba una guitarra al hombro.

Por primera vez en toda la conversación, Fernández se

permitió sonreír. *Miguel Alvarado*. Tenía que ser él. Miguel había ido a los Estados Unidos a probar suerte como músico y un músico serio nunca se separa de su instrumento. Le dio pena de su suerte, de esos sueños evidentes en la guitarra, con tan terrible despertar. Pero no podía permitirse ponerse sentimental.

—¿Cómo hizo para pasar sin control migratorio ni aduanero? —preguntó.

—¿Realmente le sorprende? ¿A esa hora de la noche? —respondió Romina—. Si se pudo saltar los controles, habrá sido ya por la inutilidad de los empleados o porque el velero era uno de tantos barcos que todo el mundo ahí sabe que no hay que controlar.

Fernández dejó escapar un suspiro. "No, no me sorprende ni un poco", pensó, pero en lugar de hablar se limitó a hacer otro ademán para que Romina reanudara su historia.

—Miguel no estaba solo en el velero. Estaba con los hermanos Herrera. Raúl y Fernando Herrera. El hombre con el que hablé no tenía dudas de eso. Aparentemente, son bastante conocidos en ese ámbito. Se dedican a traer veleros de gente millonaria desde todas las partes del mundo a Buenos Aires. Muchas veces esos veleros no tienen papeles o fueron comprados con plata en negro. Quizás por eso saltaron el control aduanero.

—*Okey*… ¿Y eso es importante?

—Sí, porque la cosa no termina ahí. Seguí investigando, esta vez para saber quiénes eran estos dos hermanos. No me tomó mucho tiempo, le digo. Una simple búsqueda en la red policial me dio la respuesta que estaba buscando. Raúl Herrera asesinó a su familia. Tiene que haber sido él quien asesinó a Miguel, no hay otra explicación.

Los ojos del detective se abrieron de par en par.

Quiso hablar, pero Romina se le adelantó:

—Está libre porque nunca lograron imputarlo. Pero hablé con el detective que estuvo a cargo de ese caso y me dijo que estaba seguro de que Raúl era el culpable. Raúl Herrera estaba metido en la droga, o eso se sospechaba. Una de las centrales lo estaba investigando porque creían que podía ser un testigo para otro caso cuando, de la nada, su casa, donde sospechaban que había evidencias, se prendió fuego. Raúl no estaba esa noche, pero en ese incendio murieron su mujer y sus dos hijas.

Romina dio por terminada su historia. Se quedó en silencio. Fernández asintió, considerando todo lo que la mujer le había dicho. Pensando. Repitiendo cada detalle en su cabeza, intentando hilar todo. Y luego de un largo momento, dijo:

—Lo que me dice… Toda la investigación que la llevó a descubrir cuándo Miguel llegó a Buenos Aires y cómo saltó la aduana…, todo eso fue un trabajo impecable. Realmente la aplaudo, Lacase. —Romina se entusiasmaba, pero el detective no había terminado de hablar—. El resto no tiene mucho sentido. Perdón, pero no veo la conexión entre Raúl Herrera y el asesinato de Miguel y Vanesa. Ni mucho menos el de Ortigoza, donde usted misma descubrió la huella de Mesa.

—¡Pero si es muy obvio, detective! —se exaltó Romina—. Algo pasó en ese viaje, algo que hizo que Raúl Herrera se enojase con Miguel Alvarado y lo quisiera matar, así como había matado a su propia familia.

Fernández frunció el ceño.

—Pero usted misma me dijo que nunca lograron arrestar a Herrera por ese asesinato.

—Sí, pero hablé con el detective y me dijo…

—¿Cuál era la motivación? —también el detective Fernández estaba levantando temperatura—. ¿Qué cosa pudo haber hecho Miguel en ese viaje para que Raúl quisiera asesinarlo? Y si realmente hizo algo para enojar a Herrera, asumiendo, por supuesto, que Herrera es un asesino y no un pobre hombre que perdió a su familia en un incendio…, ¿por qué hacerlo en Buenos Aires? ¿Meses después? ¿Por qué no asesinar a Miguel en el velero y tirar su cuerpo al mar? Mucho más simple, más… limpio.

Hacía semanas que no decía tantas palabras seguidas, ni siquiera para discutir con Laura. Trató de recuperar el resuello.

Romina seguía lanzada. Creía en su teoría.

—¿Quizás estaban trayendo droga y pasó algo con eso? Ya le dije, en su momento se creía que Herrera estaba en el narco…

—¿Droga? —interrumpió el detective—. ¿Del norte al sur? No, no. Perdón, Lacase, pero dudo muchísimo que Raúl Herrera sea el culpable de nuestro caso. No, tiene que haber sido una casualidad, solo eso. Además: ¿qué relación tiene Herrera con todo lo otro? ¿Con de Tomaso? ¿Con las canchas de fútbol?

Romina golpeó la mesa con ambas manos, frustrada, y se puso de pie.

—¡Sigue con esas putas canchas de fútbol! —exclamó—. Ya lo hablamos, detective. Ese es otro camino sin salida. Son *canchas de fútbol*, nada más. ¡Basta con esa obsesión! ¡¿No ve que lo está cegando?!

Fernández se quedó inmóvil. ¿De dónde había salido esa reacción? ¿De veras Romina creía que esa obsesión con las canchas lo cegaba?

Lacase, de pronto callada, volvió a tomar asiento. Parecía darse cuenta de que su exabrupto había estado fuera de lugar.

—¿Algo más? —preguntó el detective luego de un momento, con tono áspero.

Romina sostuvo su mirada, desafiante.

—No, nada más —dijo, y suspiró.

—Bueno, me alegro que haya podido sacarse eso del pecho. Ahora… Sigamos con el caso, ¿le parece? No estoy descartando que Raúl Herrera esté involucrado, no del todo. Pero sí estoy seguro de que las canchas de fútbol son muy importantes. No es una obsesión. No estoy cegado. Son muchos años de experiencia. Ahora usted siga investigando lo de Herrera, si quiere, pero también necesito que nos concentremos en encontrar a Leonardo de Tomaso y en conseguir esas órdenes de allanamiento, ¿*okey*?

Romina se quedó mirándolo por un largo momento. Luego asintió y, sin decir ni una palabra, se paró y salió de la oficina sin mirar atrás. Fernández ya empezaba a familiarizarse con esa retirada: correspondía, en Romina, a los momentos en que se sentía ofendida o frustrada. Posiblemente ahora sentía las dos cosas, pero tendría que sobreponerse. De todos modos, lamentó que la discusión hubiera terminado así.

Se levantó de su silla, fue hasta la puerta y la cerró. Miró a su alrededor, pensativo. ¿Por qué había sido tan duro con Romina? Había hablado casi sin pensarlo, la había maltratado. Aunque tampoco podía dejarla enloquecerse con una teoría construida mucho más en base a probabilidades que a evidencias. "No importa", se dijo, "Romina es fuerte y ya se le va a pasar…". Volvió a tomar asiento. Bajó la mirada a su escritorio y otra vez se encontró con la fotografía de Miguel y Vanesa muertos. Estaba convencido de que no la buscaban a ella, de que si había caído era por estar junto a él. "¿Qué hiciste en Buenos Aires, Miguel?", se preguntó. "¿En qué te metiste para terminar así?".

CAPÍTULO TREINTA Y SEIS

Todo estaba oscuro, luego llegó la luz, blanca y fría, como proveniente del fondo de un túnel. Cerró los ojos y su mundo se volvió de nuevo oscuro. Sintió un suspiro de alivio escapar entre sus labios. ¿Qué estaba pasando? No sentía sus manos, sus piernas. Sin embargo, algo le pesaba sobre el pecho. Intentó respirar hondo, pero su aliento era pobre, débil.

Pasó el tiempo. Minutos, quizás horas. Quizás días enteros. Cuando volvió a abrir los ojos, se encontró en una habitación de hospital. Estaba recostado en una cama, con el cuerpo semidesnudo cubierto por mantas. La habitación estaba en penumbras, la única luz provenía del pasillo, algunos metros a su izquierda. Miguel intentó levantarse, pero sus músculos estaban demasiado débiles como para obedecerle. Echó un vistazo a su alrededor. Una ventana a su derecha mostraba la noche afuera. A un lado, sentado en una silla de metal pintada de blanco, esperaba Raúl. Roncaba suavemente.

Al poco tiempo, la puerta se abrió y entró una enfermera, vestida con un uniforme azul claro. Miguel apenas podía mantenerse despierto. La enfermera se acercó a su cama y comenzó a hablar. Miguel frunció el ceño, confundido. No entendía ni una palabra. "Me está hablando en portugués…".

Intentó hacer señas para indicarle que no entendía el idioma. La enfermera inmediatamente pasó a hablar una mezcla extraña de portugués y español. Miguel tuvo que concentrar toda su atención para comprender el mensaje. "Quedate quieto, no te muevas, intentá seguir durmiendo...". La enfermera se retiró de la habitación y otra vez reinó el silencio.

¿Cómo era que había terminado allí? Sus recuerdos eran puro desorden. Recordaba el rostro de Raúl, lo escuchaba gritar desesperado. El aroma a agua y sal, el sonar de sirenas de ambulancia. Miguel intentó poner esos recuerdos en orden, pero el cansancio volvió a vencerlo. Sentía sus párpados pesados, como hechos de plomo. La oscuridad volvió a envolverlo.

Cuando despertó, ya era de día. La luz del sol se filtraba por la ventana abierta. Se escuchaban voces y pasos apresurados por el pasillo. El ir y venir de médicos y enfermeras, sin duda. En la silla donde antes había visto a Raúl ahora se encontraba Fernando. A diferencia de su hermano, estaba despierto. Dio un pequeño salto al escuchar a Miguel despertar, como sorprendido, y a continuación desplegó una sonrisa gigante.

—Tranquilo, tranquilo... —dijo Fernando, levantándose de la silla y acercándose a la cama—. No hagas demasiado esfuerzo. Reservá tus energías.

Miguel abrió la boca para responder, pero lo cierto era que Fernando tenía razón. Todavía estaba demasiado débil. Se limitó, entonces, a asentir y volver a recostar la cabeza sobre la almohada.

—Ya pasó lo peor... —decía Fernando, y lo repetía.

Sonaba aliviado, como si un gran peso hubiera sido levantado de sus hombros.

—¿Lo peor? —se obligó Miguel a preguntar. Su voz sonó áspera, como un gruñido.

Fernando asintió lentamente con la cabeza.

—Estuviste muy mal. *Muy mal*. Estoy seguro de que los médicos van a explicártelo mejor que yo, pero, hasta donde sé, te agarraste el coronavirus y te dio fuerte. Debe de haber sido en alguna de las paradas del viaje, probablemente en Recife. Cuando te desmayaste, Raúl llamó a una ambulancia y te trajeron directo acá. Te tuvieron que entubar esa misma noche. Estuviste dos semanas en un coma inducido.

—¡Dos semanas! —exclamó Miguel con asombro, pero el esfuerzo fue demasiado. Comenzó a toser, una y otra vez, y sintió una fuerte punzada en el pecho. El dolor lo obligó a cerrar los ojos.

—Tranquilo, no te esfuerces. No grites —escuchó que le decía Fernando, ahora más cerca—. Tranquilo… ¿Querés que llame a una enfermera?

—No, no hace falta… —susurró abriendo los ojos. Hizo una pausa antes de continuar, juntando fuerza—: Si yo tuve el coronavirus… ¿Ustedes no?

—Sí —respondió Fernando—, pero asintomático. Nos hicieron el hisopado apenas llegamos al hospital y, después, la prueba de antígenos. Ya teníamos anticuerpos. Igual no nos dejaron verte hasta hace unos días.

—¿Y Raúl? —preguntó Miguel, recordando haberlo visto la noche anterior.

¿O acaso había sido un sueño?

—Raúl está en el velero.

Miguel bajó la mirada. "Lo soñé, entonces…", pensó, y se sorprendió al encontrarse decepcionado por ese hecho. Luego, Fernando volvió a hablar:

—Desde el día que nos dejaron entrar a verte, no se separó ni un minuto de vos —dijo, adivinándole el pensamiento—. Recién logré convencerlo de que fuera a descansar al velero cuando la enfermera nos dijo que ya te habías despertado del coma. Discutimos como media hora, pero al final entró en razón. Debe de estar durmiendo ahora…

Miguel también volvió a dormirse. Cuando despertó, horas más tarde, una enfermera hablaba con Fernando. En cuanto lo oyó moverse, la mujer cruzó la habitación con una bandeja llena de comida para él. Desganado, Miguel miró el clásico pollo de hospital, pero, luego de la insistencia tanto de Fernando como de la enfermera, se forzó a comer. Le dieron el alta al día siguiente. No fue fácil: tuvo que hablar con la enfermera y dos médicos por más de una hora, y someterse a una seguidilla de pruebas antes de lograr convencerlos de que estaba lo suficientemente fuerte para dejar el hospital.

Mientras le hacían un último hisopado, Fernando tuvo la buena idea de ir hasta el velero para buscarle una muda de ropa. Ya cambiado, a eso de las siete de la tarde, Miguel juntó sus pertenencias y dejó su habitación. Al llegar al vestíbulo del hospital, lo esperaban médicos, enfermeras e incluso algunos pacientes que lo aplaudieron por haber vencido al virus. Un tanto incómodo, les agradeció uno por uno. Luego, con Fernando al lado, salió a la calle.

Afuera se respiraba un aire húmedo y caliente. El sol ya se recostaba en el horizonte. El cielo estaba despejado. Tomaron un taxi hasta el Yacht Club y, en el velero, Raúl sorprendió a Miguel con un abrazo tan fuerte que este se creyó al borde del desmayo. Todo estaba listo para partir, pues, tras un mensaje de texto de su hermano, Raúl los había esperado con el motor ya encendido. El velero zarpó apenas diez minutos más tarde. Pronto el sol ya se había ocultado y se habían asomado las primeras estrellas. El puerto no era más que un conjunto de puntos de luz en la distancia. Miguel caminó a lo largo de la cubierta, sonriente. Se sentía cómodo allí, rodeado por el mar mientras sentía que la brisa acariciaba su piel.

Se acercó al timón, dónde Raúl, absorto, guiaba el barco. Quería agradecerle que le hubiera salvado la vida, pero no había palabras suficientes para transmitir lo que sentía. Decidió entonces no decir nada y comulgar con él en ese silencio hogareño y placentero que los unía. Al poco tiempo, Raúl se hizo a un lado para cederle el timón.

El resto del viaje pasó en un acorde de guitarra. Luego de dejar atrás Río de Janeiro, navegaron en dirección suroeste, sin detenerse, hasta llegar al puerto de Punta del Este. Pero, como querían recuperar el tiempo perdido, decidieron solo detenerse para cargar combustible: un diesel más costoso que el de la otra orilla y que nunca necesitaron. El viento soplaba fuerte y predecible ese día. Juntos, los tres izaron la vela y cruzaron el Río de la Plata sin ayuda mecánica.

El puerto de Buenos Aires los recibió en silencio y a oscuras. Una niebla espesa lo cubría todo, dificultando su visión. Ya era entrada la noche. Fernando fue el primero en desembarcar apenas el velero tocó el muelle. Se alejó en silencio hasta una cabina que había unos metros más allá, donde se encontró con un hombre que parecía ser agente de migraciones.

—Tengo mi pasaporte en la mochi… —dijo Miguel, pero Raúl apoyó una mano en su hombro.

—No hace falta. Mejor que nadie sepa que un velero entró al puerto esta noche. Fernando se ocupa, el oficial es amigo suyo.

A Miguel le pareció raro.

—¿Estás segu…?

—Dame una mano —lo interrumpió Raúl, y con un ademán le indicó que lo siguiera.

Miguel ayudó a Raúl y juntos atracaron en uno de los tantos muelles. Fernando volvió al poco tiempo y se unió a la labor. Un rato más tarde, luego de que compartieran una última comida en la cubierta del velero, Miguel fue a la cabina a juntar sus pertenencias. Desembarcó en silencio, con Raúl y Fernando siguiéndolo de cerca.

En el momento en que pisó el muelle, una extraña sensación le recorrió el cuerpo. Alivio, por un lado, ya que al fin había llegado a Buenos Aires. Pero también decepción: ahora que sus pies pisaban tierra firme, lo único que quería hacer era volver al velero, zarpar y perderse otra vez en ese océano infinito. Pero no podía hacerlo. Ya era hora de volver a su casa. Reencontrarse con su madre, su padre. Ver a Facundo. Besar a Leticia. Era hora de volver a su vida "terráquea", como la llamaba Raúl.

Antes de separarse, Miguel buscó la billetera entre sus bolsillos. De ella sacó el dinero que le quedaba, unos cuatrocientos dólares. Separó un billete para él y entregó el resto a los hermanos.

—Esto es para ustedes —dijo. Fernando lo miró atónito.

—Migue... ¿por qué?

—Porque me bancaron dos semanas enteras en Río mientras yo me recuperaba. Sé que no fue gratis y que no tenían por qué hacerlo.

—De ninguna manera te íbamos a dejar internado e irnos...

—Ya sé —dijo Miguel y les ofreció una sonrisa de agradecimiento—, pero, aun así, tomen. No voy a aceptar un no como respuesta.

Fernando agarró el dinero un tanto reticente. Observó los billetes por un largo momento, como no sabiendo qué hacer con ellos. Mochila y guitarra al hombro, Miguel despidió a sus compañeros con otro abrazo. Acto seguido, se volvió y comenzó a caminar. Atravesó todo Puerto Madero sin mirar atrás hasta llegar a la avenida Córdoba.

Fue recién cuando llegó a la vereda de la avenida que Miguel sintió el invierno de Buenos Aires. Se detuvo, en un banco de concreto en una parada de colectivo para resguardarse del frío, esperando que apareciera algún taxi.

Pero la avenida estaba vacía tanto de personas como de autos. Miguel estaba solo, realmente solo, por primera vez en meses. Buenos Aires extendía sus calles frente a él, pero apenas la reconocía. "Parece una ciudad fantasma", pensó. Vio una luz a la distancia y se puso en pie de un salto. Se acercó a la calle y levantó el brazo.

—A San Fernando, por favor —dijo abriendo la puerta del taxi.

El taxista lo examinaba con desconfianza por encima del barbijo. Pasó su examen, porque se encogió de hombros y pisó el acelerador. "Leticia", pensó Miguel, mientras el taxi se alejaba de Puerto Madero. "Por fin voy a ver a Leticia".

CAPÍTULO TREINTA Y SIETE

Esa noche de invierno reinaba el silencio en la ciudad de Buenos Aires. Era un silencio espeso y molesto, constituido por ausencias. No soplaba viento que moviese las ramas desnudas de los árboles a lo largo de las calles. No había risas ni música provenientes de algún bar donde amigos compartieran un trago y luego otro. Solo estaba Miguel Alvarado, solo su respiración y el batir nervioso de sus pulsaciones, desacompasadas en esa calma. Se encontraba parado en la vereda frente a su casa, con la mirada fija en las ventanas oscuras, sorprendido y contrariado por la falta de luces adentro. El taxi lo había depositado allí y luego partió, llevándose consigo su último billete. A sus pies estaban su mochila y la guitarra en su funda. En su mano tenía el celular, que aferraba con fuerza. Debatía consigo mismo si era mejor llamar a alguno de sus padres o simplemente caminar esos pocos metros de pavimento, cruzar la reja y tocar el timbre de su casa. Luego de un largo rato, eligió la segunda opción.

"¿Se habrán ido a algún lado?", pensó cuando la puerta no se abrió. Volvió a tocar el timbre, pero tampoco obtuvo respuesta. Se acercó hasta la ventana y vio el interior de la casa completamente a oscuras. Al lado de la puerta de entrada había un jarrón vacío donde sus padres siempre guardaban una llave de repuesto. Pero, cuando Miguel lo levantó y se fijó debajo, solo encontró tierra removida y algún que otro gusano. Confundido, miró a su alrededor. La calle estaba desierta.

"Cuarentena…". Hacía frío, más frío de lo que se había esperado, y ya estaba empezando a tiritar. Levantó el celular y marcó el número de su padre. No hubo respuesta. Marcó el número de su madre, pero la llamada fue directo al contestador. "Papá debe de estar en el hospital, pero… ¿dónde está mamá?". Sin saber qué más hacer, regresó a la vereda con sus cosas y se sentó sobre su mochila. Pasaron los minutos.

Luego: el sonido de un auto en la distancia. Sus padres. Saltó rápido, mochila y guitarra al hombro, y esperó. Pero, cuando el auto dobló la esquina, Miguel vio luces rojas y azules. *Un patrullero.* "La ciudad en cuarentena y yo acá afuera". Sabía, lógicamente, que, si el patrullero decidía detenerse y preguntarle qué hacía ahí afuera, Miguel podría explicarle que aquella era su casa, que acababa de volver de un viaje y estaba esperando a que sus padres volvieran para poder entrar.

Pero, al distinguir las luces del patrullero, se vio otra vez esposado en el asiento trasero y decidió huir. Se alejó de su casa a toda velocidad, rogando que los policías no lo hubieran visto. Dobló la esquina y se metió en una calle donde no había luces. Entonces, escuchó la sirena. Los policías lo habían visto. Estaban cerca, muy cerca. Se quedó muy quieto y los oyó pasar. Cuando se alejaron, comenzó a correr. Corrió toda la cuadra y dobló la esquina con brusquedad. Oyó el celular estallar contra el asfalto. De nuevo la sirena cerca.

Huyó a la carrera lo mejor que pudo, cargado con la mochila y la guitarra. Su conocimiento del barrio le permitió desaparecer por los estrechos callejones de toda su vida, perdiendo de vista al patrullero. Pero el miedo lo perseguía. "¿Dónde estoy?". Sonrió al reconocer el lugar al que lo habían llevado sus pasos ciegos.

Al final de la cuadra, escondida entre los árboles, bajo la luz oscilante de un farol, lo esperaba la casa de Facundo de Tomaso.

Hizo sonar el timbre una, dos veces. La puerta se abrió al instante.

—¡Miguelito…! —dijo Facundo, la boca entreabierta—. Son las doce de la noche… ¿Qué haces acá? No sabía que estabas en… ¿Venís a devolverme la guita? —Se rio, y lo hizo pasar.

—No, no —respondió, confundido—. Acabo de desembarcar…

—*Okey*, tranca, *man* —le aconsejó Facundo.

Todavía temía que los del patrullero lo hubieran visto entrar, a pesar de que los había perdido hacía ya varias cuadras. Por fin, más tranquilo, comprendió que estaban solos. La única luz provenía de una lámpara en el pasillo. Vio a Facundo de pie, con la espalda apoyada contra una de las paredes. En esa penumbra, sus ojos parecían de alquitrán. Lo observaban curiosos, como quien estudia un espécimen extraño en el zoológico.

—Nada, nada, ya está —dijo finalmente, lanzándose en el sillón de cuero a su lado—: Perdón que te joda, Facu, ya sé que es tarde, pero no tenía a dónde ir. Supongo que querés que te cuente todo, ¿no?

Facundo asintió.

—Dame un segundo, que no sé por dónde empezar.

—No hay apuro.

De inmediato, se lanzó a contar cómo era que había terminado allí.

Cuando terminó su relato, Facundo se quedó mirándolo, con los brazos cruzados sobre su pecho. Luego, sacudió su cabeza, incrédulo, y simplemente moduló: "Wow".

—¿Puedo dormir acá?

Facundo se puso de pie, de repente, e hizo un ademán para que lo siguiera. Miguel obedeció. Facundo giró el picaporte y dijo:

—Dormí acá. Esta noche y mañana también, si querés. Todo el tiempo que te haga falta.

—Gracias, Facu, gracias, no sé cómo…

—No te hagas drama. Para algo están los amigos.

★ ★ ★

Cuando despertó a la mañana siguiente, por un momento se creyó todavía en el velero. Pero esa ilusión, como todas las demás, no tardaría en romperse. No lo rodeaba la madera del barco, sino las paredes de concreto de una habitación amplia. Un bostezo escapó de su garganta, luego otro. ¿Cuánto tiempo había dormido? Afuera ya era de día, podía ver la luz del sol filtrarse por las ventanas a su derecha.

Miguel salió de la cama y se acercó al baño en suite de la habitación. Tomó una ducha rápida y luego sacó de la mochila su última muda de ropa limpia: una remera blanca lisa con un estampado de los Red Hot Chili Peppers y un pantalón deportivo.

—Buenos días —escuchó que una voz femenina.

Se detuvo, sorprendido. Una mujer hermosa, de piernas largas y tez ligeramente morena, le sonreía desde el sillón, con una revista abierta sobre su falda. Tardó un momento en recordar que no era la primera vez que la veía. *Vanesa.* Vanesa… ¿Carrizo? Vanesa Cardozo. La chica de esa primera noche en el boliche, tanto tiempo atrás.

—Buenos días —respondió Miguel, se acercó hasta ella y le dio un beso en la mejilla—. Vanesa, ¿no?

La chica se agitó contenta.

—Te acordaste —dijo—. Vos sos Miguel.

—Vos también te acordaste —respondió seductor. Le llamó la atención el tatuaje de Vanesa en el cuello.

—Obvio. ¿Cómo me voy a olvidar?

Miguel se sonrojó, bajó la cabeza. Luego de un momento, preguntó:

—¿Facu?

—Ni idea. Salió no sé a dónde. Me dijo que volvía más tarde.

—Ah, bueno. *Okey.* Gracias.

Miguel caminó hasta la cocina, donde encontró una jarra de café recién hecha. Se sirvió un pocillo y volvió su vista al cuadro de Andy Warhol; algo había aprendido de sus visitas a museos con Leticia… Pero sus ojos se iban hacia las curvas de

Vanesa. Aunque ella ya no le prestaba atención, seguía con la lectura de su revista.

Conocía bien el lugar: una casa espaciosa, estilo *loft*, similar al del departamento de Leticia en Nueva York, aunque con el agregado de un pasillo con tres habitaciones tamaño *king*, pero había algo distinto. Las paredes de la sala parecían de mármol, y el techo estaba atravesado por vigas de madera oscuras. Atónito, Miguel detuvo su mirada en una de esas paredes. Sobre el sillón colgaba una guitarra. La reconoció al instante: una Gibson Montana edición limitada, completamente negra.

¿De dónde había sacado esa guitarra? Dejó la cocina atrás y se acercó a paso lento hasta ella. Entonces oyó, otra vez, la voz de Vanesa:

—¿Tocás?

Se dio cuenta de cuánto hacía que no tocaba, como si el guitarrista que había sido en Nueva York se hubiera quedado en aquella ciudad.

—Sí —dijo—. Estuve tocando, afuera.

—¿Me mostrás algún día?

—Tengo la mía en el cuarto, si querés…

—No hace falta que sea ahora —interrumpió Vanesa—. Más tarde. Otro día. Ahora me quiero bañar.

Antes de que pudiese responder, Vanesa desapareció por el pasillo. Oyó una puerta cerrarse. Echó un último vistazo a la Gibson. ¿Qué hacía ahora? Estaba solo. Necesitaba hablar con sus padres.

Pero cuando llegó a su casa, minutos más tarde, nuevamente la encontró vacía. Todas las persianas estaban bajas. Aun así, probó suerte tocando la puerta, luego el timbre, luego dando la vuelta y llamando a la puerta trasera. "¿A dónde mierda se habrán ido?". Instintivamente buscó el celular en sus bolsillos para llamarlos, pero ya no lo tenía. Pasó un rato rastrillando con la vista las calles aledañas, pero ni rastros de su teléfono. Decidió entonces volver a la casa de Facundo. Cuando abrió la puerta, se encontró con su amigo en el sillón, junto a Vanesa, muy concentrado escribiendo en un pequeño cuaderno de cuero negro.

Apenas escuchó entrar a Facundo, soltó la lapicera y cerró el cuaderno.

—¿Fuiste a lo de tus viejos? —preguntó.

—Sí, pero no había nadie.

Facundo ladeó la cabeza, como curioso.

—¿Y no tenés idea de dónde pueden estar?

—No. La verdad es que me estoy empezando a preocupar…

—Tranquilo, ya van a aparecer. Capaz que se fueron a unas cabañas en el delta o en las sierras o algo así, para escapar del encierro en la ciudad.

Miguel asintió. Quería creerle, quería confiar en que tenía razón, pero… Algo andaba mal, podía sentirlo en sus huesos. ¿Qué podía hacer al respecto? Nada. Tenía que esperar. Mientras tanto, había otra cosa que tenía que hacer, una que no había podido quitarse de la cabeza desde el momento en que pisó Buenos Aires.

—Hablando de la cuarentena… ¿Qué onda eso? —preguntó—. ¿Están muy jodidos? ¿Hay muchos controles?

Facundo se quitó una pelusa de la remera.

—Ya no. Antes había controles por todos lados, pero ahora… De día podés andar tranquilo, de noche no. De noche la cosa se pone bastante jodida. ¿Por?

—Quiero ir a verla a Leticia.

—Ah… —Facundo esbozó una sonrisa—. Leticia. Cierto. Podés ir a Palermo sin ningún problema.

—¿Quién es Leticia? —preguntó Vanesa.

—Su… ¿novia? —dijo Facundo—. ¿Todavía son novios?

—Sí —respondió con firmeza—. ¿Por qué la pregunta?

—Qué sé yo… No se ven hace meses.

—Eso no cambia nada. En ningún momento cortamos.

—Claro, bueno —cambió de tema—: Yo ahora tengo que salir para el lado de Tigre. Me llevo el auto. Pero te presto la moto para que vayas hasta Palermo, si querés.

—Te debo otra.

—Lo mío es tuyo, Miguelito —dijo Facundo y dio media vuelta hacia su habitación. Sin embargo, se detuvo y volvió a mirarlo—. Ah, pero ya que vas para ese lado… ¿Te puedo pedir un favor?

—Obvio.

—Le tengo que devolver una mochila con unas cosas a un amigo que vive por ahí, ¿te jode llevarla? No me quiero comer el viaje hasta Tigre y después hasta Palermo.

—Dale.

—Gracias, Miguelito, un capo —respondió Facundo—. Ahí te la traigo.

Volvió de su habitación, con el llavero de la moto y una mochila negra al hombro.

El calor del motor bajo sus piernas le recordó la alegría del viaje con Willy por esa autopista interminable. Aceleró, dobló en una esquina y tomó la Avenida del Libertador.

Como Facundo había dicho, no se encontró con ningún bloqueo sanitario. Pocos autos transitaban las calles de Buenos Aires y la mayoría de los semáforos estaban apagados. Pronto llegó a Palermo. Sintió entonces el peso de la mochila sobre su espalda, y se desvió de su camino hasta llegar a la dirección que le había dado Facundo.

El desvío fue más largo de lo que había esperado. La dirección no estaba en Palermo, sino más cerca del centro. Lo recibió un hombre de unos cincuenta años, de aspecto amable y pelo rubio, que lo instó a pasar para tomar un café luego de que Miguel le hubiese entregado la mochila. Pero rehusó la oferta, una y otra vez, hasta que el hombre por fin lo dejó irse. No quería ser maleducado, no, pero en lo único que podía pensar era en ver a Leticia, y se arriesgaría a ofender a ese extraño con tal de partir lo antes posible.

Leticia. ¿Qué pensaría al verlo? Extrañaba sus besos, el calor de su piel contra la suya. Extrañaba sus risas, incluso sus ataques de furia inesperados. A medida que se acercaba a su casa en Barrio Parque, su deseo de tocarla se acrecentaba.

Le ganaron los nervios. Mientras estacionaba la moto, sentía el corazón como un martillo golpeando en su pecho. Le faltaba el aliento. Leticia. Después de tanto tiempo, después de meses en el mar, de estar al borde de la muerte, al fin podría volver a tocarla. Tenían tanto de qué hablar, tanto para contarle.

Se acercó a la puerta a paso lento, sus piernas como gelatina. Se detuvo allí, intentando tranquilizarse. Tocó el timbre. Esperó. ¿Qué hora era? No podían ser más de las seis de la tarde, pero el sol se acercaba al horizonte. No había mucho tiempo, tenía que volver a la casa de Facundo antes de que se hiciera de noche para evitar los controles. "Dale, Leti, dale".

La puerta se abrió de repente, como respondiendo a su deseo, y por ella se asomó Leticia.

—¡Miguel! —Su voz pronto cambió—. Miguel... Migue, ¿qué hacés acá? ¿Cómo...? —parecía más preocupada que feliz de verlo.

—Hola, amor —dio un paso hacia adelante, listo para besarla, pero los labios de ella permanecieron cerrados. "¿Está enojada?", se preguntó y se detuvo.

—¿Qué hacés acá? Migue... —le hablaba casi en un murmullo, como a escondidas—. Creí que no te iba a ver nunca más, creí que habías... —suspiró—. Hace meses que no recibo mensajes tuyos. Ni un mensaje, ni una llamada. Nada.

—Leti, sí, ya sé, perdón, pero te puedo explicar...

—¿Por qué no hablamos mañana? —lo interrumpió—, ¿puede ser? Ya se está haciendo de noche y mis viejos están un poco paranoicos con el virus. Mañana podemos hablar más tranquilos. ¿Te llamo y arreglamos?

Quiso responder, pero ella cerró la puerta de golpe antes de que pudiera decir nada. Volvió a tocar el timbre y esperó, pero la puerta nunca volvió a abrirse. *¿Por qué no hablamos mañana?* La voz quedó sonando en su cabeza con un tono que nunca había tenido.

CAPÍTULO TREINTA Y OCHO

Mañana. Hablaría con Leticia entonces. "¿Por qué mañana y no ahora?", se preguntaba una y otra vez, mientras manejaba de vuelta a San Fernando. Todo había pasado tan rápido. Su mente no lograba procesar la conversación. Se sentía entumecido, como si hubiera recibido un golpe en la cabeza. Ahora lo único que escuchaba era un zumbido bajo entre sus oídos. *Mañana.*

Abrió el garaje con el control que le había prestado Facundo, para estacionar la moto. Usó la puerta interna para entrar a la casa. Cruzó la pileta cubierta, el gimnasio, todavía en *shock*, y cuando abrió la puerta que daba al *living*, se detuvo de golpe. "¿Qué…?".

Vanesa estaba, una vez más, sentada en el sillón. Miguel la examinó a ella primero; sus labios rojizos, el rubor de sus mejillas. Pero inmediatamente se vieron atraídos por algo más allá. La respiración se le aceleró. A un costado, sentados sobre la mesa del comedor, estaban Facundo y… ¿Quién era ese tipo? Le parecía conocido. "El del boliche, el que lo perseguía para entrar al VIP". Alto, de brazos largos y cuerpo como de alambre. Las orejas llenas de argollas. ¿Cómo se llamaba? No importaba. No era su presencia lo que incomodaba a Miguel, sino lo que había sobre la mesa: un polvo blanco, dispuesto en líneas uniformes, prolijas. Junto a la sustancia, negro, siniestramente reluciente, un revólver.

Todo el mundo se comportaba como si no se tratara más que de cualquier otro objeto de uso doméstico, una tostadora para el desayuno o algo así. Sin embargo, tampoco él dijo nada. Prefirió seguirles el juego, como si todo eso fuera perfectamente normal.

—Miguelito, ¿cómo te fue? —dijo Facundo, sin levantar la mirada del cuaderno negro en el que escribía.

Siempre había sospechado que Facundo estaba metido en algo raro, pero… ¿droga? Aunque tenía sentido, todo el sentido del mundo. ¿Cómo explicar, si no, el BMW, la moto, la ropa de diseño, la Gibson, esa mansión, y ahora también la pistola?

En ese momento, sintió otra ilusión romperse, como el sonido de un espejo estallando contra el suelo. Una ilusión que hacía ya tiempo se forzaba a creer, sin hacer demasiadas preguntas sobre el trabajo de su amigo. "La mochila tenía droga, soy un boludo". ¿Qué más podía hacer?

—Para el culo me fue —sentenció—. Pero, bueno, no es tan grave. Quedamos en hablar mañana.

—¿Mañana? ¿Por qué mañana? —preguntó Facundo, inhalando una línea de cocaína con un billete de cien dólares. Luego, se lo pasó al muchacho.

¿Se suponía que tenía que participar de ese jueguito? Mejor ignorarlo, mejor buscar algo de comer e irse a dormir. Se dirigió hacia la cocina y, desde allí, lanzó un vistazo al chico del VIP. Hizo un esfuerzo por no inmutarse mientras este agachaba la cabeza y aspiraba una línea de la mesa. Después lo miró a él.

—¿Querés? Hay de sobra.

—Miguelito no toma —respondió por él, mientras contaba los billetes.

—¿Por qué no? —preguntó el chico, atónito.

—Porque es un chico bien, no como vos —le acarició el brazo—. Me acabo de dar cuenta de que nunca los presenté. Mauri, este es Miguel, un amigo del colegio. Migue, este es Mauricio, un amigo de… por ahí.

Miguel levantó la mano a modo de saludo.

—¿Seguro que no querés? —preguntó Mauricio, devolviendo el saludo.

—Sí, seguro. Pero gracias —se forzó a bostezar—. Creo que me voy a dormir, ¿les jode?

—Vaya nomás —dijo Facundo—. Hasta mañana.

Miguel cruzó la "zona de tigres", como la llamaba Facundo, un sector enorme de alfombras de todo tipo de tigres.

—Hasta mañana —dijo, y luego a Mauricio—: Un placer.

Mauricio sonrió.

—Un placer —luego se dirigió a Facundo—: Qué educado tu amigo, y pintón, eh.

Para ese entonces Miguel ya estaba frente al sauna, que daba a la escalera de servicio. Caminó hasta su habitación a paso apresurado. Le temblaban las piernas. Pero entonces recordó que había postergado algo.

Fue hasta su guitarra, que había sobrevivido todos los viajes.

¿Hacía cuánto tiempo ya que no tocaba? Meses. Practicó un par de escalas para calentar y siguió con la versión de *Hotel California* que tanto éxito había tenido en el bar de Willy.

Su respiración comenzó a profundizarse, su corazón volvió a latir estable. Al poco tiempo, la puerta se abrió. Facundo se apoyó contra el marco para escuchar la música. Los dos parecían haberse olvidado de lo que había quedado en el *living*: el negocio y el arma, dos cosas que no debían dejar que interfiriesen con su amistad.

Se quedaron así, mirándose el uno al otro mientras los dedos de Miguel se deslizaban a lo largo del cuello de la guitarra. Facundo seguía la melodía, movía los labios por momentos, recordando partes de la letra. Asentía con la cabeza, siguiendo el ritmo con un gesto de aprobación.

Miguel estaba sumergido en los punteos cada vez más agudos del final, que había adaptado a su ejecución con un solo instrumento, cuando de pronto se cortó una cuerda, la de siempre, el mi agudo. Ahogó un sorprendido grito de dolor al sentir el latigazo de metal en el dedo, que interrumpió la canción con brutal disonancia.

—Mierda —se lamentó Miguel, con la guitarra ahora muda sobre las piernas—. No tengo cuerdas de repuesto, voy a tener que buscar algún negocio de guitarras abierto.

—Ya vengo —anunció. Apenas volvió, le extendió la Gibson Montana—. Usá esta.

Miguel la tomó, estupefacto. Probó un acorde, luego otro. Estaba perfectamente afinada. Las cuerdas sonaban como la voz de una soprano.

—¿Qué esperás? —preguntó Facundo—. Ahora podés seguir.

—Claro —sonrió—. Gracias, Facu.

—Mejor tocate algo.

Probó unos acordes más y empezó. *Rain Song*, con sus inagotables matices y sus sutiles acordes disminuidos y aumentados que entre la piel de sus dedos y la madera de la guitarra brotaban con un brillo y una claridad que no acababan de asombrarlo. Sus dedos se deslizaban por los trastes como si el instrumento lo guiara, como si hubiera estado esperándolo.

Facundo cerró los ojos para escuchar mejor, asintiendo feliz como antes, apreciando, le parecía, cada una de las vueltas y maneras que la canción tenía de renacer a partir de sí misma.

Cuando terminó, dejó que la última nota se prolongara suspendida en el silencio de la habitación hasta apagarse muy suavemente. Los dos escucharon atentos la progresiva extinción de la nota, hasta que desapareció en el aire.

—Qué impresionante… Gracias, *man* —dijo Facundo.

Le devolvió la guitarra, pero su amigo no la aceptó.

—¿Te gusta? —preguntó.

—Sí, obvio. Nunca pensé que iba a poder usar una de estas. Cada una debe de salir como…

—Siete mil dólares, más o menos.

—Wow.

Facundo se encogió de hombros y se volvió hacia la puerta, dejándole la guitarra. Antes de salir dijo:

—Si me seguís ayudando con mis cosas, te la podés quedar.

★ ★ ★

Al día siguiente, Miguel hizo todo lo posible por contactarse con sus padres. Todavía no había comprado un nuevo celular (no tenía el dinero ni lo tendría pronto), pero había pedido permiso a Facundo para usar el teléfono fijo de la casa. "No sé si anda, pero probá", le dijo su amigo. Era un aparato viejo, pero funcionaba a la perfección.

Primero, intentó con Leticia. Llamó una, dos, tres veces; sin respuesta. Luego probó el número de su padre, y después el de su madre, también sin suerte. Cuando ya estaba próximo a desesperar, tuvo una idea. "El hospital". Logró comunicarse con la secretaria de su padre.

—El doctor estuvo con covid —comentó Florencia, incrédula ante la total ignorancia del hijo.

—¿Pero está bien? —preguntó preocupado—. ¿Tenés idea de dónde está?

Florencia le explicó que había estado internado en el hospital durante un mes y medio, al borde de la muerte.

—Ahora está haciendo reposo —concluyó la secretaria—. Tiene prohibida la vuelta al hospital por varias semanas. Tiene que descansar.

—¿Dónde lo puedo encontrar? —volvió a preguntar Miguel.

—¿En su casa?

—No está ahí.

—Entonces, no sé.

Miguel soltó un gruñido, frustrado.

—¿Estás bien, Migue? ¿Necesitás…?

—Mi mamá —interrumpió—. ¿Sabés algo de mi mamá?

Hubo un largo silencio al otro lado de la línea.

—No… Ni idea. Hace mucho que no la veo.

—Gracias, Flor —cortó la llamada.

Respiró hondo, pero aun así sentía cómo el pánico que había sofocado durante meses tomaba las riendas de su cuerpo.

Hablar con Florencia no lo había ayudado en lo más mínimo. Tenía tantas preguntas: ¿Ahora qué? ¿Papá estuvo internado al borde de la muerte? ¿Dónde está? "Por favor, por favor, que no esté muerto. Por favor, que no haya tenido una recaída fuera del hospital…".

—¿Miguel? —una voz melosa interrumpió sus pensamientos—. ¿Migue? ¿Qué pasó? Estás pálido.

Se encontró cara a cara con Vanesa. Estaba tan cerca, apenas a un paso de distancia. Tenía una expresión extraña en su rostro, una mezcla de preocupación y pena.

—No pasó nada —bajó la cabeza. ¿Por qué le costaba tanto mirar a Vanesa a los ojos?—. Nada por lo que tengas que preocuparte.

—¿Seguro?

—¿Dónde está Facu?

Vanesa hizo una pausa antes de responder.

—En su cuarto.

Miguel caminó hasta el pasillo, abrió la primera puerta y dijo:

—Te robo la moto, ¿puede ser?

Facundo escribía sobre la cama, en su cuaderno de cuero. Últimamente se la pasaba escribiendo. ¿Un diario? Cuando escuchó la voz de Miguel, no se inmutó, simplemente dijo: "Las llaves están colgadas de la heladera", y siguió escribiendo.

La noche anterior, en la puerta de su casa, antes de cerrar, Leticia había prometido llamarlo. En el estupor del momento, no había atinado a decirle que había perdido su celular. Tendría que ir nuevamente a Barrio Parque. Quería hablar con ella. No podía esperar. Leticia sabría qué hacer, sabría aconsejarlo respecto de la ausencia de sus padres.

Tomó el llavero de la serpiente que colgaba de un gancho adherido al refrigerador. Cuando ya estaba arriba de la moto, próximo a partir, la puerta del garaje se abrió y se asomó Facundo.

—Haceme el favor de llevar esto hasta el centro —le lanzó otra mochila negra—. Es ahí cerca del Obelisco, te dejé un papelito con la dirección exacta en la mochila. Ah, tomá —esta vez le arrojó un fajo de billetes—, comprate un celular.

Antes de que pudiese contestar, Facundo ya había desaparecido. Miguel se colgó la mochila a la espalda. ¿Qué más podía hacer? Le debía plata y aun así lo estaba dejando quedarse en su casa. Facundo le daba comida y le prestaba la moto. Ahora, encima, le daba efectivo. Prácticamente le había regalado la guitarra. ¿Por qué la habría comprado, si él no tocaba? "Es un favor, nada más", se dijo y encendió la moto. "Una última entrega y ya está, no me meto más en el negocio de Facundo".

Hizo la entrega sin ningún problema. Lo recibió un hombre joven, de no más de treinta años, que lo invitó a que pasara a tomar un café o una cerveza y a que se pusiera cómodo, pero él no quería involucrarse con los clientes de Facundo más de lo necesario. Simplemente dejó la mochila en manos del hombre y, disculpándose por el apuro, volvió a montar la moto y partió.

Mientras manejaba pensaba en qué le iba a decir a Leticia. ¿Por dónde empezar su historia? Tendría que pedir perdón por no haberse comunicado con ella durante tanto tiempo. Ella sabría entenderlo. Un viaje en moto por toda la costa este de los Estados Unidos, luego tres meses en un velero, todo con tal de volver a verla. Ella sabría perdonarlo. ¿Acaso había un gesto de amor más grande que su odisea?

Pero, cuando llegó a Barrio Parque, encontró la mansión de tres pisos oculta entre árboles extrañamente a oscuras. Tocó el timbre. No hubo respuesta. Confundido, bordeó el perímetro de la casa hasta posicionarse frente a la que sabía que era la ventana de la habitación de Leticia, en el tercer piso.

—¡Leti! —gritó, pero tampoco le contestó nadie—. ¡Leticia! —volvió a gritar, pero solo le respondieron los primeros grillos. *Hablemos mañana, ¿puede ser?*, volvió a escuchar la voz de Leticia, pero no era más que un recuerdo. Un fuerte pavor se adueñó de su cuerpo. Ya la noche se aproximaba. Tendría que volver a San Fernando e intentar comunicarse con ella al día siguiente.

"Tuve mala suerte, nada más", se repetía mientras volvía a

encender la moto. "Se debe de haber ido a algún lado, capaz a algún restaurante, y justo llegué en el momento equivocado".

Pero cuando volvió a visitar la casa, a eso de las cuatro de la tarde del día siguiente, también la encontró vacía. Durante los días que siguieron, su mala suerte siguió invicta. De sus padres no obtuvo noticia alguna. Amanecía y se iba derecho al teléfono fijo de Facundo, probaba con los celulares de ambos, pero sus llamadas terminaban siempre en contestador.

Luego caminaba hasta su casa, rogando por lo bajo que se encontraran allí, pero estaba desierta.

Y con Leticia pasaba lo mismo. "Tranquilo, tranquilo", se decía. "Tiene que haber otra explicación", repetía en su mente una y otra vez. No podía permitirse aceptar que Leticia no lo quisiese ver, porque eso significaría que todos sus sacrificios, la larga odisea que lo había llevado desde Nueva York hasta Buenos Aires, habían sido inútiles. Aceptar que Leticia lo ignoraba querría decir que su amor por él había sido una mentira y que lo había dejado solo en Nueva York a propósito y no por culpa de una amenaza de sus padres.

Cada día, Miguel pedía prestada la moto, se iba hasta Barrio Parque y tocaba el timbre hasta hartarse. Pero la puerta se mantenía cerrada.

CAPÍTULO TREINTA Y NUEVE

Después de la discusión que habían tenido, a Fernández no le sorprendió que, durante las horas siguientes, Romina se mantuviera distante. Sin embargo, le dolió. Esas noches durmió más de lo habitual y no pudo evitar pensar en cómo, después de las peleas con Laura, invariablemente un cansancio intenso caía sobre todo su cuerpo. La primera se quedó allí, inmóvil frente a su casa, por horas. Luego volvió directo a encerrarse en su oficina. Cruzó el lugar sin dirigirle palabra a nadie, y echó llave. Se acostó en el sillón, entumecido. En un instante, el sueño lo envolvió.

Pasó de una pesadilla a otra, sin el mínimo respiro. Soñó primero con sus días de recién casado; Laura a su lado, ambos celebrando la noticia de que ella estaba embarazada, seguido por su primera pelea, una discusión tonta: Laura quería que su madre se mudara con ellos para ayudar con el bebé y Fernández no, pues estaba seguro de que podrían criarlo los dos solos.

Luego la escena desapareció y, en su lugar, el detective se vio envuelto en otra discusión con su esposa, después una tercera, cada una más intensa y dañina que la anterior. ¿Cómo había podido hacerle eso a Laura? Escuchó la voz rasposa de su padre, fallecido hacía años, decir: "Me das asco, Luis. Asco y vergüenza". "¿Qué decís de Mauricio, entonces?", quiso gritar el detective a modo de respuesta, pero la voz no tenía cuerpo, su padre ya no estaba allí y la oscuridad volvió a envolverlo, nefasta.

Mauricio. Lo vio crecer, de repente, escenas de su infancia, luego de su adolescencia, como fotografías de distintos momentos en el tiempo, hasta que finalmente una de esas fotos cobró vida y Fernández revivió esa noche que había decidido olvidar. Mauricio gritaba, lágrimas le inundaban el rostro. *Hijo de puta... Sos un hijo de puta...* Fernández sentía su puño tensarse, quería golpear algo, lo que fuese, soltar su furia, revolear cosas contra la pared, quería...

El detective despertó de repente. La luz que se filtraba a través de la ventana sin cortinas lo cegó. La espalda le dolía, como si hubiera dormido en un suelo de concreto. Tiritaba del frío. Cuando abrió la boca, una nube de vapor salió de su garganta. Su oficina estaba helada. Se forzó a ponerse de pie, trastabilló hasta la estufa que había detrás de su escritorio y la encendió. Hizo una mueca. Le ardían los ojos. Dormir había sido inútil, se sentía aún más cansado que la noche anterior. Las pastillas para el insomnio ya no hacían efecto. Se acercó a la ventana. Afuera, el sol recién se asomaba por el horizonte. Sus compañeros no tardarían en llegar.

Se lavó la cara en el baño. ¿Quién era ese viejo de tez enrojecida? Intentó tapar la calvicie con el peine, pero cada vez se complicaba más. Alisó su camisa a rayas, en un desesperado intento de parecer presentable. Luego preparó una jarra de café. Bebió una taza, luego otra, ignorando el gusto a óxido, ignorando las indicaciones del gastroenterólogo. Estaba harto de los médicos. Luego se sirvió una tercera taza y regresó a su oficina. Un silencio opresivo. Abrió el legajo del caso. Volvió a ver la escena del crimen: el BMW M5 cubierto de sangre y los destrozados cuerpos de Miguel y Vanesa desarticulados sobre los asientos de cuero, como títeres sin cuerdas. Volvió a pensar en ellos. De la joven sabía muy poco, sus antecedentes eran un misterio, pero aun así estaba seguro de que el verdadero objetivo de los asesinos había sido Miguel, Miguel Alvarado. Un típico chico del barrio. ¿Qué le había pasado? ¿Qué clase de camino lo había llevado a terminar así, cuando su vida apuntaba en la dirección contraria?

El nuevo nombre era su pista más fresca, la huella de alguien que al menos, aunque usara un seudónimo, como se podía suponer, hasta este momento creería estar fuera de toda sospecha, ajeno a los radares de la policía.

"El señor Facundo". Fernández estaba seguro de que, si estaba a cargo o era el verdadero dueño actual del predio de Mesa, todavía a nombre de este, tendría algo que ocultar. Pero ¿dónde encontrarlo? Al parecer, ni siquiera se aparecía ya por El Gran dT. ¿O ese Lautaro le había mentido? Quizás no tendría que haberse identificado como policía. Aunque el tal Lautaro no parecía mentir. Ni tener las luces suficientes como para hacerlo. Quizás era otro camino sin salida de tantos en esa persecución del narcotráfico que no parecía más que hacerlo crecer.

¿Podría Lacase encontrar a este nuevo fantasma? Algo encontraría, tarde o temprano, se dijo, intentando convencerse. Romina nunca le había fallado.

Se levantó de su silla y comenzó a caminar por la oficina a paso lento. Sentía las piernas duras, cansadas. Su mente trabajaba sin cesar, intentando unir los distintos puntos sueltos a través de la confusa realidad, pero pedaleaba en el vacío.

Se sentía agotado, pero prefería aquel lugar más bien inhóspito a la noche helada que lo esperaba en casa cada vez que salía del trabajo. No quería salir. Sabía lo que había del otro lado, conocía la soledad de su vivienda, la frialdad de su cama.

Se tomó el último resto de café y sacudió la cabeza. Asombrado por su propia resistencia a pesar de todo, volvió a pensar en ese extraño equilibrio entre el insomnio y el agotamiento.

CAPÍTULO CUARENTA

Miguel repartía sus días en dos tareas: intentar que Leticia le abriera la puerta y hacer alguna entrega que, a cambio del uso de la moto, Facundo le pedía que hiciera. Era un acuerdo implícito.

Facundo tampoco mencionó, siquiera alguna vez, el dinero que le había prestado y hecho llegar sin pedirle explicaciones de ningún tipo. Una vez pensó en rehusarse, pero nunca juntó el valor para hacerlo. ¿Acaso alguna vez pudo decirle que no a Facundo? Nunca, desde que eran pequeños. Además, necesitaba de él. Necesitaba de su alojamiento, de su comida, de su moto. Por sobre todas las cosas, necesitaba de su compañía. Y también, a pesar de la timidez que sentía frente a ella, de la rara incertidumbre respecto de la atracción que se negaba a admitir, necesitaba de la compañía de Vanesa. Aunque, más que su compañía, añoraba su presencia, la callada simpatía que le transmitía. Si no hubiera sido por ellos, por Facundo y por Vanesa, su único amigo y su misteriosa invitada, la soledad lo habría llevado a volverse loco.

Así, uno de esos días, mientras practicaba con la Gibson pensando qué hacer para encontrar a sus padres y a Leticia, se asomó Facundo, con otra mochila.

—Miguelito, necesito un favor —apenas logró dejar la guitarra a un lado antes de que Facundo le lanzara la mochila para que la agarrase.

—¿A esta hora? —preguntó sorprendido. Ya era de noche. Había regresado de Barrio Parque más temprano, no sin antes hacer otra entrega en el camino.

—Me surgió a último minuto. Tiene que ser hoy. Iría yo, pero tengo que terminar de ver unos números para un proyecto en el que estoy trabajando.

—Facu, es tarde… La cuarentena…

—Si no fuera urgente, no te lo pediría —interrumpió en un tono inesperadamente agresivo, que corrigió de inmediato para agregar, con voz más apaciguada—: Además, está acá cerca, en San Isidro. No hay ningún control, no te preocupes.

Sintió el peso de la mochila en sus manos. Estaba llena, mucho más que lo habitual.

—¿Seguro que no hay ningún control?

—Seguro. Ah, y llevate el BMW, si querés, así vas y volvés más cómodo, ¿*okey*? Te hice una cédula azul para que lo puedas manejar tranquilo. La dejé en la guantera con todos los otros papeles, así no se pierde.

Miguel dudó, pero terminó asintiendo.

—Dale, bueno.

Facundo sonrió.

—Genial. Sos el uno, Miguelito —dijo arrojándole las llaves del auto, y agregó—: Intentá dejar el auto a unas cuadras de la casa, en alguna calle un poco oscura. Digo, para no levantar sospechas con la gente del barrio, ¿puede ser?

Media hora más tarde, Miguel esperaba frente a una mansión de San Isidro, aún más grande que la de Leticia, con la mochila negra colgada de sus hombros. El corazón le martillaba en el pecho. El BMW estaba en una calle sin salida, a unas cuadras. Tocó el timbre de nuevo.

—¿Miguel? —preguntó una voz masculina a través del intercomunicador.

—Sí.

—Pasá, pasá.

Miguel respiró hondo, e ingresó al *hall* de entrada. Parecía un boliche. Cerró la puerta con cuidado. Se escucharon pasos y al poco tiempo aparecieron dos hombres; uno alto, flaco, vestido con una remera floreada y sandalias; el otro más bajo, con camisa blanca, pantalón de traje y zapatos de cuero negro.

—Un placer conocerte, Miguel —dijo cordial—. Ricardo; y este flaco buen mozo es mi marido, Javier. Vení, pasemos al *living* y charlamos un rato.

Le dio la mano a Ricardo, luego a Javier, en silencio, y los siguió derrotado entre las plantas de interior. Solo quería huir. Ricardo señaló unos almohadones:

—Sentate, ponete cómodo, ¿querés un café? ¿Un poquito de whisky?

Miguel sacudió la cabeza, tratando de acomodarse entre los almohadones de leopardo.

—No, gracias.

—¿Seguro?

—Seguro, gracias.

Ricardo se sentó frente a Miguel. Javier se quedó parado.

—Una lástima que Facu no haya podido venir —dijo Javier—, pero nos dijo que arreglemos todo con vos. ¿Tenés aquello?

Miguel asintió distraído en la chimenea encendida, donde colgaba la cabeza de un ciervo de aspecto amenazante.

—Pasame la mochila, entonces.

—¿Qué?

Javier lo miró incrédulo.

—¿No tenés el pedido ahí? —le preguntó con sorna.

—Ah, sí, sí, perdón —dijo Miguel.

Obediente, le entregó la mochila a Javier, que se apresuró a abrir.

Uno, tres, cinco paquetes de cocaína caían como ladrillos blancos sobre la mesa envueltos en papel film transparente.

¿Cuánto valía todo eso?, se preguntó estupefacto. ¿Miles de dólares? ¿Cientos de miles? Javier dispuso los paquetes uno al lado del otro, en fila, y los estudió con ojo experto.

—¿Todo en orden? —preguntó Miguel, ansioso.

Javier intercambió una mirada con Ricardo y luego sonrió.

—Todo en orden —guardó los paquetes dentro de la mochila. De otro bolsillo, el más pequeño, extrajo un pequeño sobre plateado.

—Para vos —dijo Javier—, por la molestia de venir tan a último minuto.

¿Acaso creían que era una mula? ¿Realmente daba esa impresión? Sin saber cómo decir que no, Miguel agarró el sobre y lo guardó en el bolsillo interno de su campera.

—¿Seguro que no querés un trago antes de irte? Estás pálido, más flaquito que Javier —rio—, un poquito de whisky te va a hacer bien.

Miguel dudó. ¿Por qué no? Se sentía extremadamente nervioso, mucho más de lo que debería. El whisky lo ayudaría a calmar esos nervios, o por lo menos a quitarse de la cabeza la imagen de toda esa droga junta y lo que significaba haberse convertido en la mula de carga de Facundo.

—Bueno, dale —aceptó finalmente.

Sonriendo, Ricardo se puso de pie, caminó hasta el bar y destapó una botella de Macallan, mientras Javier guardaba la mochila. Sirvió tres vasos, les puso hielo y entregó uno a Miguel.

—Gracias —dijo y, sin pensarlo dos veces, acercó el vaso a sus labios.

En el momento en que el whisky tocó su lengua, se escuchó un sonido inesperado, pero a la vez familiar. Miguel tembló, y el vaso lleno de whisky cayó al suelo, derramando todo el contenido sobre la alfombra. Tanto Javier como Ricardo miraron alarmados hacia la ventana. Otra vez se escuchó ese sonido, como el alarido de un gato moribundo.

Sirenas. La policía.

CAPÍTULO CUARENTA Y UNO

Cuando Fernández entró a la sala de interrogatorios, un olor rancio lo alcanzó de lleno. Hizo una pausa, ahogando las náuseas. Se forzó a respirar por la boca. Tomó una bocanada de aire, luego otra. Cerró la puerta. Por fin ocupó una silla, que rechinó bajo su peso. Sentado del otro lado de la mesa de metal, Leonardo de Tomaso aguardaba impertérrito.

Sin embargo, antes de hablar Fernández estudió al hombre. Había hecho un intento, al menos, de verse presentable. Vestía un traje de buena calidad y llevaba el pelo engominado hacia atrás, pero claramente hacía años que Leonardo de Tomaso no era el de antes. La tela de su traje, por más vistosa que pudiera haber sido en algún momento, ahora se mostraba arrugada, con huecos de polillas en el cuello y los costados.

La camisa estaba cubierta por manchas amarillentas, las ojeras en su rostro escuálido lo delataban como un adicto. No era cocaína ni ninguna de esas novedosas drogas sintéticas. No. El detective reconocía ese aspecto de desaliño mezclado con el esfuerzo de mostrarse presentable. *Alcohol.* Solo años de beber hasta desmayarse, día tras día, destrozaban a un hombre de esa manera.

"¿Estará borracho ahora?", pensó el detective. No, ese olor era a alcohol viejo. Sus pupilas dilatadas, el aire salvaje y acosado de su mirada. Leonardo quería algo para beber y lo quería ahora. "Cuidado…", se dijo Fernández.

—Señor de Tomaso —rompió el silencio. Leonardo volvió a levantar la mirada, un tanto desafiante—. Buenas tardes. Soy el detective Luis Fernán…

—¿Qué querés? —lo interrumpió Leonardo, agresivo—. ¿Qué hizo Facundo ahora? Sea lo que sea, yo no tengo nada que ver —trató de ponerse de pie, pero Fernández lo fulminó con la mirada y se quedó en su sitio.

—Siéntese, señor de Tomaso —dijo entre dientes—. ¿O prefiere que lo espose a la mesa, tal vez?

Leonardo obedeció de mala gana.

—Bien, gracias. Necesito hablar con usted sobre Facundo. Sí, ya me dijo que usted no tiene nada que ver, pero aun así me gustaría que me respondiera algunas preguntas, ¿puede ser?

—¿Qué preguntas? —soltó Leonardo y, con voz más amable, agregó—: ¿No tenés una cervecita o un poquito de whisky por algún lado, eh? Tengo una sed…

—Solo agua.

Leonardo sacudió la cabeza, como decepcionado, y se quedó en silencio.

—Su hijo Facundo —comenzó el detective— es una pieza clave en una investigación. Creemos que estuvo involucrado en un asesinato.

Leonardo se mantuvo impasible. Fernández continuó:

—Necesito que me diga todo lo que sabe de él, empezando por cuándo fue la última vez que lo vio.

El hombre desvió la mirada de la del detective. Se puso a estudiar una noticia vieja enmarcada en la pared. Sus dedos tamborilearon sobre la mesa, ansiosos.

—¿Es usted?

Fernández miró la foto de tres policías frente a una fábrica. Una causa que había llegado a los medios allá por los años ochenta.

—Responda, por favor.

—Facundo, Facu, Facu… —repitió, tristemente. Como si hubiera pasado los últimos años a la espera de enterarse de algo de esa índole—. No veo a mi hijo desde hace… —reclinó su cuerpo contra el respaldo de la silla—. ¿Seis años? ¿Siete? Algo así.

—¿Por qué? —preguntó—. ¿Qué pasó hace seis o siete años que padre e hijo se dejaron de ver?

—Necesito una cerveza —exigió Leonardo de repente. Fernández frunció el ceño—. Si querés que te cuente esta historia, necesito tomar algo. Quiero una buena cantidad. No tiene que ser cerveza, puede ser cualquier otra cosa. Si me conseguís eso, te cuento todo.

Fernández evaluó la situación. En cualquier otro interrogatorio, lo hubiera dejado detenido por desacato. Pero el tipo sonaba… honesto.

—¡Lacase! —se asomó por la puerta.

Pronto se escucharon los pasos de Romina, que apareció al poco tiempo. El detective sacó de su bolsillo un par de billetes.

—Vaya a algún quiosco y cómpreme dos *packs* de seis cervezas, por favor.

Romina alzó una ceja, pero tomó el dinero y se alejó. Fernández estuvo a punto de volver a entrar a la sala, pero prefirió esperar afuera. En el pasillo, por lo menos, podía respirar sin tener que sentir el olor rancio que emanaba la ropa de Leonardo.

Pasaron los minutos y cuando ya empezaba a ponerse ansioso, apareció Romina con los *packs* de cervezas. Se los entregó junto con el cambio. Sin decir palabra, dio media vuelta y se fue.

"¿Todavía estará enojada por lo de Herrera?", pensó Fernández. No era momento para lamentarse. Volvió a entrar a la sala y apoyó las cervezas sobre la mesa de metal. Leonardo se abalanzó sobre ellas. Terminó la primera cerveza en pocos segundos; luego agarró una segunda, que bebió más despacio. Cuando el alcohol empezó a hacer efecto, se relajó visiblemente.

—¿No tomás? —preguntó y el detective sacudió la cabeza—. No me dejes solo, es de mala educación.

Fernández no pudo evitar soltar una carcajada. Pensó un momento y, contra su mejor juicio, destapó una cerveza.

—Ya tiene la cerveza y me tiene a mí tomando con usted —dijo el detective—. Ahora sí, cuénteme todo.

La sonrisa de Leonardo desapareció al instante. Se quedó mudo por un momento. Asintió lentamente con la cabeza y luego comenzó a hablar.

La historia de los de Tomaso era trágica. Y lo había sido desde un principio. Padre e hijo nunca encajaron el uno con el otro o así, por lo menos, lo veía Leonardo. Eran opuestos. "Facundo era un buen chico", dijo su padre, pero aparentemente esto nunca había sido suficiente. Siempre había sido un poco rebelde, desde muy pequeño. Tenía momentos de crueldad, también.

De niño le gustaba jugar a matar insectos, a arrancarles las alas y las patas. Pero también era salvaje en el buen sentido. Le gustaban las aventuras, correr por el barrio, cantar y jugar en el parque. Leonardo, en cambio, creía en la rectitud. En las cosas *bien hechas*. Creía en el respeto por sobre todas las cosas. El respeto por los mayores y, en primer lugar, por los padres.

—Estábamos los dos solos —dijo Leonardo, ya terminando su cuarta cerveza—. Mi mujer se murió cuando Facundo tenía diez años. Cáncer. Eso fue un error.

"¿La muerte de su esposa fue un *error?*".

Fernández quiso preguntar, pero se contuvo. El silencio es un gran arma cuando uno quiere que el otro hable más de lo que quiere hablar.

—Sonia, mi mujer, fue a un control de rutina y…, bueno, le quedaban seis meses de vida —siguió Leonardo después de un momento—. Al principio creímos que había más tiempo. Uno siempre escucha historias de pacientes con cáncer que tienen seis meses de vida pero terminan viviendo años, décadas incluso. Pero Sonia no tuvo esa suerte. Probamos de todo. Radioterapia, quimioterapia, hasta acupuntura. Nada funcionó. Mi error... fue no contarle a Facundo hasta el último minuto.

Sonia quiso decirle apenas nos enteramos, pero yo se lo prohibí. Era muy chiquito. No quería darle ese... disgusto, sobre todo porque creíamos que no era necesario. Que quizás su mamá iba a vivir muchos años más. Pero no. Cada día fue empeorando. Se lo ocultamos a Facundo, obviamente. Sonia hizo todo lo posible para aparentar estar bien, aun cuando por dentro su cuerpo se caía a pedazos. Después de cinco meses y medio, decidimos que era hora de contarle a mi hijo, para que se pudiera despedir de su mamá. Hasta el día de hoy, cree que su mamá se murió de una semana para la otra. Cree, también, que yo empecé a tomar por culpa del laburo, porque me echaron. Cuando la verdad es que el alcohol fue la única manera que encontré para frenar un poco el dolor de saber que mi mujer se estaba muriendo.

Leonardo respiró hondo, una y otra vez. El detective se mantuvo en silencio.

—Después de que Sonia falleció —continuó el hombre—, intenté educar a Facundo como me había educado mi tío a mí. Con mano firme. Tuvimos muchos encontronazos, pero siempre nos terminamos arreglando. Yo sabía que Facundo en el fondo era un buen chico, aunque un tanto cabeza dura, y él sabía que yo quería lo mejor para él. Por muchos años, ese conocimiento mutuo fue suficiente. Pero... me equivoqué.

—¿Qué pasó? —se sorprendió al darse cuenta de que estaba tomando a la par de Leonardo, ya por su tercera cerveza.

—Me echaron del laburo por segunda vez —dijo, su voz sonaba a veneno—. Me echaron del laburo los hijos de puta de... Nada, no importa. Esa es otra historia. Lo que importa es que yo estaba mal. Furioso. No con Facundo, pero... Bueno, me desquité con él. Me equivoqué. Me equivoqué —repitió y su voz se quebró apenas. Abrió otra cerveza. Siguió—: Un día de esos, Facundo cayó preso por una pelotudez. Lo encontraron a él y a un amigo en una propiedad privada abandonada. Cuando me llamó para que lo fuera a sacar... Bueno. Ese fue el día que nuestra relación se rompió.

Leonardo hizo una pausa y miró al detective como rogando

que le permitiese detenerse. Pero Fernández se quedó en silencio. Leonardo tomó aire, bebió medio vaso de cerveza y continuó:

—Hice… algo que no debería haber hecho. Lo dejé ahí. Quería… enseñarle una lección. ¿Cuál? No sé. Hasta el día de hoy no tengo idea de por qué hice eso. Ya sé, le doy asco. Pero no más asco del que me doy a mí mismo. Facundo nunca me lo perdonó. Se fue de casa unos años después. Nunca supe nada más de él. Pensé en hacer una denuncia por desaparición, pero… ya para ese entonces yo estaba tomando todos los días, todo el día. Me pareció que ya la había cagado lo suficiente, no quería seguir arruinándole la vida a mi hijo. Así que dejé que se abriera por su lado…

Una lágrima recorrió la amarillenta mejilla de Leonardo. Cerró los ojos y tiró la cabeza hacia atrás, como a punto de lanzar un alarido de dolor, pero se quedó mudo. Fernández tragó saliva.

—¿Quiere decir que no sabe si su hijo está vivo o muerto? —se odió al escuchar las palabras que salían de sus labios.

Los ojos de Leonardo se abrieron de golpe. Asintió con la cabeza, un gesto cargado de tanta tristeza que el detective sintió que algo se estremecía en su estómago.

—Todo esto fue hace varios años ya, como te dije. Hice un par de intentos de comunicarme con Facundo, pero ninguno funcionó.

—¿Cree que Facundo esté involucrado en narcotráfico? —consultó Fernández.

—Puede que sí, puede que no. Nunca se sabe con él. Siempre fue… extremista. Siempre tuvo dos lados, uno bueno y uno malo. Puede que haya terminado en la droga, como puede estar viviendo en Europa, con una mujer hermosa y varios hijos. No sé, no sé… Y no quiero saberlo tampoco.

"Suficiente". Fernández se puso de pie de repente. "No puedo seguir torturando a este pobre hombre".

—Le agradezco por su tiempo, señor de Tomaso —dijo el

detective, tendiéndole la mano—. No lo molesto más. Se puede ir.

Leonardo, sorprendido, levantó la cabeza. Después de un momento de duda, se puso de pie, se tambaleó apenas al hacerlo, y tomó la mano del detective. Por un segundo, nadie habló.

—¿Tiene hijos, detective? —preguntó, todavía sosteniendo su mano. El cambio al uso de *usted* para hablar le pareció curioso a Fernández.

—Sí —respondió luego de un momento.

Leonardo soltó la mano del detective y echó un vistazo a su alrededor. Luego, su mirada volvió a posarse sobre el detective.

—Nunca haga lo que hice yo. ¿Quería enseñar una lección a la fuerza? Fui un pelotudo y me costó todo: mi hijo, mi vida. Todo.

Fernández asintió con la cabeza, un gesto corto e involuntario. Leonardo soltó su mano y señaló las latas de cerveza restantes sobre la mesa.

—¿Me puedo llevar…? —Fernández volvió a asentir—. Gracias, gracias.

Abrazó las cervezas y abandonó la sala de interrogatorios con paso lento, ese paso zigzagueante propio de las almas sin rumbo.

CAPÍTULO CUARENTA Y DOS

Miguel se quedó inmóvil, sus piernas como las de una estatua de bronce. Las sirenas sonaban cada vez con más intensidad. Javier y Ricardo intercambiaron miradas, sin decir nada tampoco, sin mover ni un dedo. Pasó un largo momento. "¿Qué están esperando?", se preguntó Miguel. Las sirenas no parecían alejarse. "¿Qué están esperando?", se repitió e inmediatamente su corazón comenzó a latir tan fuerte que lo creyó a punto de romper sus costillas. Abrió la boca para decir algo, lo que fuese, pero su garganta se rehusó a formar sonido alguno.

Una mano tocó su hombro.

—Vení conmigo —susurró Javier—. Quedate callado y vení conmigo.

Miguel obedeció. En momentos como ese le resultaba posible encontrar un cierto alivio en no tener que decidir por su propia cuenta y simplemente limitarse a seguir instrucciones.

Sin quitar la mano de su hombro, Javier lo condujo por un pasillo corto, pasando por la cocina, hasta llegar a una pequeña habitación donde había un lavarropas y una cama de una sola plaza a un costado. Allí, Javier apagó las luces y movió la puerta hasta dejarla apenas entreabierta. Desde la oscuridad de esa habitación de servicio, la conversación entre Ricardo y el policía se escuchaba con tanta claridad como si estuviesen charlando a su lado.

—Oficial, buenas noches —dijo Ricardo, su voz sonó placentera, cálida incluso—. ¿En qué lo puedo ayudar?

—Disculpe la molestia, pero recibimos una denuncia diciendo que alguien había roto la cuarentena —dijo la voz del policía.

—¿En serio? ¿Dónde? —Ricardo se acomodó el tapaboca con inocencia.

—En esta calle. ¿No habrá visto por casualidad un joven de unos veinte años pasar por el frente?

—¿Acá? No, ni idea. La verdad, oficial, es que no estaba prestando mucha atención. Me agarró preparándome para ir a dormir.

—¿Le molesta si entro?

Hubo una pequeña pausa. Miguel contuvo el aliento. La mano de Javier se apoyó más firme en su antebrazo.

—No, para nada —respondió Ricardo.

Las bisagras de la puerta de calle gruñeron, luego se escucharon los pasos pausados del oficial al entrar a la casa. Miguel recordó el calor del cuerpo de Javier apretado contra el suyo, la dura superficie del lavarropas contra su espalda. Pasaron un minuto, dos. El policía caminó por todo el *living*, seguido de cerca por Ricardo. "La mochila con toda la cocaína está en el sillón", pensó Miguel, e inmediatamente sintió ganas de vomitar.

Luego escuchó la puerta de la cocina abrirse, estaba tan cerca, seguida por pasos de botas sobre el piso de madera y luego sobre la cerámica. Comenzó a temblar y, a pesar de saber lo peligroso de esa reacción, no pudo hacer nada para evitarlo. El oficial estaba cada vez más cerca. Podía escuchar sus pasos casi junto a su escondite.

La voz de Ricardo interrumpió en el silencio.

—¿Quiere tomar algo, oficial? ¿Un vaso de agua? ¿Una taza de café?

El oficial detuvo su andar a centímetros de la habitación de servicio.

—No, gracias —respondió, seguido por el chillido de la suela de sus botas contra la cerámica al girar—. Le pido disculpas, señor. No lo molesto más. Gracias por su cooperación.

—Por supuesto, oficial. Qué difícil está todo.

Miguel dejó escapar un suspiro. Sintió la mano de Javier relajarse y soltar su brazo. Los pasos se alejaban, salían de la cocina y volvían al *living*. Luego oyó otra vez la voz del oficial:

—¿Acá no había una mochila?

Un momento de silencio. Miguel sintió su corazón dar un vuelco.

—¿Una mochila? —preguntó Ricardo—. ¿Dónde?

—En el sillón, podría jurar que… nada, nada. Gracias nuevamente. Si ve o escucha algo fuera de lugar, no dude en comunicarse con la central.

Y luego la puerta principal de la casa se abrió y cerró y Miguel escuchó el motor del patrullero alejándose. Pero se quedó inmóvil: su mente sabía que ya el peligro había pasado, pero su cuerpo se rehusaba a creerle. A su lado, Javier se puso de pie y encendió la luz de la habitación.

—Ya está —dijo. Parecía tranquilo, demasiado, como si esconderse en una habitación de servicio para evadir a la policía fuese una cosa de todos los días—. Quedate unos minutos más, hasta que estemos seguros de que el patrullero no está más en el barrio, y después te podés ir.

★ ★ ★

Miguel recorrió el camino de vuelta con el miedo en el cuerpo. Al llegar no veía la hora de que la puerta del garaje acabara de abrirse de una vez para meter el coche, cerrarla y dejar de hacer ruido en la noche muda. Apagó el motor del BMW y apretó el botón que cerraba la puerta del garaje. Salió del coche y entró en la casa.

Caminó como un autómata, hasta donde Vanesa esperaba sentada. Lo llamó por su nombre, pero él no respondió. La escuchaba como a través de un velo. Se sentía como debajo del agua; veía y oía las cosas como si así fuera.

Había estado tan cerca, *tan cerca*, de ser atrapado. Tan cerca de tener que pasar no una noche, sino años encerrado tras las rejas. Su mente todavía no podía procesar esa información. La adrenalina le corría por las venas, lo había hecho durante todo el camino desde San Isidro hasta San Fernando, pero ahora iba dejando su lugar a un pudor similar al que había sentido en Nueva York cuando Leticia lo abandonó.

Leticia. Miguel entró a su habitación, ignorando a Vanesa, y cerró la puerta con fuerza. Se lanzó sobre la cama. Luego de un tiempo (minutos, horas, Miguel había perdido toda noción) la puerta volvió a abrirse y por ella entró Facundo. Se sentó a su lado, sobre la cama, pero se quedó mudo.

—No puedo ir en cana, Facu —dijo Miguel y no pudo evitar sorprenderse al escucharse hablar. Repitió—: No puedo ir en cana. Vos, más que nadie, me tenés que entender.

—¿Qué pasó? —preguntó Facundo, su voz no más que un murmullo.

—Te agradezco, Facu. En serio. Te agradezco todo lo que hiciste y seguís haciendo por mí. Me alojaste, me prestaste plata, la moto, hasta una guitarra, pero… No puedo. No te juzgo ni nada, pero… esto de andar repartiendo droga no es para mí. No puedo ir en cana. No puedo.

—¿Qué pasó? —volvió a preguntar Facundo y esta vez las palabras sonaron como una orden.

Miguel se forzó a calmarse, aunque ya su respiración había vuelto a flaquear. Inhaló una vez, luego otra. Finalmente, narró lo que había pasado en la casa de Ricardo y Javier. Cuando terminó, Facundo se quedó pensando un largo rato antes de decir:

—Vení, te quiero mostrar algo.

Se puso de pie y Miguel lo vio salir de la habitación sin mirar atrás. Lo siguió luego de un momento, más por la costumbre de obedecerlo que por curiosidad. Cuando llegó al *living*, Vanesa ya no estaba. Facundo se había puesto una campera.

Cargaba en una mano un abrigo para Miguel y en la otra las llaves del BMW. Subieron al coche en silencio, Facundo en el asiento del conductor, Miguel en el del acompañante. Al encenderse, el motor sonaba tan suave que era casi inaudible. Facundo abrió el portón y puso reversa.

Las calles de San Fernando los recibieron a oscuras, completamente vacías. Durante el corto trayecto que siguió, Facundo se mantuvo mudo, la vista fija en sus manos tensas, aferrando el volante. Miguel tampoco habló, aunque quería hacerlo, pero rápidamente se dio cuenta de que no podía. Solo pensaba en esa sirena de policía, en el pánico que había sentido en ese momento, en lo cerca que estuvo de arruinar su vida para siempre. Estacionaron frente a un portón de chapa, de esos cubiertos de carteles de publicidad que se instalan para ocultar casas en construcción. Un único farol iluminaba el lugar. Inmediatamente, Miguel tuvo una extraña sensación. "No es la primera vez que estoy acá". Facundo apagó el BMW y abrió la puerta.

—¿Qué hacemos acá? —preguntó Miguel ya fuera del coche.

Facundo simplemente le ofreció una sonrisa. Se acercó hasta el portón y de su campera sacó un manojo de llaves. Miguel escuchó el chasquido de un candado al destrabarse, seguido por el roce de cadenas al caer al suelo. El portón comenzó a abrirse.

—Vení.

La fábrica abandonada. La fábrica de neumáticos donde había trabajado Leonardo de Tomaso y donde, hacía ya tantos años, la policía los había atrapado. "¿Por qué tiene la llave...?". La respuesta era obvia. Facundo había comprado el predio con la venta de drogas. Miguel iba a entrar, pero Facundo le hizo una seña para que se detuviera.

Varios metros más allá había una caseta de guardia donde se asomaba un hombre de aspecto somnoliento. Facundo levantó la mano y sonrió.

—Soy yo, Lautaro —dijo—. Todo en orden. Vengo a dar una vuelta, nada más.

El hombre asintió con la cabeza, giró y volvió a la caseta.

Se escuchaba un partido. Jugaba Tigre. Facundo hizo una seña a Miguel para que lo acompañara. Cruzaron el umbral a paso lento, hasta llegar a una pequeña compuerta que Facundo abrió. Inmediatamente, cuatro lámparas como torres se encendieron. El predio, hasta ese entonces oculto en la oscuridad de esa noche sin luna, se vio bañado en luz. La fábrica todavía estaba allí, en ruinas, pero el predio había cambiado. Ya no había basura ni neumáticos viejos que cubriesen el terreno. Donde antes había tierra, ahora había pasto perfectamente prolijo y hasta un sendero marcado por rocas blancas dispuestas con cuidado una al lado de la otra.

Bordearon la fábrica sin entrar, siguiendo ese sendero. Más torres de iluminación guiaron su camino. Facundo se detuvo de repente.

—¿Qué opinás? —dijo entonces, rompiendo el silencio.

Frente a él, donde antes había estado el patio trasero de la fábrica, con esos arcos de fútbol oxidados, ahora había un sitio en construcción. Montañas de arena esperaban a un costado. A su lado había ladrillos huecos apilados unos sobre otros. Más allá, cerca de donde habían estado los arcos, se apilaban las champas de pasto sintético.

—¿Van a ser canchas de fútbol? —preguntó Miguel.

Facundo se volvió hacia él. Una fuerza destellante le cruzaba la cara. Asintió con la cabeza una vez y luego otra.

—En unos meses están listas.

—Wow… Es… No sé qué decir, Facu. ¿Por qué?

—Por qué ¿qué? ¿Por qué estoy haciendo canchas de fútbol o por qué te traje acá?

—Ambas.

—Mi papá venía todos los sábados por muchos años a jugar fútbol a este lugar. Era bueno. Muchas veces lo acompañé y son algunos de mis mejores recuerdos con él. Se las quiero dejar al barrio, así los chicos tienen un buen lugar donde jugar y compartir con sus padres. Y por qué te traje acá… —La voz de Facundo se fue apagando. Miró a su alrededor y se sentó en unos escalones de cemento. Miguel lo imitó—. Nunca te conté lo que pasó cuando tu viejo te sacó del calabozo, ¿no?

Miguel lo miró de reojo, confundido.

—No. ¿Qué pasó? Creí que tu viejo te fue a buscar más…

—Creíste mal —lo interrumpió Facundo. Tenía la vista fija en las canchas de fútbol, ahora en construcción, y las miraba con una intensidad que a Miguel le produjo escalofríos. Una sombra creció en su rostro, así como la oscuridad de sus ojos. Respiró hondo y dijo—: Cuando hablé con mi papá e intenté explicarle la situación, no quiso escucharme. Me dijo que todo era mi culpa y, sin dudarlo ni un segundo, decidió que como castigo por mi comportamiento *inapropiado* no iba a sacarme. Me dejó en el calabozo, sin pensar con quiénes estaba, viciosos, criminales, unos policías que también vos conociste…

La voz de Facundo se fue apagando, hasta que lo único que se impuso en esa noche fue el silencio. Por su rostro, hasta ese momento impasible, ahora caían lágrimas. Miguel abrió la boca para hablar, pero no supo qué decir. Facundo se aclaró la garganta.

—Esto ya te lo dije de chicos, después de un partido, no sé si te acordás —siguió su amigo, quien ahora sonreía, pero era una mueca torcida, perturbada—. Lo irónico es que te lo dije sentados en este mismo lugar. Y mi papá y esa celda de mierda lo confirmaron. La vida es como la selva. La única forma de sobrevivir es siendo el más fuerte.

—Facu…

—No, dejame terminar. Es importante que me escuches, Migue. Muy importante. Necesito que entiendas, porque veo cómo me juzgás.

—No te juzgo, en serio, no…

—No me mientas. No te mientas —interrumpió Facundo—. Está bien. Es lógico que me juzgues. Querés lo mejor para mí y creeme que los dos estamos de acuerdo en que traficar cocaína no es lo mejor para nadie, pero… —Facundo respiró hondo antes de continuar—. Mi papá nunca fue a buscarme. Tuve que ir a ver a un juez. Por suerte, terminaron liberándome. Volví a casa, pero no lo quería ver. Así que, cuando pude, me fui de casa. Agarré una plata que había en la caja de seguridad y me fui a la mierda. Di vueltas por Buenos Aires por varios meses. Al principio, me quedé en hoteles baratos. Cuando se me terminó la plata, pasé algunas noches en lo de unos amigos, pero… nada, no era bienvenido, no del todo, así que terminé yéndome. Dormí en la calle. Dormí en edificios abandonados hasta que un día me cayó un ángel del cielo. Cuando creí que mi vida no daba para más, cuando estaba a punto de dar mi vida por… terminada, un hombre me salvó. Carlos Fabián Mesa.

Mesa había encontrado a Facundo en medio de una de sus operaciones. No tendría que haber estado allí. Pero, en vez de eliminarlo como normalmente hubiera hecho con cualquier testigo inesperado, decidió tener piedad. Y su palabra era ley en el mundo en el que se movía.

—No sé qué vio en mí, pero me tomó bajo su ala —continuó Facundo—. Primero fui su cadete. Llevaba drogas o armas de una punta de Buenos Aires a la otra. Al poco tiempo, me convertí en su ayudante y, después, en su mano derecha. La pistola que viste en casa es un recuerdo suyo, por eso la tengo. Te puedo asegurar que la necesitaba, aunque al final no le sirvió de mucho. Pero dejame que te explique.

A cambio de sus servicios, de su lealtad, Mesa le había dado comida y un techo, le explicó Facundo. Ya en esa época había decidido no salir de la casa solo. Era demasiado riesgoso. Ante cualquier necesidad, él hacía de chofer para el colombiano. Mesa le había regalado el BMW que usaba todavía. Facundo trabajaba a su lado y Mesa fue su mentor en el negocio de la droga. Le enseñó todo. Y terminó siendo para Facundo el padre que Leonardo jamás había logrado ser.

Pero un día la suerte de Facundo pegó otro vuelco. Ese día, al volver a la casa en Punta Chica luego de una entrega, se encontró el cuerpo de Mesa sobre un sillón, cubierto de sangre ya seca. Había un agujero de bala en su sien.

Miguel palideció al escuchar aquello y apoyó su mano en el hombro de su amigo.

—Un ajuste de cuentas —dijo Facundo.

Nunca supo exactamente por qué habían matado a Mesa, ni en qué se había equivocado o a quién se había olvidado de pagarle, pero eso ya no importaba.

Se deshizo del cuerpo. En las semanas que siguieron vivió aterrorizado por miedo a que los asesinos volvieran y acabaran también con él. Pero pasó el tiempo y nadie fue a buscarlo. Harto ya de vivir con miedo, decidió que era hora de afrontar la realidad. La muerte de Mesa ponía en sus manos una oportunidad que no podía desaprovechar. Con el conocimiento adquirido en tantos meses como mano derecha de su salvador, Facundo se hizo cargo del negocio.

—Y así fue como terminé trabajando de lo que trabajo ahora —concluyó—. No tuve mucha opción. Alguien tenía que hacerse cargo del negocio. Si no era yo, iba a ser alguien más. Si no era yo, habría corrido más sangre, seguro.

Un largo silencio, como un vacío que crecía y crecía, se extendió entre los dos. Facundo había bajado la cabeza al terminar su historia. Estudiaba el cemento de los escalones como avergonzado por lo que había contado. Luego de varios minutos, Miguel dijo:

—Facu, perdón, no sabía nada…

—No importa —Facundo levantó la cabeza, para volver a estudiar a lo lejos las canchas de fútbol en construcción—. No te preocupes. Todo esto fue hace mucho. Ahora estoy bien. Más que bien.

Con esas palabras, algo cambió en su rostro. Miguel se quedó mirándolo un tanto incrédulo. El de Facundo no era el rostro de alguien débil, vencido por las circunstancias de una vida trágica. No. Su amigo observaba las canchas a medio terminar imaginando infinitas posibilidades.

Antes de que Miguel pudiese decir nada más, Facundo sacó de adentro de su campera un panfleto y se lo entregó. Mientras él lo abría para leerlo, continuó:

—Ya sé que la droga no es el mejor camino, pero es lo único que tengo. Estoy haciendo todo para salir. Y ya casi estoy. Lo único que quiero es inaugurar estas canchas, dejarlas para los chicos del barrio y después me voy. Al sur. Compré una cabaña allá, en San Martín de los Andes. Fijate en el panfleto. Está al lado de un lago. Una vez que las canchas estén listas, agarramos el auto con Vanesa y nos vamos para allá y te prometo que no toco nunca más un gramo de merca.

Miguel ojeó el panfleto bajo la luz eléctrica de esas torres. Pensó que su amigo decía la verdad.

—La muerte de mi mamá fue... —Facundo pensó un momento, sopesando las palabras— enorme. Le quedó tanto por hacer, tantos deseos por cumplir... Quería recorrer Europa, conocer tantos lugares... y nunca salió de este barrio. Eso no me va a pasar a mí, ni debería pasarte a vos, Migue. Acordate de lo que te dije una vez: vivila toda, no te dejes nada. Morí poquito... lo imprescindible.

Miguel cerró el panfleto y volvió a mirarlo, y supo entonces que Facundo era fuerte, mucho más fuerte de lo que se había imaginado, quizás la persona más fuerte que jamás había conocido. Una ola de calor inesperada recorrió el cuerpo de Miguel. Se quedó sin aliento, de repente. Veía el rostro de Facundo, sus pómulos altos, esos labios gruesos, tan intensos, y se estremeció. Facundo giró la cabeza para devolverle la mirada. Su estómago dio un vuelco. Se quedaron así, contemplándose por un largo momento. Luego, Miguel actuó instintivamente. Sin pensarlo dos veces, cerró la brecha entre sus labios y los de su amigo, y lo besó.

Facundo se apartó con violencia. Lentamente, como eligiendo sus palabras con el máximo cuidado, dijo:

—¿Qué mierda te pasa? ¿Sos puto? Nunca, *nunca* vuelvas a hacer eso.

Miguel sentía que la vergüenza lo ahogaba.

—Vamos —dijo Facundo—, antes de que aparezca la policía y terminemos peor que la vez pasada.

A paso largo y decidido, sin esperar a Miguel, comenzó a caminar hacia la salida. Luego de un instante, Miguel despertó del estupor del momento. Se paró y siguió a Facundo hasta el coche. En todo el trayecto de retorno a Punta Chica su amigo no le dirigió ni una sola palabra. Cuando entraron a la casa, Facundo fue directo al sillón, abrazó a Vanesa y le dio un beso largo y pasional.

Miguel se encerró en su habitación y echó llave a la puerta.

CAPÍTULO CUARENTA Y TRES

"Facundo de Tomaso es culpable", pensó. La idea, como una corriente eléctrica, le había venido a Fernández a la cabeza en el momento en que Leonardo salía de la sala de interrogatorio. El detective todavía permanecía sentado en la misma silla, con los ojos fijos en la puerta que acaba de cerrarse. La sala todavía olía a alcohol. "Facundo de Tomaso asesinó a Miguel Alvarado y a Vanesa Cardozo".

No le hizo falta que Leonardo lo dijese. Ese hombre estaba seguro de que su hijo era el culpable. Se lo leía en el rostro, en el vacío que había en su alma, en la manera en que su voz se había quebrado al narrar la historia de su hijo. Además, no había otra explicación, no había más sospechosos que encajasen con el caso. Estaba Carlos Mesa, sí, pero...

Tal vez el rumor era cierto. Tal vez Mesa no se había jubilado, sino que estaba muerto. Asesinado por ese pendejo que siempre andaba atrás de él y que se quedó con el negocio.

Fernández abrió los ojos de repente. Comenzó a hacer cálculos en su cabeza. Comparó la fecha de la jubilación de Víctor Rivero con el año en que Facundo se fue de su casa. Tres años de diferencia. El tiempo que pudo llevarle a Facundo ganar la confianza de Mesa y convertirse en su mano derecha. "Encaja perfecto", advirtió y no pudo contener una carcajada. "Facundo de Tomaso mató a Mesa y se quedó con su negocio".

317

Sabía que podía ser casualidad, que la coincidencia entre esas dos fechas no era suficiente para demostrar que ese *pendejo* que había mencionado Rivero era Facundo de Tomaso. Pero estaba seguro de tener razón. *Seguro.*

—Esa es la conexión, eso es lo que los une a todos —explicó a Romina momentos más tarde, de vuelta en su oficina—. Necesitamos encontrar a Facundo de Tomaso.

—¿Y Ortigoza?

—Si encontramos a de Tomaso, él nos lo explicará.

Romina no parecía tan convencida.

—Detective, no sé si...

—No le pido que me crea, Lacase. Pero sígame la corriente. Hagamos de cuenta que tengo razón y que Facundo mató a Mesa y se puso a cargo de su negocio. ¿Cómo quedaría el caso si eso fuera cierto? ¿Cómo encajan las distintas piezas?

Romina cruzó los brazos. Se mantuvo en silencio por un largo momento antes de hablar:

—Si Facundo de Tomaso se quedó con el negocio de Mesa... Yo diría que, cuando Alvarado volvió a Buenos Aires, decidió reencontrarse con su viejo amigo y trabajar para él. En ese caso, Miguel hubiera entrado en el mundo de la droga y... no sé. Eso no explica cómo terminó muerto.

—Terminó muerto porque Facundo de Tomaso lo asesinó —dijo Fernández entonces.

—No entiendo —respondió Romina.

—Toda persona que entra en ese mundo termina mal. La droga corrompe, Lacase, destruye hasta las más fuertes amistades. Miguel empezó a trabajar para Facundo y, en ese ínterin, pasó algo. Algo suficientemente serio como para que Facundo decidiese que hacía falta asesinar a su amigo. —Hizo una pausa, pensativo, y luego de un momento, sonrió—. ¿Y si Miguel quiso hacer lo mismo que hizo Facundo? Le gustó la plata fácil y decidió que no le hacía falta el otro para trabajar. Quizás decidió deshacerse del jefe, pero Facundo se le adelantó antes de que Miguel pudiese acabar con él. O tal vez fue una venganza pasional por una relación surgida entre Miguel y Vanesa…

Romina caminó hasta la ventana, jugueteaba con sus pulseras, pensando. El detective dejó escapar un cansado suspiro. Se acercó hasta Romina y siguió su mirada hasta la calle. El sol brillaba en lo alto.

—El mundo de la droga corrompe, sí, pero… —dijo Romina finalmente, rompiendo el silencio—. No sé, Luis. Estamos entrando de cabeza al terreno de las especulaciones. Lo que dice tiene sentido, pero solo si damos por sentado que Facundo de Tomaso realmente mató a Mesa y se quedó con su negocio. Si realmente fue así, ¿dónde está? ¿Cuál es su base de operaciones? En la casa de Punta Chica no había rastros de droga. También están los hermanos Herrera, que tienen su fama. ¿Qué rol cumplen ellos dos en todo esto? Y las canchas de fútbol, que tanto lo obsesionan. ¿Cómo encajan esas canchas con el resto del caso?

—Todavía no sé —dijo Fernández—. Pero la conexión existe. Estoy seguro. —Tuvo una idea, como una inspiración—. Quizás… Quizás.

Sonó un teléfono, interrumpiéndolo. El detective apartó la mirada de la ventana y se acercó a su escritorio. De un bolsillo de su campera, sacó el celular. *Laura*. "¿Qué quiere ahora?", murmuró por lo bajo. No escuchaba palabra de su ex desde hacía días, desde la pelea que habían tenido en la puerta de su casa. ¿Y ahora quería hablar? ¿Justo cuando se sentía a punto de descifrar su caso de una vez por todas?

—Laura, ¿es importante? —preguntó con tono áspero—. No estoy de humor para escuchar tus insultos.

Pero en el otro lado de la línea hubo silencio.

—¿Laura? —repitió el detective—. ¿Ahora te quedás callada? ¿Qué pasó?

Una voz suave y un tanto aguda le respondió:

—Pa.

Fernández se llamó a sosiego. *Julián*.

—Juli —dijo—. Juli, perdón. Creí que… ¿Qué pasa? ¿Qué haces con el celular de mamá?

—Hola, pa —escuchó la vocecita de su hijo—. No pasa nada. Quería hablar con vos. Hace un montón que no nos vemos. ¿Puedo ir a tu casa a comer una pizza? O ver una peli, si querés.

De repente, Fernández sintió que se le estrujaba el estómago. Pensó un largo momento antes de hablar.

—¿Le preguntaste a tu mamá si me podías llamar?

—No. Se fue a hacer unas compras.

—Juli, escuchá —interrumpió el detective y se odió al oír las palabras que salían de su boca—. Ahora no puedo, estoy trabajando. Pero mañana nos vemos, ¿querés? Te prometo que mañana te paso a buscar y pasamos toda la tarde juntos. Hacemos lo que vos quieras. Pizza, peli, todo. ¿Te parece?

La respuesta de Julián vino demorada.

—Bueno —dijo el chico, claramente decepcionado—: Bueno, dale. Hasta mañana, pa.

—Hasta mañana, Ju… —no llegó a terminar la oración. Su hijo ya había cortado la llamada.

Fernández apoyó el celular sobre la mesa y se quedó en silencio, pensativo. ¿Por qué había rechazado el pedido de Julián? Necesitaba seguir con el caso. Pero… ¿por qué no verlo hoy y seguir con su trabajo al día siguiente? No podía estar seguro, la respuesta había huido de sus labios antes de que pudiera arrepentirse.

Levantó la cabeza. Romina lo miraba impasible. Había estado tan cerca de unirlo todo, tan cerca… Pero ese momento de inspiración, tan fugaz, ya había pasado. En su lugar, le habían quedado un vacío y una desazón profunda. Luego de un largo momento, volvió a mirar a Romina y dijo:

—¿Alguna noticia de los hermanos Herrera?

Romina se demoró en responder.

—No, nada. Hice todo lo posible, pero, por ahora, nada nuevo. Otro camino sin salida. ¿Me va a decir "se lo dije"?

—No me importa haber tenido razón, Romina. En lo más mínimo. Lo único que me importa es llegar a la verdad.

—La verdad no siempre se encuentra, Luis.

Fernández sacudió la cabeza.

—No, no. Estamos cerca, muy cerca. Lo puedo sentir en mis huesos. Necesitamos un poco más de tiempo, nada más.

CAPÍTULO CUARENTA Y CUATRO

Caminaba por la habitación de una punta a la otra, inquieto, nervioso. Sentía su piel como cubierta por cientos y cientos de hormigas. No podía quitar de su cabeza el rechazo de Facundo. Ni la música había logrado tranquilizarlo. Sus manos temblaban sobre la Gibson, la canción sonó rota. Aunque había intentado perderse en el olvido del sueño, cada vez que lo hacía lo acechaba el mismo recuerdo que intentaba dejar atrás pero insistía en volver, más fuerte que nunca.

Parpadeaba entre destellos de luces y el ensordecedor sonar de música electrónica, seguido por la voz de Facundo, tan clara como si susurrara a su oído:

Salí de acá, puto de mierda.

¿Era aquella felicidad la que de veras buscaba y se había negado hasta no hacía una hora?

En el boliche, en ese baile colectivo que habían compartido, su cuerpo se estremecía al borde de un éxtasis que nunca había estado tan cerca. Y luego, una vez más, como un mantra:

Salí de acá, puto de mierda. Salí de acá.

Detuvo su andar de manera abrupta y miró a su alrededor. La habitación estaba vacía, la puerta seguía cerrada. No había sonido alguno que viniese desde el pasillo o el *living*. Respiró hondo y apartó el recuerdo de su mente.

Cuando salió de su habitación, se encontró con que Facundo

ya no estaba. Pero sí había dejado un paquete de cigarrillos. Lo tomó, caminó hasta la puerta de calle y salió a la vereda. Encendió un cigarrillo y lo fumó en cuestión de segundos, casi sin respirar. Encendió otro cigarrillo, luego un tercero. La nicotina aclaró su cabeza, pero nunca le quitó esa sensación de hormigas trepando por su piel.

Sí, ahora también fumaba.

Cerró los ojos, y vio el rostro de Leticia frente a él, su cuerpo desnudo, la vio reír a su lado, recordó esa otra felicidad y supo entonces lo que tenía que hacer. Descolgó las llaves de la moto de la heladera y fue directo al garaje. Leticia. Si tan solo pudiera arreglar su relación, todo estaría bien. Si tan solo lograra volver a besarla, volver a sentir el calor de su piel contra la suya, el éxtasis de sentirse dentro de ella… Encendió el motor, abrió el portón.

A esa hora de la noche, la Avenida del Libertador estaba vacía, solo una brisa fresca abría un lugar entre las nubes para que pudiera asomarse la luna.

Miguel aceleró, impaciente. Sin el casco, el viento azotaba su rostro, haciéndole saltar lágrimas. No tardó en llegar a Barrio Parque. Estacionó la moto frente a la casa de Leticia, esa mansión que siempre lo había intimidado con su esplendor. Tocó el timbre.

—¡Leti! —exclamó cuando nadie respondió a su llamado—. ¡Leticia! ¡Abrí la puerta! —dijo una y otra vez, volviendo a hacer sonar el timbre.

Al no recibir respuesta, comenzó a golpear la puerta, machacando sus puños contra la madera, los nudillos casi a punto de sangrar.

—¡Leti! ¡Por favor! ¡Abrí la puerta! ¡Sé que estás ahí! ¡Abrí la…!

La puerta se abrió, de repente, y en el umbral se dibujó la figura de Leticia Amoedo. Estaba muy cambiada. Ahora usaba el pelo largo, teñido de rubio, había subido de peso. Inmediatamente Miguel se lanzó hacia adelante, pero ella dio un paso atrás, esquivando su abrazo. Miguel trastabilló, tuvo que aferrarse del marco de la puerta para no caer al suelo.

—¿Vos estás loco? —siseó Leticia—. ¿Qué hacés acá? Miguel, son las once de la noche y estamos en plena cuarentena, en cualquier momento va a aparecer la poli…

—¡Leti! Leti, por fin —Miguel interrumpió y sonrió como un niño al verla. Respiró hondo y se paró más derecho. Se acomodó el cuello de la remera y la campera—. Leti, perdón. Ya sé que es tarde, pero no importa. Necesito que hablemos, necesito que me ayudes a arreglar este desast…

—Miguel —Leticia habló con voz fría—. No podés estar acá a esta hora. Andate.

—Solo necesito unos minutos —siguió Miguel, haciendo caso omiso de lo que escuchaba—. Hablamos unos minutos y te prometo que me voy. Ya me di cuenta de que no querés estar más conmigo, Leti, pero te voy a hacer cambiar de opinión. Te amo y sé que vos me amás. Por favor, Leti, intentemos una vez más…

—Andate a dormir, Miguel. No podemos estar afuera a esta hora, los vecinos van a…

—¡Me chupan un huevo los vecinos! —gritó Miguel de repente.

Leticia dio otro paso hacia atrás, ahora sí asustada. Pero Miguel no se arrepintió. ¿Qué más tenía para perder?

—No me importan los vecinos. No me importa la policía. Quiero que hablemos, Leti. Solamente hablar, nada más. Yo sé que todavía me amás, solo quiero que…

—¡Ya no te amo más!

Las palabras lo golpearon como un puñetazo en el estómago.

—¿Qué? No…

—Me escuchaste bien. No te amo más. Hace *meses* que no te amo más, Miguel. ¿Por qué creés que te estuve ignorando cada vez que venías acá a tocar la puerta como un loco? Dios mío, ¿cómo puede ser que no caces ni *una* indirecta? ¿No ves que se terminó, que en Nueva York ya se había terminado?

Algo se rompió dentro de Miguel. Soltó un gruñido casi

animal. Comenzó a gritar desesperado, sin saber siquiera qué era lo que gritaba. Leticia hizo un intento de cerrar la puerta, pero él fue demasiado rápido. Con su mano derecha, agarró la puerta y comenzó a empujar para forzar su entrada a la casa. Leticia gritó y lanzó el peso de todo su cuerpo sobre la puerta. Forcejearon así por varios segundos, el macizo roble yendo y viniendo en sus bisagras, hasta que por fin otro par de brazos vino en ayuda de Leticia y logró cerrar la puerta y echarle llave.

—¡Andate de una vez, pendejo, o llamamos a la policía! —No era Leticia la que había hablado.

Un largo silencio se extendió por Barrio Parque. Fue un silencio espeso, interrumpido solo por su respiración agitada. Luego, unas voces adentro y los pasos apresurados de Leticia sobre un piso de madera al alejarse de la puerta.

Miguel miró a su alrededor aturdido. Todo estaba tan... tranquilo. La calle estaba vacía, las luces de las otras casas, encendidas. ¿Acaso nadie lo había escuchado gritar?

—Leti... —volvió a decir, su voz ronca ya—. Leti, perdón. Perdón... —Pero sabía que ella ya no lo escuchaba, ya no estaba allí.

Estuvo a punto de dejarse caer ahí mismo, en el escalón de la entrada, y dormir y dormir, sin ánimo de volver a despertar. Caer al suelo, dejarse vencer... Pero no.

La furia le renovó las fuerzas. Decidió olvidar a Leticia para siempre, olvidarla de una vez por todas. A paso lento, caminó hasta la moto que lo esperaba sobre la calle, unos metros más allá. ¿Por qué le dolía tanto? Tomó varias bocanadas de aire, pero el dolor seguía allí, carcomiéndolo por dentro. Llevó la mano al bolsillo interior de su campera en busca de las llaves. Sin embargo, sus dedos encontraron algo que ya había olvidado. Extrajo del bolsillo el plegado papel plateado y lo estudió con cuidado. *Para vos. Por la molestia de venir tan a último minuto.*

Tal vez eso le quitara el dolor, o lo aliviara. Hizo como había visto hacer a los demás ya varias veces en la casa de Facundo, o en las casas donde hacía sus entregas. Abrió el sobre y metódicamente trazó sobre el asiento de la moto una línea blanca igual a aquellas.

Una ola de fría energía le recorrió el cuerpo de pies a cabeza. Ahora, todo aquello parecía lejano y pequeño: el abandono de Leticia, el rechazo de Facundo… Se tenía a sí mismo y podía sobreponerse a todo.

Observó la moto, pero no quería manejar. ¿Por qué no caminar? La noche era bella, con la luz de la luna y las estrellas tan brillantes que ahora la acompañaban. Y eso fue lo que hizo. Incluso antes de que pudiera terminar de tomar la decisión, sus piernas ya se movían por sí solas, alejándose de la casa de Leticia.

Pasó una hora, luego dos, luego tres. El riesgo de que la policía lo detuviera por romper la cuarentena perdió toda importancia. ¿Por qué molestarse con cosas tan pequeñas? Si lo veían, podría correr. Había seguido tomando directamente del papelito que conservaba consigo y se sentía capaz de escapar de cualquier peligro. ¿Facundo? Ya el rechazo había perdido su gravedad. ¿Leticia? Ya el dolor era una cosa del pasado, de un pasado remoto y extraño, como un amigo de la infancia olvidado hace tiempo.

Fue en ese estado que Miguel cruzó medio Buenos Aires a pie. Caminó por Núñez, Vicente López, Olivos, luego Martínez y San Isidro, y en todo ese trayecto, sus labios agrietados por una sed insensata.

Cuando ya sus pies lo guiaban hacia la entrada de San Fernando, la cocaína perdió su efecto. De un momento al otro, el éxtasis se desvaneció. En su lugar Miguel sintió, primero, un vacío en el pecho. Detuvo su andar de golpe. Como un apagón, las luces de los faroles a su alrededor, tan brillantes, perdieron su potencia. Sintió sus piernas tambalear, a punto de ceder. Segundos después, el vacío entre sus pulmones se vio reemplazado por un odio profundo, negro como el azabache. Odió a Leticia y a su familia: todos lo habían abandonado.

Y odió a Facundo, porque el recuerdo que trataba de borrar se le imponía.

CAPÍTULO CUARENTA Y CINCO

La música lo había envuelto de repente. todavía todo estaba oscuro, pero podía escuchar esos latidos frenéticos martillear sus tímpanos. Frenética música electrónica. ¿Dónde estaba? Un boliche, lo podía ver ahora, olía una vez más el alcohol barato, mezclado con perfume y humo de cigarrillo. Era otra de esas salidas de los sábados a la noche, una de tantas desde que Miguel había dejado sus estudios universitarios en segundo plano.

Facundo reía a su lado, entre sorbos de una copa de champán. Se encontraban sentados en un pequeño apartado de muebles negros, en un sector reparado del boliche. Junto a ellos, cuatro mujeres. ¿Quiénes eran? Miguel conocía a una de ellas. Vanesa. El resto debían de ser sus amigas. Modelos todas, no había duda. Sonrió tontamente, sus ojos encastrados en los senos de una de ellas. ¿En qué momento su vida se había transformado en esto? Borracho de champán en un boliche, ebrio y rodeado de mujeres hermosas.

Cada vez que salía con Facundo se emborrachaba, sí, pero por primera vez en mucho tiempo el boliche giraba a su alrededor. Las botellas (cinco, seis, siete) sobre la mesa no parecían querer quedarse quietas. Esas luces no ayudaban en lo más mínimo. ¿Para qué tantos colores? ¿No podían contentarse con una luz blanca y nada más? O por lo menos podrían ser menos erráticas... La música sonaba tan fuerte, Miguel apenas podía escuchar que una de las chicas le decía algo. "Perdón, ¿qué?", apenas pudo balbucear. Respiró hondo, ignorando lo que le decían. "Necesito... ¿Qué necesito?".

—Necesito ir al baño —declaró de repente y se puso de pie. Los otros apenas registraron su anuncio. Miguel se alejó del apartado, toda su mente enfocada en caminar sin caerse. Salió del sector VIP y se aferró al guardia para bajar los escalones. Cuando entró a la pista, sintió una mano apoyarse en su hombro. Una mano fuerte. Miguel giró la cabeza como pudo y se encontró cara a cara con Facundo.

—¿Estás bien? —preguntó su amigo. Parecía preocupado, ¿no? Miguel tardó un momento en responder.

—Sí, sí... Estoy... Me estoy meando.

—¿Seguro?

—Sí... Bueno, no. Tomé un poquito de más, pero nada grave.

Facundo sonrió, como orgulloso. Un gesto inesperado. Luego, sacudió la cabeza y dijo:

—¿Cuánto es un "poquito de más"?

Miguel se encogió de hombros. Levantó las manos y tapó su rostro, como un niño que acababa de ser atrapado por sus padres en alguna travesura. Facundo lanzó una carcajada. Acto seguido, llevó su mano al bolsillo derecho de su pantalón.

—Dame la mano —le ordenó y Miguel obedeció sin pensarlo dos veces. Estrechó la mano y sintió los dedos de Facundo contra los suyos, pero el contacto duró tan solo un momento. Cuando su amigo retiró la mano, Miguel notó que había dejado algo en su palma. Una pastilla.

—¿Qué es? —preguntó con inocencia. No le hacía falta que le dijese para saber la respuesta: éxtasis.

—Algo que te va a hacer sentir mejor. Tomala —dijo Facundo, antes de partir como un rayo. Miguel se encontró solo otra vez, rodeado en la pista.

La puerta del baño se cerró con un ruido sordo. Miguel parpadeó varias veces, en un intento de acostumbrarse al cambio de luz y al sonido ahogado de la música afuera. El baño, extrañamente, estaba vacío. La pastilla todavía no le había hecho efecto alguno. ¿Acaso eso era normal? ¿O quizás Facundo se había equivocado? Se acercó al espejo. Cerró los ojos y disfrutó de la paz del momento.

Cuando volvió a abrirlos, se vio como si fuera la primera vez. En el reflejo de ese espejo sucio observó cada detalle, haciendo foco en las distintas secciones de su cara. Sus labios rojos, la curva de su nariz, el pequeño desvío del tabique.

Al tocar sus mejillas, pensó en que jamás había sentido una sensación tan curiosa. Un cosquilleo, que se extendía desde las yemas de sus dedos hasta sus pies. El efecto del éxtasis, sin lugar a duda, había comenzado. Lo animaba, lo llevó a perder la noción de su propio cuerpo, por solo un momento. Sintió cómo sus manos y pies se adormecían y escuchó, por sobre todas las cosas, el batir de su corazón. Su mente se había aclarado. Ya el alcohol había dado un paso atrás. Esbozó una sonrisa, y el espejo se la devolvió con creces.

El chorro de agua lo despertó. Se mojó la cara.

Cerró los ojos una vez más y, al abrirlos, ya no estaba más en el baño, sino de vuelta entre la gente, rodeado por ese mar de cuerpos empapados en luz roja, verde y azul. Tenía una copa vacía en la mano. ¿Acaso la había tenido todo ese tiempo? Caminaba lento, intentando cruzar de una punta del boliche a la otra. La música, una vez más, resonaba fuerte, frenética, insistente. La gente a su alrededor bailaba, sola o en pareja, sus pies, brazos, torsos y cabezas siguiendo el ritmo.

—¡Miguelito! —Escuchó una voz sobre la música y se detuvo. Alzó la cabeza y lo vio: Facundo, arriba en el VIP. Estaba reclinado con los brazos apoyados sobre la baranda de metal, su vista fija en él, con una expresión divertida... o de incredulidad. No podía estar seguro. Pero lo miraba y Miguel lo miraba a él. Abrió la boca para decir algo, pero antes de que pudiese hablar Facundo ya no estaba más allí, en la baranda, sino bajando las cortas escaleras, saltando los peldaños de dos en dos. Miguel lo siguió con la mirada mientras Facundo murmuraba algo al oído del guardia para que desenganchase la banda que los separaba de la horda y lo dejase pasar.

Apenas llegó hasta donde esperaba Miguel, lo tomó del brazo.

—¿Bailamos?

—¿Y las chicas?

Facundo hizo un ademán, como diciendo "¿a quién le importa?".

—Les compré una botella de Dom Pérignon para que no jodan por un rato —anunció, y miró a Miguel fijo a los ojos—. Quiero bailar con vos.

Miguel sintió un escalofrío recorrer su columna vertebral, seguido por una sensación de calor intenso en el pecho. Se estremeció, se sonrojó y quiso bajar la cabeza para ocultar esa reacción tan inesperada, pero Facundo ya lo había tomado de la mano, le sujetaba la palma con fuerza y lo arrastraba hacia el corazón de la pista de baile. Decidió dejarse guiar, dejarse llevar. Quizás fue la música, o quizás el alcohol. Quizás, incluso, fue el efecto del éxtasis que corría por sus venas. Bailaba, movía sus pies y cabeza al son de la música, y Facundo hacía lo mismo frente a él. Ese calor que sentía en su pecho comenzó a expandirse. Le recorría el cuerpo, la garganta, la cabeza, las piernas y los brazos.

Miguel bailaba tan extasiado que perdió la noción del tiempo. Ya no se encontraba más en la pista, sino de vuelta en el apartado del sector VIP. ¿Cuánto tiempo había pasado? ¿Horas? Los sillones que antes ocupaban Vanesa y sus amigas estaban vacíos. Las mesas próximas a la suya también estaban vacías. Se encontraban solos, o tan solos como se puede estar en un boliche colmado de gente.

Miguel volvió a estremecerse, de repente. Otro escalofrío recorrió su espalda. Facundo. Tenía su cara tan cerca que podía sentir su aliento. Decía algo, pero Miguel no llegaba a darles significado a sus palabras. Lo único que veía eran sus labios, apenas centímetros separaban sus bocas. Pasó un momento, luego otro y, antes de que pudiera pensarlo dos veces, Miguel cerró la brecha entre sus labios y los de Facundo y lo besó.

Hubo exactamente dos segundos, Miguel no pudo evitar contarlos, de éxtasis en ese beso, de calma incluso en la tormenta de colores que eran su estómago y su pecho. Luego, una oleada de pánico recorrió su cuerpo. "¿Qué hice? i¿Qué hice?!". Maldijo una y otra vez, los ojos todavía entrecerrados, los labios todavía rozando los de Facundo. "¿Qué mierda...?".

Pero, entonces, Facundo sonrió y le devolvió el beso. Momentos después, Miguel volvió a sentir una mano aferrar la suya. Otro beso, más largo, seguido por una pregunta: "¿Vamos?".

CAPÍTULO CUARENTA Y SEIS

El detective Fernández se encontraba, una vez más, sentado a la barra de la cocina de su departamento. Eran las nueve de la noche. Una bandeja de papel aluminio con comida recalentada esperaba a su lado, intacta. Repasaba los hechos como tantas veces, pero el destello de lucidez que había sentido más temprano se había desvanecido. En su lugar, ahora quedaba un fuerte dolor de cabeza que empezaba en su sien y llegaba hasta su cuello.

Frustrado, Fernández empujó los legajos a un lado y se puso de pie. A modo de reflejo, sus dedos buscaron el celular en su bolsillo. No había notificaciones.

¿Qué esperaba encontrar?

Lacase se había ido a su casa horas antes, estaría disfrutando de su tiempo a solas, quizás viendo alguna película o compartiendo una cena en un restaurante con una de sus citas. Laura, la única otra persona que lo llamaba con cierta regularidad, desde que discutieron ya no le dirigía la palabra. Y Julián… ¿Por qué le había dicho que no a su hijo? En aquel momento, en la adrenalina de sentirse a punto de descifrar el caso, la llamada de Julián pareció poco importante, una distracción, nada más, que le había costado ese instante sublime de inspiración.

Fernández se daba cuenta de lo solitaria que era la vida que llevaba. Hacía años ya que no hablaba ni se encontraba con sus compañeros del colegio y nunca había intentado hacerse de nuevos amigos. Nunca había tenido un buen motivo. Entre Laura, sus hijos y el trabajo, no tenía tiempo para amigos. Y ahora ya era demasiado tarde. Había perdido a su familia, y su trabajo, lo único que le quedaba, se había reducido a un momento de frustración tras otro.

¿Lacase? Ella tenía su propia vida. Era joven, llena de energía y, más importante, su subordinada. El tipo de relación que compartían estaba lejos de ser una de amistad. "Estoy solo", pensó Fernández y un pudor intenso le recorrió el cuerpo y aprisionó su garganta. De repente, se quedó sin aliento. Trastabilló hasta la cama y se lanzó sobre ella.

¿Ahora qué? Solo quedaba… *¿Tiene hijos, detective?* La voz de Leonardo, tan clara como si hablase a su lado. *Nunca haga lo que hice yo. ¿Querer enseñar una lección a la fuerza? Fui un pelotudo y me costó todo: mi hijo, mi vida. Todo.*

★ ★ ★

Media hora más tarde, cuando Fernández pisó el porcelanato pulido de la entrada a su antiguo hogar, otra vez, fijó la atención en el cantero con margaritas. Quizás si concentraba sus pensamientos allí, en la tierra húmeda, y no en el hecho de haber ido a su casa con el corazón abierto e indefenso, quizás entonces sería más fácil llamar a la puerta y esperar, en vez de correr de vuelta a la seguridad del departamento.

Se concentró en el cantero. Hizo sonar el timbre. Tallos verdes se asomaban por la tierra fresca. ¿Serían rosas, también? ¿O algún otro tipo de flor? A Laura siempre le habían gustado los tulipanes. ¿Sería posible cultivarlos en el clima húmedo y cada vez más cálido de Buenos Aires?

La puerta se abrió y, en lugar de Laura, se asomó su hijo Julián, quien al verlo pegó un salto y lo abrazó con fuerza. Fernández sonrió y sintió su cuerpo un poco más ligero. Devolvió el abrazo, sujetando a Julián por un largo rato, y cuando lo dejó ir, su hijo exclamó: "¡Viniste!" y, acto seguido, lo guio hacia el interior de la casa, cerrando la puerta.

—¿Tu mamá? —preguntó Fernández momentos después, caminando por el *living* a paso lento, mirándolo todo.

—Se está bañando —respondió Julián. Hizo una pequeña pausa y luego agregó—: ¡Ya vengo!

Y salió corriendo hacia las escaleras.

Fernández escuchó sus pasos alejarse. Estuvo tentado de seguirlo al piso de arriba, a esperar que Laura saliera del baño sentado en la cama que habían compartido durante tantos años. Pero no. No había suficiente coraje en su alma. Simplemente siguió caminando por la casa, pasando por la cocina hasta llegar al corto pasillo que había más allá, a su derecha.

Si cerraba los ojos, podía ver escenas del pasado, como fantasmas que cobraban vida: a Laura sentada en el sillón, leyendo, siempre leyendo; al pequeño Julián, entonces no más que un niño, correr de un lado al otro con una toalla colgada de sus hombros a modo de capa, como un superhéroe; la música, el sonar de ese piano melodioso a toda hora, día y noche…

Una puerta al final del pasillo cautivó su atención, de repente. Volvió a escuchar esa voz: *¿Tiene hijos, detective?* Cruzó el pasillo, cauteloso. Bastó con un simple toque a la madera, ni un empujón siquiera, para que la puerta se abriese. Fernández dudó bajo el dintel. La habitación estaba oscura, las persianas cerradas.

A ciegas, presionó el interruptor que sabía se encontraba próximo al marco de la puerta, y encendió la lámpara del techo. Dio un paso hacia adelante, luego otro, tentativo. La habitación no había cambiado: la cama estaba tendida, y hasta colgaban remeras de la silla junto al escritorio. Todo estaba cubierto por una ligera capa de polvo. Contra una pared, apoyado contra unos estantes, había un teclado eléctrico. Fernández todavía recordaba el día en que habían ido a comprarlo.

En los estantes había pilas de cuadernos de música y cajas con una extensa colección de discos de vinilo. Cada caja contenía la música de un autor distinto: Charly García, Spinetta, Litto Nebbia, incluso Calamaro. Las paredes estaban decoradas con pósters también de música. Sobre la cama, colgaba uno de Charly tocando en el Gran Rex, otro de…

—No me animé a tocar nada —habló una voz a sus espaldas. Fernández se dio vuelta y se encontró con Laura. Vestía una remera blanca simple y un *jean* azul claro. El pelo mojado le llegaba hasta la altura de los hombros. Mostraba una sonrisa simple, un tanto melancólica y con dejes de tristeza, reclinada contra el marco de la puerta.

—Al final nunca lo fuiste a ver, ¿no? —dijo luego de un momento—. Estuve con él el finde pasado. Está mucho mejor.

Fernández bajó la cabeza, como si de repente se sintiese avergonzado.

—No… —murmuró—. Nunca fui.

—¿Qué hacés acá, Luis?

—No sé… Los quería ver. A vos y a Julián, nada más. —Se aclaró la garganta y comenzó a caminar hacia la puerta, mientras decía—: No te preocupes que ahora me voy…

—¿Por qué no tomamos un café?

Fernández detuvo su andar.

—Charlemos un rato, nada más. Y después te vas —aclaró Laura—. Julián también estaba con ganas de verte —antes de que Fernández pudiese decir nada, agregó—: No te preocupes, hoy no tengo ganas de discutir.

Fue una conversación tan extrañamente amena que, por momentos, Fernández se creyó en un sueño. ¿Cómo explicar, si no, la llaneza con la que habían hablado? ¿Cómo explicar la falta de conflicto, la ausencia de gritos y lágrimas?

Se sentó en la mesa de la cocina, como lo había hecho tantas veces antes, y esperó en silencio mientras Laura calentaba la pava eléctrica.

Julián se acercó al poco tiempo, ya cuando el café estaba servido, se acomodó junto a su padre y empezó a mostrarle los distintos juguetes que, en ese momento, habían pasado a ser sus favoritos: un dinosaurio de plástico y el muñeco de Wolverine.

Hasta se había puesto una camiseta de fútbol, la de Messi del Mundial 2014 que le había regalado para Navidad. Le quedaba chica, pero no parecía molestarle. Bebieron el café mientras Julián comía galletas, y hablaron del colegio, de la escuelita de fútbol, de lo frío de ese invierno, hasta que quedó un silencio largo, pero... agradable. El detective bebió su café mientras miraba a su hijo disfrutar de las galletitas. Masticaba cada bocado lentamente. Ni una miga cayó en su remera o pantalón.

—A mí me criaron igual que a vos, Luis —dijo Laura en un momento, pero Fernández no quitó la vista de su hijo. Sentía un placer simple al verlo comer—. Igual que a toda la gente de nuestra generación. Creía que era un pecado, algo que no estaba bien, que no era natural. Pero ¿sabés qué es lo antinatural? Forzarlo a él a actuar de otra manera.

—¿No habías dicho que no querías discutir? —preguntó el detective, con voz suave.

—No quiero discutir. Quiero... confesarme.

Fernández volvió la cabeza para mirar a su ex esposa, quien ahora miraba hacia la ventana, como perdida en esa vista o en sus propios recuerdos. Luego de un momento, se aclaró la garganta y dijo:

—Juli, ¿por qué no vas a jugar al *living* un ratito? Quiero hablar con tu papá. ¿Puede ser?

Julián dudó sin decir nada, agarró sus galletas y dos de sus juguetes y se puso de pie. Cuando salió de la cocina, Laura volvió a hablar.

—Entiendo que no te guste que Mauricio sea gay, a mí también me cuesta creerlo. Que no tendrá una familia, con hijos, ni nos traerá nietos. Pero ¿qué opción tengo? No digas nada, solamente te pido que me escuches. Si uno de los dos no habla, no hay discusión.

Fernández ahogó una contestación y dejó que Laura continuase.

—Todavía no lo puedo creer. No puedo más que pensar en que mi hijo es… *diferente*. Pero sé que estoy equivocada. Además, no podemos hacer nada al respecto. Ni yo ni vos ni nadie. Por momentos, quisiera internarlo en una clínica y que le hagan terapia y lo curen, como si fuera una enfermedad, igual que su adicción. Pero eso no cambiará, no se irá, es parte de su naturaleza. Es mi *hijo*. Es tu hijo, Luis. En algún momento vas a tener que aceptarlo. Yo estoy haciendo un esfuerzo. Estoy aprendiendo a querer ese aspecto de él también. Aprendiendo a aceptar que soy yo la que está equivocada, no Mauricio. Yo, la que tiene ideas preconcebidas de cómo nuestro hijo debería ser, sin dejar que él elija su propio camino. Porque todos somos diferentes, tenemos nuestras propias características, mejores o peores, y él tiene otras cualidades que nosotros no tenemos. Compartimos una responsabilidad, Luis. No solo como padres, sino como seres humanos. La gente se suicida, o se vuelve loca y termina en la droga y en la cárcel. Y tu trabajo es encontrar a los responsables directos de esos hechos. Pero… ¿qué pasa con los responsables indirectos? La quita de amor o los insultos soltados al aire como si no tuvieran efecto alguno. Cada una de nuestras acciones tiene impacto en la gente que nos rodea. Para bien y para mal. Y es nuestra responsabilidad ayudar a nuestro hijo, amarlo, aceptarlo. Yo no lo he logrado todavía, no del todo. Pero estoy en camino a sentirlo. Porque si no lo hacemos nosotros, que somos sus padres, ¿quién lo va a hacer? Nuestra aceptación, especialmente la tuya, es la fuerza que seguramente necesita para recuperar su autoestima y salir de su problema de adicción.

Laura guardó silencio y, por más que el detective quiso refutar sus palabras, no encontró cómo hacerlo. Entonces, decidió unirse a su silencio. Al poco tiempo, Laura llamó a Julián para que volviese y reanudaron la conversación anterior como si el nombre de Mauricio nunca se hubiese mencionado. En la hora que siguió evitaron tocar el tema de sus respectivos trabajos y de su relación. Simplemente dejaron que la conversación girase en torno a Julián y a las distintas nimiedades de la ciudad. Más tarde, cuando el detective volvió a su departamento y se recostó sobre la cama, una extraña sensación de calma recorrió su cuerpo. Cerró los ojos, sabiendo que esa noche, por lo menos, dormiría un sueño profundo y carente de pesadillas.

Pero el detective no había llegado a dormirse cuando, en su mente, escuchó una voz, la voz de Julián, que le decía: *¿Por qué se llama "El Gran dT"?*

El Gran dT… Fernández saltó de repente. No era un error de ortografía. "El Gran dT… ¿No querrá decir el Gran de Tomaso?".

Se puso de pie de un salto y corrió los pocos metros hasta la mesa cerca de la entrada donde el legajo del caso esperaba abierto. Entre tantos papeles, encontró lo que buscaba: la lista de rastreos del celular de Miguel y los panfletos de inauguración de las canchas de fútbol. *El Gran Facundo de Tomaso.*

Fernández leyó el panfleto primero y luego siguió con las listas de rastreos. Incapaz de creerlo, por un momento quedó boquiabierto. "¿Cómo puede ser…?". Tantas oportunidades había leído el legajo y, aun así, había obviado algo: entre todas las veces que el celular de Miguel aparecía en las canchas de fútbol durante los últimos cuatro meses, dos veces habían sido de noche y antes de que se inauguraran. Inmediatamente, levantó el celular.

—Lacase, dígame por favor que ya tiene la orden de allanamiento de la fábrica.

CAPÍTULO CUARENTA Y SIETE

Miguel Alvarado se lanzó a correr. Quizás si corría, si se concentraba solo en el ardor de los músculos de sus piernas en ese máximo esfuerzo, podría quitarse de la cabeza el recuerdo de esa noche con Facundo. Y lo había logrado. Ya no veía el boliche ni el rostro de Facundo, ya no saboreaba sus labios. Había detenido esa rememoración en seco. Ahora las calles de su infancia, de toda su vida, lo rodeaban.

Mientras corría, veía cada esquina, cada detalle, como una película proyectada: el quiosco donde su padre le compraba figuritas todos los sábados y el restaurante donde probó su primer trago de cerveza.

Cuando abrió la puerta de la casa, lo primero que vio fue a Vanesa, sola en la cocina, con una taza humeante entre sus dedos. Dijo algo al escucharlo entrar, pero Miguel no le prestó atención. Cerró la puerta de un golpe y comenzó su labor. Una necesidad, como el hambre de un lobo famélico, guio su accionar. Fue hasta el sillón y dio la vuelta a cada almohadón, hurgó entre los cajones del mueble del televisor. "Tiene que haber un poco en algún lado, tiene que…". Hurgó en el ropero, en los bolsillos de sus pantalones y camperas. *Nada*. Volvió al *living*-cocina. Vanesa estaba allí todavía, lo miraba atónita, había algo en su rostro, algo… Miguel sacudió la cabeza. Se forzó a pensar: "¿Dónde la tenés, Facundo…, dónde…?". Estudió a su alrededor una vez más, fue hasta la cocina y comenzó a abrir cajón tras cajón hasta que… "Acá". Entre cubiertos de metal, sus dedos tocaron madera de un gramaje ligeramente distinto. Un falso fondo.

Miguel extrajo el cajón completo de sus rieles y lo dio vuelta, dejando caer cuchillos y tenedores al piso. Apoyó el cajón, ahora vacío, sobre la mesada de mármol. Sus dedos volvieron a tocar la madera de su interior. Había un pequeño orificio descubierto en el fondo. Miguel colocó su dedo anular en el hueco y tiró hacia arriba. La lámina de madera siguió su dedo, revelando en el interior del cajón una decena de sobres transparentes iguales al que Javier le había regalado.

Una sonrisa salvaje se dibujó en su rostro. Miguel agarró uno de los sobres y esparció su contenido sobre la mesada, formando una línea blanca. Agachó la cabeza. Inhaló con fuerza. Inmediatamente, esa sensación de paz y placer volvió a su cuerpo.

—¿Migue? —Escuchó una voz a la distancia que lo llamaba. Levantó la cabeza de la mesa, siguiendo el sonido de su nombre. Vanesa. La sangre caía de a gotas de sus labios hinchados. Un moretón color violeta intenso, casi negro, cubría su pómulo derecho, la ceja partida, el maquillaje corrido por las lágrimas.

—¿Qué pasó? —dijo Miguel. ¿Cómo no lo había visto antes?

La vida es como la selva. La única forma de sobrevivir es siendo el más fuerte.

—Nada, nada, me caí yo sola, fue mi…

—¿Dónde está Facundo?

Sabía que había sido él. No sabía por qué, pero que la hubiera golpeado levantó otra ola de furia en su interior. ¿Quién era Facundo, al fin y al cabo?

¿Qué era esa chica para él? Pensó en la obediencia incondicional de Vanesa, en la suya propia, y sintió un impulso definitivo.

Vanesa intentó detenerlo

344

—Pará, Migue, adónde vas, ahora no…

Lo seguía por el pasillo suplicándole, con miedo. ¿Por qué? Por fin llegó a la habitación y golpeó la puerta.

—¡Facundo! —llamó.

Nunca le había hablado así y no recibió respuesta. Se atrevió y abrió la puerta. Allí estaba Facundo con Mauricio de rodillas frente a él mientras su cabeza iba y venía, sacudida por la mano enorme que la tenía agarrada de los pelos.

Facundo hacía lo que quería con la gente. Pero ahora, con él delante, se detuvo. Soltó a Mauricio y se subió los pantalones. Mauricio se volvió hacia él. Debió de verlo furioso, porque se anticipó a agregar:

—No seas celoso, Miguel… —empezó a decirle, con voz conciliadora, como si todo fuera solo un divertido incidente.

—¡Salí de acá! —le gritó Miguel, y su voz resonó en toda la casa—. ¡Salí de acá! ¡Andate!

Mauricio miró un instante a Facundo, que asintió. Luego, se levantó y abandonó la habitación, pasando junto a Miguel y Vanesa. El primero temblaba de rabia y la segunda, de miedo.

Quizás fue entonces cuando Facundo vio a Vanesa, unos pasos detrás de Migue. Una vez que Mauricio se hubo alejado, les pidió:

—Espérenme en el *living*.

Parecía entender que les debía alguna explicación. Pero Miguel advirtió, mientras hacía una vez más lo que Facundo le decía, que este les había hablado conservando toda su autoridad.

No tardó en reunirse con ellos. Procuró rebajar la tensión.

—No es lo que vos creés, Miguelito —dijo—. Vanesa y yo discutimos. ¿Me dejás que te explique? Dame dos minutos y te explico tod…

Miguel había vuelto a ver el moretón en la mejilla de Vanesa y la sangre en sus labios. Y acababa de ver a Mauricio a los pies de Facundo, tratado como si fuera propiedad suya. Las palabras perdieron toda importancia. Mientras hablaba, Facundo lo

345

miraba fijamente, como estudiándolo. No había ni el mínimo atisbo de vergüenza.

Miguel escuchó entonces, bajo el discurso de Facundo, sus verdaderas palabras:

Salí de acá, puto de mierda.

Seguido por otro recuerdo, uno mucho más reciente:

¿Qué mierda te pasa? ¿Sos puto? Nunca, nunca vuelvas a hacer eso.

Dejó de pensar. Dio un paso hacia adelante y, antes de que Facundo pudiese terminar de hablar, lanzó un puñetazo con todo el peso de su cuerpo y lo golpeó en la cara. Inmediatamente, de los labios de Miguel escapó un alarido.

Su mano palpitaba de dolor, pensó que se había roto un dedo, al menos. Nunca había golpeado a nadie. Y Facundo era una pared. Su gran cuerpo macizo con músculos de boxeador se alzaba como un gigante por encima de él. Le sangraba la nariz, sí, pero el puñetazo apenas había logrado moverlo un centímetro de su lugar. Miguel reculó al ver la furia de esos ojos. Trastabilló hacia atrás, y luego atinó a correr, pero Facundo fue demasiado rápido.

Antes de que pudiera siquiera salir de la alfombra, ya estaba sobre él. Con una velocidad casi imposible, comenzó a golpearlo. Miguel levantó las manos a la altura de su cara a modo de escudo, pero fue inútil. Sintió los puñetazos de Facundo como rocas superar su defensa y golpearle el rostro, uno tras otro. Comenzó a sangrar, su piel cortada donde los nudillos de Facundo habían impactado. Cayó al suelo y, antes de que pudiese volver a levantarse, Facundo le dio una patada en las costillas. El aire huyó de sus pulmones. Tosió y gotas de sangre mancharon la alfombra.

Quiso respirar, pero recibió otra patada. Luego otra. Su visión comenzó a nublarse, todo se oscureció. Estaba al borde del desmayo, al borde de morir, lo sabía. Su cuerpo se entumeció, incluso el dolor de sus heridas, el único indicio de que todavía seguía con vida, huía de él. Facundo no paraba de golpearlo. Miguel cerró los ojos, decidió que ya era hora de entregarse a esa oscuridad que lo llamaba, lo esperaba para recibirlo con los brazos abiertos…

Un grito resonó en la casa. Las patadas cesaron, de repente. Cuando se forzó a abrir los ojos, comprobó que Vanesa se había lanzado sobre Facundo, le arañaba el rostro, lo atosigaba a puñetazos. Miguel se puso de pie, pero al mismo tiempo Facundo logró sacarse a Vanesa de encima, lanzándola contra la mesada de la cocina. Sus piernas se movieron por instinto.

Miguel corrió hasta el sillón, agarró la Gibson que había quedado allí de momentos muy diferentes a ese, y se la arrojó a Facundo con todas sus fuerzas. Facundo esquivó la guitarra con una agilidad impropia de su tamaño y la hermosa Gibson Montana se hizo añicos contra la pared. Miguel se quedó mirándolo, no supo si dolido o si pensando cómo matarlo. Y entonces vio la pistola donde Facundo solía dejarla mientras trabajaba, sobre la mesa, a pocos pasos. Sus finos dedos se cerraron con fuerza alrededor de la empuñadura, dio media vuelta, y apuntó.

—Quedate quieto —dijo.

Facundo dio un paso hacia adelante, mientras Vanesa gateaba huyendo de él.

—Ay, ay, Miguelito… —suspiró, cansado—. Toda tu vida hiciste lo que los otros te dijeron que hagas, ¿y ahora venís a hacerte el valiente? ¿Ahora, cuando tus problemas son culpa tuya y de nadie más? Te dije una vez que tenías que aprender a decir que no. Te avisé que ibas a terminar mal. Pero nunca me hiciste caso —Facundo lanzó una mirada rápida a la pistola que todavía le apuntaba. Hizo una pausa antes de seguir hablando—. Te viniste desde Nueva York, en barco, por una mina que *claramente* no te quería más. Me hiciste de mula, incluso sabiendo que estaba mal, solamente porque te lo pedí. ¿Qué tan patético se puede ser?

Facundo dio un segundo paso hacia adelante.

—Te felicito, realmente —siguió, luego de un momento—. Por primera vez en tu vida, te dejás llevar por el enojo, dejás que salga lo que tenés adentro. Por primera vez le hacés frente a alguien, en vez de bajar la cabeza. Pero ¿realmente pensás que un momento de valentía alcanza? No, este es solo el primer paso. Te falta mucho, mucho. Así que haceme el favor de seguir siendo el buen perro que siempre fuiste y dame la pistola.

—Frená ahí —dijo Miguel, apenas un murmullo.

—¿Me vas a matar, Miguelito? —preguntó Facundo y en su boca se esbozó una sonrisa diabólica—. ¿Me querés matar? ¿A mí? ¿La única persona que te prestó atención en toda tu vida?

Dio otro paso.

—¡Frená ahí! —gritó Miguel.

Facundo volvió a sonreír, pero obedeció. Luego de un momento, sacudió la cabeza.

—¿En serio te creés que matar a alguien es fácil? —soltó una carcajada larga—. Dejate de joder, Miguelito. No me vas a matar. Sos la persona más *blanda* que conozco. Tu viejo tenía razón, al final. Dejate de joder y dame la pistola.

La frase le detonó la cabeza.

Todo pasó en un milisegundo. Facundo atinó a dar un paso más, pero, antes de que la suela de su zapatilla derecha pudiese hacer contacto con el piso, Miguel apretó el gatillo; disparó y una, dos, tres balas impactaron contra el pecho de Facundo. Ni la fuerza de esos disparos logró mover el cuerpo de ese gigante que era Facundo de Tomaso. Apenas se meció hacia atrás y bajó la mirada para observar su pecho por un instante. Sangre, como halos de pintura roja que manchaban su camisa en tres lugares. Su rostro se volvió pálido de repente. Facundo se desplomó sobre el suelo de madera.

Un zumbido, como una nota de piano larga y aguda en su oído, lo enmudeció todo: el golpe del cuerpo de Facundo contra el piso y el martilleo de su corazón. La pistola, todavía caliente, resbaló de sus dedos y también cayó al piso, pero Miguel no escuchó sonido alguno. Un momento de paz. El zumbido desapareció. Silencio. Miguel bajó la mirada y estudió el cuerpo de su amigo. Un charco de sangre se extendía por el suelo, ahogando el arma.

Se miró las manos y las encontró extrañamente quietas. El silencio se quebró, de repente, cuando Miguel escuchó los gritos desenfrenados de Vanesa.

Actuó instintivamente. Con una seguridad sorpresiva, Miguel la abrazó con fuerza, murmurando en su oído para tranquilizarla. "Ya está, ya está…", repitió una y otra vez hasta que los gritos de Vanesa cesaron. Ahora lloraba, lágrimas silenciosas corrían por sus mejillas. Miguel rompió el abrazo y la sujetó firmemente de los hombros.

—Tenemos que deshacernos del cuerpo —dijo—. Ahora, antes de que aparezca la policía.

Vanesa hizo una mueca de terror.

—¡¿La policía?!

—Esperemos que no, pero es posible —respondió Miguel, su tono perfectamente calmo—. Algún vecino tiene que haber escuchado los disparos.

—No puedo, no…

—Vane. Ya está. Facundo está muerto. Te necesito para deshacerme del cuerpo. No puedo solo.

Vanesa asintió. Juntos arrastraron el cuerpo de Facundo hasta la alfombra del *living* y lo envolvieron. Luego debieron arrastrar la alfombra hasta el garaje y lo cargaron en el baúl del BMW.

—No salgas de la casa. No le abras la puerta a nadie hasta que yo vuelva —le indicó Miguel mientras abría la puerta del coche y se ponía al volante. "Todo va a estar bien", se repetía poco después a sí mismo, mientras conducía, y se sorprendió al saber que era cierto. Había matado a Facundo de Tomaso. ¿Por qué no sentía dolor alguno ni tristeza?

¿Por qué no sentía culpa?

Tenía un objetivo, solo uno: deshacerse del cuerpo de Facundo. ¿Dónde? La respuesta era obvia, lo había sido desde el momento en que apretó el gatillo y la sangre cubrió el piso de madera.

Dobló la esquina, siguiendo el camino que ya había memorizado. Había asesinado a su mejor amigo. No, Facundo nunca había sido su amigo. Simplemente lo había usado. Un juguete, eso había sido para él. Algo con que jugar, algo que dominar y manipular y tirar a la basura una vez que hubiese perdido interés. Y así había sido con Leticia.

¿Cómo no lo había visto antes? No importaba, ahora la verdad era innegable. Tanto Facundo como Leticia lo habían usado, nunca lo habían amado, no como Miguel los amó a ellos.

Ahora recordaba con claridad lo ocurrido, aunque también se decía que empezaba a ser hora de olvidarlo.

★ ★ ★

El aire afuera era frío, mucho más frío de lo que había sido horas más temprano, cuando Miguel entró al boliche. Pero no le importaba. Gracias tanto al éxtasis que había consumido como a la presencia de Facundo cerca, sentía su cuerpo cual próximo a una hoguera. Su pecho ardía, apenas podía contener sus deseos mientras seguía a Facundo a través del estacionamiento. Cuando llegaron al BMW, en cuanto cerraron las puertas se lanzó sobre Facundo y comenzó a besarlo, pero él lo había frenado.

—Acá no, acá no... Tené un poquito de paciencia.

Poco después, circulaban por la costanera en silencio. Miguel solo podía pensar en una cosa: en sentir el cuerpo de Facundo junto al suyo, en volver a saborear sus labios. ¿De dónde había venido ese deseo? No tuvo que pensarlo dos veces para saber que siempre había estado allí, oculto, pero a la vez tan cerca de la superficie. ¿Por qué Facundo lo hacía esperar? ¿Por qué no podían detener el coche allí mismo y dejarse llevar por la pasión que ardía en sus cuerpos?

Escuchó el sonido de una cremallera al abrirse. Facundo mantenía la vista en la calle, pero se había abierto el pantalón.

¿No podés esperar hasta que lleguemos a mi casa? Bueno, acá tenés. Disfrutá.

Por fin, una vez que llegaron, Miguel tomó la iniciativa y empujó a su amigo a la habitación. Facundo trató de hacerlo ir más despacio, pero no hubo manera. Algo había despertado dentro de Miguel, algo salvaje que no descansaría hasta que la noche hubiera terminado, o quizás no lo haría nunca.

Miguel acercó su boca a la de Facundo en un beso ferozmente ansioso. Hambriento, besó sus párpados cerrados, su nariz, sus orejas y su garganta, como descubriéndolos por primera vez con sus labios. Facundo devolvió los besos con el mismo entusiasmo, incluso con cierta brusquedad, mordiendo los labios de Miguel, mordiendo su cuello. Se desvistieron uno al otro y quedaron completamente desnudos en cuestión de segundos. Luego, saltó a la cama y se metió bajo las sábanas.

Facundo se detuvo frente a la cama.

—No, así no... —murmuró y arrancó las sábanas de la cama. Facundo estudió cada detalle de su piel. Supo, entonces, que de lo que estaba por pasar no habría vuelta atrás. Su vida cambiaría para siempre. Y así fue. Cuando sucedió, sintió dolor y malestar. Se estremeció y sintió que lo mismo le pasaba a Facundo dentro de él. Una oleada de placer le recorrió el cuerpo.

—¿Estás bien? —le había preguntado, ¿asustado? ¿Preocupado?

Un silencio que pareció durar una eternidad se extendió entre los dos. Luego, susurró:

—Sí. Sí, seguí, por favor, seguí.

Tapar el pozo resultó ser infinitamente más fácil que cavarlo. En cuestión de minutos, tenía frente a él nada más que un parche de tierra removida, apenas visible. Observar el lugar donde había enterrado el cuerpo de su amigo fue comenzar a llorar, sin saber si era a causa del dolor en todo su cuerpo o por lo terrible que había hecho esa noche. Pero no podía demorarse allí. Debía regresar cuanto antes.

Cuando entró a la casa en Punta Chica, lo primero que sintió fue un olor ácido a productos de limpieza. No había vasos a medio usar ni platos sucios sobre la mesada. El piso de madera brillaba como recién lustrado. Todo rastro de sangre había desaparecido como por arte de magia. Vanesa había limpiado todo, había fregado cada centímetro.

—Hice lo mejor que pude —dijo.

Tenía el pelo mojado y vestía una muda de ropa nueva; un pantalón de gimnasia y un buzo gris.

—¿Te bañaste?

—Necesitaba sacarme el olor a sangre. Vos también necesitás un baño. ¿Te viste en el espejo?

Tenía razón. Necesitaba deshacerse de esa ropa llena de tierra y sangre. Como ella, tenía que comenzar de nuevo.

—Tenemos mucho que olvidar, Vanesa. Por suerte nos encontramos.

Estaba cubierto de tierra, sudor y sangre. Pero Vanesa dio un paso hacia él y lo besó. Sus labios sabían húmedos, a lágrimas. Miguel se quedó inmóvil, intentando decidir qué sensación le producía ese beso. Confusión, sí. Pero también una calidez inesperada. Seguridad. Ese beso le pareció más verdadero que todos los de Leticia, porque venía de una entrega completa. Era la manera de decirle *acá estoy, soy tuya, tuya y de nadie más.*

—Nunca te pregunté qué significa esto —le acarició el cuello con la yema del dedo.

—Ah, es que soy Luna en Escorpio —le movió el dedo sobre el tatuaje—. Ahí tenés la luna, ahí tenés el escorpión.

—¿Dónde tendré la luna yo? —preguntó, aunque no entendía nada de astrología, ni tampoco le importaba un rábano.

—En Piscis, seguro, si sos un sensible total.

—¿Decís? Bueno, vos sos la experta, doctora.

Cuando se separó de Vanesa comenzó a caminar hacia la ducha, pero una vez más algo lo detuvo. Dos objetos reposaban sobre la mesa del comedor: el teléfono celular de Facundo y un pequeño cuaderno de cuero negro.

—¿Y esto? —preguntó.

—Lo encontré bajo la cama —explicó Vanesa—. Lo iba a tirar, pero me pareció que era importante. Por algo Facundo nunca lo perdía de vista.

Miguel agarró el celular y lo examinó por un segundo.

—Once setenta y siete —dijo Vanesa.

—¿Qué? —Preguntó Miguel dándose vuelta.

—La clave del celular. Es once setenta y siete —dijo Vanesa—. Sus números favoritos.

Miguel asintió con la cabeza y guardó el celular en su bolsillo. Luego, levantó el cuaderno con cuidado y lo abrió. Leyó una página y luego las siguientes, en silencio. Boquiabierto, no podía creer lo que veía. "Con razón Facundo siempre…". Si una persona cualquiera leyera el cuaderno, no entendería nada de lo que había allí escrito. Pero a él, que sabía a qué se había dedicado su autor, los símbolos, las fechas, los números y los nombres le hablaban.

El cuaderno detallaba absolutamente todo el negocio de Facundo, de pies a cabeza. Detallaba los nombres y la información de contacto de los distintos proveedores y repartidores de droga en San Fernando. Los horarios de entregas regulares, los distintos clientes. Cada transacción desde la época de cuando el negocio pertenecía a Carlos Fabián Mesa.

Todo estaba allí, anotado en la sorpresivamente prolija cursiva de Facundo de Tomaso.

CAPÍTULO CUARENTA Y OCHO

Fernández cortó la llamada sin decir adiós. "No me hace falta ninguna orden", pensó decidido. Ya no podía esperar. *El Gran Facundo de Tomaso*. Necesitaba saber qué había en esas canchas, porque estaba seguro de que *algo* había. Buscó desesperado las llaves de su auto. "Ahí", pensó y corrió hasta su mesa de luz. Agarró las llaves.

Pisó el acelerador y las gomas rechinaron contra el asfalto, largando ese olor acre a caucho quemado.

—Detective, ya es tarde —le había dicho Romina cuando Fernández le pidió que fuese con él hasta El Gran dT—. Si quiere, vamos mañana juntos, pero ahora no puedo. Estoy en un... evento. No hay ningún apuro. Vamos mañana a primera hora.

Pero sí había apuro. Jamás podría encontrar las palabras para justificar esa necesidad por ir ya al predio, porque su razón no era lógica, sino instintiva. Apenas podía contener la adrenalina que corría por sus venas. Cada hebra de su ser le rogaba que fuese al predio esa noche. Allí se escondía un secreto. Allí, en algún rincón, esperaba la última pieza del rompecabezas. *El Gran Facundo de Tomaso*.

Por fin dobló la esquina y pisó el freno. Sin siquiera apagar las sirenas, bajó del coche y corrió hasta la entrada del predio. Las torres de iluminación LED de las canchas estaban apagadas. El portón de alambre y metal estaba cerrado.

Fernández empezó a gritar.

—¡¿Hay alguien ahí?!, ¡policía!, ¡abran!

Silencio. Fernández se acercó al portón y probó moverlo; se meció apenas. Una cadena con candado lo ataba al poste izquierdo del otro lado. El detective volvió a gritar, pero tampoco recibió respuesta. Estudió el portón con cuidado. No había alambre de púas, con un poco de esfuerzo podría trepar, solo necesitaba… Miró a su alrededor buscando algo que le sirviese de base que lo elevase hasta la altura de su tope. Nada. Quizás si acercaba su coche y trepaba al capó…

Se escucharon pasos sobre las piedras, seguidos por el ruido de un candado al abrirse y cadenas al caer al suelo. Fernández se quedó inmóvil. Segundos después, el portón se abrió y Lautaro Giménez asomó la cabeza.

—¿Detective? —El cordobés frunció el ceño, atónito, y soltó un bostezo. Había estado dormido—. ¿Es usted, detective? ¿Pasa algo?

Antes de que Lautaro pudiera frenarlo, antes de que pudiera siquiera decir otra palabra, el detective Luis Gonzalo Fernández cruzó el portón y entró al predio. Sin dudarlo, cruzó el camino de piedra y fue directo al alambre que separaba las canchas de la fábrica abandonada.

El gran edificio, en toda su ruina, se elevaba hasta besar las estrellas. Allí se escondía el secreto que Fernández tanto buscaba en algún rincón entre esas paredes amarillentas. Un simple alambrado no era obstáculo. ¿Y qué si entrar a esa propiedad iba en contra de la ley? No era su culpa que la orden de allanamiento no estuviese lista, sino de la burocracia de la ciudad, tan ineficiente.

Fernández bordeó el alambrado buscando algún punto débil, algún hueco por el cual entrar.

—¿Detective? —Escuchó la voz de Lautaro segundos después—. ¿Pasó algo? No sé si debería estar acá…

—¿Cómo se accede a la fábrica?

—No puede…

—A menos que quiera pasar la noche en un calabozo, don Lautaro, me va a decir cómo mierda puedo acceder a esa fábrica. Necesito entrar. Necesito que me encienda todas las luces del predio también, para ver qué mierda se esconde ahí adentro.

Quizás fue la amenaza, o quizás su tono de mando, que siempre le había dado resultado en los interrogatorios. O quizás fue que simplemente Lautaro Giménez era una de esas personas criadas para obedecer a la policía desde pequeño. Más allá de la razón, el trabajador olvidó sus advertencias y cuestionamientos y se limitó a asentir con la cabeza.

—Deme un minuto, que tengo que buscar las llaves —dijo.

El detective respiró aliviado, y lo observó partir hasta la pequeña caseta de guardia varios metros más allá del portón de entrada. Mientras esperaba, volvió a estudiar el entorno. El silencio de esa noche era inquietante, poblado únicamente por el canto de grillos ocultos, como si se encontrasen en el campo. Los faroles del predio se encendieron de repente, inundando cada detalle con luz blanca. La fábrica a su derecha había cobrado un aspecto burlón, lo instaba a entrar y descubrir sus secretos.

"Paciencia", se dijo Fernández. Se alejó unos pasos del alambrado, decidido a no desperdiciar ese tiempo de espera. Estudió cada detalle del lugar: el camino de piedra, las distintas canchas, el galpón que servía como bar y centro de reuniones después de los partidos… Frunció el ceño repentinamente. Allí había algo extraño, su intuición lo identificó incluso antes que sus sentidos. Entrecerró los ojos. Allí, más allá de la casa, en un sector alejado del predio…

Se lanzó a correr al mismo tiempo que Lautaro reaparecía con las llaves de acceso a la fábrica en la mano. Ignoró el llamado del trabajador, y corrió el largo del predio hasta llegar a ese sector que había cautivado su atención. Le explotaban las sienes, su corazón latía desbocado. "Ya no estoy para estos trotes". Una vez allí, redujo la velocidad y bajó la mirada al suelo, estudiando cada detalle. Aquí ya no había pasto ni camino de piedras, sino simplemente una explanada de tierra seca. Caminó de izquierda a derecha, sus botas dejando huellas. De pronto se detuvo.

¿Cómo no lo había visto antes? Fernández se puso de rodillas y hurgó la tierra con sus dedos. Un parche de tierra removida. "Acá hay algo enterrado", se dijo.

—¡Una pala! —exclamó de repente. Dio media vuelta y se topó con Lautaro, que lo había seguido hasta allí—. Necesito una pala —repitió—. Ya. Dígame por favor que tiene una acá.

—Sí, sí, deme un minuto…

Lautaro volvió con la herramienta segundos después. El detective no esperó a que se la entregase, sino que prácticamente se la arrancó de las manos. Estudió el suelo detenidamente una vez más, buscando el parche de tierra removida. Una vez que lo hubo identificado, comenzó a cavar.

Horas más tarde ya no estaba solo. Su mano lastimada sujetaba la pala con la que había desenterrado los dos cuerpos. Ahora lo rodeaban decenas de oficiales de la policía; algunos patrullando el lugar, otros con la tarea de cerrar el acceso a El Gran dT. Romina los había movilizado. Había sido ella quien, al recibir el llamado del detective, se había encargado de sacar de la cama a cada uno de sus compañeros. Habían llegado justo a tiempo para ayudar al detective a excavar y, con la ayuda de varios oficiales que ella había traído consigo, habían desenterrado no uno, sino *dos* cuerpos.

Caminaba como un sabueso, lanzando órdenes al viento como si hubiese nacido para ello. Fernández la observaba, pero su mente estaba en otro lado. Intentaba atar los últimos cabos sueltos del caso. Sin éxito. Su descubrimiento, hasta ahora, solo había servido para darle más preguntas, no respuestas. Otra vez. Tendría que esperar a los análisis de ADN para estar seguro, pero… no tenía sentido seguir engañándose. Solo encontraba nuevos cadáveres. O viejos, pero de los culpables ni rastro.

La voz de Romina Lacase interrumpió sus pensamientos

—Detective.

—¿Ya está? —preguntó.

—Sí.

—La sigo entonces.

Romina lo guio hasta un sector más alejado del predio. Allí, sus compañeros habían dispuesto los cuerpos sobre la tierra separados por un paso de distancia uno al lado del otro. Habían, también, traído consigo lámparas de construcción, y las habían colocado de tal manera que su luz ahora bañaba los dos cuerpos.

Dos cuerpos. Eso había sorprendido al detective, en una primera instancia. Pero era obvio, y todavía maldecía su falencia. ¿Cómo no lo había pensado antes? Dos cuerpos, uno ya descompuesto, irreconocible, enterrado hacía años. El otro, todavía fresco, debía de haber sido enterrado hacía solo dos o tres meses. Facundo de Tomaso. Era una versión más joven de su padre. El mismo corte de mandíbula, la misma clavícula ancha y la cintura estrecha. Facundo de Tomaso. El gran "fantasma", su sospechoso número uno en el caso. Fernández apenas pudo contener un grito de frustración. Si Facundo estaba muerto, ¿quién había matado a Miguel Alvarado y a Vanesa Cardozo? ¿Y qué tenía Ortigoza que ver con Mesa?

Sin siquiera despedirse de Romina, el detective dio media vuelta y se retiró del predio. Sí, eso haría. Pero primero necesitaba descansar. Necesitaba dormir. Llegó hasta su coche y encendió el motor. Las canchas de fútbol El Gran dT se perdieron en el espejo retrovisor en poco tiempo.

CAPÍTULO CUARENTA Y NUEVE

Miguel Alvarado sonreía satisfecho contra el alambrado. Por su frente caían dos gotas de sudor, pero esto no le molestaba. Soplaba una brisa fresca, de esas que acarician la piel y llenan el corazón de paz y alegría. El invierno había pasado ya y ahora Buenos Aires parecía querer entrar al verano de cabeza.

Un sol radiante brillaba en lo alto, bañando el caucho sintético, ese pasto que sería siempre verde con luz cálida. Miguel observaba a decenas de chicos jugar al fútbol y no podía evitar sentirse orgulloso. *Las canchas*. El resultado final había sido mejor de lo que esperaba. La inauguración había tenido aún más éxito.

El lugar estaba colmado por chicos y padres, todos oriundos del barrio. Ese había sido el sueño de Facundo, ¿no? Crear un espacio para que los chicos del barrio pudieran compartir momentos felices con sus familias. Y ahora, tres meses después de su accidentada muerte, era una realidad.

Miguel se había encargado de hacerlo realidad. ¿La razón? No podía estar seguro. Quizás porque se había dado cuenta de que Facundo no había sido más que una víctima de sus circunstancias. Quizás porque todavía sentía la culpa de haber asesinado a su mejor amigo, y ayudarlo a cumplir su sueño, aunque fuese después de su muerte, lo ayudaría a lavar, aunque fuese un poco, esa culpa. Lo ayudaría a volver a dormir en paz. Fuese cual fuese la razón, las canchas eran por y gracias a Facundo. Y así las había bendecido: El Gran dT. El Gran Facundo de Tomaso.

—¿Vamos? —preguntó una voz calma a su lado. Miguel se volvió y, sin decir nada, besó a Vanesa. *Vanesa*. Sus labios sabían a flores. Lo miraba de una manera extraña, como si el beso la hubiera sorprendido. Miguel usó esa oportunidad para abrazar su cintura y encajarle otro beso, luego uno más. Vanesa soltó una carcajada suave, sacudió la cabeza.

—¿Por qué tanto amor?

Miguel sonrió, evasivo.

—¿Necesito una razón?

—No, no, para nada.

—Estoy feliz, Vane, por eso. Mirá esto —señaló a su alrededor, como un niño encantado—. Es increíble. No podría estar saliendo mejor.

Esta vez Vanesa inició el siguiente beso, pero Miguel lo llevó un paso más allá. Abrazó su cintura y la besó dramáticamente, atrayendo las miradas de la gente a su alrededor con su pasión repentina.

—Basta… ¡Basta! Me estás haciendo pasar vergüenza —dijo Vanesa entre risas. Miguel bajó la cabeza, fingiendo estar dolido. Vanesa lo ignoró—. Nos tenemos que ir, Migue, todavía ni arrancamos con las valijas.

—Ya sé, ya sé.

Luego de una última vuelta alrededor del predio, a paso lento y de la mano, se subieron al BMW que hasta hacía unos meses había pertenecido a Facundo. *Facundo*. Nadie había preguntado por él. Al guardián del predio, los encargados de la construcción de las canchas y a aquellos clientes les daba la misma explicación ya acordada con Vanesa: Facundo, cansado de la ciudad y de las restricciones que imponía la pandemia, había decidido irse a vivir a una cabaña cerca de San Martín de los Andes.

En ningún momento la policía había ido a buscarlos por el crimen. Habían tenido tanta suerte que Miguel todavía no lo creía posible. Haciendo uso del cuaderno se había hecho cargo del negocio como si nunca nada hubiese pasado. Él mismo hacía los repartos, con el BMW o con la moto que, en un momento de pánico, había recordado recuperar de frente a la casa de Leticia, aunque luego la vendió a un desarmadero para no dejar rastros.

A ninguno de los clientes le sorprendió el cambio: esa era la ventaja de haber sido él quien se encargara de los repartos en los días anteriores a la muerte de Facundo. Tomar el lugar de su amigo resultó ser más simple de lo que jamás hubiera imaginado.

Pero no cometería el mismo error. No se dejaría perder en el negocio de la droga ni por un instante más de lo necesario. En los tres meses en los que se había hecho cargo del negocio había juntado una cantidad de dinero casi inimaginable. No le hacía falta más.

Pronto, el predio de las canchas se perdió de vista. Ahora transitaban las calles de San Fernando. Mientras manejaba, Miguel se fijaba en cada detalle del barrio con anticipada nostalgia, pues sabía que nunca volvería. No podría, por más que quisiera. Cada segundo que pasaban allí, el riesgo de que la policía se enterase de lo que habían hecho aumentaba. Muchos delitos lo unían a Vanesa, que le había confesado el gran secreto que compartía con Facundo. Mientras él estaba en Nueva York, una noche en que volvían a casa a toda velocidad en el BMW, duros de cocaína, habían atropellado a un borracho. El hombre había muerto en el acto, arrastrado varios metros por el coche y recibiendo golpes tanto de la carrocería como de la calle. Lo habían enterrado en el inmenso descampado que quedaba ya llegando a la ruta, hacia el oeste, donde confiaban en que nadie jamás lo encontraría.

También en eso seguía las huellas de Facundo. Ya él había tenido que enterrar a un hombre en secreto. Y Vanesa lo había ayudado. En ese mismo coche en el que ahora planeaban esfumarse.

Lo dejarían todo, ya estaba decidido. Ahora que las canchas de fútbol estaban listas y en manos de la municipalidad, Miguel había cumplido su objetivo. Era hora de salir del negocio. Era hora de partir de Buenos Aires con Vanesa a su lado y no mirar atrás, nunca mirar atrás.

El plan era simple: empacar lo justo y necesario de sus pertenencias, deshacerse del cuaderno de cuero y toda otra evidencia del negocio de la droga, y, al día siguiente, tomar rumbo hacia el sur, a la cabaña en San Martín de los Andes que había comprado Facundo. Allí, podrían ser felices juntos; levantarse cada mañana para admirar el amanecer sobre el lago, hacer el amor bajo el millar de estrellas de noche. Trabajar de algo simple; orfebrería quizás, o algún otro tipo de…

Miguel dudó, de repente. El semáforo acababa de pasarse a rojo. Redujo el andar del coche y se detuvo, pensativo. La casa los esperaba a tan solo dos cuadras de distancia, pero… Le faltaba algo. Todavía no podía partir, no podía decir adiós a San Fernando sin antes…

—¿Te jode si hacemos un desvío?

—Creí que ya habías hecho el último reparto…

—Sí, sí. Eso ya está. Pero quiero ver una cosa…

El semáforo volvió a verde y Miguel dobló en la esquina en lugar de seguir derecho. Quizás era una mala idea, pero no podía evitarlo. El día siguiente a la muerte de Facundo, había decidido que sería mejor no retomar contacto con sus padres. Solo luego de haberlo meditado durante horas supo que era lo correcto. Estaba seguro de que un simple intercambio de miradas bastaría para que sus padres se dieran cuenta de que había hecho algo terrible. No los vería, nunca más los vería, pero…

¿Cómo irse de Buenos Aires sin siquiera echar un último vistazo a la casa en la que había crecido?

Allí estaba, Miguel la podía ver aproximarse cada vez más. Contuvo la respiración. ¿Estaba a tiempo de cambiar de parecer? Ya no quedaban esquinas por las cuales doblar, así que tendría que pasar por el frente de la casa o detener el auto y hacer marcha atrás. Respiró hondo y redujo la velocidad del coche. Y luego sintió como si alguien hubiese colocado un yunque sobre su pecho cuando vio a su padre. *Su padre.* Julio Alvarado estaba por cerrar la puerta de rejas de la casa, unas bolsas de supermercado colgando de sus manos.

No hubo nada que ninguno de los dos pudiese hacer para evitarlo. Padre e hijo se miraron y se reconocieron. Durante ese corto momento en que sus ojos se encontraron, el tiempo pareció dilatarse. Una extraña sensación se apoderó del cuerpo de Miguel. Una sensación de *déjà vu*, seguida por un recuerdo. No había sido hacía tanto, cinco años quizás.

Miguel, de pie en el patio delantero con su padre. Acababan de llegar de hacer las compras del supermercado, tal como su padre ahora. Se escuchó un motor cuya música fue como un canto de sirena para Miguel, forzándolo a mirar y verlo por primera vez: era el BMW M5 negro. Facundo, el mismo que hacía tan solo un par de años había dejado el colegio y desaparecido de la faz de la Tierra, ahora manejaba un vehículo de lujo.

No podía creerlo. A su lado, en el asiento de acompañante, iba una mujer hermosa, de pechos exuberantes, grandes ojos azules. Una fuerte oleada de celos le recorrió el cuerpo. Se miraron, en ese entonces, igual que ahora hacía Miguel con su padre, pero ese contacto no duró más que un instante. Facundo sonrió, pisó el acelerador y pronto ya se había ido, tan rápido como si nunca hubiese estado allí.

Pero sí había estado. Ese encuentro había producido un cambio en él. Le había roto algo por dentro. Le generó envidia, primero, pero esa envidia no tardó en convertirse en resentimiento. Hacia su padre, por no poder proporcionarle esa vida: una vida que ahora era suya. Pero… ¿a qué costo? Ahora sabía lo que Facundo había tenido que sacrificar para tener ese auto de lujo y esa mujer hermosa a su lado. ¿Acaso había valido la pena?

No, de ninguna manera. Había otras cosas que aún debía encontrar. Debía estar agradecido de conservar su vida y su libertad. Y de tener quien lo amase, con ese amor entero que Vanesa le regalaba. Pisó el acelerador, para dejar su casa y a su padre atrás. A su lado, Vanesa ignoraba lo que había pasado. Miguel dejó escapar un suspiro largo. Siguió manejando, no podía hacer otra cosa.

Dobló la esquina. Otro semáforo. Detuvo el coche a último momento. Su distracción le valió unos cuantos bocinazos de los autos que cruzaban la calle perpendicular. Tuvo una idea. Quizás...

¿Por qué no? Sus dedos fueron a su bolsillo. Sacó el celular, el mismo que había pertenecido a Facundo. Antes de que pudiera pensarlo dos veces, ya había marcado el número de su padre. Julio atendió la llamada al instante.

—¿Hola? ¿Quién habla?

Miguel quiso hablar, decir algo, lo que fuese, pero ningún sonido salió de su garganta.

—¿Miguel? ¿Sos vos?

La voz de Julio sonaba tentativa, como si no se atreviera a creer que era su hijo quien esperaba en silencio del otro lado de la línea.

¿Cómo explicar su ausencia durante todos esos meses? ¿Cómo volver a formar una relación con su padre después de todo lo que había pasado? Respiró hondo, decidido a intentar. Quizás partir al sur era un error. Quizás lo correcto era intentar recuperar la vida que había perdido.

—Hola, viejo, tanto tiemp... —Empezó.

No pudo terminar la oración. Dos motos surgidas de la nada se detuvieron junto al BMW, una de cada lado. Dos hombres vestidos de negro con cascos polarizados montaban cada moto. Quiso gritar socorro, pero no tuvo tiempo. Al unísono, los hombres abrieron sus camperas y sacaron armas. Dispararon, una y otra y otra vez. Las balas atravesaron los vidrios del BMW como si fueran plástico. Lo último que escuchó mientras veía su cuerpo y el de Vanesa sacudirse salpicados de sangre, como el de Facundo cuando había sido su turno, fue la voz de Julio, de su papá, que gritaba a través del celular:

—¡¿Migue?! ¡¿Migue?! ¡¿Estás bien?! ¡Decime algo, Migue! ¡Decime algo!

★ ★ ★

Julio Alvarado no le dijo nada de esa llamada al detective Luis G. Fernández. Se la guardó como enterró a su hijo: en un solitario silencio. Pero Fernández no podía aceptar que los hechos callasen y semanas más tarde continuaba haciéndose preguntas.

Después de dejar el predio donde hallara los cadáveres de los antecesores de Miguel, llegó al departamento que no consideraba su casa y se arrojó sobre la cama. Se quedó dormido en cuestión de segundos. Fue un sueño profundo, del tipo de aquellos que en los buenos tiempos culminaban en respuestas, pero que en los más recientes solían ser perturbados por pesadillas. Cuando despertó a la mañana siguiente, los hechos del caso seguían sin cobrar sentido.

El análisis de ADN confirmaba sus deducciones. Eran los cadáveres de los dos únicos posibles sospechosos del asesinato de Miguel y Vanesa. Tendría que dejar el caso sin resolver y darse por vencido. Cuánto odiaba eso. Pero había perdido demasiado tiempo ya y otros casos requerían su atención. ¿Encontraría Romina algo nuevo?

¿Quizás…?

"No, basta", se interrumpió. "Basta de perder tiempo".

Abrió el cajón de su escritorio y hurgó en el desorden de papeles. Buscaba una lapicera con la cual sellar el caso, pero sus dedos se toparon con algo grande y duro. Frunció el ceño. Un portarretratos. Lo extrajo del cajón con cuidado. Hacía ya meses que no lo veía. Solía estar sobre su escritorio. Lo había guardado después de su separación de Laura. Era un portarretratos de marco de madera simple, sin ningún tipo de lustre o grabado. La foto mostraba, detrás de una fina capa de polvo, a Fernández junto a su familia. Los cuatro se encontraban frente a su casa, vestidos todos con ropa casual. Fernández en el medio, tomando a Laura por la cintura. Sobre sus hombros, el pequeño Julián, riendo con los brazos en el aire, como si volara. A un costado, un tanto separado, como si participar de esa foto le diera vergüenza, su otro hijo, Mauricio, que, a pesar de su reticencia adolescente, también sonreía.

La clínica de rehabilitación El Resguardo era un pequeño edificio de fachada simple, utilitaria, pintada toda de blanco. Tan simple era su aspecto, tan fácil pasaba desapercibida, que Fernández, aun haciendo uso del mapa en su celular, tuvo que dar dos vueltas a la manzana antes de localizarla. Pero la encontró, finalmente, y estacionó su coche en la vereda de enfrente, que estaba vacía.

Se bajó del coche sin pensarlo dos veces y cruzó la calle, pero, cuando pisó la sombra del edificio, de repente, dudó. Sentía su corazón latir cada vez más rápido, como un adolescente en su primera cita. ¿Hacía cuánto que no lo veía? Meses. ¿Cómo reaccionaría al verlo? Seguramente comenzaría a gritar, a lanzar insulto tras insulto hasta correrlo de la habitación y cerrar la puerta con fuerza. Algo similar había pasado la última vez que se habían visto, en su casa. Un gusto amargo le llenó la boca. Aun así, se forzó a tocar el timbre de la clínica. Esperó inmóvil bajo el umbral, como un soldado. Pasó un minuto, luego otro. Quizás ya era demasiado tarde. Quizás debería volver otro día, intentar de nuevo…

Se asomó una mujer joven, de rostro amable y no más de treinta años. Vestía un uniforme azul. Lo invitó a pasar, pidiendo disculpas por la demora: estaba con uno de los pacientes y no había escuchado el timbre. El detective la siguió a paso lento hasta el mostrador de recepción.

—¿Viene a ver a alguien? —preguntó la mujer, muy sonriente.

¿Cómo podía sonreír tanto en un lugar como ese? Olía a hospital, ese aroma tan singular que mezclaba enfermedad con desinfectante. Las lámparas brillaban con demasiada fuerza. Las paredes eran demasiado blancas.

Fernández se aclaró la garganta, y dijo:

—Sí. A Mauricio Fernández. Soy el padre.

Si su visita le resultó sorpresiva, la mujer no hizo gesto alguno que mostrase ese asombro. Simplemente bajó la cabeza y comenzó a leer nombres en una lista hasta que…

—Ah… ¡Ese Mauricio! —exclamó—. Perdón, perdón. Hay tres pacientes que se llaman Mauricio y no me acordaba… ¿Usted es el padre? Sí, ahora veo, tienen el mismo… Bah, no importa. Mauricio Fernández. Acá está, efectivamente. Habitación ciento cuatro. ¿Me sigue?

La mujer lo guio. Pasaron la recepción hasta entrar a un pasillo, luego subieron unas escaleras. Se detuvieron al final de ese otro pasillo, frente a una puerta de madera, también pintada de blanco. Una pequeña placa de plástico indicaba el número 104. La mujer giró para mirarlo y dijo:

—Le cuento que el horario de visitas está por terminar. Tiene media hora, más o menos. Si prefiere verlo más tiempo, va a tener que venir mañana.

—No, no, está bien —respondió el detective—. Media hora es suficiente. Creo.

—Los dejo, entonces —dijo la mujer y golpeó la puerta. Antes de que Fernández pudiese decir nada más, ya había partido.

La puerta se abrió segundos después.

—Ya les dije que… —La voz de Mauricio se apagó de repente. Se quedó inmóvil en el umbral, su mano todavía sujetando el picaporte—. ¿Pa? —dijo sorprendido, apenas un murmullo. Se aclaró la garganta y repitió, esta vez más fuerte—: ¿Pa? ¿Qué hacés acá?

El padre abrió la boca para responder, pero no logró decir nada. Simplemente se quedó mirando a su hijo por un largo momento. Hacía meses que no lo veía, sí, pero igual… Si se hubiera cruzado con él en el subte o en algún local de ropa probablemente no lo habría reconocido. Pero era Mauricio. Esa era su habitación. El chico escuálido, de mejillas consumidas, ojeras y tez pálida ya no existía. Mauricio había engordado, lo suficiente para verse sano, fuerte. Hasta tenía músculos en los brazos: algo que nunca había tenido. Su piel alardeaba un bronceado leve, irradiaba una energía honesta, limpia, había recuperado el brillo perdido hacía años.

Una sensación de vergüenza intensa le recorrió el cuerpo y Fernández bajó la mirada, de repente y sin poder evitarlo. ¿Cómo podría mirarlo después de tanto tiempo sin...?

—Papá, ¿estás bien? ¿Pasó algo?

La voz de Mauricio, tan extrañamente amable, interrumpió sus pensamientos. El detective se forzó a levantar la cabeza, luego la sacudió.

—No... no pasó nada —se forzó a decir—. Te quería... ver. Nada más. Hace mucho que no nos vemos y pensé que...

Mauricio le devolvió una sonrisa generosa.

—No te quedes ahí parado. Pasá, pasá. Vení que te muestro...

La habitación de Mauricio era simple; paredes blancas, una cama a un costado, una silla y un pequeño escritorio. Fernández cruzó el largo del cuarto, nervioso y buscó la silla. Mauricio se sentó en la cama. Un silencio incómodo se formó entre los dos. Luego, Mauricio dijo:

—No es mucho —señaló los pocos muebles de la habitación—, pero alcanza y sobra. —Hizo una pausa y, antes de que su padre pudiese hablar, agregó—: Estoy mejor, pa. Mucho mejor. Me tratan bien acá y... Nada. Me ayudaron mucho. Ya sé que la última vez que nos vimos... Nada. Estoy mejor, eso te quería decir.

Fernández asintió con la cabeza y se quedó en silencio. Mauricio volvió a hablar:

—No hace falta que digas nada. Solo estoy contento de que hayas venido. Nada más. Podemos quedarnos acá en silencio, nada más. Podemos...

—No, no —interrumpió el detective, respirando hondo, como haciéndose de valor—. Quiero que... me cuentes.

Mauricio lo miró extrañado, casi desconfiado.

—¿Que te cuente qué?

—Todo. Quiero saber qué fue de tu vida en los últimos meses. Creo que… Sí. Podemos arrancar por ahí. Contame todo.

Mauricio volvió a sonreír. Luego, se lanzó a contar su día a día. Habló de la clínica, de lo buenos que eran los médicos que trabajaban allí. De lo bien que lo habían tratado y de cómo lo habían ayudado a sanar. Contó que los primeros días habían sido difíciles, muy difíciles. El síndrome de abstinencia había sido brutal. Días enteros sudando, como con fiebre, noches sin dormir sintiendo su cabeza a punto de explotar. Pero luego había pasado. Con la ayuda de los médicos había pasado y su vida había recuperado una cierta normalidad.

Mauricio habló hasta cansarse, como si hubiera estado esperando esa oportunidad para contarle todo a su padre durante todos esos meses. Se había hecho amigos en la clínica al poco tiempo. Había varios como él, jóvenes del barrio que habían ido por el camino de la droga y terminado mal, tan mal que habían decidido internarse. Algunos habían sido internados a la fuerza, por sus padres, pero esos nunca se habían recuperado del todo y Mauricio creía que, si algún día salían de la clínica, volverían a la droga de inmediato.

—Acá siempre dicen —explicó— que nadie puede ayudar al que no se quiere ayudar a sí mismo. Salir de la droga es muy difícil. Salir de la droga obligado es… casi imposible. Por eso creo que yo tuve suerte, porque después de lo que pasó con Fac…

Mauricio no llegó a terminar la oración. Una enfermera irrumpió, la misma que había recibido a Fernández, y anunció que había terminado el horario de visitas. Padre e hijo se pusieron de pie al unísono.

—Bueno… —comenzó Fernández—. ¿No me puedo quedar quince minutos más? Hace mucho que no…

La mujer sacudió la cabeza.

—Perdón, pero no. Es la política de la clínica. ¿Por qué no vuelve mañana? Desde las nueve de la mañana hasta esta hora está abierto para visitas.

Fernández lanzó un vistazo a su hijo, que lo miraba con…
¿anhelo? Asintió con lentitud.

—Está bien, vuelvo mañana —dijo, obligándose a mirar a
Mauricio a los ojos, y repitió—: vuelvo mañana. Te lo prometo.
Mañana me seguís contando, ¿querés?

Mauricio sonrió, estiró la mano, y Fernández la tomó, indeciso. Debería abrazarlo, debería… Ya era demasiado tarde. Ya
Mauricio había soltado su mano y ahora estaba sentado sobre
la cama.

—¿Lo acompaño hasta la salida? —preguntó la mujer.

—Sí, gracias —respondió el detective, sus ojos todavía fijos
en Mauricio, en su aspecto tan sano, en su…

Una extraña sensación recorrió el cuerpo del detective. Al
ver a Mauricio en la cama, sentado con las piernas cruzadas
como hacía siempre, un recuerdo, uno que se había forzado a
olvidar hacía tanto tiempo, lo alcanzó de golpe.

Era de noche, muy tarde. Años atrás. Acababa de volver de
la comisaría luego de un día largo y cansador. Había entrado
en su casa, se había quitado los zapatos en el umbral para no
hacer ruido y, como era su costumbre, se había acercado hasta
el pasillo para darles un beso de buenas noches a sus dos hijos.

Primero fue al cuarto de Julián y lo encontró dormido, sus
pequeñas manos aferrando las sábanas con fuerza. Lo besó en
la frente y salió de la habitación cerrando la puerta con cuidado, mucho cuidado, para no despertarlo. Trastabilló unos pasos,
cansado. Laura lo esperaba en la cama. En cuestión de minutos
podría estar con ella, sentirla a su lado, pero primero… Se detuvo frente a la puerta de la habitación de Mauricio y llevó su
mano al picaporte, pero se detuvo. Adentro se oían unos ruidos
extraños. ¿Estaba despierto todavía? ¿A esa hora? Fernández
giró el picaporte y fue entonces cuando ocurrió el hecho que
rompió la relación con su hijo. Después de ese día, nada nunca
fue lo mismo. Abrió la puerta y se quedó inmóvil, incrédulo.

La ira invadió su pecho. Sintió cómo el aire se escapaba
de sus pulmones, sintió la presión en su mandíbula. Mauricio,

su hijo, estaba en la cama, completamente desnudo. Y sobre él… no: *dentro de él*, había otro chico. Músculos grandes, figura esbelta. Otro chico que ahora reconoció al instante. Estaba cambiado, era mucho más joven en ese entonces, pero no había duda. Ese joven giró la cabeza, hizo una mueca de sorpresa al verlo allí inmóvil, y el detective supo entonces quién era: Facundo de Tomaso. El mismo Facundo de Tomaso que había encontrado muerto, enterrado en el predio de las canchas de fútbol.

Se detuvo frente al umbral de la puerta y dijo a la enfermera:

—Necesito cinco minutos, solo cinco minutos.

Y antes de que la mujer pudiese llevarle la contraria, cerró la puerta, le echó llave y se dio vuelta para mirar a su hijo.

—¿Pa? —preguntó Mauricio un tanto alarmado—. ¿Por qué cerraste la…?

—Necesito que me digas todo —interrumpió el detective—. Todo lo que sabés de Facundo de Tomaso.

El rostro de Mauricio se puso pálido. Tragó saliva.

—¿Facundo de Tomaso? —preguntó—. ¿Qué querés saber de Facundo de Tomaso?

EPÍLOGO

Algunos días más tarde, Luis G. Fernández, detective de la Central de Policía de San Fernando, alzaba la vista del legajo, con orgullo. El reloj marcaba las nueve de la mañana. La puerta estaba abierta de par en par. Del otro lado se escuchaba el tan placentero ritmo de una central activa, llena de vida. Sus compañeros circulaban ajetreados; contestaban teléfonos, se gritaban como siempre uno al otro pidiendo algún expediente. En pocas palabras: una nueva jornada laboral marcaba su inicio.

Fernández acababa de llegar a su oficina, tenía solo una tarea por hacer ese día y luego partiría. Se tomaría vacaciones, ya lo había decidido. Una o dos semanas, quizás. No más que eso. Les hacían falta tanto a él como a su familia. Esa era su recompensa por haber logrado resolver el caso Alvarado-Cardozo.

El legajo, ese folio de cartón marrón oscuro, con todo su contenido prolijamente guardado entre sus cubiertas, reunía cuanto era necesario conocer: los papeles pertenecientes a los fallecidos, las fotografías de la escena del crimen, los resultados de ADN de Facundo y Mesa. Caso número setecientos cuarenta y cuatro. Un caso extraño, un *jamais vu* que, gracias a la ayuda de su hijo Mauricio, ahora podía dar por cerrado.

No así el caso Ortigoza, del que afortunadamente nadie hablaba y por suerte no parecía estorbar el desarrollo inmobiliario de Arcadia Building ni el progreso del partido de San

Fernando. Pero, si lo comparaba con el logro que se le oponía, podía darse por satisfecho. Era un misterio menor, de esos que cada tanto colorean la conversación de los policías.

La persiana americana estaba abierta. Afuera, se escuchaban bocinazos, algunos gritos, un camión parado. El sol se filtraba a través de la ventana, iluminando el escritorio y parte del piso de la oficina. El asesinato había ocurrido a pocas cuadras de allí. Un asesinato que le había robado el sueño durante tanto tiempo. Ya no lo haría más. La información proporcionada por Mauricio había resultado ser la última pieza del rompecabezas.

Apenas mencionó el nombre de Facundo, Mauricio no tardó en explicar todo. Quizás para lavarse la culpa o, quizás, porque había huido de esa vida, había huido de Facundo y ya no sentía ningún tipo de lealtad hacia él, terminó revelando todos sus secretos. Había sido Facundo quien lo había metido en la droga. Facundo, el primer hombre de quien se enamoró cuando apenas tenía quince años. Primero, solo habían sido amantes. Luego, muy de a poco, hasta que se convirtió no solo en su amante sino, también, en uno más de sus discípulos, de sus traficantes.

Había sido gracias a Mauricio que Facundo logró evadir a la policía durante todo ese tiempo. A cambio de cocaína, y de ciertos placeres que prefirió no detallar a su padre, Mauricio le avisaba si la policía se acercaba a su rastro. ¿Cómo? Era amigo de alguno de los compañeros de su padre en la central. Hablaba con ellos, les preguntaba sobre los distintos casos, las distintas investigaciones. Hasta había conectado una radio al canal policial.

No solo eso, sino que había sido esa noche, la noche de la muerte de Facundo de Tomaso, que Mauricio por fin había decidido escapar de ese mundo. Porque al salir de la casa escuchó los tres disparos y estaba seguro de que uno de los dos, Facundo o Miguel, había matado al otro, aunque entonces no hubiera sabido quién a quién. Pero le había bastado para darse cuenta de que podría haber sido él.

Esa misma noche, se internó en la clínica de rehabilitación El Resguardo.

Con la confirmación de que Facundo de Tomaso era traficante, todo comenzó a cobrar sentido poco a poco. Los detalles que le había dado Mauricio sobre el negocio le habían permitido descifrar el cuaderno de cuero negro que habían encontrado en la casa y que los sicarios, que solo buscaban dinero, habían dejado atrás tirado sobre el sofá, sin imaginar las consecuencias que ese inofensivo anotador tendría tiempo después para sus jefes.

Haciendo uso de ese cuaderno y del celular de Facundo encontrado sobre el cuerpo acribillado de Miguel en el auto, Fernández logró rastrear cada contacto, cada proveedor, cada cliente y cada transacción. "Una de las redadas más importantes en la historia de la policía de San Fernando", así decían sus compañeros. Al descifrar el caso, Fernández había logrado meter en prisión a más de la mitad de las personas que aparecían mencionadas en el cuaderno de Facundo. El resto, solo sería cuestión de tiempo hasta que lograran atraparlas.

¿Y el causante de la muerte de Miguel y Vanesa? Un error, un detalle omitido. Facundo de Tomaso debía una gran cantidad de dinero a otro *dealer*, un dinero que seguramente tenía pensado devolver antes de irse de Buenos Aires. Pero, al asesinar a su amigo y en su afán de hacerse cargo del negocio, nunca se había enterado de esta deuda. Los usureros le tuvieron paciencia, aun más paciencia de la que el detective hubiera esperado de ellos. Pero pasaron los meses y Miguel nunca pagó. Decidieron asesinar a Facundo sin saber que estaba muerto y, al balear su coche, terminaron matando a Miguel.

"Tenía razón, desde el primer día", pensó entonces Fernández. Su instinto le había dicho que se trataba de un crimen mafioso y no había estado equivocado. Lo peor de todo era que, en una caja de seguridad a nombre de Facundo de Tomaso, cuya existencia Miguel seguramente conocía, se había encontrado dinero suficiente para pagar la deuda y más. La única razón por la que Miguel no pagó era porque ignoraba la existencia de la deuda.

—Miguel y Vanesa murieron en vano —reflexionó Fernández y no pudo evitar sentir pena por ellos.

Julio Alvarado, cuando le explicó esto días atrás, había roto a llorar, inconsolable. Romina había tenido que intervenir para calmarlo. Una vez que el doctor pudo hablar, lo primero que dijo fue:

—No sé cómo decírselo a Natalia. No tiene idea de todo esto. Pero alguien se lo tiene que decir. No sé cómo explicarle que nuestro hijo está muerto.

Fernández decidió hacerlo personalmente. Julio se había lanzado a llorar de nuevo, pero aun así el detective logró extraer de él la ubicación de la casa de su cuñada, donde Laura se había ido a vivir tras separarse. Quedaba en Mar del Plata, pero de todas formas Fernández partió a la madrugada del día siguiente.

Cuando llegó, se encontró con una mujer que apenas podía hablar. Estaba medicada y era apenas consciente de lo que pasaba a su alrededor. "Tuvo una crisis depresiva muy fuerte", le explicó su hermana. "Intentó suicidarse. Está medicada hace meses. La única razón por la cual no terminó en el hospital es porque estaba lleno de gente por el coronavirus". Se retiró de la casa en silencio, incapaz de revelar el motivo de su visita, y ni siquiera encendió la radio en todo el camino de regreso a Buenos Aires.

La llamada de un celular interrumpió sus pensamientos. La escena en Mar del Plata desapareció de su mente y se encontró nuevamente sentado en su oficina. Atendió sin pensarlo dos veces.

—Le dieron el alta a Mauri. Estoy volviendo con él a casa —dijo Laura sin preámbulo—. ¿Ya desayunaste? Pensé que, no sé, quizá por ahí te gustaría venir y…

—En quince minutos estoy ahí —resolvió sin dudar Fernández.

Un pequeño silencio. Luego:

—Bueno, bueno —se oyó la voz de Laura—. Te esperamos.

Cuando colgó, el detective apenas podía contener su alegría. Vería a sus dos hijos una vez más juntos, vería a Laura, pero antes… Volvió a tomar asiento y la silla rechinó con su peso. El agudo sonido se prolongó como era habitual, pero, antes de que cesara, el detective ya había abierto el cajón de su escritorio. De allí extrajo una lapicera. Abrió la solapa del legajo y firmó en la primera hoja. Se puso de pie y, legajo en mano, salió de su oficina y fue derecho a la sala de archivos. Sus ojos pasearon por los distintos estantes hasta toparse con la caja que buscaba: "Casos cerrados". Depositó el legajo dentro de la caja, dio media vuelta y se retiró sin mirar atrás.

Cuando llegó a la casa de Laura, su antigua casa que quizás, en un futuro no tan lejano, volvería a ser la suya, le temblaban las piernas. ¿Por qué se sentía tan nervioso? El primer paso para recuperar la vida que había perdido ya lo había dado al visitar a Mauricio en la clínica. Pero…

¿Acaso tenía sentido buscarles lógica a sus sentimientos? Quería que al menos ese día no hubiera discusión ni pelea alguna. Quería disfrutar de su familia nuevamente reunida. Nada más. El detective Fernández dejó escapar un suspiro.

Cuando volvió a abrirlos, lo hizo decidido. Salió del coche, y se acercó a la entrada. Tocó el timbre. Escuchó pasos del otro lado. La puerta se abrió. Era Mauricio quien venía a recibirlo. Sonreía, sano. Fernández quiso hablar, pero no llegó a decir palabra, porque su hijo dio un paso adelante para abrazarlo con fuerza.

Morir lo necesario de Alejandro G. Roemmers
se terminó de imprimir en agosto de 2022
en los talleres de
Litográfica Ingramex S.A. de C.V.,
Centeno 162-1, Col. Granjas Esmeralda, C.P. 09810,
Ciudad de México.